Ce délicat secret

*

Nouveau bonheur en famille

*

Pour l'amour d'une enfant

ANN McINTOSH

Ce délicat secret

Traduction française de
ADELINE MAGNE

HARLEQUIN

Titre original :
THE NURSE'S PREGNANCY MIRACLE

Ce roman a déjà été publié en 2018

HARPERCOLLINS FRANCE
83-85, boulevard Vincent-Auriol, 75646 PARIS CEDEX 13
Service Lectrices — Tél. : 01 45 82 47 47 - www.harlequin.fr
ISBN 978-2-2804-8988-1

Composé et édité par HarperCollins France.
Imprimé en avril 2023 par CPI Black Print (Barcelone)
en utilisant 100% d'électricité renouvelable.
Dépôt légal : mai 2023.

FSC
www.fsc.org
MIXTE
Papier issu de sources responsables
FSC® C159065

Pour limiter l'empreinte environnementale de ses livres, HarperCollins France s'engage à n'utiliser que du papier fabriqué à partir de bois provenant de forêts gérées durablement et de manière responsable.

1

De retour au travail après deux semaines de vacances, Nychelle Cory traversa d'un pas vif le hall du centre de médecine familiale de Lauderlakes. Décidément, certaines impressions avaient la vie dure, songea-t-elle, amusée. Cela faisait bientôt deux ans qu'elle officiait ici en tant qu'infirmière spécialisée, mais l'opulence des lieux continuait de la frapper comme au premier jour. On l'aurait été à moins : le carrelage de marbre et le lustre de cristal n'auraient pas déparé dans une maison de maître. Ici, pas de siège en simili cuir, mais des causeuses capitonnées destinées à donner aux patients l'illusion qu'ils se trouvaient dans le hall d'un hôtel luxueux. Quelle différence avec le modeste dispensaire qui l'avait employée auparavant…

Pourtant, à certains égards, son ancien travail lui manquait. Elle regrettait l'adrénaline et l'excitation inhérentes à l'exercice de son métier dans une clinique peu dotée, toujours sur la brèche. Par ailleurs, pouvoir aider des populations trop souvent oubliées était valorisant. Le problème, c'était l'argent. Elle avait besoin de revenus suffisamment élevés afin de mettre à exécution un plan, et pas n'importe lequel : *Le Plan*. Bizarrement, elle ne l'avait jamais nommé autrement. Pour elle, il n'avait jamais été question de « Plan A », ni de « plan de vie ». Non, c'était juste *Le Plan*, en italiques et avec majuscules, ainsi qu'elle l'avait écrit dans son journal intime, à l'âge de treize ans. Ce titre était suivi d'une liste succincte de desiderata :

Des enfants : trois ou quatre.

Un boulot permettant de passer du temps avec eux.

Un mari gentil qui veut lui aussi passer du temps avec les enfants.

Avec le recul, ce n'était sans doute pas un hasard si le « gentil mari » figurait en dernier, comme si, à l'époque déjà, elle s'était dit que cet élément n'était pas indispensable à son projet de vie. Nychelle réprima un petit rire à cette pensée. Non, *Le Plan* n'avait sans doute pas évolué comme prévu à l'origine, mais elle ne s'en plaignait pas, loin de là. Au contraire, elle se disait qu'elle avait tiré le meilleur parti de la situation. En décrochant un poste dans l'une des cliniques les plus chics de Fort Lauderdale, elle avait fait d'une pierre deux coups. Elle donnait un coup de pouce financier à son projet, sans négliger pour autant son côté altruiste. Le Dr Hamatty, fondateur de la clinique, était lui aussi convaincu que la médecine devait bénéficier aux plus démunis, et il organisait trois fois par an des journées de soins gratuits en partenariat avec des organismes caritatifs locaux. Évidemment, ce n'était pas comme être sur le pont tous les jours, mais ce compromis lui permettait de satisfaire son souci des autres.

Tout en se dirigeant vers la réception, Nychelle jeta un regard autour d'elle. Quelques personnes étaient éparpillées dans la salle d'attente. Non loin, un jeune couple était installé sur une causeuse en cuir, téléphone portable à la main. On aurait dit des mannequins prenant la pose pour un magazine de voyage luxueux. Dans une aire de jeux située derrière un mur d'eau monumental, un tout petit enfant s'amusait, et son rire se mêlait au clapotis de la fontaine. Une dame d'un certain âge et très élégante patientait, assise dans un fauteuil club. Nychelle la salua d'un signe de tête avant de s'arrêter devant le bureau d'accueil.

Gina, la réceptionniste, lui adressa un petit sourire pincé.

— Ravie de te revoir. Alors, ces vacances ?

Elle parlait à voix basse, conformément aux instructions, pour ne pas troubler l'atmosphère feutrée du hall d'attente.

— Je n'appellerais pas ça des vacances, répondit Nychelle sur le même ton. Disons que j'ai pris le temps de régler quelques affaires personnelles.

En l'occurrence, subir une fécondation in vitro *et rester tranquille quelques jours pour mettre toutes les chances de mon côté.*

Nychelle sentit une brusque chaleur lui monter au visage et elle se félicita d'avoir un teint hâlé qui masquait ces rougeurs malencontreuses. Elle devait impérativement cacher ses émotions. Derrière son air distingué et imperturbable, Gina était une pipelette de première catégorie, experte dans l'art de tirer les vers du nez à un muet. Elle tortilla une mèche de ses cheveux noirs d'un air blasé.

— Passionnant…, dit-elle d'un ton ironique.

Son sourire était un peu plus détendu, moins scrutateur.

— J'espérais que tu étais partie en Jamaïque, au moins, et que tu nous ramènerais quelques anecdotes croustillantes. J'en ai entendu de belles, au sujet de ton pays et des hommes de là-bas…

Nychelle ne put retenir un petit rire tandis qu'elle consultait son planning de la matinée.

— C'est un mauvais procès qu'on leur fait. Cette réputation de chaud lapin est largement exagérée… Enfin, la plupart du temps, ajouta-t-elle avec un clin d'œil malicieux.

Gina étouffa un rire derrière sa main et Nychelle sourit de plus belle, soulagée de ne pas avoir éveillé ses soupçons. Personne n'était au courant, mis à part Aliya, sa cousine et meilleure amie, et personne ne saurait avant d'être mis devant le fait accompli. Comment expliquer en effet pourquoi, à vingt-huit ans, elle avait choisi de recourir à une PMA au lieu d'attendre sagement l'homme de sa vie ? Qui comprendrait sa décision ? Or, Nychelle n'avait pas envie d'essuyer des remarques, et encore moins de se justifier.

Deux ans plus tôt, ses fiançailles avaient volé en éclats et, depuis, elle avait beaucoup de mal à faire confiance à un homme. Par ailleurs, ses problèmes gynécologiques risquaient de compliquer ses projets de maternité à mesure qu'elle prendrait de l'âge. Donc, si elle voulait être enceinte, c'était maintenant qu'il fallait le faire. En cas d'échec, elle aurait encore le temps de retenter sa chance avant qu'il ne soit trop tard. Elle avait pris cette décision après que Nick l'avait plaquée, et elle se félicitait d'être en mesure d'entreprendre ces démarches toute seule, sur un plan financier aussi bien qu'émotionnel.

La sonnerie du téléphone détourna l'attention de Gina et Nychelle en profita pour s'éloigner. Au même instant, le silence feutré de la clinique fut déchiré par un cri dans lequel la surprise se mêlait à la douleur. Alarmée, Nychelle se tourna instinctivement vers la source du bruit : une jeune femme assise sur la causeuse, penchée en avant, le visage contracté et les mains sur le ventre. Nychelle se précipita aussitôt.

— Appelle le Dr Leeson, Gina, lança-t-elle par-dessus son épaule.

— C'est bon, Gina, je m'en charge, dit une voix grave et profonde.

Lorsque Nychelle s'accroupit à côté de la jeune femme, le Dr David Warmington arriva derrière elle. *Ah, génial…* Pourquoi lui ? Un autre médecin n'aurait-il pas mieux fait l'affaire ? Un qui ne la troublait pas par sa simple présence, de préférence… Tant pis, elle devrait faire avec.

— Madame ? Dites-moi ce qui ne va pas.

Nychelle prit le poignet de la jeune femme entre ses doigts pour mesurer son pouls : il était normal, mais rapide. La patiente, très pâle, avait la peau moite et son front était parsemé de perles de sueur.

— Je… Je suis enceinte. Je le sais depuis hier. J'avais l'intention de consulter mon médecin en rentrant.

Il s'agissait donc d'une touriste. D'ailleurs, même si son anglais était parfait, elle avait un accent prononcé. La jeune femme regardait Nychelle fixement de ses grands yeux bruns, comme si, par sa seule présence, celle-ci pouvait mettre un terme à sa douleur. Puis elle se plia en deux avec un léger cri en enveloppant son ventre de ses bras, et l'homme à côté d'elle la serra plus fort contre lui.

— On ne s'est pas méfiés, sauf quand elle a saigné un peu. Mon *tio* nous a dit de venir ici.

La jeune femme entama alors un monologue rapide et colérique dans une langue que Nychelle ne comprenait pas. Travaillant en Floride, elle s'était pourtant efforcée de maintenir son niveau en espagnol, mais, en l'occurrence, elle n'arrivait à saisir qu'un mot ici et là : il était notamment question d'un voyage en bateau, de l'oncle de son mari, du bébé.

— Allons, allons… Ne vous inquiétez pas de tout ça maintenant.

Ferme, mais pleine de compassion, la voix du Dr Warmington interrompit la tirade de la jeune femme. Le couple se tourna vers lui.

— Je suis le Dr Warmington. Si vous voulez bien me suivre, nous allons voir ce qui vous arrive, d'accord ?

Nychelle, qui regardait la patiente, la vit écarquiller les yeux tout en arrondissant les lèvres en un « O » de surprise. Malgré la douleur et malgré l'angoisse, elle avait remarqué à quel point ce médecin était séduisant. En toute autre circonstance, Nychelle aurait eu envie de rire, mais, déjà, ils se dirigeaient vers les salles d'examens, à l'autre bout du hall de réception, la jeune femme soutenue d'un côté par son mari, de l'autre par le Dr Warmington. Nychelle les devança pour leur tenir les portes ouvertes puis elle consulta, sur sa tablette informatique, les informations renseignées par la patiente à l'accueil, de manière à briefer le Dr Warmington. La jeune femme s'appelait Mme Cardozo, était de nationalité brésilienne, et n'avait jamais eu d'enfants. Pas d'antécédents particuliers.

Seigneur, pas de fausse couche. Tout, mais pas ça.

Cette pensée la prit au dépourvu et lui serra le ventre. Alors qu'elle aidait Mme Cardozo à se déshabiller, Nychelle se rendit compte que ses propres mains tremblaient et s'exhorta au calme. *Tu projettes tes émotions sur cette femme*, aurait analysé sa mère. Et c'était vrai. Nychelle se mettait à la place de Mme Cardozo, elle imaginait ce qu'elle devait éprouver. C'était la première fois que, dans le feu de l'action, un problème médical lui faisait cet effet. Normalement, ses nerfs craquaient plus tard, après l'intervention, lorsqu'elle était seule et qu'elle pouvait laisser libre cours à son désarroi. Elle devait se ressaisir, dans l'intérêt de la patiente et de ses collègues. Il fallait qu'elle réfléchisse aux instruments dont le médecin aurait besoin, aux tests qu'il était susceptible de lui demander. Elle inspira profondément une fois, puis deux, et refoula ses peurs au fond de son esprit.

Lorsqu'elle termina l'installation de Mme Cardozo sur la table d'examens, elle avait recouvré son sang-froid.

— C'est quand vous voulez, docteur.

Dès lors, son efficacité prit le dessus, et elle retrouva ses gestes et ses réflexes de professionnelle habituée à collaborer avec un médecin, même si, en tant qu'infirmière spécialisée, elle travaillait surtout seule, ou bien avec une assistante. Malgré tout, ses émotions continuaient à affleurer dangereusement, et sans la présence rassurante du Dr Warmington, elle aurait certainement craqué.

Ce n'était pas la première fois que Nychelle était impressionnée par les manières calmes du médecin. Par le passé, chaque fois qu'elle l'avait vu en compagnie de patients, elle avait été frappée par son professionnalisme empreint de sang-froid et d'empathie. Elle y était encore plus sensible aujourd'hui, mais pour des raisons tout à fait personnelles. Même si les paroles rassurantes du médecin étaient destinées à Mme Cardozo, Nychelle avait l'impression qu'elles auraient pu lui être adressées.

— En effet, vous êtes bien enceinte, dit-il.

Nychelle remarqua qu'il s'adressait à Mme Cardozo plutôt qu'à son mari, à l'inverse de bon nombre de confrères masculins : c'était un bon point de plus à son actif.

— En revanche, je ne vois pas de raison susceptible d'expliquer les symptômes que vous ressentez.

Il jeta un coup d'œil à M. Cardozo, et Nychelle eut l'impression que son regard tombait un bref instant sur les mains jointes du jeune couple.

— Il peut s'agir tout simplement d'une déshydratation, mais s'il y a complication, elle ne peut être mise en évidence que par des tests plus poussés. Je vous recommande d'aller au Broward Medical et d'y consulter un obstétricien. Non que nous n'ayons pas de spécialistes compétents ici, mais là-bas, ils pourront vraiment couvrir toute éventualité.

Tandis qu'il parlait, Nychelle se glissa dans le bureau voisin pour téléphoner à l'hôpital Broward et prendre les dispositions nécessaires. En tout, l'affaire n'avait pas duré plus d'une demi-heure, mais elle se sentait lessivée, comme au sortir d'un marathon émotionnel. Elle ne s'était même pas aperçue qu'elle avait les yeux humides avant d'essuyer une larme qui lui brouillait la vue.

Elle raccrocha le téléphone, puis se redressa et vit soudain le Dr Warmington, qui l'observait depuis le seuil de la pièce. Quelque chose dans le pli de ses lèvres, dans la douceur de son regard, fit battre son cœur à toute vitesse et, de nouveau, elle se félicita d'avoir un teint mat qui lui permettait de dissimuler le rouge de ses joues. Pour masquer son trouble, elle dit la première chose qui lui passa par la tête.

— Alors comme ça, vous parlez portugais ?

Avec un petit rire, David entra dans la pièce.

— J'ai un certain don pour les langues. J'en parle quelques-unes et j'en comprends d'autres.

— Vous en avez de la chance.

Que lui prenait-il de s'attarder ainsi, à bavarder ? Certes, une autre infirmière avait pu la remplacer entre-temps, mais son agenda n'en restait pas moins chargé à bloc. Un autre patient devait sans aucun doute l'attendre et elle avait une tonne de paperasses à régler. Pourtant, elle s'éternisait.

Le Dr Warmington s'assit et approcha son siège du bureau. Lui aussi avait envie de discuter, apparemment.

— Je me débrouille pas mal en espagnol, mais je n'ai pas d'autres cordes à mon arc, ajouta-t-elle. Au fait, par curiosité, pouvez-vous me dire ce que Mme Cardozo racontait à son mari ?

Le Dr Warmington baissa les yeux et Nychelle sentit son souffle se bloquer dans sa poitrine. L'espace d'une seconde, elle avait surpris dans son regard une souffrance insoutenable qui disparut lorsqu'il cligna les paupières.

— Ils sont venus de Sao Paulo pour rendre visite à son oncle. Entre-temps, elle a appris qu'elle était enceinte. Elle avait refusé de participer à une excursion en bateau, mais son mari l'avait convaincue de les accompagner, et elle lui disait que si elle perdait le bébé, elle ne lui pardonnerait jamais.

Il la regardait fixement, comme s'il attendait sa réaction et, soudain, elle aurait voulu trouver les mots justes pour apaiser cette blessure qu'elle devinait en lui.

— Eh bien, c'était injuste, commença-t-elle lentement. Mais les femmes enceintes ne sont pas connues pour être rationnelles, *a fortiori* celles qui attendent leur premier enfant.

Elle lui adressa un sourire timide, et les lèvres du Dr Warmington prirent une expression moins dure. Sans savoir pourquoi, Nychelle en éprouva du soulagement ainsi qu'une joie déraisonnable.

— La faute aux hormones, comme disent les hommes.

Cette fois-ci, le médecin sourit.

— Je ne répéterai à personne que vous m'avez dit une chose aussi sexiste, mademoiselle Cory. Ce sera notre petit secret.

Sa voix rieuse la rasséréna aussitôt comme un baume. C'était tout de même terrible d'être aussi sensible à cet homme, mais, Dieu merci, elle n'était pas souvent amenée à le fréquenter. En tout cas, elle comprenait mieux pourquoi les autres infirmières parlaient autant de lui, pourquoi elles le suivaient du regard, tels des petits chiens égarés, lorsqu'elles venaient à le croiser. Quel était ce surnom qu'elles lui avaient donné, déjà ? Le Dr Caliente, ou quelque chose d'approchant. À cette pensée, elle faillit pouffer de rire.

— Je vous sais gré de votre tact, docteur Warmington.

Puis elle s'empressa de partir. Cet homme était décidément beaucoup trop sexy, pour son bien à lui et pour son bien à elle.

David souriait encore tandis qu'il continuait de regarder la porte que l'infirmière Cory venait de refermer derrière elle. Songeur, il se passa une main dans les cheveux. Si on lui avait dit qu'il aurait l'humeur à plaisanter juste après s'être occupé d'une primoparturiente risquant une fausse couche, il n'y aurait pas cru une seconde. La scène qu'il venait de vivre remuait en lui trop de mauvais souvenirs. Il n'avait qu'à fermer les yeux pour revoir Kitty, son visage déformé par la colère et le chagrin. Les années avaient passé, mais il n'avait oublié aucune des paroles qu'elle lui avait crachées à la figure avant de claquer la porte du domicile conjugal. En général, il évitait de repenser à cet épisode. Il n'en voulait même plus à Kitty. La perte du bébé l'avait bouleversée et elle s'en était prise à la première cible disponible : lui, en l'occurrence.

Donc, lorsqu'il avait vu cette patiente, surtout à cette époque-ci de l'année où ses souvenirs étaient particulièrement vivants, il avait eu du mal à ne pas se laisser déborder par les émotions. Par bonheur, il avait pu s'accrocher à Nychelle et à son beau sourire comme à une planche de salut.

D'ailleurs, c'était toujours un plaisir de croiser Nychelle Cory dans les couloirs de la clinique. Dynamique, elle avait une présence solaire et sa bonne humeur était communicative. Avant ce matin, ils n'avaient jamais eu beaucoup l'occasion de se parler, mais c'était surtout sa faute à lui. La première fois qu'il l'avait vue, ses grands yeux sombres et brillants et son beau sourire lui avaient fait l'effet d'une décharge électrique. Tout de suite, il avait su qu'elle était une femme dont il ferait mieux de se tenir éloigné.

Jamais il n'oublierait cette rencontre. Ce jour-là, elle avait les cheveux coiffés en un chignon tout simple qui mettait en valeur l'ovale de son beau visage, ses grands yeux et ses lèvres pulpeuses. Le teint sombre de sa peau veloutée était rehaussé par un chemisier de soie jaune clair qui laissait parfaitement deviner des seins ronds, haut perchés. Elle portait aussi un pantalon de lin très chic qui soulignait ses formes généreuses. Depuis qu'il avait quitté le village de son enfance, David avait connu quantité de filles charmantes, mais en présence de Nychelle Cory, il avait l'impression de redevenir un adolescent empoté et boutonneux. Elle était belle, intelligente, pleine de vie, le genre de femme que nombre d'hommes devaient rêver de chérir jusqu'à la fin de leurs jours. Le genre avec qui fonder une famille.

Bref, elle n'était pas une femme pour lui. Il avait depuis longtemps fait une croix sur son désir d'enfant et il n'osait pas revenir sur cette question. Par conséquent, même s'il éprouvait pour elle une attirance instinctive, le mieux était de la tenir à distance. Inutile de ternir cette belle joie de vivre par des problèmes qui ne la concernaient pas.

De nouveau, les mauvais souvenirs l'assaillirent. Avec un juron, David ramena ses pensées du bord du précipice où elles se tenaient et tendit la main vers la tablette informatique posée sur son bureau. Le travail l'attendait. Il avait des notes à rédiger et il ne devait pas faire attendre son prochain patient. Pourtant, son regard s'attarda une fois de plus vers la porte. Tout à l'heure, lorsqu'il était entré, il se rappelait avoir vu Nychelle essuyer une larme. Manifestement, il n'avait pas été le seul à être affecté par le cas de Mme Cardozo, et l'émotion dont il avait été témoin remua quelque chose de profond en lui. Pestant à nouveau, il tourna délibérément son attention vers la tablette numérique, rejetant toutes pensées ayant trait à une très jolie infirmière.

2

— Ce pays a été généreux avec moi, donc, je suis heureux de pouvoir le payer en retour, aussi modestement que ce soit.

C'était quasiment un rituel. Toutes les journées de soins gratuits s'ouvraient sur un discours du Pr Hamatty, et celle-ci ne faisait pas exception. Réuni dans l'auditorium de l'école où se déroulait la manifestation, tout un parterre de médecins, d'infirmières et d'internes l'écoutait avec respect. Beaucoup de monde avait répondu à l'appel, et Nychelle était prudemment optimiste concernant leur degré de préparation à la tâche qui les attendait. Dans une demi-heure à peine et pendant toute une journée, des familles allaient affluer pour bénéficier de consultations pédiatriques gratuites. Le défi était de taille et avait demandé des mois de préparation, mais grâce au réseau professionnel du Dr Hamatty, le personnel et les équipements nécessaires avaient pu être mobilisés en temps et en heure.

Pour autant, cela n'avait pas été une mince affaire. La veille au soir, encore, Nychelle était sur le pont, à superviser l'installation des box et des tables d'examens ainsi que celle du dispensaire et des dispositifs de diagnostic. Ces journées de consultations gratuites étaient réputées pour la qualité des soins dispensés et le Dr Hamatty en tirait une fierté légitime, à l'instar de tout le personnel impliqué. Même les médecins les plus aguerris s'arrangeaient pour prêter main-forte lorsque leur emploi du temps le permettait.

Plantée au milieu de l'auditoire, Nychelle partageait son attention entre le discours et la conversation qui défilait sur l'écran de son portable.

Tu seras fixée dans combien de temps, au juste ?

Aliya avait ponctué sa question d'un *smiley* joyeux qui fit sourire Nychelle. Ceux qui connaissaient sa cousine sous l'angle de ses travaux prometteurs en oncologie ne pouvaient pas deviner à quel point elle était prompte à faire le clown.

Je te l'ai déjà dit : dans une semaine et demie. Ça n'ira pas plus vite si tu me demandes tous les jours.

Tu vas tenir jusqu'au rdv ?

Nychelle secoua la tête, amusée. Décidément, elle ne pouvait rien cacher à Aliya. En effet, elle avait envisagé un instant de se procurer un test de grossesse pour l'utiliser deux jours avant de voir le gynécologue. Mais elle s'était ravisée.

Oui. Je ne veux pas tenter le destin.

Sur la scène, le Dr Hamatty en était à cette partie de son discours où il décrivait son arrivée aux États-Unis lorsqu'il était enfant. Il ne manquait jamais de rappeler le dénuement de sa famille, chassée de son pays par la guerre et parlant à peine anglais, traumatisée par les événements qu'elle avait traversés. Si son allocution se déroulait comme les précédentes, il allait ensuite raconter le parcours qui l'avait mené là où il était, puis il allait conclure et tout le monde irait se mettre en place pour accueillir les patients. En tout, ils en avaient encore pour cinq ou dix minutes : c'était largement de quoi terminer sa conversation avec Aliya.

Un œil sur la scène, l'autre sur son téléphone, Nychelle tapa son message.

Tu as dit à maman que tu ne seras pas au gala ?

Oui. Elle n'est pas ravie, mais comme elle dit toujours, le travail d'abord.

Nychelle écrivit sa réponse avec une moue désabusée.

Venant d'elle, le contraire m'aurait étonnée.

Pour le Dr Monique Girvan, le travail avait toujours passé en premier. Autrefois, Nychelle en avait voulu à sa mère d'avoir systématiquement préféré sa carrière à ses enfants. À présent, s'étant fait une raison, elle avait appris à accepter sa mère telle qu'elle était, mais l'attitude de ses parents serait toujours une épine dans son cœur. Par leur intransigeance, ils avaient obtenu l'effet inverse de ce qu'ils souhaitaient pour elle. Jamais elle n'avait voulu marcher dans leurs pas, et ses enfants, lorsqu'elle en aurait, ne manqueraient jamais d'amour, de compréhension et d'affection.

Comme le discours du Dr Hamatty arrivait à son terme, Nychelle se dépêcha de prendre congé d'Aliya et rangea son portable. Autour d'elle, la foule commença à se déplacer et, ici et là, quelques bousculades donnèrent lieu à des excuses en sourdine. L'infirmière devant Nychelle se tourna en fronçant les sourcils pour voir quelle était la cause du dérangement, mais son expression s'adoucit aussitôt et elle se passa une main dans les cheveux. Nychelle se tourna à son tour pour se trouver nez à nez avec David Warmington qui arborait un léger sourire faisant briller ses yeux limpides et, soudain, Nychelle eut le souffle court. Il s'approcha encore un peu, l'enveloppant d'un parfum frais et tellement masculin… Les jambes faibles, elle feignit d'accorder le plus grand intérêt aux paroles du Dr Hamatty.

C'était quand même fou ! Depuis quelques jours, elle avait l'impression que, où qu'elle aille, elle tombait sur cet homme. Que devait-elle en conclure ? Qu'il la suivait ? Non, le plus probable, c'était qu'elle lui accordait davantage d'attention, ce qui était pire, en un sens. Comme les autres infirmières, elle faisait partie du fan-club du beau Dr Warmington.

Toutefois, à présent qu'elle le connaissait un peu mieux, elle devinait qu'il n'avait rien d'un don Juan. Ses manières courtoises étaient surtout une preuve de politesse. Jamais il ne se permettait la moindre familiarité avec les collègues ou les patients, et il allait parfois jusqu'à manifester une certaine timidité. En tout cas, il était toujours aimable, tout en s'autorisant de temps en temps une pointe d'humour pince-sans-rire, et il s'adressait de la même manière au concierge comme au médecin chef. Ses qualités professionnelles faisaient également l'unanimité. À en juger par les louanges des infirmières, il semblait paré de toutes les vertus possibles et imaginables, et Nychelle commençait à comprendre pourquoi. Il les connaissait chacune par son nom et, un jour, elle l'entendit prendre des nouvelles du fils d'une collègue qui avait été malade la semaine précédente. Bref, abstraction faite de sa plastique de dieu grec, le Dr Warmington semblait être tout simplement un chic type. Cela dit, Nychelle avait payé pour savoir à quel point les apparences pouvaient être trompeuses. Au début, Nick lui avait fait la même impression, et pas un jour ne passait sans qu'elle se reproche sa naïveté. Chat échaudé…

— Et maintenant, il est temps d'ouvrir les portes et de laisser entrer nos patients, dit le Dr Hamatty en se frottant les mains avec enthousiasme. Je vous souhaite à tous une journée productive et, de la part de toute l'équipe organisatrice, je vous remercie d'avoir sacrifié votre samedi pour la bonne cause.

Il y eut quelques applaudissements tandis qu'il s'écartait du micro pour céder la place à la présidente du comité d'organisation.

— Les retardataires qui n'auraient pas reçu leur feuillet de consignes doivent se diriger vers le bureau d'admission.

Quant aux autres, veuillez rejoindre votre box de soins. Nous avons encore quinze minutes, ajouta-t-elle en consultant sa montre.

Elle arborait un sourire un peu contraint, et Nychelle ne pouvait que compatir. Comment s'étonner que, d'une année à l'autre, le coordinateur ne soit pas la même personne ? C'était un travail de titan. Tapant dans ses mains à la manière d'une institutrice réclamant l'attention, la présidente injecta dans sa voix un enthousiasme strident.

— Allez, c'est parti !

Comme la foule se dispersait, Nychelle hésita. La politesse exigeait qu'elle salue le Dr Warmington d'une manière ou d'une autre, ce dont elle n'avait pas vraiment envie. C'était ridicule, mais chaque fois qu'elle croisait son regard limpide comme un ciel pur de Floride, elle avait la chair de poule.

Alors qu'elle tergiversait, elle l'entendit parler.

— C'est un sacré événement, non ? À vrai dire, je ne savais pas trop à quoi m'attendre avant de venir.

De toute évidence, c'était à elle qu'il s'adressait… S'exhortant mentalement au calme, elle se tourna pour lui faire face. Dieu merci, il observait la salle, et notamment le dispensaire de l'autre côté du gymnase. Avant qu'elle puisse répondre, il ajouta :

— On a même une pharmacie. C'est la première fois que je vois ça pour une journée de soins gratuits.

Nychelle se détendit. Si la conversation restait sur ce terrain neutre, elle ne risquait rien.

— Le Dr Hamatty a travaillé dur pour obtenir une licence exceptionnelle. Apparemment, il s'était rendu compte qu'une ordonnance ne servait à rien si le patient n'a pas les moyens de se procurer les remèdes prescrits. Les médicaments qu'on reçoit sont tous issus de dons et, la plupart du temps, ils sont en vente libre, sans ordonnance. Voilà pourquoi personne ne s'est opposé à ce qu'on ait un dispensaire. Le Dr Hamatty a beaucoup de relations dans le milieu médical, et même au-delà, ajouta-t-elle en riant. On ne lui refuse rien.

David la considéra et, aussitôt, elle fut captive de son regard. Comment était-il possible d'avoir des yeux aussi beaux ? Ils étaient d'un bleu magnétique, intense, qui faisait palpiter son cœur à grands coups.

Les lèvres de David s'incurvèrent en un léger sourire.

— Ça ne m'étonne pas. Le Dr Hamatty est une force de la nature. Je doute qu'on puisse lui dire non. Enfin, pas plus d'une fois, en tout cas… Le nombre de volontaires ici présents en est la preuve, ajouta-t-il en désignant les gens autour de lui.

Nychelle le dévisagea avec un soupçon de déception. David avait dit non au Dr Hamatty ? Elle le croyait au-dessus d'une telle mesquinerie.

— Vous n'étiez pas là lors de la précédente édition ? Je pensais que vous seriez impliqué dès le départ.

Il eut un léger haussement d'épaules.

— J'avais un déplacement prévu à Los Angeles pour clore une formation en conseil génétique pour des patients en oncologie. Le Dr Hamatty était au courant lorsqu'il m'a recruté, il savait que je ne pourrais pas venir. Par contre, je lui ai promis de me rattraper les années suivantes.

Il baissa les yeux vers le feuillet de consignes qu'il tenait à la main.

— Il faudrait sans doute que je me rende à mon box. Je suis en section D, au box numéro 5.

— Je suis juste deux box plus loin, dit-elle. Venez, je vous montre le chemin.

— Ah, bien…

Le sourire de David s'épanouit en une expression radieuse qui bloqua le souffle de Nychelle dans sa gorge.

— Comme ça, si j'ai une question, je saurai où vous trouver.

Elle inspira profondément pour contrôler sa voix.

— Je doute que vous ayez beaucoup besoin de mon aide. Ce sera plutôt l'inverse qui risque de se produire. Je suis bien contente de travailler juste à côté d'un médecin polyglotte. Vous parlez vraiment plusieurs langues, j'espère ?

David lui toucha le bras pour l'entraîner vers leur section et, malgré le tissu de sa manche, Nychelle eut l'impression d'être brûlée par l'empreinte de ses doigts. Elle lui emboîta le pas en s'efforçant de regarder droit devant elle.

— Je parle espagnol et portugais, français, italien et un peu d'allemand, suffisamment pour me débrouiller en tout cas. J'ai aussi des notions d'arabe et d'hindi. Je comprends un peu le mandarin, mais juste les bases. On m'a dit que mon cantonais est affreux, mais lorsque mon interlocuteur arrête de rire, je peux soutenir une conversation simple…

— D'accord, dit-elle en riant. C'est bon, je vous crois.

Alors qu'ils arrivaient, David s'arrêta brusquement.

— J'y pense… Mme Cardozo et son bébé sont hors de danger. Comme le Dr Tza l'a déclarée apte à prendre l'avion, ils doivent repartir au Brésil la semaine prochaine.

Nychelle allait répondre lorsque la voix de la coordinatrice retentit dans l'auditorium.

— OK, tout le monde, dix minutes ! Je répète : dix minutes.

— Oups, il faut se dépêcher…

Nychelle lança à David un sourire qu'il lui rendit avec une expression joyeuse.

— Le Dr Tza vous a communiqué les résultats ?

— Non, répondit-il. C'est moi qui l'ai appelée. À plus tard !

Puis il se dirigea vers son box, et Nychelle le suivit du regard, tout attendrie. Il avait pris la peine de s'informer sur cette patiente alors qu'il ne l'avait vue qu'une seule fois… Elle en éprouva une joie tout à fait déraisonnable. *On se ressaisit, Nychelle. À croire que tu es aussi atteinte que les autres infirmières.*

Pourtant, c'était plus fort qu'elle. Elle ne pouvait effacer ce sourire béat de ses lèvres.

— Je vous conseille de revenir à votre ancien détergent. D'après la localisation de la rougeur, je pense qu'il s'agit d'une dermatite de contact. Il est possible qu'elle soit causée par cette nouvelle lessive que vous utilisez.

David venait d'examiner un garçon d'une dizaine d'années pour des problèmes dermatologiques. Il avait escorté le préadolescent et le vieil homme qui l'accompagnait hors de la zone de soins et, posté sur le seuil, il terminait ses recommandations.

— L'hydrocortisone topique soulagera la démangeaison. Toutefois, si vous changez de lessive et qu'au bout d'un mois vous ne constatez aucune amélioration, vous devriez consulter à nouveau.

L'homme hocha la tête et lui tendit une main noueuse.

— Merci, docteur. Ah, ces gosses, ajouta-t-il avec un soupir. Cette nouvelle marque est beaucoup moins chère que l'ancienne, mais bien sûr, il faut qu'il me fasse une allergie.

Toutefois, malgré ses grommellements, il glissa un bras autour des épaules du garçon en un geste d'affection sincère. Songeur, David les regarda se diriger vers le dispensaire. C'était drôle de voir la facilité avec laquelle les gens parlaient de leur vie. Aujourd'hui, par exemple, il avait entendu beaucoup d'histoires personnelles difficiles comme celle de ces deux-là : M. Jones et Tyrell. M. Jones n'était même pas apparenté au garçon puisqu'il était le mari de la grand-tante qui l'avait recueilli, lui et ses deux sœurs, lorsque sa mère avait été incarcérée. Il s'en occupait pourtant comme s'il était son propre fils.

Ces situations compliquées renvoyaient David à sa propre histoire familiale. Lui aussi avait tiré le diable par la queue, connu des fins de mois difficiles. Il n'avait pas oublié cette époque où il était obligé de rafistoler ses chaussures avec du papier journal, où il s'habillait avec des vêtements donnés par des organisations caritatives. Depuis, il avait fait du chemin, mais il n'avait pas totalement réussi à se débarrasser de certaines habitudes. Souvent, par exemple, il hésitait devant certains prix qui lui semblaient exagérés alors qu'il pouvait se permettre largement l'achat. Encore à présent, il rinçait les bocaux usagés plutôt que de les jeter. Certains réflexes avaient la vie dure, surtout lorsqu'ils avaient été inculqués à un jeune âge.

Sur le point d'appeler le patient suivant, il jeta un coup d'œil vers le box de Nychelle et s'aperçut qu'elle lui faisait signe pour attirer son attention. Il ne bougea pas tout de suite et la regarda s'approcher, admirant sa jolie silhouette. Sous sa blouse blanche, elle portait une tunique rose ornée de motifs de petits lapins et d'oursons, mais même dans cette tenue ridicule, elle était belle. Remarquant soudain ses lèvres pincées et son air préoccupé, il s'empressa d'aller à sa rencontre.

— Docteur, avez-vous un moment à m'accorder ? J'aurais besoin de votre aide.

Elle parlait d'une voix neutre, sans inflexion, mais ses yeux trahissaient une émotion profonde.

— Bien sûr. Quel est le problème ?

— J'ai en consultation un petit garçon d'environ trois ans. Il est en dessous du poids moyen pour son âge et il a une jaunisse avec de la fièvre. Comme sa mère, qui est haïtienne, ne parle pas anglais, je n'arrive pas à recueillir les antécédents du petit.

Elle se détourna pour regagner son box et David lui emboîta le pas.

— Vous avez une idée de diagnostic ?

Elle lui jeta un regard inquiet par-dessus son épaule.

— J'ignore quand ils sont arrivés aux États-Unis. En attendant de le savoir, je ne peux pas éliminer une possibilité de malaria ou d'hépatite A. Quoique l'hépatite A soit généralement asymptomatique chez le jeune enfant.

En effet. Et si ce diagnostic était confirmé, le garçonnet risquait de contaminer un adulte.

— Faute de connaître ses antécédents familiaux, je ne peux pas non plus négliger le risque de drépanocytose ou de syndrome de Gilbert.

Elle s'arrêta devant le rideau qui entourait le box d'examens. Derrière, l'enfant s'agitait et sa mère essayait en vain de le calmer. Nychelle secoua la tête d'un air frustré.

— J'ai besoin d'en savoir plus pour avancer. Autrement, je jette l'éponge.

Ses doigts fins lui pressèrent le poignet.

— Si vous saviez comme je suis contente de pouvoir compter sur vous, ajouta-t-elle.

Puis elle disparut derrière le rideau, et David s'efforça de reprendre son souffle tout en bridant sa libido soudain galopante. Qui aurait deviné qu'un contact aussi bref puisse avoir un effet aussi puissant qu'un strip-tease ? Ou alors, il délirait complètement. Oui, c'était cela. Se ressaisissant, il s'interdit de fantasmer sur Nychelle et ses belles mains le caressant, le… Stop ! Réprimant un juron, il la suivit dans le box.

Son regard tomba aussitôt sur le petit garçon dans les bras de sa mère, exténuée et inquiète. Sans réfléchir, David tendit les bras vers l'enfant qui le contempla un instant les yeux écarquillés puis cessa de pleurer comme par enchantement. Puis, laissant échapper un dernier hoquet, il sourit à David qui le souleva et le nicha contre lui. Ce faisant, il procéda à un rapide inventaire de signes cliniques. En effet, ce petit gars avait de la fièvre et les yeux jaunes. David se tourna vers la mère du garçonnet en souriant d'un air rassurant.

— Bonjour, madame, dit-il en français. Puis-je vous poser quelques questions ?

3

Avec un long soupir, Nychelle se débarrassa de ses chaussures et posa son sac de toile sur la table de la cuisine, puis elle pencha le cou d'un côté et de l'autre pour soulager la tension qui raidissait sa nuque. Cette journée de bénévolat avait été une réussite, mais Seigneur, elle était vannée ! Comme le reste du personnel médical, elle n'était tenue de travailler que trois heures, mais elle choisissait toujours de rester davantage pour aider. L'après-midi avait filé comme l'éclair, et à l'approche du soir, elle était sur les rotules, mais le sentiment du devoir accompli rendait la fatigue supportable. Pourtant, un mécontentement diffus flottait en arrière-plan dans son esprit.

Les pieds nus sur le carrelage frais, elle sortit une bouteille d'eau ainsi qu'une grappe de raisin du réfrigérateur puis, bâillant largement, elle envisagea de prendre un bon bain. Ensuite, elle passerait la soirée devant une série télé comme elle en avait l'habitude pour décompresser. Normalement, elle se serait autorisé un verre de vin, mais bien sûr, elle devrait s'en passer à compter de maintenant. Et pendant trente-neuf semaines, si tout allait bien… Un large sourire s'épanouit sur son visage. Quoi qu'il arrive, tout irait bien puisqu'elle allait avoir un bébé. *Son* bébé.

Sans cesser de sourire, elle mit le raisin dans un bol avant de se diriger vers la salle d'eau, mais elle rebroussa chemin en entendant la sonnerie de son portable. Et pas n'importe quelle sonnerie : la cinquième symphonie de Beethoven, celle qu'elle réservait pour sa mère. Sa bonne humeur envolée, elle se précipita dans la cuisine, posa la bouteille et le bol sur la table puis fouilla en hâte dans son sac. Évidemment, son téléphone avait glissé tout au fond, sous sa blouse médicale.

— Allô, maman ?

— Oui, Nychelle. Comment s'est passée ta journée à la clinique ?

Pas de « bonjour », ni « comment vas-tu », non : direct, le travail. C'était bien sa mère... Parfois, Nychelle se demandait ce que toutes les deux avaient en commun, à part leur métier et leur parenté. Aujourd'hui, toutefois, cette pensée l'énerva plus que de coutume, et elle dut respirer profondément pour contrôler sa voix.

— Tout s'est très bien passé. On a reçu environ deux mille patients.

— Quand accepteras-tu le poste de coordinateur ? On ne te l'avait pas proposé ?

Nychelle se força à ne pas réagir au sous-entendu.

— Si, mais j'ai refusé.

Avant que sa mère ne se lance dans une tirade maintes fois entendue sur la nécessité d'accepter les défis pour progresser dans sa carrière, elle se dépêcha d'ajouter :

— J'étais au milieu d'une formation requise par le Dr Hamatty. Comme je tenais à la réussir haut la main, je n'ai pas voulu m'éparpiller, tu comprends.

— Hum...

Sa mère n'était pas convaincue, mais elle ne pouvait rien dire puisque la raison invoquée était d'ordre professionnel.

— Si une telle opportunité se représente, ne la refuse pas. Quoique, ne t'étonne pas si cela n'arrive jamais. Les secondes chances, c'est très rare dans la vie.

Nychelle se mordit la lèvre inférieure pour réprimer un petit rire narquois. À coup sûr, sa mère piquerait une crise si elle lui disait qu'elle avait décliné cette offre non pas une, mais deux fois.

— Par ailleurs, je tenais à m'assurer que tu serais ponctuelle à la réception de samedi. Je sais qu'il est gênant de venir seul à ce genre de raout, mais de grâce, Nychelle, essaie d'être à l'heure. Si tu habitais près de chez Martin, il aurait pu passer te chercher, mais il a fallu que tu ailles loger au diable Vauvert…

Nychelle leva les yeux au ciel. Le reste de sa famille avait élu domicile dans les quartiers huppés de Fort Lauderdale, au nord de la ville, mais elle avait préféré s'établir au sud, dans un secteur plus abordable et très dynamique où elle avait acheté une jolie petite maison de plain-pied. Elle adorait cet endroit, mais à entendre ses parents, elle vivait dans un bidonville.

— Pas de problème, maman. L'hôtel n'est pas loin de chez moi, donc je peux m'y rendre par mes propres moyens. Ne t'inquiète pas, j'arriverai suffisamment tôt pour la réception.

— Tu t'es trouvé une tenue convenable ?

— Non, pas encore. Je comptais m'en occuper cette semaine.

À vrai dire, Nychelle n'avait pas l'intention de se mettre en frais. La robe qu'elle avait portée au récent mariage d'une amie serait tout à fait « convenable », justement. Mais inutile de le dire à sa mère.

— Cette semaine seulement ? Ce n'est pas un peu tard ?

Nychelle secoua la tête avec lassitude. Le téléphone coincé contre l'épaule, la bouteille et le bol de raisin à la main, elle se dirigea vers le salon. Tout à coup, elle se sentait fatiguée, si fatiguée… Elle n'avait qu'une envie : se détendre dans un bon bain, mais impossible avec sa mère à l'autre bout du fil.

— Je n'ai pas encore eu le temps. Le travail, tu comprends, ajouta-t-elle non sans une certaine perfidie.

Il en fallait pourtant davantage pour décourager sa mère.

— Ce gala annuel de charité de l'Association médicale

est un rendez-vous incontournable pour toutes les personnes qui comptent à Fort Lauderdale. Il faut absolument que tu fasses bonne impression.

— Oui, maman, je sais. Un jour, je serai sans doute amenée à faire appel à eux pour un travail.

Si elle avait été d'humeur à débattre, Nychelle lui aurait rétorqué que le Dr Hamatty, une sommité respectée de tous, l'avait recrutée sur la base de son seul CV, mais à quoi bon ? Autant parler à un mur.

— Tout à fait. Bon, Nychelle, je te laisse. À samedi prochain.

Puis elle raccrocha sans même attendre de réponse.

— Super… Au revoir à toi aussi, maman.

Nychelle jeta son portable sur le canapé avec une moue désabusée, puis elle se rendit dans la salle de bains. Tout en se déshabillant, elle poursuivait cette conversation imaginaire.

— Comment va papa ? Ravie d'apprendre que son épaule va mieux. A-t-il pu faire publier son dernier article ?

Après avoir rempli la baignoire, elle versa des sels de bain puis elle s'allongea dans l'eau tiède et parfumée et respira à fond en s'obligeant à se détendre. Ses parents étaient ce qu'ils étaient. À leur âge, il était illusoire d'espérer les faire changer. Par conséquent, mieux valait ne pas tenir compte de ce qu'ils pensaient d'elle, de sa vie, de ses choix professionnels. Surtout maintenant. À coup sûr, lorsqu'elle leur dirait qu'elle était enceinte, la nouvelle ne leur causerait aucune joie, aucune excitation. Ils la critiqueraient, comme d'habitude. Donc, autant se préparer à leur réaction.

Se rendant compte qu'elle avait la mâchoire crispée, Nychelle s'enfonça un peu plus dans son bain et tourna ses pensées vers les événements de la journée qui venait de s'écouler. Aussitôt, elle revit David Warmington, et aussi Etienne, le petit Haïtien qu'il avait examiné. Avec un sourire, elle se rappela la façon dont il s'était quasiment jeté dans les bras de David. À cet âge, les enfants s'accrochaient à leur mère, surtout lorsqu'ils n'allaient pas bien, mais Etienne s'était tout de suite pris d'affection pour David.

D'ailleurs, à sa place, Nychelle en aurait fait autant. Elle serait volontiers tombée dans les bras du beau Dr Warmington. Oh là là, le bain lui ramollissait les neurones ! D'où lui venait cette pensée ridicule ? Oui, David Warmington était craquant. D'accord, il semblait gentil, mais de là à soupirer après lui… Au contraire, ces raisons auraient dû l'inciter à l'éviter comme la peste. Par ailleurs, quand bien même aurait-elle été tentée, David Warmington n'était pas un homme pour elle.

Saisie d'un brusque besoin de bouger, d'être active, alors qu'elle était censée se détendre, Nychelle se redressa pour s'emparer du gel douche, frissonnant au contact de l'air frais sur ses épaules et sa poitrine mouillées. Quelques jours auparavant, alors qu'elle déjeunait à la cafétéria, elle avait été témoin d'une conversation entre David et le Dr Tomkins, aucun des deux ne faisant l'effort de parler bas. Nychelle, pour sa part, n'avait pas tendu l'oreille. De plus, le Dr Tomkins avait une voix de stentor qui s'entendait d'un bout à l'autre de la cafétéria.

— Le Dr Hamatty m'a dit que les parents t'apprécient beaucoup, David. Tu as un don avec les enfants. Tu aurais dû te spécialiser en pédiatrie.

La réponse de David n'avait semblé ni amusée ni flattée.

— Non… Non merci, sans façon. Ça ne m'a jamais tenté.

Le Dr Tomkins avait réagi par un petit rire.

— Au moins, quand tu auras des enfants, tu t'entendras bien avec eux.

— Ce n'est pas à l'ordre du jour, avait répondu David.

Sur le moment, Nychelle avait eu le sentiment qu'il avait dit cela d'un ton sec et froid, à rebours de sa voix chaleureuse habituelle, et comme elle lui tournait le dos, elle n'avait pu voir son visage pour confirmer cette impression. En tout cas, ces quelques phrases étaient demeurées gravées dans son esprit.

Nychelle s'allongea dans la baignoire en fronçant les sourcils. Nick aussi avait toujours assuré ne pas vouloir d'enfants, ou du moins, pas avant d'avoir vraiment lancé sa carrière. Quoique, était-il juste de comparer David à Nick ? Elle se trompait peut-être, mais David ne lui donnait pas l'impression d'être du genre égoïste. Cela dit, pour avoir vécu plusieurs années avec Nick, elle savait que les apparences étaient trompeuses. Le charme n'était souvent qu'un miroir aux alouettes qui n'avait rien à voir avec une véritable bonté de cœur. Elle avait payé pour le savoir. Même son père, si froid, si distant, n'hésitait jamais à se montrer suave et séducteur dès lors qu'il était question de favoriser ses intérêts. David était-il du même acabit ? Dissimulait-il une personnalité peu reluisante sous des dehors avenants ? Mais quelle importance, au fond ? Elle s'en fichait.

Ce qui l'énervait, en revanche, c'était cette attirance physique qu'elle ne pouvait s'empêcher d'éprouver pour lui. À l'évidence, son précédent avec Nick ne lui avait pas suffi. Deux ans après leur séparation, elle tombait sous le charme d'un autre don Juan.

Elle frissonna. Mais si elle avait la chair de poule, ce n'était pas à cause de l'eau de son bain qui refroidissait : elle repensait aux belles mains de David tandis qu'il examinait Etienne, à sa voix douce et calme qui avait rassuré l'enfant et sa mère. Elle se rappela aussi avoir eu le souffle court chaque fois qu'elle avait croisé son regard ou qu'elle regardait ses lèvres. Confusément, elle savait que ces mains, ces lèvres, ce corps pouvaient lui apporter un plaisir incommensurable.

— Ça suffit, Nychelle.

Mais ses fantasmes continuaient, malgré cette autoadmonestation. En désespoir de cause, elle frappa l'eau du plat des mains et s'éclaboussa le visage.

— Ouille… Ça t'apprendra à penser n'importe quoi.

Elle s'essuya les yeux puis éclata de rire en prenant une serviette. C'était le genre de bêtises qu'elle racontait à Aliya, mais dans le cas présent, elle s'abstiendrait. D'ailleurs, autant que possible, elle éviterait de parler de David à sa cousine car Aliya finirait fatalement par se douter de quelque chose. Du reste, elle aurait été ravie de la voir avec quelqu'un. Même si elle prétendait comprendre ses raisons de recourir à une PMA, Aliya avait tenté de la convaincre d'attendre avant d'essayer d'avoir un bébé.

Sortant de la baignoire, Nychelle caressa son ventre où, avec un peu d'espoir, une petite vie était en train de s'épanouir.

— Ce n'est pas grave s'il n'y a que toi et moi, mon chéri. On n'a vraiment besoin de personne.

C'était bizarre comme ces mots avaient une tonalité douce-amère. Toutefois, sans s'attarder sur cette impression, elle se regarda dans le miroir et hocha la tête d'un air résolu avant de prendre une serviette. Oui, c'était le moment optimal pour essayer d'avoir un bébé et rien ne lui ferait regretter sa décision. Absolument rien.

4

David Warmington paraissait un peu bizarre, aujourd'hui. Confusément, Nychelle avait l'impression qu'il n'était pas comme à son habitude, mais elle n'arrivait pas à identifier ce qui clochait. Enfin, si : il s'énervait contre un patient. Mais à sa décharge, le patient en question y mettait du sien. L'homme, un certain Douglas Comstock, était un agent sportif qui leur avait été adressé par l'un de ses clients pour des douleurs persistantes aux jambes. Après l'avoir examiné, Nychelle avait pris rendez-vous pour une radio et une IRM, mais M. Comstock insistait pour obtenir des antalgiques plus puissants que ceux délivrés sans ordonnance qui ne lui faisaient plus effet. N'étant pas habilitée à prescrire des médicaments, elle l'avait donc adressé à un généraliste. Disponible, David l'avait pris en charge aussitôt.

À présent, il devait s'en mordre les doigts, le pauvre. Les deux hommes étaient engagés dans un bras de fer à l'issue incertaine. Finalement, David inspira profondément avant de parler.

— Monsieur Comstock…

— Appelez-moi Doug, répondit l'autre d'un air débonnaire.

— Doug, je vais vous adresser au Dr Napoli. C'est l'une des meilleurs chirurgiens orthopédistes de Floride. Cependant, je vous le dis et le répète, elle ne pourra pas vraiment vous aider tant que vous n'aurez pas perdu du poids.

Sans se départir de son sourire jovial, Douglas Comstock secoua la tête.

— Pas la peine, Doc. Donnez-moi ces médocs et je m'en vais. Comme je le disais à l'infirmière Cory, comment voulez-vous que je perde du poids ? Je passe le plus clair de mon temps sur les routes avec mes athlètes et je n'ai jamais un moment de libre, vous voyez ?

— Non, je ne vois pas, justement. Pouvez-vous m'expliquer en quoi le fait d'améliorer votre hygiène de vie est incompatible avec votre agenda ?

— Facile, Doc…

Douglas Comstock continuait de sourire comme le chat du Cheshire, et Nychelle se rendit compte qu'il s'agissait d'une technique pour mettre son interlocuteur dans la poche et éliminer les dissensions.

— J'assiste à des événements sportifs quasiment tous les soirs et, le reste du temps, je repère de nouveaux talents. Et puis, il y a les *after*, les conférences de presse, les dîners, où j'essaie de nouer des liens avec des cibles potentielles et leurs propriétaires. Je suis debout aux aurores, je passe mes journées en réunion ou au téléphone, à mettre des gens en rapport, à organiser des choses. Mes journées sont longues et bien remplies, et une partie essentielle de mon boulot se déroule pendant les repas. Donc, non, je ne vois pas comment en rajouter sans sacrifier quelque chose. Du coup, vous préconisez quoi ? Prendre sur les trois ou quatre heures qui me restent pour dormir ?

Son expression avenante n'avait pas changé, mais le ton de sa voix laissait percer des inflexions acerbes. Manifestement, Douglas Comstock n'était pas homme à supporter la contradiction ou les leçons de morale, mais David ne baissa pas les bras pour autant.

— D'après votre dossier, l'infirmière Cory voulait prendre rendez-vous pour des tests, mais vous lui avez dit que ce n'était pas la peine.

— Tout à fait.

Douglas Comstock souleva l'une de ses jambes massives pour la croiser sur l'autre, manifestement mal à l'aise malgré son éternel sourire.

— Je pars pour Taïwan dans trois jours, donc à quoi bon vous mettre en peine ?

David jeta un coup d'œil à Nychelle qui haussa les sourcils d'un air qui disait « *bon courage* ». Songeur, il se tourna alors vers Douglas. Normalement, il aurait dit à son patient de se rhabiller et de le suivre dans son bureau pour discuter tranquillement. Au lieu de cela, il résolut de tenter le tout pour le tout.

— D'accord, monsieur Comstock, je sais que je devrais être diplomate, mais vous n'allez pas me prendre au sérieux. Donc je ne vais pas y aller par quatre chemins.

Nychelle eut l'impression que le sourire de l'homme vacillait légèrement : preuve qu'il écoutait David.

— Vous avez un excès de poids d'au moins cinquante kilos par rapport à votre taille et votre structure squelettique. D'après les radios et l'IRM, vous semblez avoir une hernie discale, ce qui expliquerait vos douleurs aux jambes, de même que les engourdissements et les faiblesses musculaires. Évidemment, des antalgiques pourraient vous soulager à court terme, mais un spécialiste comme le Dr Napoli serait mieux à même de vous conseiller. En tout cas, soyez sûr qu'aucun traitement ne sera efficace tant que le problème de fond ne sera pas résolu. Au contraire, les antalgiques ne feront que masquer les symptômes.

— Mais…

David l'interrompit d'une main levée.

— Attendez, laissez-moi terminer.

Cette fois-ci, Douglas Comstock ne souriait plus du tout. Il eut un soupir excédé, mais ne dit rien.

— Plus sérieusement encore, certains facteurs comme

votre âge et votre poids vous exposent à plusieurs maladies. Ce genre de maladies qui stopperaient net vos activités…

David jeta un coup d'œil à la tablette numérique qu'il tenait à la main, sans doute pour donner de la force à ses propos, puis il poursuivit.

— Vous avez de la tension, et même si vous êtes sous traitement, vous n'avez pas vu de médecin depuis plusieurs années, donc votre suivi n'est pas à jour. Or, l'hypertension est le principal facteur de risque d'AVC.

Douglas écarquilla légèrement les yeux, mais David n'en resta pas là et poursuivit avec une insistance qui confinait à l'acharnement. Nychelle ne l'avait jamais vu ainsi, mais ce nouveau David lui semblait étonnamment séduisant. Elle réprima aussitôt cette impression, mais un frisson furtif lui avait quand même picoté le dos.

— Vous êtes également prédisposé au diabète. Si jamais vous développez cette maladie, votre quotidien sera compliqué par certaines contraintes. Vous devrez, par exemple, contrôler votre glycémie trois fois par jour et vous injecter de l'insuline pour éviter de tomber dans un coma diabétique.

Douglas Comstock, qui avait pâli, entrouvrit les lèvres, puis il referma la bouche en baissant la tête. David attendit un peu avant de poursuivre, sûr de ne pas être interrompu.

— L'infirmière Cory a également mis en évidence des problèmes respiratoires. Il s'agit peut-être d'une réaction bénigne à une mauvaise qualité d'air, mais on ne peut exclure quelque chose de plus grave, comme une insuffisance cardiaque. Étant donné votre style de vie, votre cholestérolémie est également préoccupante. Mais pour contrôler ces différents éléments, vous devez passer des tests complémentaires. Par ailleurs, votre surcharge pondérale entraîne une trop forte sollicitation des articulations et du rachis, donc à moins de perdre du poids, attendez-vous à des douleurs dans le dos, les genoux, les chevilles ou les hanches. Et je n'ai pas fini : comme vous voyagez beaucoup, vous êtes exposé à un risque accru de thrombose des veines profondes. Vous savez ce que c'est ?

Douglas secoua la tête d'un air sombre.

— C'est lorsqu'un caillot obstrue un vaisseau. Parfois, ce caillot se détache et migre dans la circulation sanguine pour venir se bloquer dans une artère pulmonaire et provoquer une embolie. Or, vous réunissez deux facteurs de risque majeurs : votre sédentarité et votre surpoids.

Nychelle décida de s'interposer. Mieux valait cesser d'accabler et de démoraliser leur patient s'ils désiraient obtenir son adhésion pour un traitement.

— Monsieur Comstock, je comprends que vous ne soyez pas enchanté à l'idée de devoir perdre du poids et vous concentrer sur votre santé alors que vous avez déjà tant de responsabilités par ailleurs, mais nous pouvons vous aider et vous faciliter la tâche.

Elle accompagna ses propos d'un sourire pour mieux faire passer la pilule. C'était un peu comme jouer au flic gentil et au flic méchant, mais s'il fallait en passer par là pour remettre leur patient sur de bons rails, elle se prêtait volontiers à ce manège.

— Je…

Les sourcils froncés, M. Comstock baissa les yeux vers ses mains, posées à plat sur ses cuisses.

— Oui, je peux au moins faire l'essai. Je ne me sens pas très bien depuis quelque temps, et j'ai du mal à dormir, mais je mettais ça sur le compte des douleurs.

Voyant David ouvrir la bouche pour répondre, Nychelle redouta qu'il évoque les nombreux problèmes auxquels le prédisposait son obésité, comme l'apnée du sommeil, par exemple. Il ne fallait surtout pas risquer de bloquer le patient en le surchargeant d'informations anxiogènes. Heureusement, David l'avait bien compris.

— Si vous voulez bien vous rhabiller et me suivre dans mon bureau, nous pourrons mettre en place des tests sanguins.

Vous n'aurez même pas à revenir puisqu'ils peuvent être réalisés dès maintenant. Ensuite, l'infirmière Cory et moi discuterons avec vous d'un parcours de soins.

— D'accord, dit Douglas en se mettant debout. Croyez-le ou pas, mais j'ai pris ce poids au cours des six dernières années seulement. Depuis que mon activité professionnelle s'est vraiment développée, en fait.

David hocha la tête en souriant.

— Autrement dit, il ne s'agit pas de casser les habitudes de toute une vie, mais simplement de corriger des tendances récentes. Avec votre force de caractère, je ne doute pas que vous y arriviez.

Lorsque David et Nychelle quittèrent la pièce, Douglas avait retrouvé son sourire.

David ne se rappelait pas la dernière fois qu'un patient l'avait autant énervé. À en juger par le regard songeur que lui jeta Nychelle en entrant dans le bureau, il n'avait pas vraiment réussi à dissimuler son état d'esprit.

— Ouf ! dit-elle calmement une fois la porte refermée. Ce pauvre M. Comstock, quand même… Je suis contente que vous l'ayez convaincu, mais vous n'y êtes pas allé avec le dos de la cuillère.

— C'était pour son bien.

David se rendit compte qu'il avait parlé d'un ton plus dur qu'il ne l'avait voulu car elle se tourna vers lui en haussant les sourcils.

— Je ne vous fais aucun reproche. Moi-même, je lui avais dit peu ou prou la même chose que vous, mais il ne m'écoutait pas. Il voulait seulement se faire prescrire des médicaments.

David s'assit à la table de travail avec un soupir et se connecta à son ordinateur portable. Nychelle, de son côté, se dirigea vers une armoire contenant des brochures d'information dont elle sortit plusieurs liasses.

— Il n'a plus reparlé de ses médicaments, c'est déjà ça, dit-il. J'espère qu'il suivra nos conseils. Mais, parfois, honnêtement, j'ai l'impression de donner des coups d'épée dans l'eau.

— Oui, certains jours, on est tenté de tout envoyer balader.

Elle s'interrompit pour lui jeter un bref regard par-dessus son épaule.

— Ça va ?

— Oui, oui.

Mais sa voix n'était pas sincère. Lui-même s'en apercevait. Par bonheur, Nychelle ne répondit pas tout de suite, ce qui lui laissa le temps de sélectionner sur un formulaire électronique les tests qu'il souhaitait faire passer à Douglas Comstock. Penché sur son écran d'ordinateur, il ne leva pas la tête lorsqu'elle s'approcha de lui, ni même lorsqu'elle parla.

— Si vous avez besoin de quoi que ce soit, un coup de main, une oreille attentive… Dites-le-moi.

Cette sollicitude faillit le faire craquer. Plus que jamais concentré sur son travail, David imprima son formulaire et lui tendit le papier pour qu'elle s'occupe des tests de M. Comstock. Une fois seul, il se passa les mains sur le visage comme pour s'extraire d'un rêve douloureux. Il aurait dû prendre une journée de congé. Oui, mais pour se retrouver à tourner en rond chez lui ? Merci, sans façon. Par le passé, le travail l'avait toujours aidé à oublier son chagrin. Il n'y avait pas de raison qu'il en aille autrement aujourd'hui.

Tout à l'heure, il avait été à deux doigts de dire à Nychelle pourquoi cette journée n'était pas comme les autres. Quelque chose dans son doux regard, dans le timbre de sa voix lui avait donné envie de raconter ce qu'il gardait toujours pour lui. Jusqu'à présent, il n'avait jamais été tenté de se confier. Parler, c'était risquer d'aggraver la souffrance. C'était aussi atténuer le deuil, mais, étrangement, il ne désirait ni l'un ni l'autre.

Dix ans. Cela faisait dix ans, jour pour jour, qu'elle était morte. Née à tout juste vingt semaines, sa petite Natalie n'avait pas survécu. En tant que médecin, David aurait parlé d'une fausse couche, voire d'un avortement spontané. Mais en tant qu'homme, en tant que père, il ne pouvait pas réfléchir en ces termes. Pour lui, c'était tout simplement l'anniversaire de Natalie, la commémoration de ce jour où il avait vraiment compris ce qu'était l'amour, et la souffrance qu'il pouvait causer. Depuis, les années avaient passé, mais ce sentiment de perte irrévocable n'était pas devenu plus facile à supporter. Le serait-il un jour, d'ailleurs ?

David inspira profondément et retint son souffle avant de le relâcher. Renversé sur sa chaise, il regretta de ne pas se trouver à Chicago pour pouvoir se recueillir sur sa tombe, comme les autres années. Lorsqu'on lui avait proposé ce poste en Floride, il avait même été tenté de le refuser pour ne pas s'éloigner de sa fille.

Pourtant, la vie continuait. Il ne pouvait pas se laisser aller à la tristesse. C'était à des moments comme celui-ci qu'il aurait voulu pouvoir téléphoner à Kitty. Mais son ex avait refait sa vie. Elle s'était remariée, avait eu deux autres enfants, leurs chemins s'étaient éloignés. David avait du mal à vivre ce jour, mais cela ne l'autorisait pas à la déranger et à réveiller d'anciennes douleurs. Non, il devait accepter le fait que rien ni personne ne pouvait atténuer son chagrin. Enfin, presque personne. Il s'empara de son téléphone et composa le numéro. Au bout de deux tonalités, sa mère décrocha.

— Davie ! Justement, je me demandais si tu allais nous appeler aujourd'hui.

David sourit. Le simple fait d'entendre cette voix familière et mélodieuse suffisait à dilater l'étau autour de son cœur. Appuyé au dossier de son siège, il se balança légèrement. Il savait que sa mère ne parlerait pas de Natalie, mais il éprouvait un certain apaisement à l'écouter raconter les dernières chroniques de la famille et de la petite ville où il avait grandi.

Son ordinateur émit soudain un bip et David se pencha en avant pour lire le message de la réceptionniste.

L'infirmière Cory souhaite vous voir lorsque vous ne serez plus au téléphone.

Aussitôt, sa nuque se raidit sous l'effet d'une tension étrange, différente de celle qu'il ressentait en pensant à Natalie, mais tout aussi puissante. Nychelle désirait sans doute le tenir au courant au sujet de Doug Comstock. Il fut tenté de lui demander un résumé écrit afin d'éviter de la revoir. Chaque fois qu'il se trouvait en sa présence, il sentait jaillir en lui des émotions profondes qu'il n'avait pas envie d'examiner, surtout en ce moment.

Pourtant, il se surprit à donner une tout autre réponse :

Faites-la entrer, Trina.

5

Quelques secondes plus tard, la porte s'entrouvrit et le visage de Nychelle apparut dans l'entrebâillement. Comme elle hésitait en haussant les sourcils, l'air interrogateur, David lui fit signe d'entrer. Elle jeta un coup d'œil au téléphone avant de s'exécuter et de refermer derrière elle. David se rendit soudain compte qu'elle semblait fatiguée. Tout à ses idées sombres, il n'avait pas remarqué les cernes discrets qui soulignaient ses yeux. Sans la quitter du regard, il s'efforça de se concentrer sur les paroles de sa mère.

— Du coup, comme elle était vexée, Mme Lattimore a refusé de participer à la dernière vente de gâteaux. Il a fallu que je lui parle entre quatre yeux, ajouta-t-elle avec un soupir excédé. Je lui ai dit que ce n'était absolument pas une réaction d'adulte et de paroissienne. En définitive, elle a confectionné une douzaine de ses tartes aux noix de pécan, mais elle n'a pas manqué de raconter à qui voulait l'entendre qu'elle ne ferait jamais l'effort si Janie Carruther dirigeait le comité caritatif.

Nychelle s'assit en face de lui, un sourire amusé aux lèvres. David ne s'en formalisa toutefois pas. C'était bizarre, mais il n'éprouvait aucune réticence à ce qu'elle entende sa mère jacasser, alors qu'avec n'importe qui d'autre il aurait hésité.

— Tu es une vraie diplomate, maman. Tu as raté une carrière de juge de paix.

— Veux-tu te taire, Davie, gros bêta…, dit-elle en riant.

Nychelle se couvrit la bouche de la main sans parvenir à réprimer un petit éclat de rire.

— Il y a quelqu'un avec toi, Davie ?

À ce surnom, les yeux de Nychelle pétillèrent de plus belle et David fit mine de la réprimander du regard.

— Oui, une collègue vient d'entrer, maman.

— Ah, tu es occupé. Je vais te laisser, alors.

— Maman, attends…

Il avait failli oublier l'une des raisons pour lesquelles il l'avait appelée.

— Vous pensez me rendre visite bientôt, papa et toi ? J'ai une chambre d'amis, tu sais.

Au silence qui se fit sur la ligne, David devina ce qu'elle allait lui répondre.

— Tu connais ton père, Davie : toujours au boulot, jamais de vacances. Et puis, aller en Floride…

À la manière dont elle prononçait ce mot de Floride, on aurait cru qu'il était parti vivre sur Mars. En même temps, ses parents n'avaient jamais quitté leur village de Caroline du Sud, sauf pour célébrer la fin de ses études de médecine à l'université du Maryland. Et encore, ils avaient fait le déplacement contraints et forcés.

— Je ne sais pas, mon grand…

— Au moins, réfléchissez-y. Maintenant que Jessa a fini l'école, elle et Bobby pourraient aider à la boutique, non ?

Sa sœur serait sans aucun doute capable de gérer toute seule la petite affaire familiale, mais les enfants ne diraient pas non à la possibilité de la seconder, histoire de se faire un peu d'argent de poche pendant l'été.

— Oui, peut-être… Je lui en parlerai. Bon, je te laisse travailler, Davie.

— D'accord, maman. Passe le bonj…

Mais sa mère avait déjà raccroché. David reposa le téléphone en secouant la tête.

— Votre mère a suivi les cours de technique téléphonique

du Dr Monique Girvan, à ce que je vois, dit Nychelle en souriant. Elle non plus ne s'embarrasse pas de formules de politesse.

— Qui est le Dr Monique Girvan ?

Pour une raison qu'il ignorait, ce nom lui était vaguement familier.

— C'est ma mère.

— Ah…

Mais ceci n'expliquait pas pourquoi son nom lui disait quelque chose.

— Les mères sont comme ça, parfois, ajouta-t-il avec un petit sourire. Elle devait penser qu'elle me dérangeait. Mon métier est un peu mystérieux pour elle. Son expérience des médecins est limitée aux séries télé et au généraliste de notre petite ville : un vieux monsieur toujours sur le pied de guerre, plus occupé qu'un cintre à un bras.

— Que quoi ? dit-elle en riant. Où êtes-vous allé pêcher une expression pareille ?

Son rire était contagieux, et David sourit, le cœur inexplicablement léger.

— Mon coloc à la fac était canadien et il utilisait sans cesse cette expression. Du coup, elle m'est restée.

Il jouait distraitement avec un petit carton d'invitation pour occuper ses mains et se distraire de l'envie de les poser sur Nychelle Cory. C'était plus fort que lui. Il aurait voulu lui caresser les joues, redessiner du doigt les lignes douces de ses lèvres.

— Je comprends pourquoi… *Davie*, ajouta-t-elle avec un petit rire.

David était sur la défensive dès qu'il s'agissait de ses origines modestes, mais, bizarrement, il ne prit pas ombrage de la taquinerie. Encore plus étrange était la facilité avec laquelle cette complicité spontanée apaisait la tristesse qui lui plombait le moral depuis le matin.

— Vous venez de Caroline du Sud ? poursuivit-elle.

J'essayais de deviner l'origine de votre accent, mais il ressort vraiment lorsque vous parlez à votre mère.

— En effet. Depuis douze ans, j'ai beaucoup bougé et mon accent s'est quasiment effacé. Par contre, il revient quand je suis avec mes proches.

— C'est pareil pour moi. Je vis aux États-Unis depuis l'âge de dix ans, mais si vous m'entendiez au téléphone avec ma cousine Aliya, vous penseriez que je débarque tout juste de l'avion.

Elle leva le bras pour replacer une mèche qui s'était échappée de son chignon, et ce geste tendit son chemisier sur sa poitrine. David se contraignit à détourner le regard. Qu'est-ce qui lui prenait de la reluquer ainsi ? Heureusement, elle ne semblait pas s'en être aperçue.

Nychelle se redressa sur sa chaise, et son regard tomba sur le carton d'invitation qu'il continuait de faire passer distraitement d'une main à l'autre.

— Vous êtes convié au gala caritatif de la FMA ?

Surpris par ce brusque changement de sujet, David regarda la carte avant de répondre.

— Oui. Vous aussi ?

Dans un élan de curiosité, il songea qu'il ne connaissait quasiment rien de Nychelle Cory, si ce n'était qu'elle était compétente, intelligente et belle. Était-elle mariée ? Il ne le pensait pas, mais il s'abstint de la questionner. En règle générale, il évitait de poser trop de questions personnelles à ses collègues. Il préférait que ce soit eux qui lui fournissent spontanément les informations qu'ils acceptaient de porter à sa connaissance.

— Je suis bien obligée, répondit-elle avec une moue désabusée. Autrement, je ne donne pas cher de mes abattis.

— Ah bon ? Pourquoi ?

— Ma mère préside le gala de cette année. Si je lui fais faux bond, elle va m'écorcher vive.

— Ah…

À présent, David comprenait pourquoi ce nom lui était familier. Le Dr Hamatty lui avait conseillé de ne pas rater ce gala et il lui avait énuméré les personnes susceptibles d'y assister, dont notamment le Dr Girvan. Chef de l'unité de psychiatrie à la prestigieuse université Brevard, c'était une sommité dont l'influence s'étendait bien au-delà des sphères médicales.

— En toute franchise, j'appréhende un peu d'y aller, reprit-il en donnant une chiquenaude au carton d'invitation. Je vis en Floride depuis un an seulement et je n'ai pas eu le temps de nouer beaucoup de liens, donc je risque de me retrouver seul toute la soirée. De plus, ces événements avec tenue correcte exigée m'ont toujours mis mal à l'aise.

Au rire qu'elle laissa échapper, il devina qu'elle ne le croyait pas une seconde.

— Je suis sûre que vous ferez bonne impression. Et puis, vous ne serez pas seul puisque plusieurs médecins de la clinique seront également présents, dont le Dr Hamatty.

— Et vous, bien sûr.

Elle baissa un instant les yeux et il se demanda à quoi elle pensait. Mais elle redressa la tête pour poser sur lui un regard indéchiffrable.

— Et moi, oui.

— Vous y allez seule ?

Cette question lui échappa sans qu'il puisse la retenir et il se figea, dans l'attente de sa réaction.

— Euh… Oui.

Elle se frotta le poignet gauche puis posa les mains sur ses genoux. Pourquoi en fut-il soulagé ? Il n'aurait pu le dire. Il ne savait même pas pourquoi il s'était avancé à poser cette question. Entre toutes les personnes susceptibles de venir avec lui, Nychelle Cory était sans doute la moins indiquée. Pourtant, comme de loin, il s'entendit demander :

— Ça vous dirait de m'accompagner ?

Surprise, Nychelle cligna les paupières.

— Vous comprenez, ça m'éviterait de débarquer seul là-bas…

La question qui fusa aussitôt dans l'esprit de Nychelle fut : *pourquoi* ? Pourquoi lui demandait-il à elle en particulier, alors que tant d'autres femmes auraient été ravies de lui dire oui ? Le faisait-il pour aborder sa mère et tenter d'entrer dans ses bonnes grâces ? Ces soupçons n'étaient pas illégitimes. Nick n'avait pas agi autrement, après tout. Du coup, pouvait-elle faire confiance à David ? Elle ne voulait pas répéter ses erreurs.

Peu désireuse de lui révéler le conflit qui l'agitait, elle évita son regard, se rappelant les manœuvres grossières de Nick avec ses parents. Au début, elle pensait qu'il les flattait pour faire bonne impression. Elle avait mis du temps à se rendre compte qu'il s'était servi d'elle pour s'approcher d'eux, et surtout de son père, et se faire pistonner à l'institut. Avec de tels antécédents, elle aurait été folle, ou idiote, d'accorder sans réserve sa confiance à David.

Et puis, dans l'absolu, sa proposition était stupide. Certes, elle le trouvait séduisant, mais, justement, c'était une raison de plus pour le tenir à distance. Ces derniers jours, elle avait eu du mal à conserver sa neutralité professionnelle vis-à-vis de lui. Aujourd'hui, lorsqu'elle l'avait vu aussi triste, elle avait bien failli franchir la ligne jaune, celle qui lui interdisait toute familiarité avec un collègue. Alors, passer la soirée avec lui ? Non, inutile de tenter le diable.

— Je ne suis pas sûre que ce soit une bonne idée, dit-elle, la tête baissée. On risque de jaser si on nous voit ensemble.

David parut réfléchir à sa remarque, et comme le silence s'éternisait, elle leva à nouveau les yeux. Croisant son regard, il secoua la tête et leva un pouce.

— *Primo*, vous et moi, nous sommes collègues. Franchement, quoi de plus banal pour des collègues que de se rendre ensemble à des manifestations extraprofessionnelles ? C'est du covoiturage, rien de plus.

Il leva un autre doigt.

— *Deuzio*, si quelqu'un pose des questions, je répondrai que vous me rendez service parce que je ne connais quasiment personne au gala — ce qui est vrai, d'ailleurs. *Tertio*, ajouta-t-il en dressant un troisième doigt, si ça gêne quelqu'un, il faudra qu'il s'explique avec moi.

Il laissa retomber sa main.

— *Last but not least*, ça ne posera sans doute aucun problème.

Qu'il aille au diable, lui et ses beaux yeux bleus ! Chaque fois qu'il l'observait de son regard pénétrant, elle se sentait fondre et rougir comme une gamine. Sur le point de presser une paume sur sa joue chaude, elle interrompit son geste et reposa la main sur ses genoux.

Ce n'était sans doute pas une si mauvaise idée, après tout. Lorsqu'elle l'aurait vu passer de la pommade à ses parents, elle cesserait peut-être d'éprouver pour lui cette attirance ridicule. En tout cas, s'il s'amusait à ce jeu, elle lui souhaitait bonne chance. Sa mère estimait que la déférence était un dû, mais son père, en revanche, s'épanouissait littéralement sous la flatterie. Nychelle ne pouvait imaginer rien de pire que de regarder David Warmington flatter leur amour-propre. S'il s'abaissait à ce comportement, il deviendrait aussitôt *persona non grata* à ses yeux.

Les lèvres pincées, elle hocha la tête.

— Bon, puisque vous voyez les choses ainsi, c'est d'accord. Moi non plus, je n'aime pas arriver seule à ce genre de raout, donc le service est réciproque.

— Parfait…

Les coins de sa bouche s'incurvèrent en l'un de ces demi-sourires dont il avait le secret, et Nychelle se contraignit à détourner le regard. C'était bête, mais chaque fois qu'il souriait ainsi, elle avait envie de l'embrasser. Seigneur, pourquoi avait-elle accepté ?

— Si vous voulez, dites-moi où vous habitez et je passerai vous chercher, ajouta-t-il.

Sans le regarder, elle plongea la main dans la poche de sa blouse médicale et en sortit un carnet pour noter son adresse.

— Je dois impérativement être à l'heure, donc venez au plus tard à 6 heures. Vous connaissez South Fort Lauderdale ?

— Je saurai me débrouiller, ne vous inquiétez pas : j'ai un GPS. Mais au cas où, donnez-moi quand même votre numéro de téléphone.

Elle s'exécuta, le cœur battant, puis déchira le feuillet et le lui tendit.

— Au fait, j'étais venue pour M. Comstock. Il est parti en clamant haut et fort que vous êtes un médecin formidable et qu'il s'efforcerait de faire de son mieux.

Pourtant, alors même qu'elle prononçait ces paroles, une pensée envahit son esprit.

Je vais vraiment devoir m'acheter une nouvelle robe !

6

Plus nerveuse que jamais, Nychelle posa les mains à plat sur ses genoux et se força à respirer à fond. Allons, tout allait bien se passer ce soir. Comme promis, David était venu la chercher avec une ponctualité impeccable et ils étaient arrivés largement à l'heure. Au moins, sa mère ne pourrait pas lui reprocher un retard. Avec un peu de chance, elle trouverait même un compliment pour la robe achetée pour l'occasion : une folie scandaleusement hors de prix pour laquelle Nychelle avait eu le coup de foudre. D'ordinaire, pourtant, elle savait être raisonnable, mais là, elle avait été incapable de résister. À sa décharge, rien ne lui avait plu dans les magasins où elle avait ses habitudes, et elle s'était résolue à se rendre dans une boutique où Aliya l'avait conduite un jour. Là, elle était tombée en pâmoison devant *la* robe : une merveille de soie, froncée sur les côtés, avec un bustier qui épousait ses formes et mettait en valeur ses épaules rondes. Évidemment, en voyant l'étiquette, elle avait failli s'évanouir, mais pour une fois… Après tout, elle se rendait au gala accompagnée de celui qui serait certainement le plus bel homme de la soirée. Il fallait bien qu'elle consente à quelques sacrifices si elle ne voulait pas faire tache à son bras.

Lorsqu'elle s'était vue dans un miroir, elle s'était trouvée belle, et même sophistiquée, et le regard appréciateur de David quand elle lui avait ouvert la porte avait été la cerise sur le gâteau. Avec un peu de chance, cette soirée ne serait pas la corvée qu'elle redoutait tant.

David interrompit ses pensées en ouvrant la portière.

— Vous ai-je dit que vous êtes magnifique ?

Elle éclata de rire en prenant la main qu'il lui tendait pour l'aider à sortir de voiture.

— Oui, deux fois déjà. C'est la troisième.

Hou là, du calme, Nychelle. Il ne s'agit pas d'un rendez-vous amoureux, et David n'est pas ton petit ami. Tout juste ton ami.

Elle chercha à retirer sa main, mais au lieu de la lâcher, David la fit glisser jusqu'au creux de son coude.

— Seulement trois fois ? Je suis avare de mes compliments, on dirait. Je le dis et je le répète, vous êtes splendide, resplendissante, rayonnante…

— Ça va, l'interrompit-elle en riant. N'en jetez plus.

Allons bon… Voilà qu'elle riait juste avant de se rendre à un raout professionnel où ses parents allaient épier le moindre de ses faits et gestes : c'était « l'effet David », sans aucun doute. À son bras, rien ne pouvait mal se passer.

Tandis qu'ils traversaient le hall de l'hôtel, il se pencha vers elle pour lui parler et son haleine tiède lui effleura la joue.

— Donc, à quoi dois-je m'attendre ce soir ? J'espère que le repas en vaudra la peine. Sinon, il nous restera au moins le kebab d'en face.

Nychelle eut, de nouveau, un petit rire. Arrivée sur le seuil de la salle de réception, elle s'aperçut que son ventre n'était pas noué par l'anxiété, comme d'habitude en pareille circonstance.

Dès leur entrée, ils furent accueillis par le Dr Girvan et son éternel sourire surfait.

— Nychelle… Quel plaisir de te voir… Et tu es ponctuelle, en plus. Félicitations !

Elle accompagna ces paroles d'une accolade de pure forme et d'une petite bise dans le vide.

— Je vois que tu as pris le temps de te trouver une tenue convenable.

Un instant plus tôt à peine, Nychelle s'était sentie gonflée à bloc, mais la tiédeur de cet accueil la stoppa net dans son élan, la laissant partagée entre la déception et le mécontentement. Mal à l'aise, elle n'osait même pas regarder David tandis qu'elle le présentait.

— Maman, je ne pense pas que tu aies rencontré le Dr Warmington. David, voici ma mère, le Dr Monique Girvan.

Une surprise fugace se peignit sur le visage de cette dernière lorsqu'elle regarda l'homme très beau qui l'accompagnait. En toute autre circonstance, Nychelle en aurait été amusée ; en l'occurrence, sa gêne en fut augmentée. Le Dr Girvan recouvra toutefois ses bonnes manières urbaines en un clin d'œil et transperça David d'un regard inquisiteur.

— Ravie de faire votre connaissance, docteur Warmington. Le Dr Hamatty m'a parlé de vous. C'est très aimable d'être venu. Et d'avoir accompagné Nychelle.

— Le plaisir est pour moi, chère madame. À tous les égards.

Était-ce une impression ou David faisait-il preuve de froideur à l'égard de sa mère ? se demanda Nychelle. Il souriait, mais d'un sourire qui n'atteignait pas ses yeux.

— Votre fille a eu la gentillesse d'accepter de m'escorter et je lui en suis infiniment reconnaissant.

Puis ils s'éloignèrent sans attendre de réponse. Encore affectée par l'accueil de sa mère, Nychelle observa la salle en évitant de regarder David.

— Les décorateurs se sont vraiment surpassés, cette année. Ces arrangements de callas et d'orchidées sont absolument magnifiques, n'est-ce pas ?

Elle jacassait et s'en rendait compte, mais c'était son seul moyen pour dissimuler sa gêne.

— Vous avez jeté un coup d'œil aux articles de la vente aux enchères ? Non ? Ils auraient dû vous envoyer une liste avec l'invitation. Personnellement, j'ai remarqué quelques tableaux, mais, surtout, une sculpture qui ferait très bien dans mon salon.

Comme des doigts tièdes se refermaient sur son poignet, elle se tut, prise de court, et son souffle se bloqua dans sa gorge lorsqu'elle découvrit l'expression intense de David. Il se pencha vers elle, si près que sa joue effleura la sienne, et l'enveloppa d'un parfum merveilleusement masculin.

— Je tenais juste à vous dire que si vous étiez ma fille « convenable » serait le dernier mot que j'emploierais pour décrire cette robe.

Ses doigts, à la fois fermes et doux, remontèrent le long de son bras jusqu'à son épaule.

— D'autres qualificatifs me viennent à l'esprit : séduisante, décadente, délicieusement sensuelle…

Sa main retomba, mais l'empreinte qu'elle avait laissée sur la peau de Nychelle persistait, plus brûlante qu'un tison. Cette main, elle aurait voulu la prendre et la poser plus bas, sur le doux renflement de sa poitrine.

— En tout cas, d'un point de vue parental, elle est tout sauf convenable. Enfin, ce n'est que mon avis.

La réaction normale aurait été de rire, tourner cette remarque à la plaisanterie, mais Nychelle en était incapable. La bouche sèche, le cœur en chamade, elle prit une profonde inspiration et son vertige s'intensifia lorsqu'elle aspira une bouffée du parfum de David. Par bonheur, il s'écarta un peu.

— Avec une robe pareille, tous les hommes vont vous tourner autour. On va me prendre pour votre garde du corps. Encore heureux, j'ai repris le sport.

David avait vraiment le don de la faire sourire, même au pire moment.

— Ne vous inquiétez pas. Dans ce genre de galas, chacun surveille son comportement.

Il lui prit la main pour la nicher à nouveau au creux de son bras.

— Zut… Dans ce cas, je vais devoir me tenir à carreau. Tant pis pour moi. Allez, venez, ajouta-t-il. Faisons un petit tour de salle et arrêtons-nous au stand des enchères. J'aimerais voir cette sculpture qui vous intéresse tant.

Le dîner avait été délicieux, du moins, bien plus que David ne s'y attendait, d'après son expérience passée. En outre, les allocutions ne s'étaient pas éternisées comme trop souvent dans ce genre de raout. Autre point positif, il avait été installé à table avec quatre collègues de la clinique, ainsi que leurs épouses ou maris, ce qui lui avait épargné la gêne de devoir converser avec des personnes inconnues.

Et, bien sûr, il y avait Nychelle. Nychelle, qui lui avait coupé le souffle lorsqu'il l'avait découverte dans cette robe… Nychelle, qu'il ne pouvait s'empêcher d'admirer sans cesse. Au moins, ici, il pouvait la regarder ouvertement et non à la dérobée, comme souvent à la clinique. D'ailleurs, à plusieurs reprises, il s'était même contraint à détacher les yeux d'elle de peur d'avoir l'air bizarre à force de suivre la moindre de ses paroles, le moindre de ses gestes. L'effet du vin, sans doute. Elle, de son côté, ne semblait voir en lui qu'un collègue, voire, à la limite, un ami. En tout cas, elle était une partenaire de soirée idéale. Autrement dit, si problème il y avait, c'était sa faute à lui.

Ou celle des parents de Nychelle. Leur attitude vis-à-vis d'elle le faisait bouillir de rage. Celle de son père, notamment. David se demandait comment un homme aussi froid et imbu de lui-même avait pu avoir une fille chaleureuse et spontanée.

— Nychelle aurait pu être un excellent médecin si elle s'en était donné la peine. Mais elle n'a jamais fait attention aux conseils de carrière que ma femme et moi lui avons prodigués. Par bonheur, sa sœur nous offre davantage de satisfactions.

Exaspéré, David but une gorgée de vin pour retenir la réponse qui lui brûlait les lèvres. Nychelle s'efforçait de faire bonne figure, mais son sourire pincé révélait qu'elle était choquée. De même, elle écoutait sans réagir son père tresser des lauriers à sa sœur. Sans doute en avait-elle l'habitude.

— Olivia a terminé major de sa promotion et elle a été embauchée par la Mayo Clinic et par John Hopkins avant même d'obtenir son diplôme.

— Félicitations…, répliqua David. Ce doit être gratifiant d'avoir deux filles aussi intelligentes et talentueuses.

Mais le Dr Cory balaya ce compliment d'un geste de la main.

— Certes, certes… Cela dit, Nychelle ne donne pas vraiment la mesure de tout son potentiel, et c'est bien dommage.

— Permettez-moi d'être en désaccord avec vous.

Manifestement peu habitué à être contredit, le Dr Cory haussa les sourcils d'un air surpris qui exacerba l'exaspération de David.

— Je ne doute pas que Nychelle ferait un excellent médecin dans quelque spécialité que ce soit. Mais en tant qu'infirmière praticienne, elle est un maillon essentiel du service. De plus, ses diagnostics n'ont rien à envier à ceux d'un médecin.

— Peu importe. Nychelle a gâché l'opportunité de se faire un nom en médecine. Si elle avait voulu mettre en valeur ses talents diagnostiques, elle aurait dû devenir généraliste. En tant que père, je ne souscris pas à ses choix.

David prit une profonde inspiration et but une autre gorgée de vin pour se donner le temps de se contrôler. Ensuite, il revint à la charge :

— Veuillez m'excuser d'insister, mais il me semble que votre fille excelle déjà en médecine, justement. C'est d'ailleurs pour cette raison que le Dr Hamatty l'a recrutée et lui a confié ce niveau de responsabilité. Donc désolé, monsieur Cory, mais la plupart des pères seraient heureux et fiers d'avoir une fille comme elle.

Un silence de plomb tomba sur le petit groupe et David se demanda s'il n'était pas allé trop loin. En même temps, il ne regrettait pas de lui avoir sorti ses quatre vérités. C'était incroyable comme ce type pouvait être borné. Obnubilé par sa vision étriquée de la « réussite », le Dr Cory ne s'apercevait même pas que sa fille était une femme merveilleuse. Décidément, certains pères ne méritaient pas leur chance.

— Hé, Nini ! Comment vas-tu ?

Un bel homme à la peau sombre les avait rejoints et saluait Nychelle d'un baiser sur la joue et le Dr Cory d'une poignée de main. David trouva l'interruption bienvenue, et Nychelle aussi, à en juger par son sourire soulagé.

— Martin ! Justement, je me demandais où vous étiez passés, Jennifer et toi.

Elle serra dans ses bras la toute petite femme blonde qui se tenait derrière Martin.

— Contente de te voir, Jennifer, dit-elle avant de pointer une main en direction de David. Vous connaissez le Dr David Warmington ? David, voici mon cousin, le Dr Martin Girvan, et sa femme, le Dr Jennifer Howard.

Un grand sourire éclairant son visage mince, Martin Girvan serra la main de David.

— Je crois me rappeler qu'on s'est déjà croisés. New York, la conférence sur la propagation internationale de maladies à transmission vectorielle…, ajouta-t-il, le regard pétillant derrière d'épaisses lunettes.

David sourit.

— Oui, bien sûr ! Ravi de vous revoir.

— De même.

Martin entoura d'un bras les épaules de sa femme.

— Jen, voici le médecin dont je t'ai parlé : celui qui m'a tiré d'une situation embarrassante avec un type éméché au bar de l'hôtel. Tu t'en souviens ?

David se mit à rire.

— Heureusement, on s'en est sortis tous les deux sains et saufs.

— Donc, vous travaillez en Floride, maintenant ? Si mes souvenirs sont bons, vous habitiez ailleurs…

— Oui, à Chicago. Depuis, j'ai déménagé. J'ai été embauché à la clinique de Lauderdale.

— D'accord…, dit Martin en souriant. Le Dr Hamatty vous a pris dans ses filets, c'est ça ? Et c'est là que vous avez rencontré Nychelle, je suppose.

Ils se tournèrent vers Nychelle, ou plutôt vers l'endroit où elle se tenait un instant plus tôt… Mais elle était partie. Par-dessus l'épaule de Martin, David la vit s'éclipser d'un pas rapide hors de la salle de réception. Sur un bref mot d'excuse, il s'élança à sa suite.

7

Nychelle marchait droit devant elle d'un pas rapide en s'efforçant tant bien que mal de dissimuler son émotion. À force, pourtant, elle aurait dû être habituée. D'ailleurs, elle l'était, la plupart du temps, et ce soir était l'exception. L'attitude de ses parents l'avait blessée plus que jamais. Lui parler ainsi, et devant un homme qui leur était totalement étranger, un collègue à elle… Le simple fait d'y repenser suffisait à la plonger dans un maelström de colère et d'embarras.

À l'autre bout de la salle, de grandes portes-fenêtres ouvraient sur une terrasse qui surplombait l'océan et Nychelle se dirigea vers elles, en veillant à desserrer les poings et à garder une expression agréable, mais Seigneur, comme c'était difficile ! Son père l'avait dénigrée avec un tel flegme, une telle assurance, comme si rien de ce qu'elle avait accompli dans sa vie n'avait de valeur. Ce discours ne l'étonnait pas, certes : il le lui avait dit et répété *ad nauseam* depuis l'enfance. Mais ce soir, il s'en était fallu de peu qu'elle ne craque en public.

Elle s'était depuis longtemps faite à l'idée que ses parents étaient incapables de la moindre marque d'affection. Pour eux, le travail, les soucis de carrière avaient toujours pris le pas sur les enfants. Le problème, c'était qu'elle, Nychelle, ne fonctionnait pas et n'avait même jamais fonctionné ainsi. Bien sûr, lorsqu'elle était petite, elle s'était évertuée à satisfaire ses parents, visant toujours la perfection dans l'espoir de leur plaire : peine perdue. Ces efforts l'avaient laissée brisée, surtout lorsqu'elle avait compris, en grandissant, que ce qu'elle attendait de la vie était incompatible avec leurs exigences.

Tout avait basculé lors de sa treizième année, lorsqu'on lui avait diagnostiqué un saignement utérin anormal. En dernier recours, elle avait subi un curetage et le gynécologue avait dit qu'elle risquait par la suite d'avoir du mal à avoir des enfants. Toutefois, ce qui l'avait heurtée, ce n'était pas tant ce pronostic que la satisfaction froide et clinique avec laquelle sa mère avait accueilli la nouvelle. À l'en croire, Nychelle aurait dû faire contre mauvaise fortune bon cœur : débarrassée de la question des enfants, elle pourrait se consacrer exclusivement à la médecine. Nychelle secoua la tête à ce souvenir. Comment sa mère, une psychiatre de renom, pouvait-elle témoigner aussi peu d'empathie à l'égard de sa propre fille ?

Elle dut contourner un groupe de convives près des portes puis sortit dans l'air tiède de la nuit. Plusieurs personnes s'égaillaient ici et là sur la longue allée qui bordait le front de mer, et Nychelle reconnut parmi elles de nombreux visages. Pressant le pas, elle descendit vers la plage et laissa derrière elle les lumières et l'animation du jardin. Dès qu'elle fut seule, elle s'arrêta et renversa la tête en arrière pour laisser échapper un long soupir de colère et de chagrin. Puis, immobile, elle respira profondément pour tenter de se calmer en écoutant la douce rumeur de l'océan.

Elle s'était tellement démenée pour tenter de gagner l'estime de ses parents. Que d'efforts gaspillés en pure perte ! Autant jeter l'éponge. Pourquoi se casser la tête à tenter de les accepter ? Eux n'essayaient même pas de la comprendre. Ils étaient sans doute des sommités dans leur domaine professionnel, mais en tant que parents, ils avaient raté sur toute la ligne. D'ailleurs, ils n'avaient jamais été là pour elle. Jamais… Ce soir n'en était qu'une preuve de plus, songea-t-elle, furieuse, en donnant un coup de pied dans le sable avant de relâcher lentement son souffle par la bouche. Mais rien n'y fit : les paroles de son père ne cessaient de tourner en boucle dans son esprit.

Toutefois, elle pouvait voir les choses autrement. Ses parents pouvaient même lui servir de contre-exemple qui validait ses choix de vie. Mariés depuis quasiment trente-cinq ans, ils se parlaient avec froideur, indifférence, comme s'ils étaient étrangers l'un à l'autre. Ils considéraient leurs deux filles comme des projets professionnels plutôt que comme des individus dotés de talents et de désirs particuliers qui méritaient d'être encouragés. Preuve, s'il en était, que le mariage était une institution surestimée.

Par le passé, Nychelle avait longtemps espéré trouver l'âme sœur, un partenaire à tous les sens du terme. Avec Nick, elle avait été d'une loyauté sans faille. Elle lui avait tout donné, absolument tout, et pour quoi, en définitive ? Il s'était bien moqué d'elle, mais elle avait appris la leçon. Elle ne se ferait jamais plus avoir par un homme. De toute façon, elle n'avait besoin de personne dans sa vie, y compris pour élever son bébé. Et si ses parents, ou quiconque, s'aventuraient à ridiculiser ses enfants comme son père venait de le faire avec elle…

Elle laissa échapper un soupir étranglé au souvenir de la scène qui venait de se dérouler. Dire que son père y était allé tellement fort que David, un quasi-étranger, s'était senti obligé de se porter à son secours… Dieu merci, Martin et Jen étaient arrivés avant que son père ait pu répondre à David. Le Dr Herman Cory, responsable de l'institut Maynard, de réputation mondiale, n'avait pas l'habitude qu'on lui tienne tête. Nychelle irait même jusqu'à dire qu'il détestait la contestation. Or, sans l'ombre d'un doute, David lui avait jeté un gant à la figure.

Malgré sa colère, elle eut un léger sourire. Quand avait-on pris sa défense de la sorte pour la dernière fois ? À vrai dire, elle ne s'en souvenait plus. En tout cas, David n'était pas intimidé par ses parents et il se fichait d'entrer dans leurs bonnes grâces. Décidément, il lui plaisait bien.

— Je vous aime beaucoup, Nychelle, et je vous considère comme une amie. Mais je vais être franc : votre père n'est pas quelqu'un de facile.

La voix de David la fit sursauter. Absorbée par ses pensées, elle ne l'avait pas entendu arriver derrière elle et elle était trop embarrassée pour lui faire face.

— Je ne vous le fais pas dire, répondit-elle en affectant un ton léger. Mes parents sont tous les deux des drogués du travail et ils nous ont élevées dans cet esprit, ma sœur et moi. Ça les énerve de constater que j'ai préféré suivre ma propre voie.

Avec un rire chaleureux, David lui posa une main sur l'épaule.

— Je comprends. D'une certaine manière, nos parcours ne sont pas si différents.

Incapable de résister au charme de sa voix, elle tourna la tête vers lui. Même à la lueur de la pleine lune, les yeux de David brillaient d'un éclat magnétique absolument fascinant.

— Comment ça ? balbutia-t-elle.

— Je viens d'une famille modeste et j'ai grandi dans une petite ville minière qui a connu son heure de gloire avant de décliner au fil des années. Mes parents s'attendaient à ce que je devienne artisan, de préférence mécanicien, pour que je puisse reprendre l'affaire de mon père. Alors imaginez leur surprise lorsque je leur ai annoncé que je souhaitais étudier la médecine.

Il eut un bref sourire, mais son regard était triste.

— J'avais une dizaine d'années. Ils se sont tous les deux demandé où j'étais allé pêcher une idée pareille. Personne dans la famille n'avait fait d'études supérieures, et, à vrai dire, je crois qu'ils n'ont jamais vraiment compris ma décision.

Elle hocha la tête, voyant où il voulait en venir, même si leurs situations n'étaient pas franchement comparables.

— Les parents ont des attentes qui ne correspondent pas toujours à celles des enfants.

— Exactement.

Elle sentit les doigts de David se crisper brièvement sur son épaule puis ils se détendirent.

— Nos parents veulent nous voir marcher dans leurs pas, et si nous en décidons autrement, ils nous en veulent, même si nous réussissons dans notre vie et dans notre métier.

— Et j'ajouterais : même si l'un de leurs enfants est heureux de se conformer à leur plan de vie.

Le ressentiment qui accompagnait ces paroles fut aussitôt éclipsé par la sensation des doigts légers de David sur son bras, telle une brise tiède et réconfortante glissant sur sa peau. Elle avait la gorge trop serrée pour ajouter quoi que ce soit et fut contente lorsque David reprit la parole.

— C'est pareil pour moi, répondit-il avec un petit rire. Ma sœur travaille avec mon père, et mon petit frère est en train de passer son brevet de mécanicien. Autrement dit, l'affaire familiale est entre de bonnes mains.

Des frissons de désir la parcourant, Nychelle entendait à peine ce qu'il disait.

— Mais je veux que vous compreniez quelque chose…

David s'était approché d'elle imperceptiblement et il l'enveloppait de sa voix, de son parfum.

— Ce que j'ai dit à votre père, ce n'était pas pour vous faire plaisir, mais parce que je le pensais sincèrement. Vous êtes une femme formidable doublée d'une infirmière hors pair. C'est un plaisir de travailler avec vous, Nychelle. Votre présence, votre personnalité sont un vrai rayon de soleil. N'importe quel père serait fier d'avoir une fille telle que vous. Si le vôtre n'est pas capable d'apprécier sa chance, eh bien, tant pis pour lui.

Nychelle sentit sa poitrine se serrer sous l'effet de la

gratitude et d'un autre sentiment, plus intense, plus profond encore. Elle en avait les larmes aux yeux.

— Merci, murmura-t-elle.

Sans réfléchir, elle se haussa sur la pointe des pieds pour l'embrasser sur la joue afin de lui exprimer sa reconnaissance. Dès que ses lèvres le touchèrent, la rumeur de la fête, le chant des grenouilles, le clapotis des vagues et tous les autres bruits environnants s'évanouirent. Ils demeurèrent un instant immobiles l'un et l'autre, comme pétrifiés. Puis David pencha la tête et leurs lèvres se rencontrèrent.

Au contact ferme et délicieux de sa bouche sur la sienne, Nychelle eut l'impression que son cœur s'était arrêté sous l'effet d'un choc électrique de plusieurs centaines de volts. Le monde, l'univers semblaient concentrés dans ce point de contact qui les unissait. Puis David l'enlaça, une main sur sa taille, l'autre sur sa nuque, et il la serra contre lui, la faisant frémir sous l'effet d'un désir qui aiguisait tous ses sens. Comme il lui caressait les lèvres de la langue, elle ouvrit la bouche spontanément, avec bonheur.

Le long soupir qui gonfla le torse de David provoqua en elle une cascade de sensations intenses qui la firent trembler des pieds à la tête. Elle noua les bras autour du cou de David, autant pour resserrer son étreinte que pour éviter de s'effondrer telle une chiffe à ses pieds. Elle entendit sa respiration s'accélérer en même temps qu'elle sentit sur sa peau la caresse précipitée de son souffle. Chaque cellule, chaque fibre de son corps vibrait, comme électrifiée. Une chaleur intense monta en elle, et les pointes de ses seins se durcirent douloureusement. C'était plus que du désir, c'était un besoin insupportable qui lui arracha un soupir étranglé.

Comme, en réponse, David approfondissait son baiser, elle se pressa encore davantage contre lui, noyée dans des sensations dont l'intensité menaçait de la faire basculer complètement. Quand David plaça une cuisse musculeuse entre ses jambes, Nychelle, éperdue, s'arqua, en quête d'une intimité plus complète encore. Elle en voulait plus, tellement plus ! Les lèvres de David quittèrent sa bouche pour se promener sur son cou, à un endroit sensible sous son oreille.

— Nychelle…

Avait-elle déjà entendu son nom prononcé de la sorte ? On aurait dit que c'était le plus beau mot du monde, un code donnant accès à des fantasmes interdits. Elle inclina la tête en arrière, la gorge offerte. Les lèvres de David tracèrent sur son cou un chemin de feu qui lui arracha un doux gémissement. Déjà, elle imaginait sa bouche sur sa poitrine et elle anticipait le plaisir qu'elle en éprouverait.

Un éclat de rire résonna soudain dans l'allée en surplomb, suffisamment fort pour pénétrer dans leur bulle d'intimité et la faire éclater. Ils se figèrent tous les deux.

— Le serveur dit qu'on peut fumer au bout de la promenade, déclara une femme. Donc, si tu tiens vraiment à nous empester avec tes horribles cigares, tu sais où tu dois aller.

La voix féminine résonnait dans l'air nocturne, mais Nychelle mit un temps avant de comprendre ce qu'elle racontait. Lorsque ce fut le cas, elle repoussa brutalement David.

Lorsqu'il se rendit compte qu'ils étaient sur le point d'avoir de la compagnie, David se redressa avec un juron en sourdine. L'instant d'après, Nychelle posait les mains à plat sur son torse pour le repousser. Il recula, mais la retint le temps de s'assurer qu'elle n'allait pas perdre l'équilibre. Alors, seulement, il la relâcha, comme si le simple fait de la toucher le brûlait. Ce qui était le cas, d'une certaine façon. Par son baiser, elle avait ouvert en lui une boîte de Pandore émotionnelle et redonné vie à des besoins, des désirs qu'il avait crus définitivement enterrés. Des désirs qu'il aurait préféré reléguer aux oubliettes.

Aussi agréables soient-ils, ces sentiments risquaient de le

conduire dans une aventure qu'il ne souhaitait pas explorer. La mort de Natalie, le divorce qui en avait résulté avaient détruit quelque chose en lui. Le désir était une chose, mais ce qu'il éprouvait en cet instant l'emmenait bien trop loin dans une zone dangereuse. Il connaissait à peine Nychelle, mais au fond de lui, il sentait qu'elle mettait en péril certaines décisions de vie.

Ils se regardèrent en silence, et Nychelle semblait se retenir de partir en courant. David inspira profondément pour recouvrer son calme. Il fallait remettre une distance entre eux deux.

— Je crois que je dois présenter des excuses.

Il s'étonnait lui-même de son sang-froid, alors que son cœur continuait à cogner dans sa poitrine.

— C'était une impulsion irrésistible. La faute à la Lune, sans doute, ajouta-t-il en souriant.

Nychelle cligna les paupières avant de lever la tête vers l'astre nocturne.

— Non, c'est moi qui…

— Écoutez, le mieux est d'oublier ce qui s'est passé.

Un rire amer faillit lui échapper. En réalité, il serait plus simple d'empêcher la Lune d'orbiter autour de la Terre que d'effacer de sa mémoire le souvenir du corps de Nychelle et de ses lèvres ardentes sur les siennes.

— Oui, bonne idée.

Il l'entendit prendre une inspiration avant d'expirer dans un soupir sonore.

— Ce… Ça n'aurait pas dû arriver. On travaille ensemble. Les situations comme celle-ci risquent d'amener des problèmes, des complications.

Elle s'exprimait d'une voix rapide, la même qu'elle employait avec les patients ou certains collègues et qui lui permettait d'imposer une distance à son interlocuteur. David en était irrité, mais, en toute franchise, n'était-ce pas lui qui avait suggéré qu'ils oublient l'incident ?

— Oui, je vous comprends tout à fait, répondit-il, les mâchoires serrées. Inutile de s'attirer des ennuis à cause d'un baiser.

David eut l'impression qu'elle se crispait, mais aussitôt, elle sourit.

— Tout à fait…

Cherchant à tout prix à ramener un semblant de légèreté, David lâcha la première bêtise qui lui passa par la tête.

— Désolé pour ce coup de folie. Appelons ça une inlunation : un coup de soleil, mais de nuit.

Avec un petit rire contraint, Nychelle lissa sa robe pour la défroisser.

— Croyez-le ou pas, mais beaucoup d'études se sont penchées sur le sujet. Elles minimisent toutes la hausse supposée du nombre d'interventions policières ou médicales pendant les nuits de pleine lune. En revanche, sur le terrain, ce n'est pas l'impression qu'on a.

Incapable de résister, David lui prit le bras pour la ramener vers l'escalier qui montait aux jardins.

— Au fait, je tenais à vous remercier à nouveau d'avoir accepté de m'accompagner à cette soirée. Les galas comme celui-ci peuvent se transformer en corvée quand on y vient seul.

Nychelle lui jeta un coup d'œil et David regretta soudain de ne pas pouvoir garder une image d'elle en cet instant. Elle était magnifique, ainsi baignée par la lumière pâle de la Lune, toute nimbée d'ombres mystérieuses. Oui, ce moment resterait à jamais gravé dans sa mémoire. Jamais il ne l'oublierait.

— Je vous en prie…, dit-elle avant de s'interrompre un instant, les sourcils froncés. J'étais sincère lorsque je disais que le service rendu était mutuel.

Une tristesse planait dans son regard, la moue de ses lèvres. Pensait-elle à ses parents ? David ne put réprimer un élan de colère en se remémorant leur attitude.

— Vous ne direz pas ça quand je vous aurai marché plusieurs fois sur les orteils en dansant, dit-il, mû par l'envie de la faire sourire à nouveau.

Elle eut un petit rire délicieux qui le fit frémir. Décidément, ce ne serait pas ce soir qu'il parviendrait à la tenir à bonne distance.

8

Le lundi qui suivit était une belle journée ensoleillée, comme il y en a souvent en Floride, mais Nychelle eut un mal fou à sortir du lit. Elle pensait pourtant n'avoir pas trop mal dormi, mais la fatigue qui plombait ses membres suggérait le contraire.

Aujourd'hui comme hier dimanche, elle ne cessait de penser à cette soirée de gala. Elle avait l'impression que son cerveau était prisonnier d'une boucle sans fin et repassait sans discontinuer ce baiser avec David. À chaque fois, des vagues de chaud et de froid montaient et descendaient le long de son corps. Bien sûr, elle ne doutait pas une seconde que David regrettait ce qui s'était passé s'il fallait en croire la façon dont il l'avait repoussée. Mieux valait tout oublier, avait-il dit froidement. Sage conseil, mais difficile à appliquer.

Bon sang, où avait-elle eu la tête de céder aussi facilement ? Elle n'avait pas de place dans sa vie pour des bêtises de ce genre, et surtout pas avec un homme capable de maîtriser ses émotions en un claquement de doigts. D'accord, David n'avait pas cherché à impressionner ses parents, bien au contraire. Pour autant, pouvait-elle lui accorder sa confiance sans réserve ? Rien n'était moins sûr. Elle ne voulait pas courir le moindre risque à cause d'un homme quel qu'il soit. Son précédent lamentable avec Nick lui avait amplement suffi, merci.

Alors qu'elle arrivait à proximité de la clinique, elle se

rendit compte qu'elle avait la mâchoire serrée et inspira pour se détendre. Peut-être que, d'ici ce soir, tout le monde dans le service saurait que le Dr Caliente l'avait accompagnée au gala. Le seul moyen de ne pas y laisser trop de plumes, c'était de répondre invariablement que lui et elle n'étaient qu'amis. Cette pensée en tête, elle se gara et claqua la portière plus fort que nécessaire.

Ainsi qu'elle s'y attendait, elle n'avait pas eu le temps d'enfiler sa blouse que Gina la harcelait déjà.

— Alors, petite cachottière, tu es allée au gala du FMA avec le Dr Caliente ! Tu aurais pu nous dire que vous sortiez ensemble.

Nychelle leva la tête du casier où elle rangeait ses effets personnels et fixa sur Gina un regard aussi neutre que possible.

— Pas du tout. On s'est tout au plus rendu mutuellement service. Il n'avait personne pour l'accompagner au gala, et moi non plus.

Puis elle sourit, spontanément cette fois-ci.

— Tu aurais dû voir la tête de ma mère lorsque je suis arrivée à son bras. Elle valait le prix du ticket d'entrée.

Gina afficha un air déçu, mais elle revint aussitôt à la charge.

— Il t'a draguée ?

Dieu merci, Nychelle était occupée à rassembler des fournitures de bureau et Gina ne pouvait pas voir son visage.

— Même pas. David est un parfait gentleman.

Gina émit un bruit qui exprimait autant la déception que la désapprobation, puis elle s'approcha pour murmurer :

— C'est fou, ça… Tu crois qu'il est homo ?

— Quoi ? Mais pas du tout ! C'est juste que…

Se rappelant les mots avec lesquels David l'avait convaincue de l'accompagner, Nychelle se raccrocha à eux comme à une bouée de sauvetage.

— On travaille ensemble, lui et moi. Donc, c'était plus… euh… du covoiturage.

Gina secoua la tête, déçue.

— Bon, tant mieux s'il s'est bien comporté, mais quand même… J'aurais vraiment pensé…

— Tu penses trop, Gina, l'interrompit Nychelle en affectant un ton amusé. Tu m'excuseras, mais je dois y aller.

Gina jeta un regard vers l'horloge et ouvrit de grands yeux. La clinique allait ouvrir dans quelques minutes.

— Oh là là ! Moi aussi.

Nychelle émit un soupir de soulagement en la regardant s'éloigner. Avec un peu de chance, le reste de la journée se passerait de la même manière, et les gens ne tarderaient pas à se désintéresser du sujet.

Elle fut vite rassurée. La clinique ne désemplissait pas, aujourd'hui, et personne n'eut le loisir de lui poser des questions indiscrètes auxquelles elle n'aurait, de toute façon, pas eu le temps de répondre. Aussi fut-elle étonnée en constatant que tous ses rendez-vous après 15 heures avaient été annulés. Le secrétariat lui expliqua que la demande émanait de l'assistante du Dr Hamatty, et Nychelle ne put s'empêcher d'éprouver un léger frisson d'anxiété.

— Elle a donné une raison ?

— Non, elle a juste dit que le Dr Hamatty tient à ce que vous assistiez à une réunion à 15 heures et qu'il fallait faire de la place dans votre agenda.

Ah bon… C'était inhabituel, mais inutile de s'inquiéter avant d'en savoir davantage.

— Où doit se tenir cette réunion ?

— Dans votre bureau, répondit la secrétaire d'un ton bref.

Nychelle entendait des téléphones en arrière-fond. Manifestement, le secrétariat était débordé et n'avait pas le loisir de lui apporter des précisions.

— Bon, d'accord, Marion. Mon patient est là ?

À 15 heures moins le quart, son dernier rendez-vous terminé, Nychelle s'empressait de rentrer ses notes dans le système informatique. Il restait un quart d'heure avant la réunion mystère, ce qui lui laissait amplement le temps de se poser des questions et de s'inquiéter. Il n'y avait pourtant sûrement pas lieu. Lauderlakes était une clinique dynamique où de nombreux projets et événements voyaient le jour.

Depuis ce gala, Nychelle était nerveuse comme une puce : sans doute parce que, d'ici quelques jours, elle saurait enfin si sa tentative de PMA avait réussi ou non. Et puis, il y avait aussi David. David, et les fantasmes qu'il lui inspirait. Ou alors, il lui servait de distraction pour lui éviter de penser à mercredi prochain. Ce jour-là, si tout se passait bien, sa nouvelle vie allait commencer. Donc non, elle n'avait pas de temps à perdre avec David Warmington. Par chance, elle n'avait aucune raison de le fréquenter davantage, y compris dans le cadre du travail.

Il semblait sur la même longueur d'onde, d'ailleurs. Après ce baiser, il s'était comporté en parfait gentleman : poli, courtois, amusant, et subtilement distant. Mais preuve qu'elle n'était pas logique avec elle-même, elle avait été vexée par cette attitude réservée. C'était pourtant ce qu'elle désirait, non ? Raisonnablement, la froideur de David aurait dû l'arranger, apaiser la tension qu'elle éprouvait en sa présence. En fait, c'était l'inverse qui se produisait : elle se sentait tremblante, troublée, malheureuse. C'était à n'y rien comprendre !

Le plus sage était de cesser de penser à cette incartade et de se concentrer sur l'avenir. Or, comme son projet de vie impliquait notamment une certaine stabilité professionnelle, son travail à la clinique devait rester exemplaire. Une autre journée de soins gratuits allait se dérouler dans trois mois, cette fois-ci à destination d'adultes, et le chantier de préparation allait débuter ce soir. Dans cette optique, Nychelle ressortit une liste qu'elle avait commencé à compiler afin d'identifier des points d'amélioration pour les manifestations suivantes. Bientôt, son travail l'accapara tellement que, sans l'interruption de l'Interphone, elle ne se serait pas rendu compte qu'il était 15 heures passées de dix minutes.

— Oui, Marion ?

— Le Dr Warmington désire vous voir.

Quoi, David ? Mais pourquoi ?

— OK, faites-le entrer.

David arriva en coup de vent, lui laissant à peine le temps de rassembler ses esprits et de dissimuler sa surprise.

— Désolé, je suis en retard. Je sors tout juste d'une réunion avec le Dr Hamatty.

— Ah bon ? Que se passe-t-il ?

Elle lui indiqua un siège en face du sien, mais il resta debout et regarda sa montre.

— Il nous demande, à vous et à moi, de prendre en charge une patiente à domicile. Elle est arrivée aujourd'hui de New York en jet privé. Une équipe médicale a fait le voyage avec elle et doit nous communiquer son dossier médical.

— D'accord…

La procédure était légèrement inhabituelle, mais pas extraordinaire. Certains patients de la clinique, richissimes, réclamaient parfois un traitement particulier.

— Elle habite loin ? Elle nous attend pour quelle heure ?

David lui communiqua l'adresse et consulta à nouveau sa montre.

— L'équipe médicale doit partir au plus tard à 16 h 30 pour retourner à l'aéroport, et comme je ne connais pas bien ce quartier, le mieux serait de partir tout de suite. Je vous donnerai les détails pendant le trajet.

Il parlait d'un ton bref, la regardant à peine, comme s'il ne subsistait plus rien des sentiments amicaux qui avaient pu les unir, si tant est qu'ils aient jamais existé. Nychelle ne savait pas si elle devait en être fâchée ou soulagée. Elle ne comprenait pas davantage l'origine de cette douleur dans sa poitrine et résolut donc de l'ignorer pour l'instant. David désirait s'en tenir à des rapports strictement professionnels ? Parfait ! Elle aussi.

— L'adresse se trouve à Las Olas. Je connais le chemin, donc c'est moi qui conduis. Ainsi, vous pourrez vous concentrer sur les détails à m'apporter sans avoir à vous soucier de garder les yeux sur la route, ajouta-t-elle sans attendre sa réponse.

Sitôt sa phrase achevée, elle sortit son téléphone et composa un numéro. David ouvrit la bouche pour parler, mais elle leva une main pour le faire taire.

— Marion ? Je dois partir en déplacement. Si on me demande, dites-leur que je serai de retour pour la réunion du comité de ce soir.

— Je peux conduire et parler en même temps, vous savez, dit David lorsqu'elle raccrocha.

— Je n'en doute pas, mais je préfère conduire.

Puis, sans un mot de plus ni un regard pour lui, elle quitta le bureau.

David ne chercha même pas à discuter avec Nychelle. Elle gardait les yeux droit devant elle, d'un air froid et détaché qui semblait vouloir dire : « Ne t'avise surtout pas de jouer au malin avec moi. » Il ne connaissait que trop bien cette expression. Sa mère avait la même lorsqu'elle avait quelque chose à lui reprocher. Le plus sage était de faire profil bas et de ne pas se plaindre, même si la voiture était quand même sacrément petite. Pour étendre les jambes à son aise, il fut obligé de tirer le siège en arrière au maximum, mais il n'osa pas faire le moindre commentaire. L'atmosphère entre eux était déjà suffisamment glaciale.

Mais en toute franchise, c'était ce qu'il avait souhaité, non ? S'en tenir à des rapports professionnels, impersonnels avec elle. Après ce baiser torride, ils devaient impérativement inverser la vapeur. Malgré tout, David ne supportait pas de la voir aussi distante. C'était sans doute illogique, mais il mourait d'envie d'en revenir à des relations plus cordiales.

Au volant, Nychelle se comportait de la même manière que généralement dans la vie : avec une compétence sereine et efficace. Lorsqu'ils quittèrent le parking de la clinique, ils se dirigèrent d'abord vers l'est, avant de prendre la rocade. Elle ne semblait pas du tout gênée par le silence qui régnait dans l'habitacle, ce qui n'était pas le cas de David. Il se frotta la nuque en se demandant pourquoi il était aussi mal à l'aise. En désespoir de cause, il chercha quelque chose à dire... Quelque chose susceptible de la faire sourire ou d'enclencher une conversation amicale et désinvolte, comme il était autrefois si facile de le faire avec elle.

— Vous conduisez avec une boîte de vitesses manuelle ?

Il regretta cette phrase sitôt prononcée. Voilà qui s'appelait « parler pour ne rien dire ». Nychelle aurait même été fondée à se sentir insultée par cette remarque idiote. D'ailleurs, ce devait être le cas, à en juger par la froideur de sa réponse.

— Oui, et alors ? Pouvez-vous me parler de la patiente ?

Obtempérant, David alluma son ordinateur portable et s'éclaircit la gorge.

— Elle s'appelle Carmen Fitzpatrick, elle a vingt ans, souffre de drépanocytose de type SS.

— Elle est en crise ?

— Oui, elle en a eu une il y a...

David consulta ses notes.

— ... Quatre jours. Elle est musicienne et venait de terminer une tournée lorsque la crise est apparue.

— Ah... Je comprends pourquoi son nom me disait quelque chose. C'est Carmie-K.

Il lui lança un regard surpris.

— Vous la connaissez ?

Nychelle haussa les épaules.

— Sa musique seulement. Elle chante un mélange de rap, de reggae, de blues et de soul. Ce n'est pas mal, d'ailleurs.

Avant que vous me demandiez pourquoi, à mon âge, j'écoute de la musique de gamins, les enfants de Martin sont fans de Carmie-K. Ce sont eux qui me l'ont fait connaître.

— Je ne vous poserais jamais une question pareille, répliqua-t-il, piqué au vif.

Le regard fixé droit devant elle, Nychelle pinça les lèvres d'un air sceptique, laissant David réfléchir à une phrase qui pourrait le sortir de l'ornière.

— Le Dr Hamatty sait-il ce qu'elle est venue faire à Fort Lauderdale ? demanda-t-elle. Je pensais qu'elle vivait à New York.

— Apparemment, elle a acheté une maison ici il y a quelque temps pour y séjourner après sa tournée. J'ai l'impression que son hématologue à New York était contre ce voyage, mais elle était déterminée à partir.

Nychelle jeta un regard dans le rétroviseur avant de changer de file.

— Et ici, elle est suivie par un spécialiste ?

— Oui : le Dr Yuen, à Broward Health.

— Et Lauderlakes est son centre de santé principal. Par la suite, quand elle ira mieux, elle viendra à la clinique ou ce sera à nous de nous déplacer ?

— Je ne sais pas. C'est un point dont nous devrons discuter avec elle.

Ils roulaient depuis un moment sur le boulevard de Las Olas, bordé de centres commerciaux, de bars, de restaurants.

— Carmie-K est connue pour être très discrète sur sa vie privée, remarqua-t-elle d'un air songeur. Ma petite-cousine est l'une de ses fans, mais elle ne m'a jamais dit qu'elle souffrait de la drépanocytose. À mon avis, peu de gens sont au courant. Ça expliquerait qu'elle ait acheté une maison ici plutôt qu'à South Beach ou Miami. Ici, elle est davantage à l'abri des paparazzis.

— J'avoue que c'est un problème qui m'est totalement étranger.

Comme il se tournait vers elle, David en profita pour admirer son beau profil sans avoir l'air insistant ni lourd.

— Pour moi aussi, mais je suppose que Carmie doit vivre avec. Quelle est son adresse, déjà ?

Elle ralentit, et après l'avoir renseignée, David porta son attention sur le quartier qu'ils traversaient.

— C'est coquet, comme endroit.

En effet : les rues étaient bordées d'hôtels particuliers construits sur ce qui semblait être une enfilade de péninsules artificielles, séparées les unes des autres par des canaux. À l'arrière des maisons, des pelouses impeccables descendaient jusqu'aux chenaux, et derrière la plupart étaient amarrés des bateaux de tailles diverses — et pas des canots pneumatiques, tant s'en faut.

— Je ne connais pas du tout ce quartier. Il faut dire que j'ai passé peu de temps à explorer la ville.

— Mes parents habitent juste ici, dit-elle en pointant le doigt devant elle.

David regarda l'endroit qu'elle indiquait : une grande maison parmi d'autres grandes maisons. Étant donné le statut social des parents de Nychelle, il n'aurait pas dû s'en étonner, mais quand même… Il avait toujours du mal avec l'idée que certaines personnes possédaient bien plus que ce dont elles avaient besoin.

— Je ne voudrais surtout pas paraître grossier, mais ce n'est pas un peu grand pour deux personnes seulement ?

— Si.

Elle lui lança un bref regard de côté dans lequel il crut déceler une pointe d'amusement. Aussitôt, sa nuque et ses épaules se détendirent, et il prit alors conscience de la tension qui lui bloquait le dos.

— Ils n'en profitent pas autant qu'ils le devraient, d'autant plus qu'ils n'aiment pas la mer. D'ailleurs, ils n'ont pas de bateau. Non, cette maison leur sert essentiellement à étaler leur richesse. C'est un décor luxueux pour le petit théâtre de leur vie.

Nychelle s'engagea sur une route et ils entreprirent de lire le numéro des maisons.

— Je pense qu'elle habite tout au bout, dit-elle. C'est là que se trouvent les plus grosses propriétés. Ils sont prévenus de notre arrivée ?

— Oui.

Nychelle ne s'était pas trompée. Ils s'arrêtèrent bientôt devant un portail en fer ouvragé scellé dans un grand mur enduit de stuc et noyé sous les bougainvillées, puis Nychelle descendit sa vitre et appuya sur le bouton de l'Interphone pour s'annoncer. Après un bref échange, les portes s'ouvrirent lentement.

— Veuillez suivre l'allée, ordonna la voix dans l'Interphone. Quelqu'un vient à votre rencontre au parking.

— Merci !

David regrettait qu'ils soient déjà parvenus au bout de leur trajet. Malgré une certaine froideur initiale, la compagnie de Nychelle était toujours aussi agréable et ils semblaient revenus à des relations plus cordiales. Aussi aurait-il voulu pouvoir profiter davantage de cet instant.

— Au fait, votre cousin Martin m'a invité à une sortie en famille, le week-end prochain.

Nychelle lui jeta un bref regard de côté avant de tourner à droite, conformément aux indications reçues. Ils suivirent ensuite une allée de briques qui longeait une énorme maison de style espagnol.

— Ils sont adorables, dit-elle. Vous devriez y aller.

À l'angle de la villa, elle passa devant une fontaine au centre d'un large espace pavé et se gara à côté d'un 4x4 luxueux avant de couper le contact.

— Et vous, vous n'êtes pas invitée ? dit-il en affectant un ton léger, malgré la tension qui lui crispait à nouveau les épaules. Je connais à peine Martin, alors je me disais qu'il vous avait peut-être proposé de venir.

Nychelle balança ses jambes hors de la voiture et sortit.

— Non. Mais, de toute façon, vous vous amuserez très bien sans moi.

Cela, il en doutait fort. Cependant, il prit sa sacoche sur le siège arrière en s'abstenant de tout commentaire.

9

Carmen Fitzpatrick était aussi jolie et menue en vrai que sur les photos, mais sa peau café au lait était terne et deux petites rides étaient creusées entre les sourcils : les contrecoups de la crise, pensa tout d'abord Nychelle. Cela, et une colère noire qui n'aidait pas à afficher un air serein et reposé.

— Mais puisque je vous dis que ça ne sert à rien, marmonna Carmen. Faire venir un médecin, c'est une perte de temps et d'argent. Je vis avec ce truc depuis que je suis toute petite, alors je sais comment ça se passe, merci.

Milo LaMar, l'homme qui était venu à leur rencontre et qui s'était présenté comme l'imprésario de Carmen, posa son énorme postérieur sur l'un des canapés du salon et la fusilla du regard.

— Arrête de couiner, veux-tu ? Tu voulais venir ici : c'est fait, on est venus. Par contre, on ne perd rien à s'assurer que ta santé ne souffre pas de ta décision.

Carmen lâcha un petit « pff » dédaigneux. Ses yeux lançaient des flammes.

— Lâche-moi les baskets, Milo, OK ? On dirait ma grand-mère.

David jeta un bref coup d'œil à Nychelle. Ils avaient rencontré le médecin de Carmen, qui leur avait transmis son dossier médical, et David en avait pris connaissance avant d'arriver. En retrait de la scène, Nychelle lui laissait les rênes de la situation.

— Mademoiselle Fitzpatrick, je suis ravi de constater que vous allez mieux, commença-t-il. Cela dit, votre imprésario n'a pas tout à fait tort.

La jeune femme ouvrit aussitôt la bouche pour répliquer, mais David leva une main en souriant pour la faire taire.

— La plupart des gens au détour d'une crise ne voyageraient pas, et encore moins sans savoir comment leur maladie pourra être prise en charge à leur arrivée. Nous sommes ici pour faire en sorte qu'en cas de problème vous soyez soignée aussi vite et efficacement que si vous étiez restée à New York.

Carmen lui lança un regard de défi.

— Je sais quoi faire en cas de crise. Je viens de vous dire que je traîne ce truc depuis toujours. Ce n'est pas nouveau pour moi.

— Non, mais vivre ici l'est, en revanche.

Nychelle appréciait la manière dont David s'exprimait : avec calme et franchise, sans condescendance. Mais Carmen rejeta la tête en arrière en soupirant.

— J'ai seulement besoin de repos. Ces derniers mois ont été fatigants, j'ai envie de me poser quelque part pendant quelques semaines. De préférence, sans être dérangée, si vous voyez ce que je veux dire.

David sourit.

— Je crois qu'on a saisi l'allusion, n'est-ce pas, Nychelle ? On va vous laisser tranquille tout de suite après vous avoir examinée.

— On ne traînera pas, promis, renchérit celle-ci en tendant à David sa sacoche. Monsieur LaMar, vous permettez ?

Péniblement, Milo souleva ses cent kilos du canapé et pointa un doigt vers Carmen.

— Sois gentille avec eux, d'accord ? dit-il d'un ton sans appel. Ils sont là pour t'aider.

Carmen se lança dans une tirade en espagnol débitée à la vitesse d'une mitraillette. Nychelle, qui réprimait à grand-peine un fou rire, s'abstint de regarder David de peur de craquer. Milo les avait prévenus que Carmen se sentait patraque. « Elle n'est pas dans son état normal depuis cette dernière crise », avait-il dit. En effet ! Elle était carrément à prendre avec des pincettes. Lorsque David se mit à l'interroger, elle entra dans une colère noire.

— Oui, j'ai pris de l'hydroxyurée ! s'écria-t-elle. Oui, ça a fait de l'effet. Vous êtes sourd ou quoi ? Je vous ai dit et répété que je vis avec ça depuis toujours. Je n'ai pas besoin qu'on me rabâche ce que je sais déjà.

— Donc, en quoi cette fois-ci est-elle différente ?

Par cette simple question, David la coupa net dans sa colère. La tête renversée sur le dossier du canapé, Carmen arbora un air boudeur.

— En rien. Rien n'a changé, justement. C'est toujours le même sale truc qui me pourrit la vie depuis des années.

— Alors, qu'est-ce qui vous bouleverse autant ?

Le silence s'étira et Nychelle se surprit à retenir son souffle. Elle ne bougeait plus, de peur de distraire Carmen et de la faire se replier sur elle-même.

— Tout allait si bien, répondit celle-ci dans un murmure. Cela faisait presque deux ans que je n'avais pas eu de crise. La tournée marchait comme sur des roulettes. J'avais enfin rencontré quelqu'un de super…

Elle se tut, et Nychelle sentit son cœur se serrer.

— Il a mal réagi en vous voyant faire une crise ?

— Non, ce n'était pas ça… Oh ! laissez tomber. Vous ne comprendrez pas.

Nychelle saisit la balle au bond et s'assit à côté de Carmen.

— Peut-être que moi, je comprendrai. Vous ne lui avez pas parlé de votre maladie, c'est ça ?

Carmen émit un soupir tremblant.

— Non. Je n'en parle qu'à ceux qui ont besoin de savoir, c'est tout. Je refuse qu'on raconte à droite et à gauche « o*h ! tiens, c'est Carmie-K, tu sais, la fille qui a la drépanocytose* ».

Je veux que les gens s'intéressent à ma musique, c'est tout. En plus, entre lui et moi, ce n'est pas encore vraiment sérieux. On commence tout juste à se connaître.

— Je comprends très bien, dit Nychelle d'une voix douce.

Carmen se tourna vers elle avec un regard noir.

— Comment ça ? Vous êtes malade, vous aussi ?

— De la drépanocytose, non. En revanche, j'ai eu un problème de santé que je ne pourrais pas garder pour moi si je devais me mettre en couple. Dans ce cas-là, la question qui se pose, c'est : quand lui dire ? Ce n'est pas le genre de choses qu'on raconte à un premier rendez-vous, ni même après deux ou trois rencontres. Pour en parler, il faut être absolument sûre de son partenaire. Du coup, pour déterminer le meilleur moment, c'est compliqué. Parfois, le plus simple, c'est encore d'oublier.

Les larmes aux yeux, Carmen hocha la tête.

— C'est tout à fait ça. Avant, je n'avais pas le temps de m'occuper des garçons, donc je n'avais pas besoin de me poser ces questions. Et puis, je me sentais si bien que ces histoires de maladie ne m'intéressaient plus. Je ne voulais plus y penser. Comme vous l'avez dit, je voulais avancer dans la vie. Et puis…

Nychelle lui toucha doucement la main.

— Et puis la maladie est réapparue au pire moment ?

Carmen hocha la tête, le regard ailleurs.

— Cette maladie ne sera jamais facile à vivre, poursuivit Nychelle. Cela, ce n'est pas moi qui vais vous l'apprendre. En revanche, elle ne doit pas vous empêcher de vivre comme vous le désirez. Pour cela vous devez notamment rester maîtresse de ce que vous consentez à rendre public et ce que vous souhaitez garder privé. Ce n'est pas une tâche facile pour une personne connue comme vous l'êtes, et je ne suis pas la mieux placée pour vous conseiller à cet égard.

— C'est vrai, dit Carmen en soupirant. J'ai de plus en plus de mal à garder ça pour moi.

— Tôt ou tard, vous aurez sans doute intérêt à en parler, intervint David.

Carmen lui jeta un regard noir auquel il répondit par un haussement d'épaules.

— Je ne suis pas expert en matière de *press people* ou de réseaux sociaux, loin de là, mais j'ai l'impression qu'ils adorent dénicher les secrets des gens pour broder un tas d'histoires tout autour. Si vous choisissez d'en informer vous-même vos fans, vous devancerez les journalistes et vous leur couperez l'herbe sous le pied.

— Oui, c'est ce que Milo n'arrête pas de me dire depuis un an.

Avachie dans un coin du canapé, Carmen paraissait complètement abattue. Nychelle se rendit soudain compte à quel point elle était jeune. Son talent, son professionnalisme étaient tels que ce détail lui avait échappé jusqu'alors.

— Je ne veux pas détourner l'attention vers autre chose que ma musique.

— C'est ce qui risque de se passer au début, dit David. Mais Nychelle m'a dit que vous avez un grand nombre de fans qui vous sont très attachés. Je suis sûr qu'ils continueront à s'intéresser en premier lieu à votre travail, quoi qu'il arrive.

Carmen se tourna vers Nychelle avec un air sceptique.

— Vous connaissez ma musique ?

— Oui, bon… Je sais bien que je ne suis plus toute jeune, mais quand même…

Carmen bafouilla une excuse embarrassée et Nychelle éclata de rire. Son hilarité ne tarda pas à gagner David puis, au bout de quelques secondes, Carmen, tout à coup rassérénée.

Lorsqu'ils repartirent, Carmen semblait dans de bien meilleures dispositions. David prit place sur le siège du passager et étira ses jambes autant qu'il le put.

— Ma chère collègue, je crois qu'on a fait du bon boulot.

On fait une belle équipe, toi et moi. Tu permets que je te tutoie ?

— Comme tu veux, mais ne t'emballe pas. J'ai l'habitude de collaborer du mieux possible avec les médecins, quels qu'ils soient.

Ses lèvres se plissèrent en un sourire espiègle et ses yeux brillaient.

— Mais nous savons toi et moi que les choses ne se passent pas toujours aussi bien.

David hocha la tête en souriant. Son pouce martelait un rythme anxieux sur sa cuisse.

— C'est vrai. Mais tu t'es bien débrouillée avec Carmen.

Nychelle mit son clignotant et regarda dans le rétroviseur.

— Toi aussi. La pauvre, elle me fait de la peine, ajouta-t-elle avec un soupir. C'est dur d'avoir une maladie comme ça, qui réduit ton espérance de vie et te pénalise dans ton quotidien.

— C'est vrai. Mais il faut aussi voir le positif. Il y a un demi-siècle à peine, les personnes atteintes de drépanocytose vivaient rarement au-delà de l'adolescence. Ce n'est plus le cas, fort heureusement.

— Je sais, je sais… Et les avancées en matière de transplantation de moelle osseuse sont prometteuses. Mais pas pour elle, malheureusement. Elle est fille unique et métisse. Dans son cas, les chances de trouver un donneur compatible sont minimes.

David en était bien conscient. Il repensa soudain à la remarque de Nychelle, concernant une maladie dont elle souffrait. Il savait que cela ne le regardait pas, mais à présent qu'elle avait évoqué le sujet, il n'arrivait pas à l'évacuer de sa tête.

— Tu es une excellente infirmière, mais à mon avis, ton meilleur atout, c'est ton empathie. Par exemple, tu as amené Carmen à se confier en lui parlant de ta propre vie.

Comme Nychelle ne disait rien, David se décida à mettre les pieds dans le plat.

— Cette maladie dont tu lui parlais… C'est vrai ?

— Oui. Je n'irais jamais inventer une histoire comme ça.

La voiture s'était arrêtée à un feu rouge, mais Nychelle continuait de regarder droit devant elle. Ses longs doigts élégants se crispèrent sur le levier de vitesse à s'en blanchir les phalanges. David aurait dû en rester là, mais c'était plus fort que lui. Nychelle le fascinait. Sa raison lui répétait de tenir ses distances, mais il ne pouvait résister à l'envie d'en savoir plus sur elle.

— Donc… Désolé, mais c'est quoi, comme maladie ?

Les lèvres légèrement pincées, Nychelle changea de vitesse pour traverser le carrefour. Puis elle se détendit et lui jeta un regard espiègle.

— Ça t'intéresse ? Es-tu en train de me dire que tu voudrais te mettre en couple avec moi ?

Oui.

David se figea sur le siège.

Oui…

Ce petit mot éclata dans son esprit, mais resta coincé dans sa gorge. Il était pourtant si facile à prononcer, d'autant plus qu'il partait du fond de son cœur. Avec délice, il imaginait à quoi ressemblerait la vie avec Nychelle. Il pensait à des détails triviaux, comme faire la grasse matinée avec elle le dimanche matin, ou rire avec elle d'une blague idiote, l'écouter lui raconter sa journée, la serrer dans ses bras, lui faire l'amour… Voir son ventre devenir rond…

À cette dernière image, il sentit un étau de peur lui figer le cœur comme de la glace. D'où lui venait cette idée ? Était-ce un rappel du danger qu'il courait à s'approcher de Nychelle ? Ces dernières semaines, les souvenirs de Natalie étaient revenus en force. À présent, il se sentait coupable, comme si le fait de refaire sa vie avec une autre femme, d'avoir des enfants avec elle, revenait à tourner le dos à sa fille. À la trahir. Un goût amer lui monta à la bouche et il se tourna vers la portière pour regarder sans le voir le paysage qui défilait.

— Je m'en doutais, dit Nychelle avec un petit rire de dérision.

Soudain fatigué, David luttait contre des émotions conflictuelles. Le chagrin et la culpabilité lui plombaient le ventre, mais surtout, il était mort de peur à l'idée de revivre le traumatisme qu'il avait connu en perdant Natalie. Car aimer, c'était s'exposer à souffrir. Mais comment expliquer tout cela à Nychelle ? Ils se connaissaient à peine.

Le visage toujours tourné vers la vitre, incapable de la regarder, il se contenta de lui demander :

— Cette maladie que tu as, elle est grave ? Mortelle ?

— Non, répondit-elle d'une voix adoucie. Pas du tout, rassure-toi.

David ne put s'empêcher de s'affaisser sous l'effet du soulagement puis il se ressaisit.

— Très bien. J'aime autant le savoir.

10

Le jour J approchait à grands pas. Deux jours encore et Nychelle saurait enfin si sa PMA avait réussi. Elle n'en pouvait plus d'attendre. L'incertitude la mettait au supplice et ses émotions jouaient aux montagnes russes. À coup sûr, quel que soit le résultat, elle allait fondre en larmes. Jamais elle ne s'était sentie autant à fleur de peau. D'habitude, elle arrivait toujours à se maîtriser et à compartimenter sa vie entre son travail, sa famille et ses affaires personnelles. Ces jours-ci, en revanche, rien de tel.

Mardi matin, par exemple, à peine arrivée à la clinique, elle avait aussitôt cherché du regard la voiture de David parmi celles du personnel. En repérant l'Audi bordeaux, elle avait cru que son cœur allait exploser dans sa poitrine. Le reste de la journée fut à l'avenant : en état d'alerte maximum. C'était épuisant, à la longue, et totalement injustifié. Elle n'avait aucune raison de se mettre dans un état pareil pour lui. Strictement aucune. Elle le connaissait à peine ! Ce devait être son imagination qui lui causait ces picotements chaque fois qu'elle le voyait.

Pour ne rien arranger, ces derniers temps, ils se fréquentaient énormément. Par le passé, ils étaient quasiment étrangers l'un à l'autre, mais là, comme par un fait exprès, ils étaient toujours ensemble : d'abord, pour Douglas Comstock, ensuite, pour Carmen Fitzpatrick. De même, ils participaient tous les deux au comité de préparation du prochain Salon de la Santé. Sans oublier, bien sûr, cette fameuse soirée de gala. Chaque fois qu'elle repensait au baiser qu'ils avaient partagé, elle avait la chair de poule. Cela dit, ce bref instant de passion avait fini en pétard mouillé, donc autant l'effacer de sa mémoire et passer à autre chose. David l'avait bien fait, lui. D'ailleurs, c'était ce qu'elle voulait, non ? Pas de complications. Elle n'avait pas de place dans sa vie pour ce genre de bêtises, absolument aucune, même si David avait été intéressé. Ce qu'il n'était pas, manifestement.

De retour chez elle, le soir, elle s'efforça de se remonter le moral. Dommage qu'elle ne puisse pas se confier à Aliya qui lui aurait certainement donné de bons conseils. Malheureusement, Aliya avait également un petit côté donneur de leçons qui avait le don de l'énerver. À coup sûr, elle lui assènerait des : *je te l'avais bien dit*, et ne manquerait pas de lui rappeler qu'elle lui avait recommandé d'attendre de rencontrer quelqu'un. Dans l'état de nerfs où elle se trouvait, Nychelle savait que ce genre de sermon la ferait pleurer à tous les coups. Elle devait donc supporter cette attente toute seule, et surmonter son attirance pour David, sinon… Eh bien, sinon, les conséquences étaient trop horribles à envisager. Si elle persistait dans ces sentiments ridicules, non seulement ils ne seraient plus amis, mais elle risquait de ne plus pouvoir travailler avec lui. Le problème, c'était qu'elle n'éprouvait pas juste du désir pour lui, mais…

Mais quoi, exactement, Nychelle ?

Son cerveau renâclait à trouver une réponse à cette question et préférait se concentrer sur l'assaisonnement de la salade. *Évitement*, aurait dit sa mère. Nychelle laissa échapper un soupir d'énervement. La situation était suffisamment troublée ainsi, mais imaginer sa mère en train de l'analyser était carrément ridicule. Le pire, c'était que ce diagnostic était probablement correct. Nychelle évitait de réfléchir à ses sentiments grandissants pour David afin de ne pas avoir à envisager des conclusions aussi logiques que déplaisantes.

Immobile au milieu de la cuisine, elle promena un coup d'œil autour d'elle et se sentit soudain plus seule que jamais. La plénitude qui l'avait bercée ces dernières semaines s'était évaporée pour laisser place à un sentiment de vide insupportable. Elle ne pouvait pas se complaire dans ce mal-être, surtout pas maintenant. Elle avait fait un choix, un bon choix, même. C'était ce qu'elle devait garder présent à l'esprit chaque fois qu'elle pensait à David. *Le Plan* était enclenché et nécessitait qu'elle prenne soin de sa santé, aussi bien physique qu'émotionnelle. Pour cela, il fallait notamment qu'elle tienne le Dr Caliente à bonne distance, mais discrètement, pour éviter de le vexer. Elle apprécierait sa compagnie, sans plus.

Mais, au fond, était-ce vraiment David qui la mettait dans cet état ? Ces sautes d'humeur, l'énervement, cette sensation de froid dans le ventre n'avaient certainement rien à voir avec lui. Tout ce stress au sujet de David, c'était sans doute une tactique inconsciente pour ne pas penser à la PMA. À coup sûr, ces réactions émotionnelles et physiques désagréables étaient surtout causées par l'attente des tests. Après tout, quel était le plus important ? Poser la question, c'était y répondre : être enceinte, c'était tellement plus que tout ce que David pouvait lui offrir… N'est-ce pas ?

Le lendemain matin, à l'idée d'avoir enfin les résultats de la PMA, Nychelle se sentait remontée à bloc. Animée par un mélange de fébrilité et de détermination, elle parvint même à sourire à David et à lui faire un petit signe de la main en passant, mais elle ne s'arrêta pas pour lui parler. Elle patienta tant bien que mal jusqu'à l'appel du secrétariat du Dr Miller, en fin d'après-midi. L'assistante du médecin la mit sur attente et une mélodie résonna dans le combiné.

Le cœur battant la chamade, Nychelle se renversa dans son siège et cala le téléphone contre son oreille. La petite musique qui tournait en boucle finissait par lui mettre les nerfs en pelote au lieu de la détendre. Au fond, heureusement qu'elle recevait cet appel le soir. Si jamais elle pleurait, le risque qu'elle croise un collègue était moins important.

— Allez, allez…

Comme sous l'effet de ces mots, la musique s'arrêta, remplacée par la voix du Dr Miller.

— Bonjour, mademoiselle Cory. Désolée de vous avoir fait attendre.

Au seul ton de sa voix, Nychelle devina aussitôt ce que la gynécologue allait lui dire.

David s'arrêta dans le couloir qui menait au bureau de Nychelle. Était-elle partie chez elle ? Il avait reçu les résultats des tests de Carmen Fitzpatrick et devait en discuter avec Nychelle puisqu'ils avaient tous les deux la responsabilité de cette patiente. Bien sûr, il aurait pu se contenter de lui envoyer un message pour lui demander de venir dans son bureau, mais depuis ce matin, il n'avait cessé de remettre à plus tard le moment de le faire. Enfin, au pied du mur, il avait consulté l'agenda électronique de Nychelle afin de s'informer de ses disponibilités. D'après son emploi du temps, son dernier rendez-vous avait commencé trois quarts d'heure plus tôt. En principe, elle en avait terminé avec ce patient et devait être occupée à remplir des dossiers médicaux. Autant la voir maintenant plutôt que demain.

Fort de cette résolution, il se dirigea vers le bureau de Nychelle d'un pas décidé. Sur le point de frapper, il s'arrêta, la main en l'air, et prit une profonde inspiration pour calmer les battements fous de son cœur. Furieux contre lui-même, il résolut d'en finir une bonne fois pour toutes. Pourquoi se montait-il la tête sur des choses qui n'existaient pas ? Ils étaient collègues, et rien d'autre. De toute façon, il n'avait pas envie qu'il en soit autrement.

Après avoir inspiré une seconde fois, il donna un coup sec contre la porte. Comme une réponse assourdie lui parvenait, il ouvrit. Nychelle était postée devant la fenêtre et quelque chose dans son attitude le figea net. Immobile telle une statue de sel, elle semblait à peine respirer et, à en juger par son reflet sur la vitre, ses traits d'ordinaire si expressifs étaient indéchiffrables. Sa résolution remplacée par un étonnement désagréable, il referma la porte doucement derrière lui.

— Nychelle ?

Elle se tourna vers lui, mais ses gestes étaient raides et ses yeux écarquillés, comme si elle était sous l'effet d'un choc. S'était-elle rendu compte qu'il était là, devant elle ? En deux enjambées, il la rejoignit, et comme il lui caressait la joue, elle la posa dans sa paume et ferma les yeux avec un sourire de bonheur absolu. Jamais elle ne lui avait paru plus belle.

C'était fou. À l'instant, il était entré dans son bureau avec l'intention de tirer un trait sur cette attirance extraordinaire qu'elle lui inspirait, mais devant ce geste si affectueux, si confiant, il comprit que c'était impossible. Il ne pourrait sans doute jamais se débarrasser de ces sentiments, même s'ils risquaient de le mener sur un chemin qu'il aurait voulu ne plus emprunter. Son premier réflexe fut de reculer, mais il se contraignit à rester là où il était. Jamais il ne l'avait vue dans un tel état et il s'inquiétait pour elle.

— Nychelle, ça va ? Que s'est-il passé ?

Les paupières de Nychelle papillotèrent puis s'ouvrirent, mais au lieu de parler, elle se contenta de secouer la tête et de reculer. Avec un froncement de sourcils, David, déçu, laissa retomber sa main.

— Dis-moi, bon sang ! Je vois bien qu'il t'est arrivé quelque chose.

Surprise par le ton, elle écarquilla les yeux. Pourtant, lorsqu'elle répondit, sa voix était douce et sereine.

— Rien. Je viens de recevoir une bonne nouvelle, c'est tout.

Elle leva une main pour l'empêcher de répondre.

— Je ne peux pas t'en dire plus. Désolée…

Puisqu'elle préférait garder ce secret pour elle, il devait respecter son désir et ne pas insister, même s'il lui en coûtait. Il fronça les sourcils de plus belle, ce qui la fit rire. Puis elle recula d'un pas sans cesser de sourire.

— Merci.

— Merci pour quoi ?

— Pour être ici, en cet instant précis, répondit-elle avec un léger haussement d'épaules.

David secoua la tête, décontenancé.

— Raconte-moi cette bonne nouvelle et je me réjouirai avec toi.

Elle eut un petit rire.

— Désolée, je ne peux pas. Mais je suis heureuse que tu sois la première personne à qui j'ai failli vendre la mèche.

Son visage rayonnant, la tendresse de son regard, la douceur de son sourire, tout cela fit voler en éclat les défenses de David. Quelque chose en lui céda et se brisa en mille morceaux, emporté par le feu d'un désir d'une intensité irrésistible. Avec un soupir de reddition, il s'approcha d'elle et l'attira dans une étreinte qu'elle accepta sans résistance. Trop tard ! Toutes ses bonnes intentions envolées, il se laissa emporter par sa passion.

11

Nychelle avait vu David avec des yeux sérieux, avec des yeux souriants, ou encore vibrants de passion. Ou, du moins, de ce qu'elle avait pensé être de la passion. À présent, elle savait que ce baiser de l'autre soir n'avait été qu'une vague effervescence. Ce qu'elle vivait en ce moment était d'une tout autre force, qui la consumait littéralement.

Depuis qu'elle était rassurée sur la réussite de sa tentative de PMA, elle se sentait flotter sur un petit nuage de bonheur et de soulagement. Mais, à présent, une euphorie d'une autre sorte s'ajoutait à cette palette d'émotions. Une euphorie qui envoyait des ondes de plaisir dans chaque fibre de son corps.

Une immobilité quasiment surnaturelle tomba sur eux. Nychelle était incapable de bouger, de respirer, et David semblait dans le même état. Ses traits étaient figés dans une expression d'impatience tendre qui émut Nychelle au plus profond d'elle-même. Jamais elle n'avait imaginé se sentir aussi belle, aussi désirée dans les bras d'un homme.

Elle ne sut pas lequel des deux bougea le premier, perdue dans la magie qu'elle éprouva au contact des lèvres de David sur les siennes. Elle se sentit fondre contre lui, le corps relâché tel celui d'une poupée de chiffon. Leurs langues se mêlaient dans un baiser dévorant qui porta à son comble la chaleur incandescente de leur étreinte.

Avec un gémissement sourd, David fit glisser ses mains le long du dos de Nychelle, jusqu'à ses fesses, pour la plaquer contre lui. Lorsqu'il abandonna sa bouche pour explorer son cou, elle ne put retenir un soupir étranglé. Une tension insupportable s'épanouit au creux de ses cuisses et fit tendre les pointes de ses seins. Une des mains de David s'insinua sous sa tunique, sur sa peau nue, et dans une sorte d'état second, elle s'arqua contre lui, libertine, libérée.

— Nychelle…

Le souffle de son haleine faisait naître des frissons dans le creux du cou de Nychelle qui sourit avec délice. Les mains de David montèrent jusqu'à sa poitrine, et lorsqu'il caressa ses seins, elle tremblait déjà comme une feuille dans l'attente d'effleurements plus intimes encore. Comme il posait ses lèvres à la naissance de son cou, elle se cambra davantage pour mieux s'offrir. Un sanglot de soulagement lui noua la gorge lorsque sa grande main enveloppa le globe d'un sein et lorsque son pouce en titilla la pointe. Avec une hâte impatiente, elle tira les pans de sa chemise hors de son pantalon pour la déboutonner, avide de sentir sa peau contre la sienne. À son tour, il lui défit sa tunique et lui ôta l'agrafe de son soutien-gorge. Une fois sa poitrine dénudée, elle songea que jamais elle n'avait éprouvé un désir d'une telle force, ni surtout si vite. Mais cette pensée fut aussitôt emportée dans une vague d'extase quand David referma ses lèvres sur le bourgeon sensible d'un sein et l'aspira doucement. Sous la caresse humide de sa langue, elle ne put retenir un léger cri de plaisir.

— David !

Impitoyable, il taquina de plus belle le mamelon. C'était incroyable. Il l'avait à peine touchée et elle était déjà toute proche de l'orgasme. Elle se pressa contre lui, prête, heureuse à l'avance de ce qui allait arriver. D'un geste, David glissa une jambe entre les siennes et elle ondula sensuellement contre lui, plus proche à chaque balancement du plaisir suprême.

La soulevant comme si elle ne pesait pas plus qu'une

plume, il la porta jusqu'au bureau où il l'assit sur le bord. Offerte, Nychelle noua les jambes autour de ses reins.

Les notes d'une chanson de rap des années 1990 résonnèrent dans la pièce, les faisant sursauter. Ils se figèrent comme la musique s'interrompait. Lorsque la mélodie recommença, David s'écarta si brusquement que Nychelle faillit glisser du bureau. Leurs regards se croisèrent. Le visage de David exprimait un choc qui, à coup sûr, devait se peindre sur ses traits à elle. Elle referma sa tunique d'une main tandis que, de l'autre, elle attrapait son portable. Alors que David se détournait pour reboutonner sa chemise, elle se sentit envahie d'un remords glacé, et d'un autre sentiment encore, diffus et triste. La sonnerie du téléphone avait interrompu une belle magie érotique. Une magie à laquelle elle n'aurait jamais dû céder.

Prenant une inspiration tremblante, elle tourna le dos à David pour cacher les larmes qui lui brûlaient les paupières.

— Nychelle, ça va ?

En entendant la voix de Martin, elle se rendit compte qu'elle avait décroché, mais il lui fallut un moment pour se ressaisir et répondre.

— Oui… Oui, pas mal.

— Je te dérange ? Tu sembles occupée.

En effet. C'était sans doute parce qu'elle avait coincé le téléphone entre son épaule et son menton pendant qu'elle ragrafait son soutien-gorge.

— Non, ça va. Et toi ?

— Je viens d'envoyer un texto à David Warmington pour lui rappeler mon invitation du week-end prochain, mais j'aimerais bien que tu viennes, toi aussi. Avant ce gala de l'autre soir, on ne s'est rencontrés qu'une fois, lui et moi, et encore brièvement. Alors j'ai pensé que ce serait bien s'il était accompagné d'une personne qu'il connaît un peu, tu comprends ?

Au nom de David, Nychelle se tourna automatiquement

vers lui. Par chance, il lui présentait son dos tandis qu'il remettait de l'ordre dans sa tenue.

— Écoute, je… je ne sais pas.

— Oh ! allez, Nini ! Ça va faire des mois qu'on ne t'a pas vue. Leighann et MJ n'arrêtent pas de demander quand tu comptes nous rendre visite.

— Bon… Je réfléchis et je te rappelle, d'accord ?

Elle était enfin arrivée à reboutonner sa tunique, mais elle avait l'impression que les bretelles de son soutien-gorge étaient vrillées. Qu'est-ce qui leur avait pris de batifoler comme deux ados sur son bureau ? Surtout elle, bon sang ! Elle venait d'apprendre qu'elle était enceinte !

— J'ai quelques trucs à régler avant de pouvoir te donner une réponse.

Des trucs comme s'assurer que David Warmington était d'accord pour dire que ce qui venait de se passer n'était qu'une grosse, une regrettable erreur qui n'allait pas se reproduire.

Même si, au fond d'elle-même, elle aurait voulu le contraire.

En proie à un mélange détonant de désir, de surprise et de colère contre lui-même, David se posta devant la fenêtre en attendant que Nychelle termine son appel. Il aurait voulu partir, filer à l'anglaise, sans rien dire, mais c'était une réaction de lâche. Nychelle méritait mieux.

Au fond, le problème résidait là : Nychelle méritait ce que la vie avait de mieux à lui proposer. Or, lui, de son côté, n'avait plus rien à proposer. Son cœur, son âme avaient été malmenés par la peur et le chagrin, et il préférait les tenir enfermés, bien à l'abri, hors d'atteinte du mal. Et tant pis si cela impliquait de tenir Nychelle à distance, toute merveilleuse qu'elle soit.

Le pire, c'était qu'il ne pouvait pas lui expliquer la situation sans parler du drame qu'il avait vécu. Autant dire, arracher le pansement d'une blessure émotionnelle qui n'en finissait pas de cicatriser. De toute façon, si c'était pour susciter en retour la compassion de Nychelle, il préférait se taire. Oui, le mieux était sans doute de faire une fois de plus comme si rien ne s'était passé. À force, il finirait peut-être par se convaincre que c'était vraiment le cas, mais d'une manière ou d'une autre, il devait mettre un terme à ce… ce… Il réprima un mouvement d'humeur. C'était quand même fou qu'il n'arrive même pas à nommer les émotions que Nychelle lui inspirait. En tout cas, ce… truc, quel qu'il soit, devait cesser une bonne fois pour toutes.

Un silence était tombé dans la pièce et David se rendit compte qu'elle avait terminé son appel et raccroché. Il se composa une expression aussi stoïque que possible avant de se tourner vers elle. Avant même qu'il puisse parler, toutefois, Nychelle leva les mains, paumes en avant, comme pour le faire taire.

— Non, dit-elle en secouant la tête. Inutile de le dire.

— Dire quoi ?

Question de pure forme : il devinait qu'elle non plus ne souhaitait pas donner une suite à cet épisode.

— Eh bien, qu'on vient de commettre une erreur. Crois-moi, je suis tout à fait d'accord.

Elle se redressa avec un air digne et résolu.

— Je n'ai pas l'habitude de mener les hommes en bateau ni celle de coucher à droite à gauche. Tout ce que je peux t'offrir, c'est un peu de sexe, mais étant donné les répercussions pour nous deux, le jeu n'en vaut vraiment pas la chandelle, ajouta-t-elle avec un léger haussement d'épaules.

David n'était pas sûr des « répercussions » qu'elle redoutait pour elle-même, mais il était conscient de ce qu'il devait éviter pour son cas. Il serait tellement facile de tomber amoureux d'elle, de rechercher son affection. Pivotant sur les talons, il se pencha pour ramasser son dossier. Il fallait vraiment qu'il s'en aille, ne serait-ce que pour réfléchir à ce qui venait de se passer. En présence de Nychelle, ses émotions étaient emmêlées en nœuds inextricables qu'il devait défaire d'une manière ou d'une autre. Pourtant, il hésitait à partir. Quelque chose devait être dit, mais quoi ? Avant qu'il puisse trouver, Nychelle désigna le dossier qu'il tenait à la main.

— Tu voulais me parler d'un patient ?

D'un seul coup, comme par magie, la sensation d'avoir vécu quelque chose de spécial avec elle s'évanouit complètement, laissant place à un étrange sentiment de vide. D'autant plus qu'elle contourna le bureau comme pour mettre un obstacle entre eux, et ce geste lui fit mal au cœur.

— Euh… Oui.

Il ouvrit le dossier pour se donner une contenance.

— Les résultats de Carmen sont arrivés.

— Il y a quelque chose d'anormal ?

— Son taux de fer est élevé, mais c'est souvent le cas après une transfusion. Cela dit, c'est sans doute un élément à surveiller.

S'étant assise, Nychelle avança son siège vers le bureau. De nouveau, elle se mettait à distance, et il ne pouvait s'empêcher d'en être blessé.

— Si tu veux bien me laisser les résultats, je vais les transmettre à l'hématologue et vérifier que son dossier est à jour.

Comme elle se massait le poignet, David ne put s'empêcher de faire un pas vers elle.

— Tu as mal ? Je t'ai fait mal ?

— Quoi ? Mais non. Pourquoi me demandes-tu ça ?

— Tu te frottes le poignet.

David se souvenait l'avoir déjà vue agir ainsi, mais à présent, ce geste l'inquiétait.

— Fais-moi voir.

Elle cessa aussitôt son geste et reposa ses mains sur ses genoux.

— Pas la peine. C'est bon, David.

La brutalité de sa réaction le figea net. Il n'était pas habitué à un tel comportement de la part de Nychelle.

— C'est juste un tic nerveux que j'ai attrapé à l'enfance. Je me suis cassé le poignet, et quand on m'a enlevé le plâtre, je me frottais le poignet quand j'avais mal. Le geste m'est resté. Il n'y a pas de quoi fouetter un chat.

Il hocha la tête.

— Très bien.

Leurs regards se croisèrent et la confusion qu'il lut dans le sien fouetta à nouveau ce désir stupide qui lui faisait mal au cœur. C'était plus fort que lui : il aurait voulu la serrer dans ses bras, la réconforter. Mais elle le regardait avec froideur.

— Pose le dossier sur le bureau. Je vais m'en occuper.

— Merci.

Puis il tourna les talons pour repartir.

— David ?

Au son de sa voix douce, il s'arrêta net, mais s'abstint de la regarder malgré le désir qui pulsait dans ses veines, plus fort que jamais.

— Oui ?

— C'était Martin au téléphone. Il m'a invitée à venir chez lui ce week-end.

— Ah... Je n'ai pas encore eu l'occasion de lui répondre.

Il serrait la poignée de la porte si fort que ses phalanges en devenaient blanches.

— Si tu ne veux pas y aller, ou si tu souhaites que moi, je n'y aille...

— Non, ce n'est pas ça, dit-elle. Simplement...

— Tu tiens à t'assurer que tu ne seras pas mal à l'aise avec moi là-bas, compléta-t-il en souriant. Je saurai bien me tenir, ne t'inquiète pas. Et toi ?

— Moi aussi. Ce sera... sympa.

Mais sa voix manquait de conviction. David lui adressa un petit signe de la main.

— OK, si je ne te revois pas d'ici là, à samedi.

Il espérait toutefois ne pas la croiser avant la fin de la semaine afin d'avoir le temps d'exorciser ce désir qu'il éprouvait pour elle. Passé ce délai, il aurait peut-être trouvé un moyen de sauvegarder leur amitié sans risquer de se briser le cœur.

12

— La conjonctivite ?

Nychelle se laissa tomber sur le tabouret de cuisine.

— MJ a une conjonctivite ?

— Comme je te le dis, répondit Martin avec humeur. Il s'est réveillé avec ça, pile le premier jour des vacances d'été.

— Oh ! non. Et Leighann ?

— Jusque-là, elle n'a rien et on fait tout pour éviter la contagion. Depuis ce matin, elle traîne des lingettes antiseptiques partout avec elle. Martin Tremaine Girvan Junior ! cria-t-il soudain.

Nychelle ne put s'empêcher de sourire. Martin devait avoir baissé le combiné pour hurler sur son fils car le son lui parvenait atténué.

— Ne te gratte pas les yeux, bon sang ! Maman va venir dans une minute avec des gouttes pour te soulager. Excuse-moi, Nychelle, dit-il en reprenant le fil de la conversation. Depuis qu'il s'est levé, il nous rend dingues. Il n'arrête pas de geindre, de se frotter les yeux, de menacer de contaminer sa sœur. On est censés partir en vacances dans dix jours, mais si Leighann tombe malade à son tour, il faudra tout annuler.

— Avec un peu de chance, ça n'arrivera pas.

— Dieu t'entende…, marmonna Martin. On a eu un mal de fou à coordonner nos emplois du temps, Jennifer et moi. Tiens, en parlant d'annulation, j'avais l'intention de vous emmener faire une journée de bateau, David et toi, mais, du coup, c'est compromis. Je préfère que MJ reste à la maison et je ne veux pas laisser Jen jouer les gardes-malades pendant que je me balade, tu comprends ?

Nychelle regarda par la fenêtre, partagée entre le soulagement et la déception.

— Oui, bien sûr. Ta famille passe en premier. Ce n'est que partie remise, de toute façon.

— Quand même, ça me gêne de décevoir David.

Martin s'interrompit de nouveau pour réprimander son fils puis il reprit le combiné.

— Désolé, Nychelle. Ce gosse est insupportable.

— Allons, il n'a que huit ans. À cet âge-là, il t'arrivait d'être pénible, toi aussi.

— Moi ? Jamais de la vie ! Bon, d'accord, ajouta-t-il en l'entendant rire à l'autre bout du fil. Toujours est-il que vous pouvez y aller sans nous, David et toi. Je me suis permis de vous prendre deux tickets pour la navette fluviale. Ainsi, tu pourras lui faire visiter le coin sans avoir à te soucier du parking.

— Oh ! tu sais, je suis sûr qu'il comprendra si…

— Je lui en ai déjà parlé et il est d'accord.

— Tu lui en as parlé sans m'informer d'abord ?

De toute évidence, Martin ne l'écoutait pas, sinon il aurait manifesté quelque remords au ton scandalisé de sa voix.

— Je savais que ça ne t'embêterait pas, répondit-il. Je t'envoie tout de suite les tickets par mail. Il passe te chercher vers 10 heures.

Nychelle serra les dents pour réprimer un « non » catégorique. Pourrait-elle jamais échapper à cet homme ? Elle mourait d'envie de le revoir tout autant qu'elle le redoutait.

— Crois-moi, Nychelle, ce sera sympa. Je suis sûr que c'est un type bien, pas toi ?

— Si, si, répondit-elle avec un soupir. Bon, prends soin de ta famille.

— Merci, Nini. Appelle-moi plus tard pour me dire comment ça s'est passé.

— OK, pas de problème.

Mais avant qu'elle finisse de parler, Martin s'était remis à crier sur son fils et avait raccroché. Après avoir posé le téléphone, Nychelle massa ses tempes soudain endolories. Deux jours plus tôt, elle avait craqué et avait tout raconté à Aliya au sujet de David.

— Ça ne tombe pas au meilleur moment, avait dit sa cousine. Mais le plus important, c'est de savoir ce que toi, tu veux.

— Je ne sais pas… Je ne sais plus où j'en suis, avait-elle avoué, les yeux pleins de larmes.

Sa confusion était compréhensible. David et elle affirmaient vouloir rester amis, mais ils paraissaient toujours enclins, non, *déterminés*, à semer des obstacles dans leur relation, soufflant le chaud et le froid, se méfiant l'un de l'autre au lieu de mettre les choses à plat. Elle-même était tiraillée par des sentiments contradictoires. Par exemple, elle convenait avec David qu'il valait mieux oublier ce qui s'était passé dans son bureau, mais, depuis, elle ne pouvait s'empêcher de cultiver des fantasmes érotiques dont il était le sujet principal. Bref, depuis qu'ils se fréquentaient, elle était devenue un concentré de contradictions et d'émotions en dent de scie. Raison de plus, sans doute, pour arrêter de le voir.

— Tu as des sentiments pour lui, avait remarqué Aliya. Autrement, je te connais, tu ne l'aurais pas embrassé.

— Je…

Le mensonge qu'elle allait formuler s'arrêta sur ses lèvres.

— Ne viens pas prétendre le contraire, poursuivit sa cousine, pas dupe. Écoute, dans le meilleur des cas, il a des sentiments pour toi et se fiche que tu sois enceinte. Dans le pire des cas, il t'aime bien, mais pas suffisamment pour accepter ta grossesse. En tout cas, il n'y a qu'un moyen de le savoir.

— Oui, je dois lui parler.

Elle se moucha sans plus chercher à dissimuler ses larmes.

— Tout ça, c'est si soudain. Je ne sais même pas si notre relation est sérieuse. J'ai l'impression de faire une montagne de rien.

— Parle-lui, Nini. Au moins, comme ça, tu sauras à quoi t'en tenir.

Aliya avait raison, bien sûr, mais deux jours plus tard, Nychelle était toujours aussi peu résolue à avoir cette conversation. En proie à une agitation inquiète, elle se leva pour se poster devant la baie vitrée qui donnait sur le jardin. D'habitude, le spectacle de cette verdure luxuriante suffisait à apaiser son esprit, mais pas aujourd'hui. David allait arriver dans un peu moins d'une demi-heure. À cette seule idée, elle sentait son corps se crisper, envahi d'une chaleur étrange. Non, décidément, aucun homme ne lui avait fait un tel effet, pas même Nick, avec qui elle avait pourtant pensé passer toute sa vie. Par ailleurs, ce désir dépassait la simple attirance physique car les sentiments qu'elle éprouvait pour lui se nourrissaient du respect et de l'admiration qu'il lui inspirait. À présent, elle avait appris à connaître et à apprécier son caractère. Tout ce qu'elle avait vu de lui indiquait qu'il était digne de confiance et fondamentalement bien. Il s'en fallait de peu qu'elle ne tombe amoureuse pour de bon.

Donc, oui, elle allait lui parler… Mais pas aujourd'hui. D'une certaine manière, cette journée qu'elle allait passer seule avec lui était un cadeau. Alors, elle allait profiter de la compagnie de David sans gâcher son plaisir par des « et si ». Rassérénée par cette pensée, elle termina de se préparer en s'efforçant d'ignorer les picotements d'excitation qui la parcouraient.

David jeta un coup d'œil à Nychelle tandis qu'il se garait dans le parking de la navette fluviale. Elle semblait détendue, ce qui le rassura peu. Ils ne s'étaient pas revus depuis leur dernier baiser, et il ne savait pas quel accueil lui serait réservé en arrivant chez elle. Lorsque Martin lui avait expliqué la situation, sa première réaction avait été de lui suggérer de reporter cette sortie à plus tard, mais selon Martin, Nychelle l'attendait. Dans ces conditions, David n'avait pas osé dire non de peur de paraître grossier.

Lorsqu'elle lui avait ouvert, un soupçon de tension avait plané dans l'air, mais après quelques paroles d'accueil un peu guindées, la glace n'avait pas tardé à fondre.

— On peut aussi se promener au bord de la rivière, dit-elle avant de sortir de voiture. Il y a des restaurants et des boutiques sympas, si ça t'intéresse.

Depuis qu'ils étaient partis, Nychelle avait endossé le rôle de guide touristique et lui avait indiqué plusieurs endroits intéressants, tels le Broward Center for the Performing Arts et le musée de la Découverte et de la Science, de même qu'un petit restaurant jamaïcain qu'elle trouvait formidable.

Sitôt la voiture garée, Nychelle mit pied à terre sans attendre que David vienne lui ouvrir sa portière, puis elle lui fit signe de la suivre. Il lui emboîtait le pas quand elle s'arrêta soudain pour lui faire face.

— Écoute, David, je sais qu'on devrait parler de ce qui s'est passé entre nous. Ce serait se comporter en adultes. Mais est-ce qu'on peut éviter le sujet et se contenter de profiter de cette journée ? J'ai besoin de plus de temps pour réfléchir à tout ça, tu comprends ?

Il se massa la nuque, hésitant. Jamais une femme ne lui avait inspiré des sentiments plus ambivalents et contradictoires. Bien sûr, le plus simple aurait été de faire comme si rien ne s'était passé entre eux, mais il mourait d'envie de savoir ce qu'elle éprouvait pour lui. En même temps, il avait envie de passer la journée avec elle, tout simplement, sans se soucier de rien. Voilà pourquoi il hocha la tête.

— OK. Du coup, on va où, tous les deux ?

Nychelle choisit d'ignorer le double sens de la phrase. Elle jeta un regard autour d'elle et pointa le doigt dans une direction.

— Par là.

— Il faut se procurer des tickets ?

— Pas la peine. Martin les a achetés en ligne et je les ai imprimés. Au début, je pensais réserver une visite guidée, et puis j'ai pensé qu'on pouvait prendre la navette à notre guise sans être contraints à un itinéraire précis.

Tout en parlant, elle le guidait vers un restaurant situé près de l'embarcadère.

— Oh là ! c'est… pittoresque, dit-il en entrant dans l'établissement.

Il observait le plafond, auquel étaient suspendus toutes sortes de bibelots et d'instruments nautiques, quand il haussa les sourcils en avisant une énorme sirène en bois, figée dans une pose suggestive.

— C'est kitsch, n'est-ce pas ? dit-elle en riant. Un vrai piège à touristes. Mais plusieurs de ces objets ont vraiment servi sur des bateaux autrefois.

— Oui, je sais. Je viens de Caroline du Sud, rappelle-toi… Je sais reconnaître des flotteurs en verre et de vieux appareils respiratoires sous-marins.

— Ah, zut…, dit-elle avec une petite moue. Moi qui me faisais une joie d'étaler mon savoir…

— OK, je ne dis plus rien. Plus un mot.

Pour appuyer ses propos, il fit le geste de tirer une fermeture Éclair sur sa bouche et de tourner une clé imaginaire avant de la jeter. C'était le genre de blague idiote qu'il ne se permettait qu'en famille, mais avec Nychelle, il lui semblait tout naturel de faire le clown.

— T'es bête..., dit-elle en pouffant de rire.

Elle accompagna cette réprimande d'une tape affectueuse sur le bras.

— Tu veux boire quelque chose en attendant la navette ?

— Pff...

Il avait du mal à garder les lèvres serrées, et lorsque Nychelle lui tapa à nouveau le bras, il éclata de rire.

— Hé, j'avais promis de ne pas dire un mot de plus.

— Espèce de... de...

— Mademoiselle Cory, un peu de retenue, quand même.

— Alors ça... Venu d'un type que toutes les infirmières surnomment le Dr Caliente, c'est un peu fort.

— Non, c'est vrai, cette histoire ? Un collègue m'en a parlé récemment et je pensais qu'il plaisantait.

Elle éclata de rire.

— Pas du tout ! Si tu les entendais... En salle de repos, c'est toujours le Dr Caliente par-ci, le Dr Caliente par-là. Tu as un vrai fan-club.

— Arrête de faire ta maligne, veux-tu ?

Il lui prit la main dont il pinça légèrement le dos.

— Ouille ! D'accord, tu n'aimes pas être sexualisé, mais ce n'est pas une raison pour t'en prendre à moi !

— Moi, sexualisé ? dit-il en affectant une mine choquée. Tu es bien une fille de psychiatre, tiens.

Nychelle ouvrit la bouche comme pour protester, mais elle se mit à rire et David fut à son tour saisi d'un fou rire, à tel point que lorsque la navette arriva enfin, ils avaient des larmes d'hilarité plein les yeux. L'employé qui vérifiait les billets leur sourit.

— On dirait que vous vous amusez bien, tous les deux.

— Plus que bien, répondit-elle.

David renchérit d'un hochement de tête en la suivant sur le bateau. Ils allèrent s'installer sur des sièges à l'ombre, près du pilote, et savourèrent la brise qui montait de la rivière.

La navette ne tarda pas à se remplir et une cacophonie de langues étrangères résonna au fil de l'arrivée des différents groupes de vacanciers.

— Les navettes sont utilisées par les locaux ? demanda-t-il.

— Non, pas vraiment. Elles ont plus de succès auprès des touristes. Pourtant, elles sont plus agréables que la voiture, je trouve. Et plus pratiques, aussi. En navette, pas besoin de se soucier de trouver une place de parking. Mais les gens ont tellement l'habitude de conduire qu'ils ne pensent même plus à d'autres moyens de transport.

David renversa la tête en arrière pour profiter davantage de l'air frais.

— Les touristes ont raison, pour le coup. Je préfère visiter la rivière et ses abords comme ça.

— Moi aussi. Sur la rivière, il y a toujours un petit vent rafraîchissant, c'est bien plus agréable que l'air conditionné.

— Ne dis pas de mal de l'air conditionné. J'adore vivre en Floride, mais j'ai eu du mal à m'habituer à la chaleur et à l'humidité.

— Ça ne m'étonne pas, surtout venant de Chicago.

Tandis qu'ils discutaient, le bateau avait quitté le quai et descendait le fleuve à un train de sénateur.

— As-tu réussi à convaincre tes parents de te rendre visite ?

David détourna les yeux, soudain moins gai.

— Non, pas encore. Ma sœur m'a promis de leur en parler. Elle m'a déjà dit que s'ils s'obstinaient à refuser elle et ses enfants seraient ravis de venir à leur place, ajouta-t-il en souriant.

— Mais pourquoi tes parents refuseraient ?

— Ils n'ont jamais voyagé beaucoup et ma mère a des sueurs froides à la seule idée de prendre l'avion. Mon père aussi, même s'il ne l'admettra jamais.

Nychelle hocha la tête, et David lui sut gré de ne pas se

moquer de leurs peurs. Il eut soudain envie de lui prendre la main, mais y renonça.

— Il a des problèmes cardiaques et je crains toujours que le stress ne lui cause un autre infarctus. Du coup, j'évite d'insister.

Comme si elle lisait dans ses pensées, Nychelle lui pressa affectueusement la main. Lorsqu'elle le lâcha, il regretta aussitôt ce contact.

— Tu as pensé à monter les voir et à prendre l'avion avec eux ? Ou alors, à les conduire jusqu'ici ? Pour aller à Atlanta, il faut environ neuf heures. Le voyage prend combien de temps jusque chez tes parents ?

Une émotion douce et vive le saisit.

— À peu près autant, répondit-il, les yeux fixés sur elle.

Nychelle lissa ses cheveux d'un geste incertain.

— Pourquoi me regardes-tu comme ça ?

— Parce que… Comment se fait-il que je n'y ai pas pensé moi-même ?

Il secoua la tête puis, jetant toute prudence aux orties, il lui saisit la main et entremêla ses doigts aux siens, ridiculement heureux lorsqu'elle ne chercha pas à se libérer.

— Tu es incroyable.

— Mais non, ne sois pas bête.

Elle inclina la tête avec timidité, et David sentit son corps s'embraser d'un feu familier.

— Tu y aurais pensé tôt ou tard, ajouta-t-elle.

— Probablement pas.

Comme Nychelle tentait doucement de se dégager, il resserra l'étreinte sur sa main.

— C'est le genre de solution que seule une personne vraiment douée d'empathie peut trouver spontanément.

Nychelle lui jeta un bref coup d'œil.

— Au fait, n'oublie pas de guetter les lamantins. C'est

à cause d'eux que le bateau va si lentement. De temps en temps, on voit une queue qui sort de l'eau.

— D'accord.

Mais c'était elle qu'il contemplait, et il n'avait pas l'intention de regarder ailleurs.

13

Gênée par l'insistance de son regard, Nychelle se détourna. Elle avait l'impression qu'une chose importante venait d'arriver, sans trop savoir quoi au juste, et dans son embarras, elle résolut de parler d'un sujet moins personnel afin de réduire la tension qui planait entre eux.

— Au fait, Carmen Fitzpatrick a annoncé aux médias qu'elle souffre de la drépanocytose.

— Ah bon ?

La voix de David exprimait une surprise sincère, et lorsqu'elle le regarda, il avait les sourcils haussés.

— Je croyais qu'elle était très jalouse de sa vie privée ?

— Elle a sans doute estimé qu'il valait mieux le faire à un moment qu'elle choisirait pour éviter qu'une personne mal intentionnée agisse à sa place. C'était d'ailleurs ce que vous lui disiez de faire, toi et son imprésario.

David se renversa sur le siège sans cesser de la dévisager avec intensité.

— Comment l'as-tu su ?

— C'est la fille de Martin qui me l'a dit. Lorsqu'elle a appris la nouvelle, elle m'a posé des questions sur cette maladie. Ses parents sont pourtant médecins, mais c'est moi qu'elle a appelée pour se renseigner, va savoir pourquoi, ajouta-t-elle en secouant la tête.

— C'est une marque de confiance. En plus, vous êtes toutes les deux fans de Carmie-K.

— Oui, c'est vrai…

Feignant de s'intéresser au paysage, Nychelle rajusta ses lunettes sombres sur son nez pour dissimuler le trouble qui persistait en elle. Aucun homme ne l'avait jamais mise dans un état pareil. Aucun. Un simple regard, un simple sourire de David suffisait à lui donner des frissons, comme à présent alors qu'il la considérait avec cet air sérieux, scrutateur. Perdue dans ces pensées, elle fut surprise en l'entendant revenir à leur précédente conversation.

— Donc, comment se fait-il que tu saches le temps qu'il faut pour aller à Atlanta ? Tu fais souvent le trajet ?

— J'y vais quelques fois par an, en général, pour rendre visite à ma cousine Aliya, la petite sœur de Martin.

— Vous êtes proches, toutes les deux ?

— Oh oui ! Nous sommes les meilleures amies du monde pratiquement depuis le berceau. On a le même âge, on a grandi ensemble, on a fréquenté les mêmes écoles jusqu'à la fac.

— Laisse-moi deviner… Elle est médecin, elle aussi.

— Tout juste. Et pas n'importe quel médecin : une hémato-oncologue, excusez du peu. Elle s'est spécialisée dans la recherche sur les leucémies pédiatriques et sur les effets des traitements.

— Vous êtes vraiment ambitieux, dans ta famille.

— Je ne te le fais pas dire, répondit-elle avec un grand sourire.

La navette, qui s'était arrêtée à deux reprises pour accueillir d'autres passagers, s'approchait à nouveau de la rive.

— Là, regarde, dit-elle soudain pour changer de sujet. La maison Stranahan. Il paraît qu'elle est hantée au point que des visites aux fantômes sont organisées.

Il hocha distraitement la tête.

— Et toi, pourquoi n'es-tu pas devenue médecin ? C'est pourtant une tradition familiale, non ?

Elle hésita, partagée entre la franchise et une version plus édulcorée de la réalité. Après tout, ils avaient d'un commun accord décidé d'éviter les sujets sensibles et de profiter de cette journée pour s'amuser. Le mieux était sans doute de rester dans le vague.

— Disons que l'ambition exige de se focaliser sur ses objectifs au détriment de tout le reste, et ça ne m'intéresse pas. J'ai toujours voulu avoir une vie en dehors du travail, pouvoir profiter de journées comme celle-ci.

David la regarda sans rien dire, avec une intensité que ses lunettes noires ne parvenaient pas à dissimuler. De nouveau, elle sentit un léger frisson lui chatouiller le dos.

— Je suis bien médecin et ça ne m'empêche pas de prendre le temps de m'amuser, dit-il.

— Oui, bien sûr. Mais tu as terminé ton internat à quel âge ?

— Trente ans.

— Voilà ! Moi, je n'ai pas encore trente ans, mais j'ai fini mes études et ça fait déjà quelques années que je mène une vie indépendante. J'ai voyagé un peu, épargné pour ma maison et lancé ma carrière. Ça m'importe davantage qu'un titre de médecin. Aliya, qui est très douée, a décroché son diplôme très jeune, mais elle avoue quand même regretter de ne pas avoir suffisamment profité de la vie.

Le sujet était vaste, mais elle préféra s'en tenir là et dévier la discussion sur autre chose.

— D'ailleurs, tu as dit toi-même que mon métier était aussi important que le tien. C'était juste pour énerver mon père ?

— Non, pas du tout.

David s'interrompit comme la navette s'arrêtait pour accueillir à bord d'autres passagers puis il reprit :

— J'étais tout à fait sincère. D'ailleurs, si j'avais vraiment voulu énerver ton père, je lui aurais dit que ton boulot est plus important que le sien… Et le mien.

Avec un petit rire en imaginant la réaction de son père, Nychelle se tourna pour observer les vacanciers qui montaient sur le bateau. Il y avait notamment une famille de sept personnes : les parents, les grands-parents et trois enfants, dont un bébé. Nychelle se surprit à les suivre du regard avec envie. C'était *cela* qu'elle voulait. C'était pour *cela* qu'elle avait renoncé à des études de médecine, mais il n'y avait aucune chance que ses parents comprennent son choix car il ne faisait tout bonnement pas partie de leur logiciel.

La navette tangua légèrement au redémarrage et le bébé se réveilla en pleurant. Nychelle continuait pourtant de sourire en songeant à la vie qui s'épanouissait en elle. Elle avait hâte de pouvoir enfin tenir son bébé dans ses bras.

Intrigué, David se tourna vers ce que Nychelle contemplait avec autant d'insistance et son regard tomba sur une jeune femme assise non loin, un bébé grognon dans les bras. Du fait de la chaleur, la petite était vêtue seulement d'une grenouillère rose et jaune et de jolies chaussettes rayées. Elle était rouge de colère, les cheveux plaqués sur un côté de la tête et tout bouclés de l'autre.

David détourna instinctivement les yeux, comme chaque fois qu'il voyait un bébé en dehors d'un contexte médical. Pourtant, son regard était comme aimanté par l'enfant. Il se rendit alors compte qu'il n'éprouvait plus cette douleur que lui causait d'habitude la vue d'un nourrisson. Surpris, il s'attendit à ressentir au moins de la culpabilité… Or non, rien. Qu'est-ce que cela signifiait ? Était-il en train d'oublier Natalie ? Non, bien sûr. Pour preuve, il continuait de penser souvent à elle, à se recueillir à chaque anniversaire. Seulement, la vie continuait. Peu à peu, insensiblement, il avait assimilé le fait que sa fille était perdue à jamais. Il n'avait pas tourné la page, non, mais il avait appris à vivre sans elle.

— Maman, maman, regarde ! Là !

David profita de cette exclamation pour détourner son regard et feindre de s'intéresser à ce qu'une fillette désignait du doigt. Toujours perdu dans ses pensées, il remarqua vaguement des remous sur le fleuve et une grande queue grise qui émergea hors de l'eau. Tout autour de lui, des bavardages animés accompagnèrent la brève apparition du lamantin, mais il les entendit à peine.

— Tu l'as vu ? dit Nychelle.

Il hocha la tête sans savoir si elle parlait du lamantin ou du bébé, puisqu'elle avait regardé les deux avec le même intérêt.

— C'est le premier que tu vois depuis que tu es arrivé dans la région ?

— Oui, même si la vision a été fugace.

— C'est vrai. J'ai toujours voulu aller à Three Sisters Springs, sur la côte ouest. C'est là qu'ils passent l'hiver. Il paraît qu'on peut vraiment bien les observer, là-bas.

— Qu'est-ce qui t'empêche de le faire ?

Nychelle remonta fermement ses lunettes sur son nez.

— Mon ex-fiancé n'aimait pas ce genre d'excursions dans la nature. Depuis qu'on s'est quittés, j'aurais pu faire le voyage, mais l'occasion ne s'est pas présentée.

David sursauta en apprenant qu'elle avait été fiancée et il se rendit compte qu'ils se connaissaient à peine. Leur amitié avait grandi par à-coups sans les révélations qui émaillaient d'habitude une relation. D'ailleurs, pour faire bonne mesure, il lui avait révélé peu de chose sur sa vie à lui. Ils étaient convenus d'éviter les sujets sérieux, mais ils pouvaient quand même parler de leur vie personnelle, non ?

Il s'inclina en arrière et allongea le bras sur le dossier derrière Nychelle, dont la queue-de-cheval lui frôlait la main.

— Tu devrais y faire un tour, dit-il. Moi, quand j'ai divorcé, je me suis mis au rafting. J'en avais envie depuis tout petit, mais mon ex n'avait jamais voulu en entendre parler.

— Ah, donc tu as été marié. Je m'en doutais, mais je n'osais pas évoquer le sujet.

Il la vit lui jeter un coup d'œil rapide derrière ses lunettes noires.

— Tu aurais pu. Fut un temps, je préférais éviter d'en parler, mais maintenant, ça m'est égal.

Son divorce était un sujet qui ne le faisait plus souffrir, même s'il n'oublierait jamais certaines choses que Kitty avait dites. Mais à quoi bon s'attarder sur ces souvenirs douloureux, surtout aujourd'hui ?

— Ça doit être agréable de grandir dans une région comme celle-ci.

Elle haussa les épaules.

— Oui, si tu as la chance de pouvoir en profiter, dit-elle d'un ton crispé.

— Ce n'était pas le cas pour toi ?

— Pas vraiment, non.

Pensive, Nychelle regardait la rive. Ils devaient descendre au prochain arrêt, et David se demanda si elle allait garder le silence jusque-là.

— Tu es né dans une famille modeste, c'est ça ? demanda-t-elle.

— Oui.

— Et l'été, tu t'occupais comment ? Tu travaillais, je suppose ?

David acquiesça, sans trop savoir où elle voulait en venir.

— Oui. J'aidais mon père à la boutique en plus de faire des petits boulots.

— Et sinon, quoi d'autre ? Tu passais du temps en famille ?

— Oui, bien sûr.

À quoi rimaient toutes ces questions ? Il avait eu une enfance tout ce qu'il y avait de plus banal. Pourtant, Nychelle le dévisageait en silence, comme si elle attendait des détails.

— Quand nous étions petits, mon frère, ma sœur, mes cousins et moi, on passait le plus de temps possible dehors. Parfois, quand nos parents pouvaient se le permettre, ils nous emmenaient à la plage ou faire du camping. Plus tard, j'ai économisé de l'argent pour participer à des ateliers scientifiques pour enfants.

À présent qu'il en parlait à Nychelle, il se rendait compte que, malgré la pauvreté, il avait eu une enfance heureuse, entourée d'amour et d'affection. Tout le monde n'avait pas eu cette chance, à commencer par Nychelle.

— Autrement dit, tu travaillais beaucoup, mais tu prenais aussi le temps de t'amuser, dit-elle.

Elle redressa le menton d'un air presque vindicatif.

— Mes parents voulaient nous transformer en bêtes à concours, ma sœur et moi. Tout tournait autour de notre future carrière. Il fallait absolument nous préparer pour intégrer les meilleures facs et « prendre une longueur d'avance dans la course », comme ils disaient. Dans ces conditions, tu comprendras que je n'ai pas vraiment eu l'occasion de profiter de mon enfance. On descend ici, ajouta-t-elle d'un ton sec en prenant son sac.

Tandis que la navette accostait, David réfléchit aux paroles de Nychelle. Pour avoir rencontré ses parents, il imaginait très bien la pression constante qu'ils avaient dû imposer à leurs filles. À l'école et, plus tard, à la fac, il avait eu des camarades élevés ainsi et qui s'angoissaient s'ils n'avaient pas les meilleures notes. Il en avait vu certains craquer, d'ailleurs. Raison de plus pour admirer Nychelle : il fallait une force de caractère immense pour s'opposer à une famille comme la sienne et pour tracer sa propre voie.

Sur le dock, ils attendirent en silence leur correspondance.

— J'ai une idée, dit-il enfin. Que dirais-tu de rattraper un peu de ce temps perdu ?

Elle se tourna vers lui en fronçant les sourcils.

— Comment ça ?

— Eh bien, toutes ces fois où tu aurais dû t'amuser, étant gamine, rattrapons-les.

Nychelle esquissa l'ébauche d'un sourire.

— Comment, d'après toi ?

— Personnellement, mes lubies de gamin consistaient à me payer des glaces et des vêtements. Et toi, comment aurais-tu voulu occuper tes étés ?

— Je ne sais pas…

Elle secoua la tête puis ses yeux s'illuminèrent.

— Si, je sais. J'aurais voulu aller à la plage et construire des châteaux de sable. Ou alors, aller dans un centre aquatique.

David lui prit la main.

— Si tu m'achètes une glace, je suis partant pour t'aider à construire un château de sable. Je ne suis pas du tout mauvais à ce jeu-là. Tu n'as qu'à demander à mon neveu et à ma nièce.

— D'accord, dit-elle en lui pressant les doigts. Tu as intérêt à ne pas me décevoir.

— Oh ! ne t'inquiète pas. Tu vas voir, on va bâtir un vrai palais.

14

Allongée sur une serviette de plage, Nychelle contemplait David qui s'affairait à ajouter une autre tour au château.

— Tu vois, le truc, c'est de savoir doser la quantité d'eau, expliquait-il en modelant des créneaux.

Il lui jeta un coup d'œil et tendit vers elle une main couverte de sable.

— Hé, tu ne vas pas m'aider un peu ?

Nychelle se contenta de rire et déplaça le parasol pour mieux abriter David du soleil.

— Voilà. Je t'ai aidé à éviter un coup de soleil.

— Ah, très drôle. Ce n'est pas toi qui voulais construire un château de sable ?

— En fait, j'ai davantage plaisir à te regarder travailler. Et puis, tu t'en sors beaucoup mieux que moi.

David éclata d'un rire qui la fit sourire tandis qu'elle reprenait sa place, assise en tailleur sous l'autre parasol. C'était, décida-t-elle, la meilleure journée qu'elle aurait pu espérer : faite de plaisirs simples, partagés à deux. Que demander de plus ?

Avant d'arriver à la plage, ils avaient admiré la lagune depuis le bateau. Ensuite, ils avaient prévu de s'arrêter à l'un des restaurants préférés de Nychelle, mais à peine entrée, l'odeur des fruits de mer l'avait incommodée. David n'avait formulé aucun commentaire ni reproche lorsqu'elle avait changé d'avis, et après une courte marche, ils avaient trouvé une gargote qui vendait des burgers appétissants.

Ils avaient beaucoup parlé, et même s'ils s'en étaient tenus à des sujets anodins, Nychelle avait appris deux ou trois choses intéressantes sur David, et notamment sur son mariage. Fidèle à lui-même, il avait évoqué son ex avec regret et respect, sans jamais la présenter en termes négatifs. Nychelle aurait aimé glaner quelques détails supplémentaires, mais il avait tout de suite dévié la conversation sur un autre sujet et elle n'avait pas osé insister. Après tout, c'était elle qui avait demandé qu'ils en restent à des sujets anodins aujourd'hui. Pourtant, rien ne pouvait lui enlever de la tête que l'ex de David avait été une idiote de laisser tomber un homme tel que lui.

Après le repas, ils s'étaient promenés sur le boulevard en bord de mer et avaient fait du lèche-vitrines. David l'avait menacée de lui acheter un collier de dents de crocodile ou un pied d'alligator en pendentif, offres qu'elle avait déclinées en riant. Toutefois, un peu plus tard, prétextant une pause pour aller aux toilettes, elle était revenue chargée d'une chemise hawaïenne bigarrée, pensant qu'il ne la porterait jamais. Que nenni ! Aussitôt, il l'avait enfilée.

— Je refuse d'être vue avec toi si tu gardes ce truc sur le dos, dit-elle entre deux rires.

— Tant pis pour toi, il ne fallait pas me l'acheter.

Ensuite, pour honorer la promesse qu'elle lui avait faite, elle lui avait acheté un cornet de glace et ils avaient gagné la plage pour construire leur château de sable. La journée avait passé comme une flèche au point qu'ils furent étonnés de voir le soleil baisser à l'horizon.

— Il faudrait penser à revenir bientôt, dit-elle en réprimant un soupir.

— Si je n'étais pas couvert de sable, je t'aurais proposé de passer la soirée ici, mais comme ça, je suis insortable.

Nychelle hocha la tête. Elle-même était fatiguée et désirait rentrer.

— Tu peux explorer la vie nocturne une autre fois.

— Oui, on n'a qu'à remettre ça à plus tard, dit-il en lui jetant un regard rapide.

Elle préféra ne pas relever et s'affaira à sortir son téléphone portable.

— Il faut absolument que je prenne ton château en photo. Il est magnifique.

— Attends une seconde.

Armé d'une brindille, il écrivit devant les douves dans une graphie élégante : *Palais de la Reine Nychelle.*

— Tu écris trop bien pour un médecin, dit-elle en prenant des clichés. Tu déshonores la profession.

Il se releva en époussetant son pantalon.

— Je me fiche pas mal des attentes des autres.

— Tu as bien raison. La vie est plus intéressante quand on s'affranchit de ce genre de corvée.

Nychelle était bien placée pour le dire : elle avait passé des années à tenter de se conformer aux désirs de ses parents. Ce dont elle était moins sûre, en revanche, c'était si cette journée avec David était une bonne chose ou non. À première vue, il n'y avait eu aucune anicroche ni arrière-pensées, mais chaque fois qu'il lui souriait ou lui prenait la main, certaines émotions étaient bien là, sous-jacentes.

Et lui, éprouvait-il la même chose ? Bah, à quoi bon se poser la question ? Elle ne le lui demanderait pas parce qu'elle redoutait de connaître la réponse et de gâcher cette journée merveilleuse.

Pourtant, tandis qu'ils regagnaient la route, elle jeta un dernier regard derrière elle et fut submergée par la tristesse à l'idée que le château, à l'instar de cette journée, ne serait bientôt plus qu'un souvenir.

De retour vers l'embarcadère de la navette, David se sentait totalement détendu, dans un état de fatigue bienheureuse. Nychelle, en revanche, semblait réfugiée dans un silence pensif. David n'osait pas lui demander les raisons de sa réserve. Sans doute regrettait-elle, comme lui, que la journée s'achève déjà.

Alors qu'ils se dépêchaient de rejoindre le quai d'embarquement, il lui prit la main et elle lui pressa les doigts en retour. Puis elle lui jeta un bref coup d'œil.

— Pourquoi as-tu choisi la médecine générale plutôt qu'une autre spécialité ?

Cette question à brûle-pourpoint le prit de court, et son premier réflexe fut de l'éluder.

— Et toi ? Avec tes relations familiales, tu aurais pu t'orienter dans une autre direction.

— Non, non, non, ça ne marche pas… On ne t'a pas dit que répondre à une question par une autre est une tactique basique d'évitement ? Pourquoi es-tu sur la défensive ?

— Oh là là ! tu m'analyses encore, c'est ça ?

— Encore une question !

— C'est bon, c'est bon…

Il entremêla ses doigts à ceux de Nychelle. Comment lui répondre ? Ce n'était pas qu'il n'avait pas envie… Il avait surtout peur qu'elle le prenne pour un fou.

— J'ai toujours eu dans l'idée de repartir en Caroline du Sud et de créer un cabinet là-bas, près de chez mes parents. Il n'y a pas assez de médecins dans le coin et l'hôpital est très loin, surtout pour les communautés rurales isolées.

Bon sang, il avait tellement de mal à trouver les mots justes.

— Là d'où je viens, les gens s'entraident comme ils le peuvent et j'ai grandi dans cet état d'esprit. Ils m'ont beaucoup donné et j'ai envie de donner en retour de ce que j'ai reçu.

— C'est merveilleux, David !

Son visage rayonnait comme s'il lui avait offert un cadeau, et David sentit son cœur gonfler de joie dans sa poitrine tout comme sa gorge était nouée par l'émotion. Aujourd'hui, il en avait raconté plus sur lui qu'à quiconque depuis très longtemps. Il lui avait même parlé de Kitty, bien qu'il n'ait pas été capable de lui expliquer les raisons de leur divorce. Plus tard, peut-être... Arriverait-il à lui parler un jour de Natalie ? Nychelle avait un don étrange pour faire resurgir en lui des émotions qu'il s'efforçait de contenir. Elle agissait un peu comme un aimant qui attirait à la lumière tout ce qu'il cherchait à dissimuler, autant aux autres qu'à lui-même.

Alors qu'ils approchaient de l'embarcadère, Nychelle resserra son étreinte sur sa main.

— Regarde, la navette arrive. Viens vite !

Ils se lancèrent dans un sprint jusqu'à la navette. Hors d'haleine d'avoir couru et d'avoir ri, ils se laissèrent tomber sur des sièges à l'avant du bateau en échangeant des sourires.

— Attendez, attendez !

David se tourna en direction du cri et aperçut sur le quai la famille qui avait fait le trajet avec eux le matin même. Ils couraient tous vers l'embarcadère, les grands-parents en bout de file. Le pilote patienta un instant, le temps qu'ils montent à bord du bateau, rouges et essoufflés. Ils n'avaient plus rien à voir avec la famille sereine du matin. Énervés par la fatigue, les enfants se chamaillaient et le bébé pleurait dans les bras de son père tandis que la mère et les grands-parents rassemblaient toutes les affaires de l'excursion. Ils finirent par s'installer, après s'être passé le bébé de mains en mains et avoir enguirlandé les enfants. David se tourna vers Nychelle avec un sourire ironique.

— Chapeau aux parents. Je suis épuisé rien qu'à les regarder. Quel chaos !

— Oui, mais c'est un merveilleux chaos, répliqua-t-elle sèchement. Il n'y a rien que j'aime plus que de m'occuper de Leighann et MJ. Je n'ai jamais une minute à moi, mais j'adore ça.

Il la dévisagea, étonné par la véhémence de sa réaction.

— Je n'en doute pas. Je ne voulais pas dire que…

— J'ai hâte d'avoir une famille à moi, l'interrompit-elle avec agacement.

David se garda de répondre. Nychelle parlait toujours d'une voix douce, mais nul doute que le sujet lui tenait à cœur.

— Je ne comprends pas ceux qui disent que les enfants sont une charge, une source de problèmes, ajouta-t-elle. Moi, je dis qu'ils devraient être reconnaissants envers leurs enfants.

— C'est vrai, dit-il en lui pressant la main pour la calmer.

— Mais certains l'oublient trop souvent. À côté de ça, tant de gens auraient envie d'avoir des enfants sans y parvenir, ajouta-t-elle avec tristesse. J'ai hâte de devenir mère, tu sais.

Nychelle repoussa ses lunettes fermement sur son nez avant de se tourner vers le paysage. Pris de court, David ne savait plus quoi dire. À quoi voulait-elle en venir ? S'agissait-il d'une remarque générale ou pensait-elle à quelqu'un en particulier ? À elle-même, peut-être ? Toutefois, avant qu'il trouve les mots pour répondre, Nychelle carra les épaules et se tourna vers lui en souriant, mais son sourire tremblait.

— Donc, que penses-tu de Fort Lauderdale maintenant que tu connais un peu mieux la ville ? Tu la trouves comment, par rapport à Chicago ?

David n'avait pas d'autre choix que de répondre, mais sa remarque au sujet de son désir de maternité avait jeté une ombre sur cette magnifique journée. Sur son cœur, aussi. Nychelle ne savait pas, ne pouvait pas savoir à quel point cette envie de devenir mère risquait de la faire souffrir. Une douleur sourde l'envahit et la paix de cette belle journée sembla s'évaporer. Nychelle voulait avoir des enfants, et ce désir compromettait ses espoirs d'être autre chose qu'un ami pour elle.

Et cette prise de conscience le blessait plus qu'il n'aurait voulu l'admettre.

15

Nychelle prêtait une oreille distraite à David tandis qu'il lui exposait les mérites comparés de Chicago et de Fort Lauderdale, hochant la tête aux moments qui lui semblaient opportuns. Elle avait un goût amer dans la bouche et son cœur battait à grands coups sourds.

Tout allait pourtant si bien jusque-là… Quelle mouche l'avait piquée, bon sang ? Quoique, à la réflexion, elle savait pourquoi elle avait perdu les pédales. Pour elle, David possédait les qualités essentielles pour être un excellent père : il était bon, généreux, calme, patient. Mais il ne voulait pas avoir d'enfants. Un point décevant, déjà, mais lorsqu'il s'était mis à dénigrer la condition de parent dans son ensemble, elle avait vu rouge.

Bien sûr, elle avait eu tort de réagir avec une telle violence. David avait eu la gentillesse de ne pas relever, mais elle lui devait une explication pour neutraliser la situation. Dans tous les cas, ils ne pouvaient pas continuer ainsi tous les deux. Trop de tension vibrait entre eux. Au fil des dernières semaines, il n'avait cessé de l'intriguer et son attirance pour lui, qui couvait comme la braise, s'était carrément enflammée aujourd'hui. David possédait tout ce qu'elle désirait chez un homme. Pourtant, dès qu'il apprendrait qu'elle était enceinte, c'en serait fini de leur relation, voire peut-être de leur amitié. Mieux valait régler le problème une bonne fois pour toutes. Arracher le pansement maintenant, ainsi qu'Aliya l'avait sagement suggéré.

Mais comment trouver les mots justes ? Un silence tomba entre eux tandis qu'elle réfléchissait à la manière de lui faire comprendre son choix de vie. Enfin, elle se tourna vers lui, incertaine sur la façon de procéder, mais résolue à ne pas retarder davantage sa confession.

— David… Je te dois une explication.

Il leva la main pour l'arrêter, mais elle ne le laissa pas l'interrompre. S'il lui disait que ce n'était pas grave, elle allait à coup sûr flancher.

— Depuis toute petite, j'aime m'occuper d'enfants, de bébés, à tel point que les dames qui nous gardaient, Olivia et moi, me surnommaient « tite maman ». Avant d'aller à l'école, je veillais à ce qu'Olivia aille bien, je pensais qu'il était de mon devoir de le faire. Avec Aliya, j'agissais pareil et ça la rendait dingue, la pauvre : elle a deux mois de plus que moi.

David s'était tourné vers elle, et son attention pleine et entière lui donnait des frissons sur les bras et le dos, comme à chaque fois qu'il se concentrait sur elle.

— Donc, tu as toujours voulu devenir mère.

Elle hocha la tête. Leur arrêt approchait. Déjà, des passagers autour d'eux se levaient et se préparaient pour descendre. Il fallait qu'elle se dépêche de dire ce qu'elle avait à lui dire.

— Mais ce n'est pas tout. À l'âge de treize ans, j'ai eu des saignements utérins anormaux qui ont nécessité un curetage. Les médecins m'ont dit que je risquais d'avoir du mal à concevoir.

À cet instant, le bateau s'arrêta avec une légère secousse et les gens commencèrent à descendre. Soudain gênée de raconter cette histoire aussi intime en public, Nychelle se tut. David continuait de la dévisager d'un air neutre qu'elle aurait aimé pouvoir déchiffrer. Elle reconnaissait pourtant cette expression : c'était celle qu'il utilisait avec les patients qu'il recevait en consultation. Saisie d'un malaise et un peu nauséeuse, elle se leva.

— Ça t'embête si on termine cette conversation plus tard ?

— Non, bien sûr.

Mais il ne cessait de la regarder avec une intensité qui fit monter une chaleur à ses joues. Non loin, la famille se préparait pour descendre, et Nychelle les suivit du regard. Le père portait l'un des enfants sur un bras tandis qu'il aidait l'autre à enfiler son sac à dos. Embarrassée par le sac de couches, la mère tentait de caler contre elle le bébé qui s'agitait en gémissant.

— Attends, laisse-moi prendre ton sac, dit la grand-mère.

— Merci, Deana.

Le grand-père récupéra sous les sièges la poussette pliée avant de suivre le groupe. Nychelle allait faire un commentaire sur l'accent anglais des grands-parents lorsque le vieil homme tituba en arrière avant de s'écrouler. Puis Nychelle entendit le claquement sec de sa tête contre le banc.

— George !

La vieille dame s'agenouilla près du corps recroquevillé de l'homme et lui saisit les épaules pour le secouer, mais Nychelle arrêta son geste juste à temps.

— Attendez…

— Je suis médecin, dit David.

Il se pencha vers l'homme et lui prit le poignet.

— S'il vous plaît, madame, laissez-nous un peu de place, ajouta Nychelle.

Mais la vieille dame ne bougeait pas, appelant son mari. En désespoir de cause, Nychelle se tourna vers le reste de la famille qui observait la scène d'un air effaré, comme pétrifiée.

— Aidez-la à se relever et appelez les secours. Tout de suite !

Une activité soudaine succéda à l'apathie initiale. Le père se précipita pour éloigner la grand-mère et un employé avertit le capitaine du bateau. À présent, Nychelle pouvait se concentrer sur le patient. Il était à moitié assis sur le siège, affaissé contre le rebord du bateau.

— Le pouls est élevé, mais régulier. Respiration normale. Les pupilles sont réactives.

L'examen effectué, David se redressa.

— Stabilise sa tête. On va l'allonger sur le pont.

Nychelle obtempéra et tint fermement la tête et la nuque du patient tandis que David le saisissait par le torse de manière à le faire glisser du banc sans risquer d'endommager sa colonne vertébrale.

— Doucement, doucement… Voilà.

— Lacération du cuir chevelu, déclara Nychelle dès que l'homme fut sur le sol.

Elle n'avait pas besoin de le dire puisque David ne pouvait pas ne pas remarquer les traces de sang sur les sièges et la flaque qui s'agrandissait sous la tête de l'homme. David palpa précautionneusement la blessure.

— Pas de signe évident de fracture…

Il se redressa de nouveau.

— Il faut appliquer une compresse sur la plaie.

Nychelle jeta un regard par-dessus son épaule, vers les parents du bébé.

— Donnez-moi une couche propre. Vite…

La mère fouilla dans son sac, les mains tremblantes, et lui tendit une couche que Nychelle plia en deux avant de la plaquer sur la plaie. Dieu merci, elle était située de telle sorte qu'il n'était pas nécessaire de soulever la tête du blessé pour placer la compresse. David se pencha vers lui.

— George ? George ? Vous m'entendez ?

Devant l'absence de réaction, il continua à l'appeler en lui tapotant la joue avec l'index. Enfin, les paupières du vieil homme tremblotèrent et s'entrouvrirent.

— Ne bougez pas, s'il vous plaît, dit David. Tout ira bien, ne vous en faites pas.

— Qu… Que s'est-il passé ?

Malgré la recommandation de David, George esquissa le geste de s'asseoir et David lui posa une main sur la poitrine pour l'obliger à rester immobile.

— Où suis-je ?

— Vous êtes tombé et vous vous êtes blessé à la tête. L'ambulance arrive, mais d'ici là, vous ne devez surtout pas bouger.

La voix calme de David aida George à se détendre, mais son visage restait crispé par la douleur.

— Pouvez-vous répondre à quelques questions, s'il vous plaît ?

— Oui…

George ferma les yeux un court instant avant de les rouvrir.

— Quel âge avez-vous ?

— Quatre-vingt-trois ans, répondit-il, marquant une hésitation minime.

— Souffrez-vous d'une maladie cardiaque ?

— Non, mais j'ai de la tension. Je prends des médicaments pour ça.

— Vous suivez d'autres traitements ?

— Non.

George ferma de nouveau les yeux et un léger gémissement accompagna sa réponse.

— Où avez-vous mal, George ?

— J'ai un mal de tête effroyable… Et l'impression d'avoir la jambe qui brûle.

— Laquelle ? La droite ou la gauche ?

— La gauche.

À son grand soulagement, Nychelle entendit au loin les sirènes. David et elle n'étaient pas équipés pour soigner cet homme et plus tôt l'ambulance arriverait, mieux ce serait. À la demande de David, George avait essayé de bouger sa jambe, mais il y parvint à peine et le geste le faisait souffrir. Sans doute s'était-il brisé l'os de la hanche. La plupart des gens auraient pensé que la fracture était survenue parce qu'il était tombé, mais Nychelle savait que, très souvent, c'était l'inverse qui se produisait : l'os fragilisé par l'âge cédait, entraînant la chute. Son examen terminé, David préféra réserver son opinion.

— L'ambulance ne va pas tarder, dit-il. Voulez-vous que votre femme vous tienne compagnie jusqu'à l'arrivée des secours ? Elle se fait un sang d'encre pour vous.

— Oui, s'il vous plaît, répondit George avec un accent plus marqué qu'auparavant. Au moins, comme ça, elle verra que je ne suis pas encore à l'article de la mort.

David jeta un coup d'œil vers la famille, regroupée sur le quai. Tout le monde avait débarqué, sauf le capitaine.

— Comment s'appelle-t-elle ?

— Deana.

Nychelle savait que, par ces questions simples, David testait les facultés mentales du patient.

— C'est un joli nom, dit-il.

Son compliment fut récompensé par un faible sourire de George. David appela Deana et lui fit signe de venir, et le capitaine l'aida à embarquer. Dès qu'elle fut à bord, elle se précipita vers son mari et lui prit la main.

— Ça va, ma chérie. J'ai juste fait une petite chute, c'est tout.

Deana leva un regard anxieux vers David.

— Que lui est-il arrivé ? Une crise cardiaque ?

— Il est trop tôt pour le savoir. L'ambulance arrive. Ils seront mieux à même de vous répondre lorsqu'il sera à l'hôpital.

— Mais vous, vous devez bien savoir quelque chose, non ? Vous n'êtes pas médecin ? J'ai besoin de savoir ce qui est arrivé à mon mari…

— Arrête, Dee, intervint George d'une voix faible, mais ferme. Ce pauvre médecin était parti en balade avec sa copine. Tu te doutes bien qu'il ne cache pas un stéthoscope dans son sac de plage, voyons.

Il parlait avec un filet de voix légèrement essoufflé, et Nychelle fut soulagée de constater que la sirène de l'ambulance s'était arrêtée : les secours seraient là d'un instant à l'autre. Il était temps ! La couche était déjà imbibée de sang et George manifestait les premiers signes d'un état de choc : il avait pâli, sa respiration s'était accélérée et sa peau était moite.

— Tout ira bien, George, dit David avec calme. Deana, les secours sont là. Vous allez devoir leur laisser la place pour qu'ils puissent faire leur travail.

Toutefois, au lieu d'obtempérer, Deana posa son autre main sur Nychelle qui retenait le bras de son mari.

— Non. Je…

Ce n'était pas la première fois que Nychelle avait affaire à un parent récalcitrant, donc elle réprima son énervement.

— Si vous tenez vraiment à savoir ce qui est arrivé à votre mari, madame, faites en sorte que les secours l'amènent à l'hôpital le plus vite possible.

Sans doute était-ce le ton de sa voix, ou la sévérité de son expression… Toujours est-il que Deana embrassa rapidement son mari sur le front avant de s'en aller.

— Pardonnez-lui…, murmura George. Elle a un sacré caractère. Ça ne date pas d'hier.

— Ce n'est pas grave, dit Nychelle d'un ton rassurant. Ne vous en faites pas.

Pourtant, malgré ses paroles conciliantes, elle était encore énervée contre Deana.

Entre-temps, les secours étaient arrivés et David s'était levé pour leur céder la place. Comme ils lui jetaient un regard interrogateur, il se présenta.

— Le patient a titubé avant de tomber à la renverse et s'est cogné la tête. Il a perdu connaissance pendant deux minutes environ. Son pouls et sa respiration sont normaux, quoique rapides. Il souffre d'une lacération du cuir chevelu et je pense qu'il s'est fracturé la hanche. Étant donné la manière dont il est tombé, il faut vérifier qu'il n'ait pas de fracture à la nuque ou un traumatisme crânien.

Un secouriste s'approcha avec une minerve et une planche dorsale, et Nychelle s'écarta pour lui laisser la place. De toute façon, elle n'avait plus rien à faire ici. Elle se leva donc et prit son sac tout en observant David et l'expression de son visage tandis qu'il suivait les gestes des secouristes ainsi que le ton de sa voix lorsqu'il répondait à leurs questions. Elle était fascinée par la façon dont ses longs doigts se crispaient, comme si ses belles mains habiles ne demandaient qu'à aider encore ce patient, puis par la rapidité avec laquelle il intervint pour aider les secours à installer George sur la civière. Pas de doute, David était né pour être médecin : ce désir de soigner, d'aider son prochain était ancré en lui, viscéral. Pourtant, cet aspect de lui-même, aussi important soit-il, n'était qu'une facette de sa personnalité complexe.

Soudain, alors que George était transporté vers l'ambulance, David leva la tête et s'aperçut qu'elle l'observait. À cet instant, le chaos qu'elle éprouvait à l'intérieur d'elle-même sembla s'apaiser et une sensation de calme presque irréelle l'enveloppa. Cette étincelle qui jaillissait entre eux était là, bien là. Si ses genoux tremblaient et si son cœur battait comme un fou, ce n'était pas à cause de l'accident qui venait de se passer. C'était David qui la mettait dans cet état.

Le brancard passa devant elle dans un bruit métallique et Nychelle le suivit machinalement. Soudain, David apparut à côté d'elle.

— Allez, viens. On s'en va.

Elle ne lui demanda pas où ils allaient, ne posa aucune question. Elle se contenta de hocher la tête, certaine qu'elle le suivrait partout où il irait.

16

Ils regagnèrent la voiture dans un silence lourd de non-dits. Quelque chose entre eux avait changé. David s'en était rendu compte à la façon dont Nychelle l'avait regardé sur le quai. Ses yeux avaient brillé et leur éclat tremblant rappelait le frisson de l'air au-dessus d'un trottoir brûlant. Était-ce le contrecoup de la scène à laquelle ils venaient d'assister ? Peut-être. Quoi qu'il en soit, une tension étrange les avait gagnés, suffisamment forte pour hérisser les poils de ses bras lorsqu'il s'installa au volant.

— Tu viens à la maison ?

Il lui jeta un coup d'œil à la dérobée pour tenter de déchiffrer sa réaction. Sa proposition était surtout d'ordre pratique. En repartant, ils s'étaient arrêtés à un restaurant pour se laver les mains, mais ils seraient plus à l'aise chez lui pour se nettoyer. Il s'apprêtait d'ailleurs à le lui dire lorsqu'elle se tourna vers lui.

— Oui.

L'espace d'un instant, David eut l'impression que le temps s'était suspendu. Son regard tomba sur les lèvres de Nychelle et s'arrêta là, comme hypnotisé. Ses lèvres avaient un petit pli à la fois timide et mutin, irrésistible comme un chant de sirène.

Ni l'un ni l'autre ne parlèrent durant les dix minutes que dura le trajet jusque chez lui. Une mélodie diffusée en sourdine par la radio comblait le silence. La chanson parlait d'un homme qui aimait une femme jusque dans ses défauts. Il y avait peu, David se serait moqué de cette bluette, mais, à présent, il l'entendait d'une tout autre oreille. Lui aussi aimait tout en Nychelle. Il ne cessait de trouver des raisons de l'admirer, à commencer par le courage et la ténacité dont elle avait dû faire preuve pour imposer ses choix de vie. Il appréciait aussi son caractère réservé, dissimulé derrière un sourire avenant. À une époque où il était de mise d'étaler ses émotions et ses opinions, cette retenue avait quelque chose de rare et de rafraîchissant. Par ailleurs, tenter de percer la carapace de sa personnalité pour accéder à cette Nychelle secrète et savoir ce qui comptait vraiment pour elle dans la vie, était exaltant. En fait, plus il la connaissait, plus il la respectait : pour l'élégance dont elle faisait preuve face à ses parents… Pour son attitude calme et amicale avec les patients… Pour son humour…

À présent qu'elle lui avait parlé de ses problèmes de stérilité, il était beaucoup moins réticent à s'engager avec elle. C'était terriblement égoïste de sa part, mais c'était ainsi. Bien sûr, il éprouvait de la peine pour elle qui ne verrait jamais son rêve de devenir maman se réaliser. En fait, à y bien réfléchir, c'était un autre point de ressemblance entre eux, car lui aussi avait envie d'avoir des enfants, mais, par sa propre faute, ce désir resterait à l'état de souhait puisqu'il était responsable de la mort de Natalie. Il aurait dû faire comme Kitty : tourner la page, lui aussi.

Mais n'avait-il pas commencé à le faire ? Il n'était pas contre l'idée de devenir père par adoption, surtout si c'était la condition pour vivre avec Nychelle. Il n'avait aucun mal à s'imaginer se réveillant jour après jour à ses côtés. Il voulait voir son sourire au lever, ou sa mine grognonne si elle n'était pas du matin. Il voulait s'endormir auprès d'elle, la serrer dans ses bras, la voir se perdre dans l'extase en sachant que c'était lui qui lui avait procuré ce plaisir. Pouvait-il parler d'amour ? Assurément, oui. Pour preuve, cette chanson qu'il trouvait bêtement sentimentale auparavant lui parlait tout à fait à présent. Évidemment, comme tout un chacun, Nychelle devait bien avoir ses défauts, mais il s'en fichait. Elle était parfaite à ses yeux, parfaite pour lui.

Tout à ces réflexions, il ralentit machinalement en arrivant devant chez lui et ouvrit à distance le portail du parking en sous-sol de sa résidence. Nychelle ne disait toujours rien, mais lorsqu'il lui jeta un bref regard, son visage n'exprimait rien d'autre qu'une sérénité tranquille, comme si elle avait pris une décision et qu'elle l'acceptait pleinement. Mais quelle décision ? Il aurait bien aimé le savoir…

— On pourrait se faire livrer de quoi nous restaurer et nous détendre un peu pour nous remettre de nos émotions, dit-il en terminant de se garer.

— Mmm… Ça me va.

Quand il lui prit la main pour la guider vers l'ascenseur, il la sentit frémir. Donc, il n'était pas le seul à éprouver cette sorte de décharge électrique chaque fois qu'ils se touchaient… Il resserra les doigts autour des siens et lui caressa le dos de la main avec le pouce. Ils arrivèrent devant chez lui en silence et il regretta d'avoir à la lâcher pour ouvrir la porte. Sitôt après avoir refermé derrière eux, n'y tenant plus, il la prit dans ses bras et lui enleva ses lunettes de soleil qu'il posa sur une console. Tout son corps était tendu par un désir si fort qu'il en avait du mal à respirer.

— David…

Jamais il n'avait entendu son nom prononcé ainsi, dans un soupir où se mêlaient le désir, la peur, l'impatience. En cet instant, Nychelle avait l'air si vulnérable qu'il sentit son cœur se serrer.

— On ne devrait pas…

— Non, sans doute que non, répondit-il en prenant son visage en coupe entre ses mains.

Sa bouche s'attarda sur celle de Nychelle en un baiser

léger et elle fondit contre lui, toute tremblante. David leva légèrement la tête pour parler.

— Mais je ne veux pas m'arrêter, sauf si tu me le demandes. Et tant pis pour les conséquences.

— Je…

Sa tentative de réponse se perdit dans un soupir étranglé tandis qu'il promenait ses lèvres jusqu'à son oreille qu'il mordilla.

— Dis-moi si tu veux que je m'arrête, murmura-t-il.

Pour toute réponse, elle se pressa contre lui avec une insistance plus éloquente que les paroles.

Nychelle essayait de toutes ses forces de parler, de lui dire qu'ils ne devaient pas aller plus loin, mais rien à faire. Aucun mot ne franchissait ses lèvres. Pourtant, il fallait bien qu'elle lui raconte le reste de son histoire… Mais dans les bras de David, elle était plongée dans un délire sensuel qui annihilait toute considération raisonnable. Tiraillée entre les impératifs de sa tête et de son corps, elle était saisie d'un vertige qui la faisait flageoler sur ses jambes.

— Si tu ne veux pas, dis-le, murmura-t-il encore.

— Tu sais bien que je ne peux pas dire ça. Mais…

Il la fit taire d'un baiser, et toutes les autres protestations s'envolèrent de son esprit. Consumée par un désir plus brûlant que le soleil de Floride, elle céda sans retenue à l'envie de connaître David intimement, ne serait-ce qu'une seule fois dans sa vie. Avait-elle raison ? Avait-elle tort ? Elle-même ignorait la réponse. Ce qu'elle savait, en revanche, c'était que David n'avait pas envie d'avoir des enfants, et que lui parler de sa grossesse serait la meilleure manière de détruire les sentiments qui les unissaient. Alors, oui, c'était sans doute lâche et peut-être même méprisable de manquer de franchise envers lui. Oui, elle se détestait d'être ainsi déloyale. Mais son cœur livrait bataille à sa raison et l'issue de cette lutte était déjà décidée. Demain, il serait bien temps de gérer les conséquences de leur… folie passagère, pour la nommer ainsi. Aujourd'hui, ce soir, elle voulait vivre pour elle, et au diable tout le reste.

Les lèvres de David étaient toujours sur les siennes, avides, délicieuses. Maintes et maintes fois, Nychelle avait rejoué dans sa tête les baisers qu'ils avaient partagés, mais elle se rendait compte à présent que ses souvenirs n'étaient qu'un pâle fac-similé de la réalité. Tous ses sens étaient en alerte et elle n'obéissait plus qu'à leur seule volonté. Ses mains s'insinuèrent sous la chemise de David, avides de toucher sa peau nue, et lui arrachèrent un gémissement de plaisir. En retour, il lui caressa le visage, le cou et fit glisser sur ses épaules les fines bretelles de sa robe avant de la baisser jusqu'à sa taille, dénudant ses seins aux pointes dressées qu'elle frotta contre lui. Abandonnant toute retenue, leurs corps se mirent à bouger de concert, au rythme de baisers passionnés qui attisèrent les flammes de leur désir.

Nu. Elle le voulait nu contre elle. Mue par une irrésistible impulsion, Nychelle tira sur les pans du T-shirt de David, et ils durent s'écarter le temps qu'il le fasse passer par-dessus sa tête. Mais il reprit aussitôt ses lèvres et elle respira avec délice son parfum si masculin qui lui faisait tourner la tête. Lui dégrafant son boxer, elle prit dans sa main son sexe tendu sous le tissu. Avec un gémissement presque félin, David la souleva dans ses bras pour la transporter jusqu'à sa chambre où il la déposa sur le lit. Adroitement, il lui ôta ses vêtements et la caressa des pieds à la tête d'un regard avide auquel elle se livra avec abandon, tendue dans un désir qui la faisait trembler.

Elle brûlait, littéralement consumée d'un feu intérieur qu'il alimentait par les caresses incessantes de ses mains, de ses lèvres, par le glissement de son corps sur le sien. La bouche de David imprimait une marque ardente sur sa gorge, ses seins que sa langue explorait avec une lenteur qui faillit la rendre folle. Elle se mit à onduler sous lui, proche du plaisir ultime.

— Tu es si belle, Nychelle…

Niché entre ses cuisses, il promenait les lèvres sur son ventre et déposa autour de son nombril une pluie de baisers qui, douce torture, la faisaient frissonner. Un gémissement implorant s'échappa de la gorge de Nychelle, et David sourit, les yeux assombris par la passion.

— David, s'il te plaît, je veux…

Sans lui laisser terminer sa phrase, il posa sa bouche sur le cœur de sa féminité et insinua sa langue en elle. Aussitôt, balayée par le plaisir, elle cria le nom de David dans un gémissement aux accents de capitulation. Elle s'abandonnait à lui, totalement, complètement, récompensée par le plaisir qu'il lui offrait sans compter.

Puis elle sombra, emportée par une implacable spirale de feu.

17

David émergea lentement d'un sommeil profond. Autour de lui, la chambre était plongée dans une pénombre laiteuse et, désorienté, il se demanda si c'était le soir ou le matin. Comme il prenait une profonde inspiration pour bâiller, il se figea en reconnaissant le parfum de Nychelle.

— *Plus…*

Sa voix résonnait à nouveau dans sa tête qu'il enfouit dans l'oreiller de Nychelle pour inspirer son odeur. Oui, tous les deux, ils en avaient eu plus, et plus encore. Faire l'amour avec elle avait été quelque chose d'unique, intense et merveilleux, à tel point qu'il suffisait qu'il y pense pour être envahi d'un bienheureux sentiment de satiété. Il revoyait son visage tendu par le désir lorsqu'elle l'avait chevauché, les mains posées sur les siennes qui englobaient ses seins, tout en se balançant sur lui, arquée par le plaisir. Entre eux, la connexion avait été si pure, si sublime qu'il avait été plongé dans un état second, où rien ne comptait plus que Nychelle, son amour pour elle, le plaisir qu'il lui donnait.

Puis, elle avait crié son nom et elle l'avait étreint en elle avec des frissons convulsifs d'extase qui l'avaient projeté dans un orgasme violent. Alors il s'était abandonné, sans force, avant de recommencer avec elle, encore et encore, avec un enthousiasme chaque fois plus débridé, chaque fois plus intense. C'était fou, mais rien qu'à y penser, il sentait son membre se durcir. À vrai dire, il s'étonnait lui-même de son endurance. Le simple fait de regarder Nychelle agissait sur lui comme un aphrodisiaque, mais lorsqu'il la touchait, et qu'elle le touchait en retour…

D'ailleurs, où était-elle ? La porte de la salle de bains était ouverte, mais celle du salon entrebâillée. Il se leva pour enfiler un boxer. S'était-elle levée pour commander le dîner ? Il l'espérait car il mourait de faim. En entrant dans le salon, il l'aperçut sur le balcon, occupée à contempler les lumières de la ville, enveloppée du peignoir de bain qu'il avait suspendu à la porte de la chambre. Il allait traverser la pièce pour la serrer dans ses bras, mais quelque chose dans l'attitude de Nychelle le fit s'arrêter net. Alors elle se tourna vers lui avec une expression lugubre sur le visage qui lui fit présager le pire.

— Nychelle ? Qu'y a-t-il, ma chérie ?

— J'ai quelque chose à te dire. Quelque chose dont j'aurais dû te parler avant… avant de coucher avec toi.

— D'accord…

Ce petit mot s'échappa péniblement de sa gorge serrée. Même de là où il se tenait, il la vit inspirer profondément. De plus, elle se frottait le poignet, comme à chaque fois qu'elle était anxieuse.

— J'ai fait une PMA il y a quelques semaines. Je suis enceinte.

Les mots planèrent entre eux un instant sans qu'il les comprenne vraiment. Puis il tendit le bras derrière lui et trouva l'accoudoir du canapé juste au moment où ses jambes tremblantes allaient céder. Avait-il bien entendu ?

— Mais… Mais tu avais dit…

Qu'avait-elle dit, justement ? À présent, son cerveau avait du mal à s'en souvenir. « *J'ai eu des saignements utérins anormaux… Les médecins m'ont dit que je risquais d'avoir des problèmes pour concevoir.* » Entre « risquer d'avoir des problèmes » et « ne pas pouvoir », il y avait une marge qu'il avait franchie allègrement. Sa poitrine se figea tel un bloc de glace. Il s'efforça pourtant d'arborer un masque d'indifférence stoïque.

Les lèvres de Nychelle tremblaient légèrement et des larmes miroitaient dans ses yeux.

— Je suis désolée, David. J'aurais dû te le dire avant. C'est juste que…

— Mais non. Ça ne me regardait pas.

Il avait prononcé ces mots d'une voix atone qui les vidait de toute signification. Comme son souffle se bloquait dans sa gorge, il se contraignit à expirer lentement avant de pouvoir parler.

— Je comprends.

— Ah bon, tu crois ?

Non, sans doute, mais il n'avait de toute façon pas envie d'en discuter avec elle. Ni avec personne, d'ailleurs.

— Il faut que je t'explique quelque chose, ajouta-t-elle.

David agita une main pour l'encourager à poursuivre, et il crut voir ses yeux s'animer d'un éclat qui ressemblait à de la colère. Puis le regard de Nychelle s'éteignit, et elle soupira en se dirigeant vers la table du salon où elle tira une chaise pour s'asseoir. Durant ces quelques secondes, David l'observait en s'efforçant de rester détaché de ses émotions.

— Il y a deux ans, j'ai appris que mon fiancé me trompait. Il m'avait dit qu'il voudrait des enfants avec moi, mais qu'il ne se sentait pas prêt. Alors, moi, j'ai attendu. Et puis, j'ai découvert que la fille avec laquelle il m'avait trompée était enceinte de lui. Il a essayé de me dire qu'il s'agissait d'une erreur, qu'il voulait me garder… Avec le recul, je crois qu'il m'a raconté tout cela pour ménager mon père. Auquel cas, il se trompait…, ajouta-t-elle avec un haussement d'épaules désabusé. Mon père s'en fichait totalement, bien sûr. Je ne vais pas t'ennuyer davantage avec cette histoire, mais tu comprendras après cela pourquoi je suis réticente à m'engager avec quelqu'un.

David s'obligea à hocher sèchement la tête, davantage

pour lui dire de poursuivre, et Nychelle ferma les yeux une seconde. La gorge serrée, David avala péniblement sa salive. Il avait de la peine pour elle, mais il était surtout furieux de constater à quel point cette femme à qui il venait de faire l'amour lui paraissait à présent étrangère. Il ne pouvait s'empêcher de lui en vouloir d'avoir détruit ce bonheur tout neuf.

— Le problème, c'est que je ne voulais pas repousser mon désir d'enfant au risque qu'il soit trop tard, d'autant plus que mes soucis de santé risquaient de compliquer la conception. Plus j'attendais, plus je risquais d'avoir du mal à tomber enceinte. À l'époque, je ne savais pas…

David grimaça sous l'effet d'une douleur sourde dans sa poitrine. Elle ne savait pas quoi ? Qu'ils allaient se rencontrer ? Qu'ils allaient tomber am… *Non*. Il ne pouvait pas raisonner en ces termes. Il s'interdisait même de prononcer certains mots. Il en allait de son intégrité émotionnelle. Aussi lui posa-t-il la première question qui lui passa par la tête :

— Et tes parents ? Que pensent-ils de tout ça ?

— Ils ne sont pas au courant. Je n'en ai parlé à personne d'autre qu'à Aliya. Et toi, maintenant.

Elle avait répondu avec amertume, mais il refusa de se laisser attendrir et d'abaisser les barrières érigées autour de son cœur blessé.

— J'avais treize ans lorsque le médecin m'a annoncé que j'aurais sans doute du mal à concevoir. Je me rappelle avoir pleuré, mais ma mère…

Elle s'interrompit, les poings serrés.

— Quoi, ta mère ?

— Elle m'a dit que je ne devais pas réagir comme ça. Que c'était au contraire une chance pour me focaliser sur ma carrière sans avoir à me conformer à l'impératif social d'avoir des enfants.

Elle se détourna pour dissimuler ses larmes.

— Je me rappelle m'être demandé si elle regrettait de

m'avoir eue, si elle me considérait comme un fardeau qu'elle était obligée d'assumer. Ce qui aurait expliqué qu'elle soit si peu maternelle.

— Ou alors, elle disait ça pour t'épargner la souffrance de ne pas arriver à avoir d'enfants. Ou celle de perdre un bébé en cours de grossesse.

Ces mots lui échappèrent sans qu'il puisse les retenir. Figée dans une immobilité de pierre, Nychelle le dévisageait avec de grands yeux.

— Tu ne sais pas de quoi…

— Si, au contraire, je sais très bien de quoi je parle. Et c'est le conseil que je t'aurais donné, ayant moi-même perdu une petite fille.

Nychelle eut l'impression de recevoir une gifle et, instinctivement, sa main se porta sur son ventre encore plat. Les yeux de David suivirent son geste avant de retourner vers son visage.

— Quoi ? Oh ! David…

— Oui, dit-il, les lèvres crispées. Ma fille est morte à vingt semaines de grossesse. C'est quelque chose de terrible, Nychelle. On ne s'en remet jamais vraiment. Franchement, je ne souhaiterais pas à mon pire ennemi d'avoir une expérience pareille, et encore moins à quelqu'un que j'aime, tu comprends bien.

Elle secoua la tête, catastrophée par ce qu'elle venait d'entendre. David avait vécu un enfer et, en toute innocence, voilà qu'elle l'obligeait à se confronter à nouveau à ses démons. Quelle souffrance dans ses yeux, dans ses mains crispées sur l'accoudoir du canapé ! Il serrait tellement les mâchoires qu'un muscle tressautait dans sa joue.

— Donc, oui, ta mère essayait peut-être de te préserver de la seule manière qu'elle connaissait. Elle imaginait les difficultés auxquelles tu serais confrontée et elle voulait t'empêcher de tenter quelque chose que tu regretterais encore plus que le fait de ne pas avoir d'enfants.

Nychelle se redressa, furieuse.

— Ne dis pas ça ! Jamais je ne regretterai.

— Tu crois ?

David se leva si vite qu'elle sursauta.

— Même si quelque chose devait arriver à ton bébé ?

Il se détourna, les épaules raides et les poings serrés.

— Crois-moi, dans cette situation, il ne te reste que des regrets et du chagrin.

Nychelle voyait clairement la situation, à présent. David ne voulait pas être père parce qu'il redoutait de perdre un autre enfant. Elle comprenait aussi que leur relation n'avait aucune chance. Absolument aucune. À cet instant, un engourdissement bienvenu s'empara d'elle. Proche de l'hébétude, elle se leva pour se diriger vers la chambre, étonnée que ses jambes la soutiennent malgré tout, peu surprise que David ne dise rien pour la retenir. Dans la chambre, elle ramassa en hâte ses vêtements puis s'enferma dans la salle de bains. Alors, seulement, ses mains se mirent à trembler. Tant bien que mal, elle s'habilla puis noua ses cheveux en queue-de-cheval.

Lorsqu'elle retourna dans le salon, David se trouvait dans la cuisine, comme s'il cherchait à interposer la table entre eux. Elle constata que son sac était posé sur la console de l'entrée, alors qu'elle l'avait laissé par terre. Apparemment, c'était lui qui l'avait mis là pour lui éviter de perdre du temps à le chercher. C'était une façon comme une autre de se débarrasser d'elle plus vite.

— Je te ramène chez toi.

Il parlait de nouveau avec ce ton distant, glacé. Le cœur serré, Nychelle sentit vaciller en elle ce calme qu'elle avait eu tant de mal à rassembler.

— Non, je vais appeler un taxi. Vraiment…, ajouta-t-elle

en le voyant ouvrir la bouche pour protester. Ça ira très bien comme ça.

Il restait toutefois tant de choses à dire ! Tant de questions, aussi, mais les poser maintenant aurait été détruire tout ce qui existait entre eux, y compris l'amitié. Cependant, sur le point de partir, Nychelle se tourna vers lui, la main sur la poignée de la porte.

— Comment s'appelle-t-elle ?

Il la dévisagea un moment avec une expression figée puis il haussa les sourcils d'un air interrogateur.

— Ta fille…, précisa-t-cllc. Quel est son nom ?

— Natalie.

Il l'avait dit d'une voix si douce qu'elle faillit ne pas l'entendre.

— Elle s'appelle Natalie, répéta-t-il plus fermement.

— C'est un très joli nom.

Elle partit sans un mot de plus et, derrière elle, la porte se referma dans un claquement sec, définitif.

18

Nychelle remonta la couverture sur son nez avec un grognement maussade. Elle aurait voulu dormir, mais la sonnerie insistante de la porte lui vrillait les oreilles. Elle s'assit péniblement sur le canapé et se passa une main sur le visage. David, la sortie sur la plage, la soirée chez lui, la conversation… Un à un, les événements de la veille reprenaient leur place dans sa tête. Lorsqu'elle était arrivée chez elle, l'engourdissement qui l'avait empêchée de s'écrouler devant David s'était dissipé, et elle avait pleuré toutes les larmes de son corps jusqu'à ce qu'elle finisse par s'endormir, vaincue par la fatigue.

Quelle heure était-il ? Un coup d'œil vers l'horloge de la cuisine la fit grimacer. 9 heures… Qui sonnait chez elle à cette heure-ci, un dimanche matin, qui plus est ? *David…* À cette pensée, son cœur manqua un battement. Elle se précipita vers le judas, et son excitation retomba comme un soufflé, remplacée par un mélange de choc et de déception. Elle s'empressa d'ouvrir la porte.

— Aliya ? Qu'est-ce que tu fais ici ?

Jetant son sac par terre, sa cousine entra et elle l'attira dans ses bras pour une accolade affectueuse. Puis elle la retint par les épaules quand elle voulut se dégager et referma la porte du pied.

— Je me faisais du souci pour toi, alors j'ai pris le premier vol. Et je m'en félicite. Tu as pleuré, n'est-ce pas ?

Nychelle afficha un petit sourire forcé.

— Pourquoi tu t'inquiétais ? On s'est parlé il y a deux jours seulement et tout allait bien.

Aliya la fit pivoter vers le salon et la poussa légèrement pour l'inciter à avancer.

— Oui, mais entre-temps, ton beau Dr Warmington m'a téléphoné pour me dire qu'il t'a vue bouleversée et qu'il se faisait du souci pour toi. Suite à quoi j'ai essayé de t'appeler, mais à chaque fois, je tombais sur ton répondeur. Alors, excuse-moi, mais oui, je me faisais du souci.

Sous le choc, Nychelle posa une main sur un dossier de chaise pour garder l'équilibre.

— David t'a téléphoné ? Quand ?

— Hier soir. Pourquoi tu ne répondais pas ?

— J'avais coupé mon téléphone…, répondit-elle. Bon, qu'est-ce qu'il t'a dit, au juste ?

— Pas grand-chose, mis à part que tu avais passé une journée difficile et qu'il s'inquiétait pour toi. C'est tout…

Nychelle s'assit, les jambes tremblantes.

— Comment s'est-il procuré ton numéro ?

— Quelle importance ?

— Et tu as aussitôt sauté dans un avion pour…

Aliya leva une main pour la faire taire.

— Écoute, tu as besoin de moi, me voici. C'est l'essentiel. Du reste, tu en ferais autant pour moi, non ? ajouta-t-elle d'un ton radouci. Moi, ce qui m'importe de savoir, c'est ce qui l'a motivé à m'appeler.

À ces mots, toutes les émotions de la veille revinrent en force et Nychelle couvrit le visage de ses mains pour dissimuler ses larmes. Aliya la serra contre elle dans une étreinte réconfortante.

— Allons, dis-moi.

Alors, un flot de paroles s'échappa des lèvres de Nychelle. Elle raconta à quel point la journée avait été merveilleuse, puis comment elle avait commencé à lui parler de ses problèmes médicaux avant d'être interrompue par l'accident de George. Comment, aussi, elle avait compris la teneur de ses sentiments pour lui en le voyant secourir le vieil homme.

— Tu es amoureuse de lui.

— J'ai couché avec lui.

— Oh…

En temps normal, l'expression choquée de sa cousine aurait amusé Nychelle, mais elle n'était pas d'humeur à rire.

— Avant de lui avoir parlé du bébé, ajouta-t-elle.

— Oh…

— Et lorsqu'il l'a su, il m'a dit qu'il avait perdu une fille prématurée. Sans le vouloir, je lui ai fait revivre ces souvenirs. Je le voyais bien dans ses yeux : il y avait de la peur, de la souffrance, du regret. S'il existait quelque chose entre nous, c'est bel et bien fini, Allie. Jamais il ne voudra revivre une chose pareille.

— Oh ! ma chérie…

Aliya se leva pour la serrer de nouveau dans ses bras.

— Tu n'en sais rien, voyons. Il a réagi sous le choc, mais après avoir réfléchi…

— Non, tu n'as pas vu sa tête ! Il était complètement abattu. Jamais il ne me pardonnera.

À court de réponse, Aliya lui caressa les cheveux avec un soupir. Elle se redressa, puis soupira encore.

— Écoute, tu es bouleversée et fatiguée. Tu as assez dormi, la nuit dernière ?

Comme Nychelle secouait la tête, elle l'obligea à s'allonger sur le canapé.

— Repose-toi un peu pendant que je te prépare une soupe.

— Mais je ne suis pas malade.

— Je sais, mais cuisiner m'éclaircit les idées et j'ai besoin de réfléchir à ce que tu m'as dit. En plus, tu dois manger un peu.

Nychelle obtempéra et ne tarda pas à se détendre tandis que sa cousine s'affairait dans la pièce voisine. Elle ne comprenait absolument pas comment David s'était procuré le numéro d'Aliya, mais elle était contente de ne pas être seule à un moment pareil. Son geste était une preuve supplémentaire de l'homme merveilleux qu'il était et de la relation à côté de laquelle elle passait.

— Tu peux me le dire, tu sais…

Aliya lui jeta un regard par-dessus son épaule.

— Te dire quoi ?

— Eh bien, que j'aurais dû attendre, pour cette PMA.

— OK, mettons que tu aies attendu et que tu te sois liée à David, répondit Aliya après un silence. Étant donné son vécu, tu serais certainement revenue sur ton désir d'avoir des enfants. C'est ce que tu voudrais ?

— Non, bien sûr que non !

— Alors, tu dois accepter la situation telle qu'elle se présente et l'assumer jusqu'au bout.

Soudain épuisée et envahie d'une tristesse insondable, Nychelle remonta la couverture jusqu'à son menton.

— Je le déteste, marmonna-t-elle moins pour Aliya que pour elle-même. Je lui en veux d'être un homme merveilleux et d'avoir débarqué dans ma vie au pire moment.

— Arrête de dire des bêtises. C'est à toi que tu en veux. Ton pauvre David est certainement aussi malheureux que toi de ce qui vous est arrivé.

Oui… Aliya avait raison, comme d'habitude. Après s'être essuyé les yeux, Nychelle se moucha, mais sa pensée suivante fit à nouveau monter ses larmes.

— À tous les coups, il ne pense même pas à moi en ce moment.

— Ça, tu n'en sais rien, ma chérie. Raison de plus pour lui parler. Au moins, comme ça, tu sauras où vous en êtes vraiment, tous les deux. Sauf, bien sûr, si tu t'en fiches, ajouta-t-elle avec un regard interrogateur.

— Mais non…

Cet aveu à contrecœur fit rire Aliya.

— Parle-lui quand tu te sentiras prête. Je sais que tu l'aimes, Nini, sinon tu n'aurais pas couché avec lui. Réfléchis à tout ce qui t'arrive. Parfois, il vaut mieux analyser une situation en bloc plutôt qu'en détail.

— Ça va, ça va, répondit Nychelle, souriant à travers ses larmes. On croirait entendre un psychologue à la télévision. Ou alors, ta mère.

— Ou pire : *ta* mère à toi. Imagine un peu le cauchemar.

Le sourire de Nychelle se transforma en rire.

— C'est vrai.

Incapable de dormir ou d'avaler quoi que ce soit après le départ de Nychelle, David, en désespoir de cause, résolut d'aller courir sur la plage. C'était toujours préférable à se morfondre chez lui près du téléphone, à attendre qu'Aliya lui donne des nouvelles. Malgré tout, il consultait son téléphone à tout bout de champ pour s'assurer qu'aucun message ni appel ne lui avaient échappé.

Tout en courant à longues foulées sur le sable, il se repassait inlassablement les événements de la veille. Sans transition, il était passé d'un bonheur pur et sans mélange à un cauchemar familier, avec une brutalité quasiment irréelle. Nychelle était enceinte. Elle était enceinte alors qu'elle avait des problèmes de santé qui risquaient de provoquer une fausse couche. Cette simple pensée lui donnait la chair de poule, malgré la chaleur.

Lorsque Natalie était morte, il avait tout perdu. Il n'oublierait jamais ce sentiment de vide éprouvé, pas plus que les récriminations de Kitty, et le claquement de la porte lorsqu'elle était repartie vivre en Caroline du Sud. Maintenant, dix ans plus tard, voilà qu'il risquait d'être confronté de nouveau à la souffrance de perdre un enfant. Évidemment, le bébé de Nychelle n'était pas le sien, mais quelle importance ?

Il aimait Nychelle, et cet amour s'étendait naturellement à l'enfant qu'elle portait.

C'était d'ailleurs pour cette raison qu'il ne voulait pas aller plus loin avec elle. Revivre une expérience pareille était au-dessus de ses forces. La veille, lorsqu'il l'avait écoutée, il avait failli craquer. Il avait eu le sentiment que l'histoire se répétait, comme pour lui interdire toute possibilité d'être heureux, et il avait eu l'impression d'étouffer. Lorsqu'elle était partie, il s'était aperçu que ses mains tremblaient convulsivement sans qu'il puisse s'en empêcher.

Comment allait-elle, aujourd'hui ? Hier, lorsqu'il l'avait vue dans cet état, paniqué à l'idée de la savoir seule, il avait profité du moment où elle s'était rhabillée pour chercher son portable dans son sac et copier le numéro d'Aliya sur son téléphone à lui. Par bonheur, Aliya avait pu se libérer pour passer la journée avec elle.

Les mâchoires serrées, David accéléra le rythme de ses foulées, même si ses jambes le faisaient souffrir. Il faisait trop chaud pour courir aussi longtemps. Le plus sage aurait été d'arrêter là et de retourner à la voiture, mais il continuait, comme si la douleur physique pouvait alléger sa souffrance intérieure.

Enfin, à bout de forces, il s'écroula sur le sable et aspira de grandes goulées d'air dans ses poumons en flammes. Toutes ses pensées l'avaient quitté. Toutes, sauf une : il aurait voulu dire à Nychelle qu'il l'aimait.

19

Les jours, les semaines avaient passé, mais Nychelle n'avait toujours pas réussi à rassembler le courage nécessaire pour parler à David. Aliya avait été la première à lui conseiller de ne pas laisser les choses en l'état et de faire un pas vers lui, mais la première fois qu'elle l'avait rencontré au travail après ce samedi fatidique, il s'était contenté de la saluer d'un hochement de tête glacial, le visage fermé, indéchiffrable. Refroidie, Nychelle avait donc préféré en rester là. Comment discuter avec lui tant qu'il demeurait dans cette disposition d'esprit ? C'était à se demander si le David dont elle était tombée amoureuse existait encore. Pourtant, elle avait du mal à tirer un trait sur cette histoire. Sa tête lui disait d'avancer, mais son cœur lui tenait un autre langage. Savoir qu'il était temps de tourner la page était une chose. Accepter de le faire en était une autre.

Pourtant, la vie continuait, et la sienne avait des priorités bien définies. Elle s'était juré de se concentrer sur son bébé et de faire de son mieux pour lui, en toutes circonstances, donc de préserver son équilibre physique et émotionnel. Dans cet esprit, elle avait d'ailleurs commencé à réduire son temps de travail et ses activités de manière à se ménager des plages de tranquillité. L'avantage, c'était qu'elle n'était plus obligée d'assister aux réunions de préparation des journées de soins gratuits. De la sorte, elle faisait d'une pierre deux coups : elle se reposait et elle évitait de rencontrer David qui y participait.

Après quelques négociations, les ressources humaines avaient accepté de lui accorder trois jours de congé qu'elle combina avec un week-end. Le jeudi soir, veille de ces petites vacances, elle quitta le travail l'esprit plus léger que depuis longtemps, et bien décidée à consacrer son temps à son bébé. Elle avait l'intention de réorganiser la maison avant son arrivée, et comptait mettre ces quelques jours à profit pour avancer les travaux. Il fallait notamment qu'elle débarrasse une pièce servant de bureau afin de la transformer en chambre de bébé. Pour cela, elle avait commandé une petite bibliothèque, livrée le lundi suivant, et prévu de déménager ses livres qui occupaient tout un pan de mur.

Le lundi après-midi, elle terminait de ranger ses cartons lorsque la sonnette retentit : sûrement le livreur.

— Il a mis le temps, marmonna-t-elle. J'arrive !

Elle ouvrit la porte, et son cœur bondit.

— David !

Il était là, devant elle, sur le seuil, et il la dévisageait avec une intensité presque dure, les lèvres serrées, raide et droit comme un I. Elle avait l'impression qu'il avait maigri. Ses cheveux étaient ébouriffés comme s'il avait passé la main dedans.

— Ça va ?

L'inquiétude pressante de sa question étonna Nychelle.

— Mais… Oui.

— Et le…

Comme il fixait son ventre, elle vit ses mâchoires se crisper.

— Et le bébé ?

— Il va bien, lui aussi. Tout va bien, David.

Il émit un long soupir de soulagement et son corps s'affaissa contre le chambranle.

— Dieu merci. *Dieu merci*, répéta-t-il en se massant la nuque.

— Tu veux entrer ?

Il la suivit dans le vestibule et, la surprenant, il s'approcha d'elle pour la serrer fort contre lui. Tandis qu'il enfouissait le visage dans ses cheveux, Nychelle se rendit compte qu'il tremblait et, instinctivement, elle noua les bras autour de sa taille pour s'abandonner à son étreinte. Les yeux fermés, elle inspira à fond son parfum masculin qu'elle adorait tant et savoura cet instant aussi inespéré qu'inattendu.

— Je me faisais un sang d'encre à ton sujet, murmura-t-il enfin contre sa tempe.

— Mais pourquoi donc ?

— Tu n'étais pas au travail vendredi dernier, ni aujourd'hui. Alors, j'ai pensé…

Sa voix mourut. Nychelle s'attarda un instant de plus dans ses bras avant de se dégager doucement. Il n'essaya pas de la retenir, et s'appuya contre le mur tout en la suivant du regard tandis qu'elle reculait jusqu'à une chaise. Ils se regardèrent en silence, puis Nychelle dut prendre une profonde inspiration pour calmer les battements de son cœur avant de parler.

— Tu pensais que j'avais perdu le bébé, c'est ça ?

Il répondit par un bref hochement de tête, et elle soupira.

— Il ne fallait pas, voyons. J'avais juste pris quelques jours de congé. Tu aurais pu m'appeler ou m'envoyer un texto pour te rassurer.

David émit un bruit bizarre qui ressemblait à un rire, sauf que ses traits étaient tout ce qu'il y avait de plus sérieux.

— Avec toi, tout a toujours l'air si simple.

— Désolée, mais c'est toi qui te compliques l'existence, pour le coup.

Elle redressa le menton et le regarda droit dans les yeux.

— Arrête de te torturer l'esprit à cause de moi. Tu as vécu des situations suffisamment difficiles sans en rajouter. Quoi qu'il arrive, je ferai face.

— Tu es toujours si rationnelle, dit-il d'un ton détaché, comme s'il n'avait pas entendu ce qu'elle venait de dire.

Malheureusement, dès qu'il s'agit de toi, je suis incapable d'agir et de penser rationnellement.

— David…

Mais il la fit taire d'une main levée.

— Laisse-moi m'expliquer.

Il la regarda avec un sourire si doux qu'elle se sentit fondre.

— Quand Natalie est morte, mon mariage n'a pas tenu le coup, tu le sais. Je me suis mis à douter de tout. En tant que médecin, je n'avais rien vu venir. En tant que mari aussi, j'avais failli puisque Kitty m'accusait de l'avoir rendue malheureuse même avant que nous ayons perdu le bébé. J'en suis venu à me demander si ce n'était pas ma faute si Natalie était née trop tôt. En tout cas, ensuite, je n'ai plus été le même. J'avais peur de l'avenir, peur de revivre ça. Du coup, j'ai perdu tout espoir de fonder une famille et de trouver l'amour. Et puis, je t'ai rencontrée.

Nychelle l'écoutait en silence, le cœur battant vite, avec l'impression de vivre une sorte de rêve éveillé. Soudain, David s'écarta du mur et s'approcha d'elle pour s'arrêter à une longueur de bras.

— Au début, je ne voulais rien avoir à faire avec toi. J'ai tout fait pour te tenir à distance, mais c'était peine perdue : tu étais entrée dans mon cœur. Et ça me flanquait une peur bleue. Jusqu'à ce que…

Il s'interrompit, visiblement gêné.

— S'il te plaît, pardonne-moi ce que je vais dire. Mais quand tu m'as parlé de tes problèmes médicaux, j'ai été ravi. J'y ai vu le signe qu'on pouvait vivre ensemble, fonder une famille par adoption, sans que j'aie à redouter de perdre un autre enfant. Lorsque tu m'as annoncé que tu étais enceinte, je n'ai pas su comment réagir. Bien sûr, il ne s'agissait pas de mon enfant, mais c'était tout comme. Je l'aimais déjà comme s'il était de moi. Et j'ai perdu les pédales. De nouveau, j'étais terrifié.

Même tandis qu'il parlait, la peur se lisait dans ses yeux,

sur ses traits crispés. Nychelle sentit son cœur se serrer à nouveau. Elle aurait tellement voulu le prendre dans ses bras pour le réconforter !

— Tout va bien, murmura-t-elle. Ne t'inquiète pas, je comprends. Je ne l'ai pas fait exprès. Je ne voudrais jamais te faire du mal.

— Tu crois que je ne le sais pas ? Tu es la femme la plus généreuse que je connaisse. C'est d'ailleurs l'une des choses que j'adore en toi.

Les larmes aux yeux, Nychelle s'efforça de maîtriser son émotion.

— David, tu sais quc ma grossesse est à risques, dit-elle en le scrutant. Et je n'en suis qu'au début. Tu n'es pas obligé de t'imposer ce stress et, crois-moi, je comprendrai si tu ne te sens pas de taille.

Il prit son visage entre ses mains en coupe en la couvant d'un regard qui éveilla en elle une onde de chaleur dévorante. Un faible gémissement s'échappa de sa gorge.

— Je mentirais en disant que je n'ai pas la boule au ventre, mais, ensemble, on peut y arriver.

Il lui caressa la lèvre inférieure d'un pouce léger.

— Je ne peux pas passer le reste de ma vie à avoir peur. J'ai besoin de toi, de voir ton sourire, d'entendre ta voix… D'être avec toi. Depuis qu'on s'est quittés, je me suis aperçu que tout est mieux avec toi que sans.

Nychelle le dévisagea fixement, les larmes aux yeux.

— Mais si jamais tu changes d'avis, on fait quoi ?

Un sourire rayonnant s'épanouit sur le visage de David.

— Tu ne comprends pas ? Je suis à toi, Nychelle, corps et âme. Je pensais qu'en m'éloignant de toi mes sentiments finiraient par disparaître, mais, en fait, c'est l'inverse qui s'est produit. Je t'aime, Nychelle.

Ses mains descendirent sur les épaules de Nychelle pour l'encourager à se lever. Lorsqu'elle fut debout devant lui, il glissa les bras autour de sa taille et la regarda droit dans les yeux.

— Je veux être celui qui fera en sorte que tout aille bien pour toi, jour après jour. Rester auprès de toi dans les bons moments comme dans les mauvais. Dis-moi que tu veux bien de moi.

Les jambes flageolantes, elle se pressa contre lui.

— Oui... Oui, répéta-t-elle d'une voix plus forte. Oh ! David, je t'aime tant.

Enveloppée de ses bras, elle s'abandonna à ses baisers. Pour la première fois de sa vie, elle était absolument sûre de ce qu'elle faisait, et où était sa place : entre les bras de David, et nulle part ailleurs.

Épilogue

— Au fait, je me disais…

Oh ! non… En général, quand David prenait ce ton, c'était qu'il avait quelque chose d'embêtant à dire. Tout juste réveillée, Nychelle eut envie d'enfouir la tête sous l'oreiller. La suite de la phrase confirma ses craintes :

— Il faudrait sans doute que tu songes à arrêter le travail.

Elle réprima une moue ennuyée. Pourquoi abordait-il ce sujet litigieux alors qu'elle avait tant de choses à faire ce samedi et devait rester concentrée et productive ? Ces derniers temps, les changements se succédaient à une vitesse qui lui donnait le tournis. Dans moins de huit semaines, ils allaient accueillir leur bébé et, comme si cela ne suffisait pas, ils allaient également signer l'acte d'acquisition d'un cabinet médical près de la ville natale de David. Le médecin en place partait à la retraite six mois plus tard, ce qui leur laissait un sursis, mais il restait beaucoup à faire pour préparer leur installation et l'arrivée du bébé, alors que le temps filait si vite ! Pour la seule journée d'aujourd'hui, elle avait une liste longue comme le bras de choses à régler. Monsieur, pendant ce temps, ne semblait avoir rien de mieux à faire que de se prélasser. Allongé en travers du lit, la tête sur une de ses cuisses, il caressait son gros ventre, s'arrêtant de temps en temps pour sentir si le bébé se tournait ou donnait des coups de pied.

— Chéri, on a déjà eu cette conversation. Je t'assure que je me sens bien. Je n'ai pas envie de m'arrêter tout de suite.

— Je sais. Mais j'aimerais que tu y réfléchisses.

Nychelle étouffa un soupir. Jusqu'à présent, David avait accompli un sans-faute : il avait toujours répondu à l'appel lorsqu'elle avait besoin de lui et se préoccupait d'elle sans se montrer étouffant. Bien sûr, il lui arrivait de l'observer à la dérobée pour s'assurer qu'elle allait bien, en pensant qu'elle ne s'en apercevait pas. À coup sûr, il le faisait aussi la nuit, pendant qu'elle dormait, sa façon à lui de se rassurer. Dès lors, comment lui dire qu'elle avait espéré pouvoir travailler jusqu'à la semaine précédant la césarienne ? À coup sûr, il pousserait des hauts cris. Le moment était sans doute venu de transiger.

— Eh bien, si tu es d'accord…

Mais David l'interrompit en se levant d'un bond.

— Attends, je reviens tout de suite.

Il réapparut un moment plus tard en portant dans les bras la petite Jacqueline, qui venait de se réveiller. Comme sa mère, il lui fallait toujours un moment pour quitter les brumes du sommeil. David lui caressait le dos en la berçant doucement, ainsi qu'elle l'appréciait, et il posa un baiser sur le haut de son crâne.

— Voilà notre princesse, fraîche comme la rosée du matin.

Nychelle ne put s'empêcher de rire en voyant la bouille chiffonnée de Jackie.

— Maman, marmonna celle-ci d'une voix ensommeillée.

Un bras autour du cou de David, elle tendit l'autre vers sa mère et David se baissa pour installer Jackie sur le lit, entre eux deux.

— Bonjour, ma toute belle, dit Nychelle.

Elle se penchait pour embrasser la petite lorsque celle-ci se redressa brusquement.

— Bonjour, p'tit frère, dit-elle en posant un baiser sur le ventre de sa mère.

Puis elle se renversa sur David et lui prit la main pour qu'il les enveloppe toutes les deux dans une même étreinte. Nychelle sourit, les yeux humides. En cet instant, elle était vraiment la femme la plus heureuse au monde.

— Plus qu'un mois, dit-elle. Après, je resterai à la maison.

— Non, deux semaines.

— Disons trois, d'accord ?

Il hocha la tête avec un soupir.

— Je me trompe, ou tu étais décidée dès le début ? Parfois, j'ai vraiment l'impression que vous me prenez pour un pauvre nigaud, Jackie et toi.

— Mais non. À la clinique, tu restes le Dr Caliente, celui qui rend folles les infirmières, dit-elle pour le taquiner.

— Arrête, veux-tu ? J'aimerais être le Dr Caliente seulement pour toi.

— Mais tu l'es déjà, murmura-t-elle contre son oreille. Et tu le seras toujours, sois-en assuré.

JENNIE ADAMS

Nouveau bonheur en famille

Traduction française de
ALEXIS VINCENT

HARLEQUIN

Titre original :
DAYCARE MOM TO WIFE

Ce roman a déjà été publié en 2018.

1

— Après avoir vu les canards, nous continuerons notre porte-à-porte, ma chérie. Tu préférerais sans doute rester à la maison, mais je crains que nous n'ayons pas le choix.

Sa fille Ella était évidemment trop jeune pour comprendre, mais cela rassurait Jessica Baker d'entendre le son de sa propre voix. Elle aimait se rappeler que, malgré leur situation désastreuse, elle avait un plan, et qu'elle l'appliquait scrupuleusement.

La vie continuait, qu'on ait peur ou pas. Et elle ne pouvait s'offrir le luxe d'avoir peur. Pas avec une petite fille à élever seule. Ni avec la montagne de factures impayées et de traites en retard sur la maison. Le père d'Ella lui avait offert la maisonnette à la naissance de leur fille, en échange du serment officiel qu'elle ne lui réclamerait jamais rien pour élever leur enfant. C'était sa manière à lui de s'assurer qu'il n'aurait plus aucune obligation légale à leur égard.

Un gros soupir échappa à Jessica. Comment avait-elle pu se tromper à ce point sur cet homme ? En ayant un bébé avec lui, pour commencer. Et en imaginant qu'il respecterait sa promesse… Peter avait trouvé une maisonnette à un prix raisonnable auprès de l'office des logements sociaux, mais, contrairement à ce qu'il lui avait affirmé, il n'en avait payé qu'une partie. Aussi se retrouvait-elle brusquement à devoir régler des mensualités totalement imprévues, qui dépassaient largement son maigre budget ! L'employé du bureau des logements sociaux avait été formel : si ces traites n'étaient pas honorées, il ferait saisir sa maison et il la jetterait à la rue avec sa petite fille.

Comme un ennui n'arrivait jamais seul, la famille qui l'employait cinq jours par semaines venait juste de quitter Randurra. Le matin même, elle avait reçu son relevé bancaire, qui faisait passer sa situation financière de « passablement inconfortable » à « franchement inquiétante », aussi avait-elle décidé de prendre le taureau par les cornes. Elle allait directement frapper aux portes des habitants de la ville pour leur demander s'ils avaient du travail à lui proposer. Garder des enfants, faire du ménage, du repassage… Du moment que c'était payé, légal, et que cela lui permettait de garder un toit sur leurs têtes, elle était prête à tout !

Sans résultat, jusqu'à présent… Déterminée à ne pas paniquer, elle s'intima l'ordre de respirer profondément.

Puis elle redressa le menton et épousseta le pollen que le vent avait déposé sur sa chemisette de piqué jaune et sa jupe noire.

— Tout ira bien, mon cœur, dit-elle en se penchant vers la poussette. Nous allons nous en sortir, tu vas voir !

Ella lui répondit en gazouillant.

— Oui, nous allons voir les canards. Tu as été très sage toute la matinée, et tu l'as bien mérité.

Le vocabulaire d'Ella était des plus limités, mais il n'y avait aucune ambiguïté possible : « coin-coin » signifiait « Allons au parc pour jeter du pain au canard ». C'était un de ses jeux préférés.

Des enfants jouaient déjà près de l'étang du parc municipal de Randurra. Deux jeunes adolescents chahutaient dans l'herbe ; une petite fille à l'air sérieux d'une dizaine d'années tenait la main d'une autre fillette un peu plus jeune et lui expliquait qu'il ne fallait pas s'approcher trop près de l'eau. Une troisième fillette, d'environ quatre ans, ramassait des poignées d'herbe. Un bel homme brun, assis sur un banc à l'ombre d'un arbre, les surveillait tout en parlant au téléphone. Leur père, manifestement. Seul un parent pouvait monter la garde avec cette vigilance instinctive.

Il tourna la tête dans sa direction et le cœur de Jess se mit à battre plus fort. Il devait avoir environ trente-cinq ans, un menton carré et d'épais cheveux bruns ondulés qui retombaient dans son cou sur le col de son polo blanc. Son visage aux traits virils dégageait une sensualité qui la troubla instantanément.

Son bon sens intervint aussitôt. S'il surveillait ces enfants, c'était qu'il était marié. Du reste, elle ne cherchait pas un compagnon. Le fiasco de Peter lui avait servi de leçon !

— Non, disait l'inconnu dans son téléphone portable, vous êtes un client important et je m'occupe de vos comptes depuis des années, c'est à moi de faire ce travail. Cela ne tombe pas très bien pour moi, mais je vais m'organiser, ne vous inquiétez pas.

Pourtant, son regard se posa sur les cinq enfants et son visage exprima une réelle anxiété. Il termina rapidement sa conversation et raccrocha. Quand il tourna le visage vers Jess, elle y lut une détresse qu'elle connaissait. Elle avait dû avoir le même genre d'expression en découvrant le courrier de la banque le matin même.

Cet inconnu avait l'air lui aussi dépassé par les événements. Et il cherchait désespérément une solution à son problème.

Exactement comme elle. Jess s'assit sur le banc.

— Je peux vous aider ? lui demanda-t-elle impulsivement. Ce coup de téléphone semble vous avoir…

Elle s'arrêta avant de parler de panique. Il semblait bien trop solide pour céder à un sentiment aussi extrême !

— J'habite ici, reprit-elle. Peut-être avez-vous besoin de renseignements ?

— Heu… Bonjour. Merci…

Il la regarda comme s'il la voyait enfin. Il avait de beaux

yeux, profonds et calmes, qui lui firent l'effet d'un baume au cœur.

Elle n'avait que vingt-deux ans et n'avait pas l'habitude des hommes plus âgés, aussi la manière dont celui-ci scruta son visage la laissa un peu désemparée. La trouvait-il attirante, ou était-ce juste de la curiosité ? Il parut se reprendre et détourna le regard.

— Merci, c'est très gentil à vous. Nous venons juste d'emménager à Randurra et je ne connais pas la ville. Je m'appelle Dan Frazier, dit-il en lui tendant la main.

— Jessica Baker, mais mes amis m'appellent Jess, répondit-elle. Je suis arrivée ici il y a quatorze mois, je connais assez bien la ville à présent.

Dan avait la peau douce, et l'étreinte de ses doigts la rasséréna. Elle fut soudain plus sensible à ses épaules larges, à ses bras musclés et au charme sensuel et viril qui émanait de toute sa personne.

— Papaaa, s'écria la plus âgée des fillettes. Rob et Luke vont tomber dans l'eau !

— C'est pas vrai, Daisy, on ne fait que jouer !

— Alors éloignez-vous de là, répondit Daisy. Vous savez qu'il y a environ cinquante mille microbes différents dans l'étang ?

Jess se mit à sourire en la voyant remonter ses lunettes sur son nez. La plus jeune des filles courut dans leur direction et vint enlacer les jambes de son père, qui lui caressa tendrement les cheveux.

— Peut-être, s'il en existe une en ville, pourriez-vous m'indiquer une garderie ? dit-il. Je pensais avoir le temps de m'organiser pour faire garder mes enfants un jour ou deux par semaine, mais ce coup de téléphone a totalement bouleversé mes projets.

— Je crois que je pourrais vous aider, répondit-elle, n'en croyant pas ses oreilles. De quoi avez-vous besoin exactement ?

— Oh ! pas grand-chose. Juste l'équivalent de Mary Poppins, fit-il en riant. Je dois retourner à Sydney pour mon travail pendant les prochaines semaines et j'ai besoin de quelqu'un qui s'occupe d'eux en mon absence. Ma sœur s'en chargeait lorsque je travaillais à l'extérieur, mais elle aussi a sa propre vie à mener.

Ainsi il n'y avait pas de mère dans l'histoire ? Dan était-il veuf ? Ou divorcé ? Qu'un homme élève cinq enfants seul lui parut totalement surréaliste. Peter n'avait-il pas refusé d'être ne serait-ce qu'un père à mi-temps pour leur fille ?

— Si je comprends bien, vous pensiez n'avoir besoin de personne pour vos enfants en venant vous installer ici ? demanda-t-elle. Est-il indiscret de vous demander quel métier vous exercez ?

— Je suis comptable, lui répondit-il. Un de mes plus anciens et importants clients veut que je fasse un audit en vue d'un rachat d'entreprise, et il en a besoin très rapidement. Je ne peux en aucun cas lui faire faux bond, c'est très important pour mon avenir professionnel.

Il laissa échapper un soupir et regarda ses enfants qui continuaient de jouer.

— Je suis venu m'installer ici avec eux pour échapper à l'agitation de Sydney, dit-il un peu plus bas. Je voulais qu'ils grandissent dans une petite ville, où tout le monde se connaît et où je pouvais acheter une grande maison. J'espérais avoir le mois de janvier entièrement libre pour m'organiser avant de reprendre le travail.

— Vous n'êtes pas responsable de cet imprévu, dit-elle.

Dans un geste plein de compréhension, elle lui posa la main sur le bras. Un geste que Mary Poppins aurait pu faire après avoir replié son parapluie. Sauf que le contact avec les muscles de Dan la fit frissonner. Elle retira aussitôt sa main et se sermonna mentalement. Il était certes attirant, mais c'était surtout un employeur potentiel que le destin plaçait sur son chemin au moment où elle en avait le plus besoin.

Ce n'était pas le moment de gâcher ses chances avec une attitude déplacée !

Près de l'étang, les enfants Frazier cessèrent de jouer les uns après les autres. Cinq paires d'yeux noisette se fixèrent sur Jessica, sur Ella et sur Dan.

— Papa discute avec une dame, fit une des fillettes à voix basse.

— Oui, ils se tiennent pratiquement la main ! C'est la première fois depuis la mort de maman.

— Rob et Mary, taisez-vous, dit l'aîné des garçons. Papa ne s'intéresse pas à elle *comme ça*.

Après avoir jeté un regard noir à Jess, il tourna ostensiblement le dos au couple. Celle-ci, qui avait entendu l'échange des enfants, eut l'impression qu'on lui claquait une porte au nez.

— Excusez-les, dit Dan, embarrassé. Ils sont un peu énervés depuis le déménagement.

— Aucune importance. Je sais que nous venons juste de nous rencontrer, mais je peux vous aider. Bien sûr, je ne suis pas tombée du ciel comme Mary Poppins, et je n'ai pas non plus de parapluie à tête de perroquet. En réalité, le mien est noir à pois roses, et ses baleines sont tordues depuis que je l'ai coincé sous le siège de ma voiture. Cela n'empêche que j'ai un diplôme de puéricultrice et que je peux également m'occuper d'enfants plus âgés.

Elle aurait pu s'arrêter là, mais la franchise la poussa à se montrer plus honnête avec lui.

— Il n'y a aucune garderie officielle à Randurra, mais vous pouvez aussi vous adresser à deux dames plus âgées que moi. Elles ont des enfants plus grands que ma petite Ella, et ont perdu leur emploi lorsque l'usine de la ville a réduit ses effectifs. Ce ne sont pas des professionnelles, mais elles ont de l'expérience. J'ai vu dans les annonces du supermarché qu'elles cherchaient à garder des enfants ou à faire des ménages. Vous avez le choix !

— Etes-vous en train de me dire que vous êtes libre dès maintenant ?

La formulation était ambiguë, et il la contemplait avec une expression si caressante qu'elle faillit lui adresser un sourire amusé. Mais ce n'était pas le moment de flirter avec un employeur potentiel ! Le regardant droit dans les yeux, elle afficha un sourire franc et massif.

— Si vous commenciez par m'expliquer ce que vous cherchez exactement ?

Dan Frazier parut reprendre ses esprits et elle ressentit une pointe de fierté. Il la trouvait séduisante et tentait de lutter contre cette attraction. Tant mieux. Il était nettement plus âgé qu'elle, veuf, avec cinq enfants à charge, et il était son éventuel futur patron. Quatre bonnes raisons pour garder ses distances. Sans mentionner Peter…

— Je cherche quelqu'un qui surveille les enfants cinq jours par semaine chez moi, jusque vers 18 heures environ, pendant environ un mois, sans doute plus. Si cette personne pouvait également s'occuper du linge, des repas et des autres tâches ménagères de base, cela m'aiderait grandement. Ce travail imprévu va m'obliger à passer de longues heures enfermé dans mon bureau, et à retourner souvent à Sydney, peut-être trois fois par semaine, jusqu'à ce que ce contrat de rachat soit signé.

Elle fit un rapide calcul. Cinq jours par semaine à temps plein, pendant un mois, cela représentait un salaire qui lui permettrait d'écarter pour un temps la saisie de sa maison.

— Je serais ravie de travailler pour vous, assura-t-elle. Je garde déjà des enfants le mardi et le samedi, et je peux venir chez vous les autres jours si cela vous convient. Vous comprendrez évidemment qu'Ella doit m'accompagner… Je peux vous donner les coordonnées de plusieurs de mes anciens employeurs pour que vous puissiez vérifier mes références.

Dan lui indiqua le salaire tout à fait correct qu'il envisageait de lui verser.

— Pour ce prix, je vous demanderais cependant de rester chez moi certains soirs, lorsque je rentrerai tard. Il va sans dire que cela inclut vos repas et ceux de votre bébé.

— Cela me semble très raisonnable, répondit-elle.

— Alors venez, que je vous présente les enfants. Et… Merci de m'avoir abordé pour me proposer votre aide.

— Il n'y a pas de quoi. J'aime bien aider les gens.

Comme Ella commençait à s'agiter dans sa poussette, elle la prit dans ses bras et lui embrassa tendrement la tête.

— Présentez-moi à vos enfants, Dan. Cela me semble effectivement un bon début.

2

— Les enfants, je voudrais vous présenter quelqu'un, dit Dan lorsqu'ils arrivèrent près de l'étang aux canards.

Il avait parfaitement entendu leurs spéculations, et ils se trompaient totalement. Aussi séduisante soit-elle, Jessica Baker était bien trop jeune pour lui, et il n'aimait pas de toute façon mêler relations sentimentales et professionnelles.

Certes, il avait remarqué son visage ovale, ses traits fins, son nez droit, ses cheveux d'un blond de miel et ses yeux verts si doux, mais il refusait de se laisser distraire par ces détails. Dans l'immédiat, il devait prévenir ses enfants qu'il allait les confier à cette jeune inconnue pendant que cet audit accaparait tout son temps. Les laisser si vite après leur emménagement à Randurra ne lui plaisait pas, mais avait-il le choix ?

Il avait beau être un excellent comptable, il n'en avait pas moins trois filles et deux fils à élever, et il savait que l'audit lui demanderait une concentration de tous les instants.

Heureusement, la chance lui avait envoyé Jess. Même sans parapluie, elle était un don du ciel !

— Luke, Rob, Daisy, Mary, voici Jess Baker, dit-il. Et voici…

Il contempla le bébé qu'elle tenait dans ses bras. Impossible de se rappeler son nom !

— Ella, répondit-elle.

Le sourire qui éclaira son beau visage la transfigura. Cette jeune femme était vraiment ravissante, et il se rendit compte qu'elle l'intriguait. Il voulait tout savoir de la mystérieuse nounou qui venait de le tirer d'un si pénible embarras !

Sa conscience le rappela à l'ordre. Tout savoir ? Non ! Il était désormais son employeur, et sa curiosité ne devait surtout pas dépasser le cadre du travail. Jessica était très jeune, et lui un veuf qui portait encore le deuil de dix-huit années de bonheur avec la femme de sa vie, morte depuis quatre ans seulement.

Rebecca et lui avaient commencé à sortir ensemble au lycée. Leur vie de couple avait été parfaite jusqu'au jour où, pendant sa dernière grossesse, les médecins lui avaient diagnostiqué un cancer. Rebecca était morte un mois après l'accouchement. Depuis, Dan avait le sentiment étrange d'avoir cent ans…

Ramené à la réalité par ces pensées, il ravala le sourire béat qui commençait à s'étendre sur son visage. Jess avait un sourire contagieux ! Il désigna du menton la plus jeune des filles, qui se serrait contre sa jambe avec tendresse.

— Et voici Annapolly. Son vrai nom est Pollyanna, mais nous avons pris l'habitude de le dire à l'envers et cela lui est resté.

— Bonjour, répondit Jess.

— Bonjour, fit Rob, l'air curieux.

— Nous vous avons vue parler à notre père, dit Daisy.

— Vous venez donner à manger aux canards ? demanda Mary, intriguée par le sac de pain sec.

— En effet, c'est pour cela que nous sommes là.

Jess avait beau être très jeune, Dan comprit qu'elle savait d'instinct comment s'adresser aux enfants. Une idée germa dans son esprit pour s'assurer qu'elle saurait bien s'occuper d'eux.

— Pourquoi n'allons-nous pas tous déjeuner ensemble à la maison ? Cela vous permettra de voir où nous habitons, et je pourrais vous expliquer plus précisément ce dont j'ai besoin.

— Entendu, répondit-elle. Dès que nous aurons nourri les canards.

Elle distribua les quignons aux enfants, et il remarqua que seuls Luke et Rob restaient à l'écart. Ils chuchotaient entre eux. Ils devaient se poser des questions. Allaient se fâcher en apprenant que c'était elle qui allait les surveiller pendant les vacances ? Il pria tout bas pour que les deux aînés ne déterrent pas la hache de guerre avant même que Jess ne commence à travailler !

Pendant le trajet, Dan raconta à ses enfants le coup de téléphone de son client, l'obligation dans laquelle cela le mettait de reprendre aussitôt le travail, et la nécessité pour lui d'engager quelqu'un pour s'occuper d'eux pendant les quelques semaines que durerait cette mission importante. À son grand soulagement, ces informations ne soulevèrent que les protestations d'usage, auxquelles il répondit qu'il n'avait pas le choix. L'explosion qu'il craignait n'eut pas eu lieu et il en fut très soulagé !

Quand ils arrivèrent devant la maison, une grande ferme ancienne posée au milieu d'un vaste parc à la périphérie de la ville, il remarqua une camionnette dans l'allée du garage. C'était le technicien chargé d'installer le système informatique.

Les présentations faites, ils entrèrent tous.

— Jess, est-ce que je peux vous demander de préparer le repas pendant que je conduis monsieur dans mon bureau ? demanda Dan.

— Bien sûr, je suis là pour ça. Vos enfants ont-ils des allergies alimentaires ?

— Aucune.

— Parfait.

Elle lui adressa un sourire si sincère que son cœur fondit. Se reprenant, il se tourna vers le technicien.

— Si vous voulez bien me suivre…

Elle lui adressa un signe de tête qui semblait dire : « Ne vous inquiétez pas, j'ai la situation bien en main », et il se dirigea vers son bureau à contrecœur. Dans son dos, il l'entendit s'adresser à ses deux fils.

— Les garçons, est-ce que vous êtes costauds ? Pensez-vous pouvoir pousser ces cartons en carré pour former un parc ? Ainsi, Ella sera en sécurité pendant que je préparerai le déjeuner.

— On dirait que la petite dame et vous avez du rangement à faire, dit le technicien en jetant un œil goguenard au chaos de cartons de déménagement qui encombrait toute la maison.

— Oui, en effet, répondit Dan en le faisant entrer dans le bureau. Je crois que j'ai surestimé le travail qu'un homme et cinq gamins pouvaient accomplir en vingt-quatre heures ! Nous ne sommes arrivés qu'hier, et j'ai l'impression que nous n'avons encore rien rangé. Mais chaque chose en son temps : voici mon ordinateur et la prise du téléphone. Si vous pouviez configurer ma connexion internet, ce serait formidable !

Le technicien se mit à l'ouvrage. Rapidement, il laissa échapper une exclamation de satisfaction.

— Voilà, c'est fait, votre ordinateur est connecté. Le problème venait de cette prise défectueuse.

Dan le remercia, le paya et le raccompagna à la porte d'entrée. Puis il s'installa derrière son écran pour lire ses derniers courriels. Il y avait juste assez de place pour son fauteuil entre les caisses de dossiers…

— Le déjeuner est prêt. Il y a assez à manger pour une personne de plus…

Après avoir jeté un coup d'œil dans la pièce, Jess s'interrompit. Une expression malicieuse se peignit sur son visage.

— Le technicien est déjà parti ? Ou s'est-il perdu dans ce désordre ?

— Je suis à peu près certain qu'il est parti, répondit Dan,

amusé. Comment avez-vous réussi à préparer un repas en si peu de temps ?

— Les enfants m'ont donné un coup de main, dit-elle en haussant les épaules.

— Merci, Jess. Je dois avouer que j'ai faim. J'arrive dans une minute.

Elle acquiesça et tourna les talons. Il admira sa longue silhouette mince et ses jambes bronzées, puis se reprocha cette faiblesse. Il devait cesser de la regarder ainsi ! Elle était désormais son employée, c'était une très jeune femme et lui… lui était bien plus âgé ! Et il ne savait rien sur son compte.

Et il n'avait pas oublié Rebecca.

Son épouse avait disparu quatre ans plus tôt ; toute la famille avait porté le deuil, et ils avaient repris leur vie. Quel autre choix avaient-ils ? Mais il savait que jamais il ne pourrait aimer une autre femme comme la mère de ses enfants.

Même une personne aussi vive et attirante que Jess…

Il ferma son ordinateur et se rendit dans la cuisine.

Le bébé de Jessica jouait avec un bol en plastique dans un parc improvisé à l'aide de cartons. Ses propres enfants étaient assis autour de la table et semblaient avoir déjà adopté la nouvelle venue.

— J'ai préparé les feuilles de salade, dit Daisy en montrant le saladier au milieu de la table. Jess a dit que je les ai très bien coupées !

— Et moi, dit Rob, j'ai fait les milk-shakes.

— Et Mary a mis le couvert avec Annapolly, dit Jess en caressant la tête de la plus jeune des Frazier. J'ai pensé qu'après le déjeuner nous pourrions ranger la cuisine et les salles de bains.

Tout en parlant, elle déposa un plat de pâtes à la sauce tomate sur la table et commença à servir les enfants. Tout le monde mangea de bon appétit, et Dan ne fut pas le dernier à se resservir... Lorsqu'ils eurent terminé la salade, Jess leur apporta un bol plein de compote de pommes délicieusement parfumée à la cannelle.

— Je suis vraiment désolé d'avoir changé nos projets, les enfants, dit Dan en se servant. J'aurais préféré rester avec vous plutôt que de retourner si souvent à Sydney et travailler autant pour ce client.

— En tout cas, certains d'entre nous sont trop grands pour avoir besoin d'une baby-sitter, dit Luke en bougonnant.

Alors qu'il allait réprimander son fils, Jess le prit de vitesse.

— Tu as tout à fait raison, Luke. J'espère que je pourrai compter sur toi et sur Rob pour m'indiquer ce qu'il faut faire avec tes sœurs.

Luke l'observa une seconde sans trop savoir que répondre, puis il baissa la tête vers son assiette.

— Oui, nous pourrons vous aider. Il y a beaucoup de choses que vous ne savez pas sur elles.

— Et si nous faisons un effort pour que tout se passe bien et que votre père puisse se concentrer sur son travail, dit-elle en souriant, il arrivera sans doute à s'organiser pour pouvoir faire une sortie avec vous de temps en temps ?...

— C'est exactement ce que j'espère, dit Dan.

Il y eut un silence de quelques secondes autour de la table avant que Luke ne reprenne la parole.

— Ce n'est pas ta faute si tu dois travailler autant, papa. Nous savons bien que c'est pour nous faire vivre. Nous essayerons de t'aider de notre mieux.

— Vous n'avez pas dû avoir beaucoup de temps depuis votre emménagement dans cette maison, dit Jess. J'imagine que vous devez tous vous sentir un peu déracinés, non ?

— Oui, répondit Dan.

Il n'osait pas l'avouer devant ses enfants, mais, en effet, il avait le sentiment de courir après les événements. Cela durait depuis la mort de Rebecca, du reste...

Lorsqu'ils eurent tous terminé leur repas, Jess lui donna

les coordonnées des personnes qu'il pouvait appeler pour avoir ses références.

— Ces deux numéros sont ceux des mères dont je garde les enfants le mardi et le samedi. Le troisième est celui de la femme qui a assuré ma formation de garde d'enfants.

— Merci. Je les contacterai dans l'après-midi.

Il retourna dans son bureau et elle se mit à organiser le travail avec les enfants, qui lui prêtèrent main-forte pour vider les cartons. Luke travailla dur, mais de manière plus autonome que les autres. Elle allait avoir besoin de temps pour gagner l'estime de cet adolescent.

La petite Ella se réveilla de sa sieste en milieu d'après-midi et réclama son attention. Annapolly était devant un programme de dessins animés dans le salon, et les autres étaient sortis manger les tartines de leur goûter dehors sous la surveillance de Luke.

Dan la rejoignit dans la cuisine.

— Pardon de vous avoir abandonnée ainsi tout l'après-midi, dit-il en se servant un café. Cet audit financier risque de me prendre plus de temps encore que je nc le pensais…

— Avez-vous eu le temps d'appeler les numéros que je vous ai donnés ?

— Oui. Ces dames ne tarissent pas d'éloges sur votre compte. D'ailleurs, ce que vous avez déjà réussi à faire ici prouve que vous êtes la reine de l'organisation.

Il hocha la tête en regardant les cartons vidés et repliés qui s'entassaient dans un coin.

— Merci ! Le travail ne me fait pas peur…

Elle était tellement soulagée d'avoir trouvé un emploi qui la sortait, au moins pour un temps, de la situation financière catastrophique dans laquelle Peter les avait mises ! Elle se pencha pour déposer un baiser sur le nez de sa petite fille, qui éclata de rire et battit des mains. Elle sentit sur elle le regard de Dan, mais il le détourna rapidement quand elle releva la tête, et son cœur rata un ou deux battements. Pourquoi sa présente la troublait-elle tant ? Pourquoi le faisait-il revenir sur sa promesse de ne plus s'intéresser aux hommes ? Il ne semblait cependant pas vouloir sortir de son rôle de patron, et elle se promit de rester dans celui d'employée.

— Vous avez un instinct maternel très développé, dit-il, c'est évident. Mais… cela vous ennuie si je vous pose des questions peut-être plus personnelles ? Je souhaiterais savoir si travailler pour moi ne risque pas d'interférer avec votre vie privée.

— Je n'ai pas de vie privée, répondit-elle. Je vis seule avec ma fille.

— Ah… D'accord. C'est un souci en moins pour moi, dit-il, honnête, car j'ai vraiment besoin de votre aide. Je vous parais peut-être pointilleux mais, dès que mes enfants sont en cause, je suis très prudent.

— Il n'y a rien de plus normal. De mon côté, j'aimerais avoir un numéro de téléphone auquel je puisse vous joindre à tout moment, en cas d'urgence. Je voudrais également la liste des éventuels problèmes de santé de vos enfants, des soins particuliers dont ils ont besoin. Et je souhaiterais être payée chaque semaine en liquide ou par virement.

Elle avait récité tout cela d'un ton très professionnel. Avec un peu de chance, cela cacherait l'attendrissement que lui inspiraient les mèches désordonnées de Dan, les petites rides aux coins de ses yeux, et les quelques fils d'argent qui se mêlaient à ses cheveux bruns sur ses tempes.

— Je serais heureuse de travailler pour vous, Dan, si toutefois j'ai réussi mon examen d'embauche.

— Je ne voulais pas vous donner l'impression de vous faire passer un examen, répondit-il en protestant avec un sourire irrésistible.

— Si vous ne l'aviez pas fait, j'aurais trouvé cette négligence inquiétante pour vos enfants, répondit-elle.

— Vous êtes si jeune…

Le ton nostalgique et presque mélancolique sur lequel

il prononça cette phrase n'avait plus rien de professionnel. Il était évident qu'il ne pensait pas uniquement à ce travail.

— Vous parlez comme si vous étiez vieux, répondit-elle d'une voix plus basse. Mais vous êtes jeune vous aussi…

Ils restèrent un long moment silencieux, les yeux dans les yeux. Le temps parut ralentir son cours, puis Dan s'ébroua et redressa les épaules.

— Pouvez-vous rester jusqu'à ce soir ? demanda-t-il. J'aurai également besoin de vous tôt demain matin, je vais devoir partir à la première heure à Sydney.

— Je peux rester cet après-midi si vous me laissez retourner chez moi pour prendre quelques affaires pour ma fille, son parc et son baby phone. Et vous pouvez compter sur moi demain matin. Merci de m'offrir cette opportunité.

Il acquiesça en souriant et se retira dans son bureau.

Elle était pleine de reconnaissance. Tout se passerait très bien. Cette attirance pour lui serait passagère et disparaîtrait bien vite dès qu'ils se connaîtraient mieux.

Elle n'avait pas le choix !

3

— Pourquoi les grandes personnes inventent-elles des histoires pour expliquer d'où viennent les bébés ? Et pourquoi les enfants les croient-ils ?

La question pleine de franchise venait de Daisy.

Jess et les enfants se tenaient sous la véranda qui entourait la maison, profitant de la douceur de la fin de journée. La veille, aidé par ses enfants, Dan avait passé tout l'après-midi à vider les cartons pour tenter de ranger un peu. Il avait sans doute continué tard dans la nuit, après le départ de Jess et d'Ella. Grâce à son travail, la maison était désormais bien plus agréable.

Jess et les enfants avaient continué les rangements. Après le dîner, elle avait coupé une pastèque, et tout le monde s'était installé dehors. Les garçons concouraient pour savoir lequel cracherait les pépins le plus loin, pendant qu'Annapolly et Ella jouaient à la poupée. Mary, qui malgré ses six ans était la plus tranquille des trois sœurs, lisait un livre, installée dans la balancelle. Daisy, âgée de dix ans, et dotée d'un esprit très curieux, était restée près de Jess.

— Tu vois Annapolly et Ella ? répondit Jess.

— Oui…

— Elles sont heureuses dans leur univers. Elles exercent leur imagination et s'inventent des histoires. Ça leur permet de s'expliquer des choses trop compliquées pour leur âge.

Daisy remonta ses lunettes sur son nez et resta pensive

une seconde. Avec ses cheveux bruns, elle ressemblait beaucoup à son père.

— Alors si les petits veulent croire que les bébés naissent dans les choux, ou qu'une cigogne vient les déposer à la maison, c'est parce que la vérité est trop compliquée pour eux ? Oui, je comprends. Mais quand même, ce serait plus logique de leur raconter que c'est un pélican, fit-elle. Au moins le bébé serait au chaud dans le bec de l'oiseau.

Jess rit devant cette logique imparable, et se promit de parler de cette conversation avec Dan. Il allait devoir discuter sérieusement avec sa fille, si cela n'avait pas encore été fait.

Dan…

En dépit de son absence, elle n'avait presque pas cessé de penser à lui. Toutes sortes de questions lui passaient par la tête. Était-il bien arrivé en ville ? La route avait-elle été agréable ? Les autres femmes le trouvaient-elles aussi beau qu'elle ? Il avait appelé deux fois pour s'assurer que tout allait bien, et elle avait pu échanger quelques mots avec lui avant de lui passer ceux de ses enfants qui se trouvaient à portée de téléphone.

Après le second appel, Luke l'avait interrogée presque agressivement sur sa vie privée. Il voulait savoir pourquoi elle était seule avec sa fille. Cela aurait pu facilement déraper si elle n'avait pas été très ferme en lui rappelant que cela ne le concernait en rien.

— Les enfants, je crois qu'il est l'heure de rentrer, dit-elle enfin. La journée a été longue.

Ella avait sommeil, Annapolly et Mary bâillaient, et même les garçons semblaient fatigués.

Pour ne pas froisser la susceptibilité de Rob et de Luke, elle commença par coucher les filles, et une heure plus tard, quand celles-ci furent au lit, elle donna le signal aux garçons d'aller se coucher. Elle profita de ce moment de calme pour accomplir quelques tâches ménagères, puis, confortablement installée dans le canapé en attendant le retour de Dan, elle se mit à rêvasser.

Tout se passerait bien avec les enfants, elle en avait la conviction. Même avec Luke, bien que celui-ci manifeste une certaine hostilité à son égard. Dans le fond, elle savait qu'il avait bon cœur et cela lui donnait l'espoir de venir rapidement à bout de sa méfiance.

Son premier chèque lui permettrait d'aller au bureau des logements sociaux pour régler une partie de ses mensualités en retard. Elle pourrait élaborer avec la personne responsable un plan de remboursement plus réaliste. Tout rentrerait bientôt dans l'ordre. Cette perspective lui apporta un soulagement qu'elle n'avait pas connu depuis bien longtemps.

Et Dan n'allait plus tarder à arriver. Elle avait hâte de le voir. La pensée s'était à peine formée dans son esprit qu'elle fut aussitôt sur la défensive, mais il n'y avait rien de mal à cela. Cette hâte était purement professionnelle, évidemment !

Jess somnolait sur le canapé et se redressa quand Dan entra dans le salon.

— Dan ? murmura-t-elle, l'air encore complètement endormi.

— Il est tard, excusez-moi, dit-il à voix basse.

Il ignorait pourquoi il parlait si doucement. Rentrer chez lui et trouver une femme qui l'attendait en dormant ne lui était pas arrivé depuis des années et cela lui donnait une impression bizarre. Jess avait les cheveux un peu ébouriffés, et il remarqua avec attendrissement ses orteils aux ongles vernis. Elle avait d'adorables petits pieds…

Leurs regards se croisèrent et il crut la voir légèrement rougir. Son bon sens reprit le dessus. Il fallait être bien prétentieux pour croire qu'il puisse troubler une aussi jeune et belle femme !

— Avez-vous passé une bonne journée ? lui demanda-t-elle.

— Oui, merci, mais le travail est très prenant. J'espère ne pas rêver de chiffres cette nuit ! Je voudrais jeter un œil sur mes enfants, si cela ne vous ennuie pas. Ensuite, vous me raconterez votre journée, d'accord ?

Elle acquiesça et il sortit du salon vers les chambres. Après avoir embrassé chacun de ses enfants, il la trouva dans la cuisine. Elle avait passé un coup de brosse dans ses cheveux et avait mis de l'eau à bouillir.

— Voulez-vous une tasse de thé ?

— Je crois que rien ne pourrait me faire davantage plaisir, répondit-il.

Sa remarque la fit rire, et ce son si mélodieux lui fit l'effet d'un bain régénérant, il le débarrassait de sa fatigue. Ils étaient tous les deux seuls dans cette cuisine, au milieu du silence de la nuit. La situation lui parut soudain délicieusement intime.

Il sortit le lait du réfrigérateur et, un instant plus tard, ils retournaient dans le salon avec leur tasse remplie d'un breuvage revigorant. Elle reprit sa place dans le canapé et il tomba dans un confortable fauteuil.

— Racontez-moi comment cela s'est passé avec les enfants ?

Elle lui fit un résumé des petits événements de la journée.

— Mary est la plus calme de tous, dit-elle, et j'essaie de lui parler plus qu'aux autres. Rob, lui, est très bavard. Daisy m'a demandé comment on faisait les bébés…

Dan la contempla avec surprise.

— Vraiment ? Que vous a-t-elle dit exactement ?

Elle lui raconta leur conversation sous la véranda et conclut :

— C'est une enfant très éveillée pour son âge et très curieuse. Si vous n'en avez jamais parlé avec elle, il serait temps de le faire, car j'ai peur que l'histoire de la petite graine ne lui suffise plus. Aujourd'hui, elle s'étonne que les petits croient encore aux choux et aux cigognes, et demain, elle vous interrogera sur les cellules souches et la fécondation *in vitro* ! N'oubliez pas que c'est une fille et qu'elle sera bientôt confrontée tous les mois aux manifestations naturelles de la fécondité féminine… Sans compter qu'elle a une nature très curieuse et que si vous ne lui apportez pas les réponses qu'elle est en droit d'obtenir de vous, elle ira les chercher ailleurs.

Il la regarda, l'air aux abois.

— Je suppose que je ne peux pas vous demander de…

D'aborder ces questions avec Daisy ? Un père attentif aurait dû s'en charger lui-même, mais, d'un autre côté, peut-être serait-il plus facile pour Daisy d'interroger une femme…

— Je peux lui en parler si vous le désirez, mais je pense que vous devriez le faire. Cela pourrait être embarrassant pour elle d'en discuter avec une quasi-inconnue. Vous pouvez aborder les grandes lignes de la sexualité, puis lui donner un livre. Il en existe de très bien maintenant, adaptés à tous les âges, et qui répondront à toutes ses questions.

— C'est une excellente suggestion, répondit-il avec un soupir de soulagement. Et à part les interrogations de ma fille, que s'est-il passé d'autre aujourd'hui ?

— Rien de très particulier.

Elle évoqua quelques menus événements de la journée, et lui demanda s'il voyait un inconvénient à ce qu'elle emmène les enfants au centre-ville le lendemain.

— En voiture ? demanda-t-il.

— Non, à pied ! Nous ne sommes pas à Sydney ; ici les gens marchent plus volontiers et les trottoirs sont prévus pour cela.

— Alors, bien sûr, aucun problème. Je repartirai tôt demain matin, mais je serai libre ce week-end. Merci encore de m'aider, Jess.

Il semblait culpabiliser de ne pas s'occuper en personne de ses enfants et cela le rendait encore plus craquant. Ce qui n'avait rien d'étonnant après la manière irresponsable et malhonnête dont Peter s'était comporté avec elle et Ella. Non content de refuser de reconnaître sa propre fille, ne lui avait-il pas demandé de signer un papier par lequel elle renonçait à toute poursuite légale à l'avenir ? Tout ça en échange de cette maison qui, l'espérait-elle, lui assurerait au moins à elle et à son bébé un minimum de sécurité matérielle…

La vérité, c'était que Peter n'avait aucune affection ni pour elle ni pour leur fille. D'ailleurs, il n'avait pas hésité à se parjurer en ne payant qu'une toute petite partie de leur maison avant de disparaître sans laisser d'adresse.

Dan paraissait d'autant plus admirable. Il aimait sincèrement ses enfants et il travaillait dur pour leur assurer une vie confortable. Son courage et son dévouement le rendaient encore plus exceptionnel.

— Savez-vous conduire un monospace comme le mien ? demanda-t-il. Je pourrais refixer le siège de bébé d'Annapolly ce soir pour que vous puissiez l'utiliser avec Ella.

— Je n'en ai jamais conduit, répondit-elle, mais j'ai déjà roulé en 4x4. Je ne pense pas que ce soit tellement différent, si ?

— Non, pas vraiment. J'ai pris le monospace aujourd'hui pour aller à Sydney, mais j'ai une petite voiture dans le garage. Je n'y avais pas pensé avant, mais j'aurais dû faire l'inverse, utiliser mon auto et vous laisser le monospace. Vous pourriez en avoir besoin ici si vous devez conduire les enfants quelque part. Cela vous éviterait de marcher si vous n'en avez pas envie. À l'avenir, c'est ce que je ferai.

— Merci, cela me semble une bonne idée. Cela me permettra d'aller au supermarché quand vous êtes absent. Maintenant, dit-elle en se levant, je crois qu'il est temps pour moi de rentrer chez moi.

— Luke s'est réveillé quand je suis entré dans sa chambre, dit Dan. Il m'a dit que vous les aviez laissés faire un concours de crachats de pépins de pastèque ?

Luke avait-il tenté de la mettre en difficulté à ce sujet ? Cela la mit un peu mal à l'aise.

— C'est exact. Je crois que les garçons ont parfois besoin

de faire des trucs un peu dégoûtants pour grandir et devenir des hommes.

Se rendant compte de ce qu'elle venait de dire, elle se sentit rougir jusqu'à la racine des cheveux.

— Je ne voulais pas dire que les hommes sont dégoûtants, dit-elle aussitôt. Juste que…

— Qu'adopter un comportement différent de celui des filles les aide à affirmer leur virilité ?

Son sourire malicieux la rassura, et le rendit si attirant qu'elle perdit momentanément le fil de la conversation.

Il était vraiment temps de rentrer.

— Je vais porter Ella jusqu'à votre voiture, dit-il en reprenant son sérieux.

Elle le remercia d'un geste de la tête et souleva doucement sa fille qui dormait dans le couffin. Leurs mains s'effleurèrent quand il prit Ella dans ses bras, et celle-ci se cala contre son cou dans un geste qui les attendrit tous les deux. Elle les précéda jusqu'à sa voiture et ouvrit la portière pour qu'il puisse installer sa fille dans le siège de bébé à l'arrière.

— Merci, dit-elle en refermant sans bruit. À demain matin.

— À demain, Jess. Passez une bonne nuit.

Elle prit place derrière le volant et il se pencha vers sa vitre.

— Envoyez-moi un SMS quand vous serez arrivée chez vous pour me rassurer, lui dit-il. Et ainsi j'aurai votre numéro de portable en cas de besoin.

— Entendu.

Cette petite attention la remplit de confusion. Elle se dépêcha de démarrer pour cacher son trouble.

Il était si gentil, si attentionné ! Jamais le père d'Ella ne l'avait traitée avec autant de délicatesse.

Comment allait-elle gérer cela ?

Sa conscience lui répondit aussitôt.

En se montrant professionnelle. Et en cessant de s'imaginer qu'un homme comme lui pourrait s'intéresser à quelqu'un comme elle !

4

Le lendemain matin, Jess et les enfants marchèrent jusqu'à la mairie. Ce n'était pas trop loin, la matinée était fraîche et ensoleillée, et ils débordaient tous d'énergie. Seul Luke avait demandé à rester seul à la maison, ce qu'elle avait refusé. Il essayait sans cesse de remettre son autorité en question, et, jusque-là, elle s'en tirait en se montrant ferme et raisonnable.

Il avait même accepté de surveiller ses frères et sœurs dans la salle d'attente du bureau des logements sociaux, pendant qu'elle allait remettre son chèque.

Contrairement à ce qu'elle espérait, Lang Fielder, le responsable des ventes, refusa de lui donner une confirmation écrite que sa maison ne serait pas saisie. Il lui conseilla simplement de rembourser le maximum qu'il lui serait possible avec ses revenus en gardant à l'esprit que cela interviendrait en sa faveur dans les négociations ultérieures.

Il en aurait fallu davantage pour la rassurer, d'autant plus que l'homme lui inspirait une méfiance instinctive, mais elle dut se contenter de ses paroles lénifiantes.

En sortant de la mairie, ils rentrèrent directement et elle prépara le déjeuner. Dan téléphona alors qu'ils finissaient de débarrasser la table. Il rentrerait en milieu d'après-midi.

Pour occuper les enfants, qui commençaient à être désœuvrés, elle proposa de confection des cookies. La suggestion fut acceptée de bon cœur et ils se mirent tous à faire de la pâtisserie. Même Luke se montra coopératif.

— Je me demande pourquoi Annapolly passe autant de temps aux toilettes, dit Jess en sortant la dernière plaque du four. Cela fait au moins cinq minutes qu'elle y est enfermée. Luke, veux-tu emmener tout le monde sous la véranda pour manger les cookies, s'il te plaît ? Je vais voir si ta sœur va bien. On vous rejoint tout de suite.

L'adolescent fronça les sourcils mais ne fit aucun commentaire et fit sortir son frère et ses sœurs. Jess s'engagea dans le couloir au moment où Annapolly sortait des toilettes.

— Ah, te voilà ! Je commençais à me demander… Que se passe-t-il, ma chérie ?

Le visage de la fillette était tout rouge et des larmes commençaient à couler sur ses joues. Jess s'agenouilla, soudain inquiète, et remarqua la masse blanche qui remplissait ses narines. Annapolly prit une inspiration par la bouche, sans doute parce qu'elle ne pouvait plus respirer par le nez.

— As-tu mis des mouchoirs en papier dans tes narines ?

Annapolly acquiesça piteusement. Jess devait régler le problème sans tarder. Elle tira un Kleenex de sa poche et le lui tendit.

— Mouche-toi très fort. Jusqu'à ce que ton nez soit complètement vide.

Annapolly lui obéit en pleurant de plus belle. La quantité de papier qui sortait de ses narines était impressionnante. Est-ce qu'il en restait ? Jess lui caressa la joue pour la consoler. Avait-elle pu se blesser la cloison nasale ?

Jess lui prit la main et la conduisit jusqu'à la porte de la maison.

— Tout le monde dans le monospace, dit-elle. Luke, peux-tu t'occuper de ta petite sœur pendant que je vais chercher Ella et la poussette ? Nous devons aller à l'hôpital.

— Que lui arrive-t-il ? demanda Luke d'un air accusateur.

— Elle s'est mis des mouchoirs en papier dans le nez et je veux m'assurer que ses sinus sont indemnes.

Il ne se serait pas montré aussi agressif s'il avait su à quel point elle culpabilisait déjà. Elle se précipita à l'intérieur pour chercher sa fille et la poussette, et, un instant plus tard, ils étaient tous dans le véhicule, en route vers l'hôpital. Elle leur expliqua la situation.

— Je veux téléphoner à papa pour le prévenir. Il a le droit de savoir ce qui se passe, dit Luke, apparemment furieux.

— J'allais justement te demander de le faire, répondit-elle. Dis-lui qu'il peut nous retrouver directement à l'hôpital.

Elle lui tendit son téléphone portable et il tenta de joindre son père, sans résultat.

— Ça ne répond pas…

— Alors envoie-lui un SMS. Il traverse peut-être une zone de mauvaise réception, mais il ne devrait pas tarder à être là. Nous arrivons à l'hôpital.

— Elle va bien, n'est-ce pas ? demanda Rob. On ne devra pas la laisser ici, n'est-ce pas ?

— Bien sûr que non, répondit sèchement Luke. Nous la ramènerons avec nous à la maison, ne dis pas de bêtises.

Elle faillit le réprimander pour son ton brutal mais, paradoxalement, la rebuffade parut rassurer Rob. Le silence tomba sur le groupe alors qu'ils entraient aux urgences. Jess vit l'anxiété qui se peignait sur leurs visages, et la colère accusatrice sur celui de Luke. Malgré cela, elle devinait que l'aîné des enfants Frazier n'en menait pas large, lui non plus.

Pourquoi n'avait-elle pas été plus attentive ?

Annapolly avait besoin d'aller aux toilettes, lui rappela son bon sens et, à cinq ans, il n'était plus nécessaire qu'on l'y accompagne. Qui aurait pu imaginer qu'elle aurait l'idée incongrue de se bourrer le nez de Kleenex ?

Une fois tout le monde dans la salle d'attente, elle confia la poussette d'Ella à Luke et prit Annapolly dans ses bras pour aller voir l'infirmière. Une femme médecin d'une quarantaine d'années l'ausculta et déclara que, même si elle avait encore mal, il ne restait plus de papier dans son nez.

Aucun dommage n'avait été causé. Elle lui désinfecta les narines, ce qui fit de nouveau pleurer la fillette.

Jess pouvait voir la salle d'attente à travers la vitre de la porte du service. Dan arrivait. Il échangea quelques mots à voix basse avec Luke. Le garçon semblait furieux et faisait de grands gestes. Dan paraissait inquiet, lui aussi. Et les autres enfants parlaient tous en même temps. Ils devaient lui expliquer quelle pitoyable nounou elle faisait…

— Voilà, ma belle, c'est terminé, dit le médecin en souriant à la fillette. À l'avenir, il ne faudra plus rien mettre dans ton nez, tu as bien compris ?

— Oui, balbutia Annapolly en sanglotant.

Elle tendit ses petits bras à Jess, qui la serra contre son cœur pour la consoler. Après avoir remercié le médecin, elle alla rejoindre les autres dans la salle d'attente. L'enfant n'avait rien, mais son nez lui faisait mal et c'était sa faute. Dan allait sans doute la mettre séance tenante à la porte pour négligence…

— Dan, je suis vraiment désolée, dit-elle en lui tendant sa fille. Les enfants ont dû vous expliquer ce qui s'est passé ; il n'y a aucune lésion, heureusement.

— Rentrons tous à la maison, répondit-il en serrant sa fille dans ses bras. Les hôpitaux…

Il n'ajouta rien et se contenta de guider sa famille à l'extérieur. Jess s'installa au volant du monospace pendant qu'il reprenait sa voiture avec Luke, Rob et Annapolly.

Quand ils furent arrivés, Daisy prit Annapolly par la main et déclara qu'elle allait lire une histoire à sa petite sœur dans sa chambre. Mary se joignit à elles et les trois filles disparurent ensemble à l'intérieur de la maison. Rob s'éclipsa à son tour pour aller jouer et Luke jeta un regard furieux à Jess.

— Je ne l'aime pas, dit-il à son père. Je ne veux pas qu'elle reste chez nous. Elle ne sait même pas s'occuper de nous, et pourtant tu lui fais confiance, alors que tu ne la connais même pas !

Sur ces mots, il partit sur son vélo à l'autre bout de la propriété sans que son père ait le temps de le réprimander pour sa grossièreté. Ella avait besoin d'être changée, aussi Jess préféra-t-elle s'en occuper avant d'affronter Dan. Elle entra à son tour et changea la fillette, qui dormait à moitié. Après l'avoir installée dans son couffin, elle se rendit dans la cuisine et découvrit Dan en train de grignoter des cookies.

— Ils sont délicieux, dit-il en l'entendant entrer. Ça fait bien longtemps que personne n'en a préparé dans cette maison. Je crois que j'ai bien mérité cette petite douceur.

Sans rien lui demander, il sortit deux tasses et les remplit de thé, avant d'en pousser une dans sa direction.

— D'habitude, dit-il, je craque pour des chips. Je peux vider un sac en un clin d'œil. Je suis étonné que les enfants ne les aient pas tous dévorés.

— Nous venions juste de les sortir du four quand nous avons dû partir pour l'hôpital, dit-elle. Je n'ai même pas eu le temps de ranger la cuisine.

— Oui, je me doute qu'il a dû y avoir une vraie panique. Vous ne voulez pas vous asseoir ?

Elle prit place sur le haut tabouret qu'il lui indiquait et contempla sa tasse de thé. Elle doutait de pouvoir en avaler une seule gorgée. Pourquoi ne hurlait-il pas ?

— Vous allez me renvoyer, je le sais, dit-elle, le cœur lourd. J'ai laissé Annapolly se rendre seule aux toilettes et plusieurs minutes se sont écoulées avant que je ne remarque son absence. Vous deviez être terrifié en recevant le SMS de Luke.

— Je ne sais pas quelle mouche a piqué ce garçon, répondit-il en levant les yeux au ciel. Évidemment, j'ai eu très peur et, je l'avoue, j'ai été fâché contre vous un instant en comprenant que vous étiez tous à l'hôpital. J'ai pensé que vous n'aviez pas fait votre travail correctement.

— Vous avez tout à fait le droit d'être en colère contre moi.

— Ne dites pas de bêtises, répondit-il. J'ai cédé à la colère un court instant, poussé par l'inquiétude, mais le fait qu'Annapolly se soit farci le nez de Kleenex ne fait pas de vous une nounou indigne de confiance.

Elle le contempla avec étonnement.

— Mais c'est moi qui…

— C'est vous qui avez dû gérer la crise. Vous vous occupez de six enfants, de un à quinze ans. La maison est grande. Il vous est humainement impossible d'avoir l'œil sur chacun d'eux en permanence. Je le comprends très bien : c'est une réalité que je vis au quotidien depuis quatre ans. On ne peut pas les attacher à leur chaise toute la journée. Sans compter que je vous ai demandé de vous occuper de certaines tâches ménagères en plus du reste…

— C'est juste, dit-elle. Luke, par exemple, voulait rester seul à la maison ce matin, et j'ai refusé. Je me suis dit que vous ne seriez pas d'accord.

— Effectivement, vous avez eu raison. Quant à Annapolly, elle est assez grande pour aller aux toilettes toute seule. Se remplir les narines de mouchoirs en papier est exactement le genre d'idée baroque qui peut naître dans l'imagination fertile d'une enfant de son âge. J'espère que l'expérience lui servira de leçon. De votre côté, vous l'avez mouchée et vous l'avez emmenée à l'hôpital pour vérifier que cette lubie ne l'avait pas blessée. C'est exactement la réaction qu'il fallait avoir face à une petite crise de ce type. Je n'ai rien à vous reprocher. Je n'ai jamais eu l'intention de vous renvoyer. Au contraire, vous avez fait preuve de sang-froid et d'esprit de décision. Je suis content que vous ayez été là lorsque cela s'est produit.

Ainsi il ne la mettait pas à la porte ? Elle sentit un poids énorme se lever de ses épaules et des larmes de soulagement lui monter aux yeux. Pour un peu, elle lui aurait sauté au cou pour l'embrasser !

— Merci, dit-elle en rougissant. Je vous promets qu'à l'avenir je serai plus attentive.

Il l'examina attentivement, comme s'il devinait son trouble, ce qui la fit rougir encore plus.

— Tout va bien ?

Non, ça n'allait pas, mais elle allait se reprendre ! Il comprit sa confusion. Peut-être oublia-t-il une seconde qu'elle n'était pas une de ses filles en quête de réconfort, car il lui ouvrit les bras, et elle s'y jeta. Elle se retrouva sans l'avoir prémédité contre son torse, dans le cocon chaleureux de son étreinte. Instinctivement, elle se serra davantage contre lui et l'enlaça à son tour.

Ce n'était sans doute pas un geste très approprié entre un patron et une employée, mais ils restèrent ainsi un bon moment. Se reprenant enfin, ils s'écartèrent l'un de l'autre et elle prit soin de mettre la moitié de la cuisine entre eux avant de reprendre la parole.

— Merci pour votre compréhension, Dan, et pour votre gentillesse.

Pour s'occuper, elle rangea les cookies dans une boîte hermétique tout en réfléchissant à certains détails auxquelles elle n'avait pas eu le temps de penser jusque-là. Elle ignorait comment était morte la mère des enfants, mais leur attitude pétrifiée lorsqu'ils s'étaient retrouvés aux urgences lui avait mis la puce à l'oreille. Et l'hostilité de Luke à son égard avait été encore plus forte à partir de ce moment-là, comme attisée par les lieux et des souvenirs traumatisants.

— Peut-être devrions-nous retourner faire une visite à l'hôpital avec les enfants, dit-elle. Nous pourrions apporter des jouets pour le service de pédiatrie par exemple. Ce serait un moyen pour eux d'y aller dans des conditions moins stressantes.

Dan marmonna son accord, et elle croisa les doigts pour que Luke se laisse convaincre, lui aussi. Elle s'excusa et sortit pour aller voir s'ils allaient tous bien. Les filles jouaient toutes les trois, Rob lisait sur son lit, et Luke était concentré sur un jeu d'ordinateur où l'on voyait des voitures exploser. Peut-être que cela l'aidait à exprimer son agressivité ? Elle tourna les talons en soupirant et redescendit préparer le dîner.

Annapolly allait bien et Dan ne l'avait pas mise à la porte, songea-t-elle pour se consoler. Affronter l'hostilité de Luke allait sans doute lui compliquer la vie, mais au moins rien n'était perdu. Et avec un garçon qui par ailleurs manifestait une réelle gentillesse, la patience pouvait accomplir des miracles…

Dan observa Jess, qui s'activait dans la cuisine. Malgré son attitude alerte, il devinait la tension nerveuse qui continuait de la tourmenter. Rebecca avait eu exactement cette réaction la première fois qu'ils avaient dû conduire un de leurs enfants à l'hôpital. Mais Jess n'était pas Rebecca : en dehors de ce détail, elle ne lui ressemblait en rien. Il l'avait serrée dans ses bras parce qu'elle semblait en avoir besoin, et il avait vite compris qu'il aurait facilement pu déraper s'il n'y avait pris garde. Il avait eu terriblement envie de l'embrasser !

Cette attirance physique ne lui plaisait guère. Sa libido choisissait bien mal son moment pour sortir de son hibernation ! Heureusement qu'il ne s'agissait que d'une pulsion physique… Sur le plan émotionnel, il restait attaché à Rebecca. Il avait fait son deuil, bien sûr, mais il n'oublierait jamais celle qui avait partagé sa vie si longtemps.

Quand bien même aurait-il songé à reprendre une vie sentimentale active, il ignorait comment ses enfants pourraient réagir. Ne croyant pas que cela se produirait un jour, il n'y avait jamais pensé. Mais, à voir Luke se comporter avec autant d'agressivité envers Jess, il se doutait que cela ne serait pas facile !

La pauvre n'avait pourtant rien fait pour mériter une telle

grossièreté, et il avait très fermement ordonné à son fils aîné de la traiter avec respect, que cela lui plaise ou non. Une fois l'émotion soulevée par cette journée apaisée, il comptait bien s'assurer que Luke avait effectivement changé d'attitude.

Dès qu'ils eurent terminé de dîner et que les enfants furent prêts à aller se coucher, Dan retourna travailler dans son bureau. Un instant plus tard, Jess frappa à sa porte, portant Ella endormie dans ses bras.

— Je m'en vais à présent, Dan, dit-elle. Merci d'avoir attaché le siège bébé dans le monospace hier soir, je ne pensais pas que j'en aurais l'utilité si vite ! Oh ! je voulais aussi vous parler de l'anniversaire de Daisy. Voulez-vous que je lui prépare un gâteau ?

— Ce serait très gentil à vous, répondit-il. J'ai acheté son cadeau, mais j'ai peur qu'il n'y ait pas d'autres enfants à sa fête que ses frères et sœurs. Ils n'ont pas encore eu le temps de se faire des amis ici. Il faudra qu'elle s'en contente. Je vous vois donc dimanche ?

— Entendu.

Il faillit lui proposer de la raccompagner jusqu'à sa voiture et renonça, de peur que cela les mette mal à l'aise tous les deux.

— Bonne nuit, Jess.

— Bonne nuit, Dan.

La voir partir le laissa étrangement abattu, comme si son énergie l'avait brusquement abandonné. Déprimé, il sortit un paquet de chips d'un tiroir de son bureau, mais même ce grignotage ne parvint pas à lui remonter le moral…

5

Les jours passèrent. Les trajets entre Randurra et Sydney étaient fatigants. Dan travaillait dur pour son client, et lorsqu'il restait à la maison, il devait s'astreindre à de longues soirées de labeur pour rattraper le temps qu'il avait consacré à ses enfants dans la journée.

Jamais il n'aurait pu s'en sortir sans l'aide précieuse de Jess. Celle-ci avait fait des merveilles pour l'anniversaire de Daisy, comme il pouvait le constater en voyant les enfants, qui jouaient au jardin. Elle avait eu la délicatesse d'inviter trois autres fillettes qui seraient dans la même école que Daisy à la rentrée. Incapable de se concentrer plus longtemps, il rejoignit la petite troupe dehors.

Lorsque la plus studieuse de ses enfants ouvrit son cadeau, ses nouvelles amies poussèrent un cri d'admiration. C'était un coffret de chimie.

— Tu as de la chance, Daisy ! Mon père ne me laisserait jamais jouer avec un jeu comme cela.

— Le mien sait que je ne ferai pas de bêtise avec, répondit Daisy en souriant.

— Je te demanderai juste de ne faire ces expériences qu'en présence d'un adulte, dit-il en souriant lui aussi. Soit Jess, soit moi. J'espère que tu t'amuseras bien avec.

— C'est une idée magnifique, lui murmura Jess à l'oreille lorsque Daisy l'eut embrassé pour le remercier. Exactement le genre de chose qui pouvait lui plaire.

— Merci…

Elle portait une jupe en coton imprimé et un chemisier sans manches. De grands anneaux pendaient à ses oreilles, et elle avait un collier fantaisie de bois autour du cou. Elle avait une mine resplendissante et paraissait jeune et rayonnante. Lui, en revanche, approchait dangereusement des quarante ans, et il avait cinq enfants. Comment pouvait-il imaginer qu'elle pourrait s'intéresser à lui, alors qu'elle pouvait sortir avec un garçon de son âge ?

Et pourquoi se posait-il la question, d'ailleurs ?

La voix de la vérité lui répondit du fond de son esprit. *Parce qu'elle t'attire de plus en plus !*

Eh bien il allait devoir changer son fusil d'épaule. Avec une jeune femme aussi ravissante et séduisante qu'elle, il n'avait pas la moindre chance…

Du reste, elle ne l'avait pas regardé une seule fois depuis le début de la fête.

Elle avait préparé un gâteau très appétissant la veille au soir, après le coucher des enfants, et arriva bientôt le moment de l'apporter à la table du goûter.

— Tu dois faire un vœu avant de souffler les bougies, dit une des invitées. Mais il ne faut dire à personne ce que tu as souhaité, si tu veux qu'il se réalise. Tu pourras venir chez moi pour mon anniversaire ? C'est en mars.

— Oh ! oui, merci, répondit Daisy, les yeux pétillant de bonheur. Ça me ferait drôlement plaisir !

Fermant les yeux une seconde pour se concentrer sur son vœu, elle souffla ses bougies.

Comme il le faisait dix fois par jour depuis qu'il l'avait engagée, Dan se demanda comment il s'en serait sorti sans son aide. Elle s'occupait de sa famille et de sa maison avec naturel et efficacité. Ne devrait-il pas l'embaucher de manière permanente ? Il n'avait pas prévu cette dépense dans son budget, certes, mais d'un autre côté tout se passait si bien avec elle…

Les enfants se jetèrent sur le gâteau comme une bande de moineaux sur un champ de blé et il n'en resta bientôt plus une seule miette. Il en avait pris une petite part, et ne put que les approuver : c'était vraiment une pâtisserie exquise !

— Daisy, veux-tu qu'on commence la chasse au trésor ? demanda Jess. Excusez-moi, Dan…

Elle voulait passer devant lui et il recula pour lui laisser la place. Il remarqua alors sa manière délibérée de garder les yeux détournés et comprit. Il n'avait rien imaginé : elle évitait sciemment de croiser son regard. Ressentait-elle sa présence avec autant de force que lui ?

Deux heures plus tard, les parents des petites camarades de Daisy passèrent chercher leurs filles et ils se retrouvèrent bientôt entre eux.

— Veux-tu commencer à jouer avec ton coffret de chimie tout de suite ? demanda Dan à sa fille.

— Je voudrais d'abord lire le livre qui va avec, répondit-elle avec sérieux. Et ça pourrait être dangereux de faire des expériences avec Mary et Annapolly dans les environs. Je crois qu'il vaudrait mieux qu'on commence lorsqu'elles seront couchées.

Jess, qui finissait de débarrasser la table du goûter, chuchota à peine pour que Dan seul puisse l'entendre :

— Bravo, Daisy, c'est très rusé ! Prendre soin de tes petites sœurs et, dans la même phrase, négocier d'aller te coucher plus tard que d'habitude, c'est très adroit !

Il la vit rire sous cape tout en passant l'éponge sur la toile cirée.

— Nous discuterons de ça plus tard, ma chérie, répondit-il à sa fille.

Daisy s'installa dans un fauteuil avec son livre de chimie pendant que les deux petites ramassaient les serpentins et les serviettes en papier sur la terrasse. Jess leur rappela de ne rien se mettre dans le nez, mais Annapolly avait déjà compris qu'il s'agissait d'une mauvaise idée !

Luke, lui, faisait du vélo. À un moment, Dan vit Jess lui dire quelque chose alors qu'il passait près de la véranda. L'adolescent lui jeta un regard noir, puis, ayant aperçu son père de loin, il tourna son guidon et s'éloigna sans répondre. Il allait devoir changer d'attitude. Il n'était pas question que Jess les quitte à cause de son manque de courtoisie. Il ne le permettrait pas.

Je veux qu'elle reste travailler pour nous afin de l'avoir toujours près de moi.

Franchissant les défenses édifiées au cours des quatre années de deuil, cette pensée l'atteint de plein fouet. Il fut pris d'un mouvement de panique et son bon sens tenta tant bien que mal de le rassurer. Il voulait qu'elle reste avec eux avant tout pour le bien des enfants, dont elle s'occupait très bien.

Et s'il tenait absolument à admettre qu'il éprouvait un grand vide affectif, il devait reconnaître que cela datait déjà d'un certain temps. Avant sa rencontre avec Jess. Peut-être du reste était-ce une des raisons qui l'avaient poussé à emménager à Randurra. N'avait-il pas pris sa décision dans le vague espoir que ce changement de décor lui ferait oublier sa solitude sentimentale ?

— Je vais coucher Ella pour sa sieste, dit Jess en le rejoignant dans la cuisine.

— Vous savez, je me rends compte que je ne sais rien de vous, répondit-il abruptement. Sauf que vous élevez seule votre fille et que vous êtes une excellente baby-sitter pour mes enfants.

— J'aime prendre soin d'eux, dit-elle. Même si Luke est encore fâché contre moi. Je ne sais pas ce qui le préoccupe, mais je suis sûre que c'est davantage que l'incident d'Annapolly.

— Il faudra bien qu'il s'adapte.

Car si son fils s'imaginait avoir le droit de l'empêcher de fréquenter qui que ce soit, il se trompait lourdement. Ce n'était évidemment pas ainsi que se présentait la situation avec Jess, bien sûr, mais…

Il devait absolument couper court à ces cogitations.

— Parlez-moi donc de votre famille, dit-il avec empressement. Avez-vous grandi ici ?

— Non, je suis née à Wollongong, répondit-elle après une seconde d'hésitation, pas très loin de Sydney. Mes parents sont morts quand j'étais petite et j'ai été élevée par une de mes tantes, qui est morte l'année de ma terminale. J'ai eu plusieurs petits emplois après mon bac, jusqu'à ce que je décide de suivre une formation pour devenir garde d'enfants. Je suis venue m'installer à Randurra quand je suis tombée enceinte d'Ella.

Une ombre passa sur son visage, comme si des souvenirs désagréables la tourmentaient. Pourtant, elle releva fièrement le menton.

— Je veux être certaine que ma fille grandira dans un environnement aimant et sûr, dit-elle. Je serai toujours là pour la soutenir, chaque fois qu'elle en aura besoin, et jamais elle n'aura le sentiment d'avoir été abandonnée.

Avait-elle éprouvé ce sentiment à la mort de ses parents ou de sa tante ? Dan, lui, l'avait ressenti lors du décès de Rebecca. Il se demanda soudain si elle avait choisi ce métier pour combler un manque provoqué par la disparition de sa famille.

— Votre vocation…

— J'adore m'occuper d'enfants, l'interrompit-elle, et je sais que beaucoup de parents ne veulent pas ou ne peuvent pas s'arrêter de travailler lorsque leurs enfants sont petits. Ce travail est donc fait pour moi. En plus, il me permet de rester près d'Ella. Mais vous, fit-elle en changeant de conversation, quelle vie aviez-vous avant de venir ici ? Avez-vous une grande famille ?

— J'ai une sœur et un beau-frère. Ma mère vit dans le Queensland, et mon père est mort il y a une dizaine d'années.

— Et… la mère des enfants ?

Il baissa les yeux un instant avant de répondre. Parler de sa femme lui demandait toujours un effort, même si le temps avait fini par atténuer sa douleur.

— Elle s'appelait Rebecca. Nous nous étions connus au lycée et je l'ai aimée dès notre première rencontre. Nous avons été en couple pendant dix-huit ans. On lui a diagnostiqué un cancer quand elle attendait Annapolly et elle est morte un mois après l'accouchement.

Curieusement, c'était la première fois depuis longtemps qu'il parlait de son épouse avec une autre adulte. À part avec ses enfants, il évitait soigneusement le sujet. Et il fut un peu surpris de constater que son chagrin avait disparu. Rebecca lui manquait, évidemment, mais il avait accepté sa disparition. La page semblait maintenant enfin tournée.

Jess le fixa une seconde avec dans le regard un mélange de compassion et de quelque chose qui ressemblait à… de la mélancolie ?

— Je suis sincèrement désolée. Merci de m'en avoir parlé. Je comprends mieux la réaction des enfants à l'hôpital. À ce propos, je ne crois pas vous avoir dit que nous y sommes retournés l'autre jour. Nous n'avons fait que déposer un petit cadeau pour le service de pédiatrie, mais je crois que cela leur a fait un peu oublier la mauvaise impression de notre première visite.

— Daisy m'en avait parlé, en effet.

Il tenta de remettre un peu d'ordre dans ses pensées. Il avait voulu l'interroger sur sa vie privée ; comment avait-il bien pu finir par lui raconter la sienne ?

— Je ne veux pas être indiscret, reprit-il en s'éclaircissant la gorge, mais je voudrais être certain que tout va bien pour vous. Par moments, je crois déceler une certaine anxiété dans votre regard…

Elle cligna les paupières et son visage prit une expression un peu fermée.

— Je vais bien, Dan. Tout à fait bien.

Il n'en crut pas un mot. Mais si elle ne voulait pas lui en parler, rien ne l'autorisait à la questionner davantage…

Dan se replongea dans le travail. Pendant les jours suivants, il ne sortit de son bureau que pour les repas et pour aller dormir. Il arrivait même parfois à oublier la présence de Jess dans la maison. Il ne faisait que travailler tout le temps.

Et même si cela lui donnait mauvaise conscience de ne pas passer davantage de temps avec sa famille, son attitude parut convaincre Luke que Jess n'était là que pour le bien-être de la maisonnée. Pour autant qu'il pouvait en juger pendant les rares moments où ils étaient tous réunis, elle semblait peu à peu amadouer l'adolescent.

À mesure que les jours se succédaient, Jess était de plus en plus sensible à la présence de Dan. Il n'y avait rien de plus absurde, pourtant ! Après l'expérience catastrophique de sa relation avec Peter, aucun homme ne pourrait plus jamais lui inspirer la moindre confiance. De plus, Dan lui avait confié combien il avait été amoureux de son épouse. Quand bien même l'aurait-elle souhaité, il lui aurait été impossible de rivaliser avec le fantôme de Rebecca.

— Je crois que je perds la tête, dit-elle pour elle-même en remplissant la machine à laver de linge.

Une sorte de démence passagère. Cela seul pouvait expliquer pourquoi son cœur battait la chamade chaque fois que Dan l'approchait. Alors que tout aurait dû l'inciter à rester insensible à son charme si viril, à ses yeux si doux, à ses sourires irrésistibles et à…

— Jess, est-ce que…

Elle poussa un cri et sursauta violemment.

— Oh ! Dan ! Vous voulez me faire mourir d'une crise cardiaque ?

— Pardon, je croyais que vous m'aviez entendu entrer.

Il avait ses lunettes sur le nez, preuve qu'il travaillait sans doute encore sur son ordinateur. Et il était si proche ! Elle aurait pu le toucher d'un simple geste, ou caresser son beau visage sans avancer d'un pas…

Elle devait se reprendre, pour l'amour du ciel !

C'était plus facile à dire qu'à faire. Il la contemplait tellement, s'attardant sur sa bouche…

— Hum… Ce n'est rien. Que vouliez-vous me demander ?

— Je… Ah, oui ! Je viens d'envoyer un rapport préliminaire à Sydney, et je devrais être tranquille pendant les deux prochains jours. Je me proposais d'emmener toute la famille à la plage. Nous avons un bungalow au bord de la mer…

Super. Non seulement il allait passer deux jours loin d'elle, mais cela lui ferait de surcroît perdre deux journées de salaire.

— C'est une très bonne idée, les enfants seront ravis. Quand prévoyez-vous de partir ?

— Demain matin.

Elle déglutit péniblement. Si vite ?

— Eh bien…

— Pourriez-vous nous accompagner ? demanda-t-il brusquement. Avec Ella ? Rien ne vous y oblige, cependant cela me soulagerait que nous soyons deux pour surveiller les enfants.

— Ça serait sans doute plus prudent. Surtout pendant les baignades.

Sa duplicité la fit rougir. Mais comment ne pas renchérir de tout cœur alors qu'on lui proposait deux jours de vacances, au soleil, sur la plage, avec l'homme le plus sexy d'Australie ?

Elle ne devait pas oublier pas qu'ils seraient entourés d'enfants !

— Je serais heureuse de vous prêter main-forte, dit-elle.

— Super, répondit-il. Je suis vraiment content que vous acceptiez.

Ils restèrent un moment face à face, à se sourire béatement.

Elle se rendit soudain compte qu'ils étaient seuls dans la lingerie, et l'idée de tout ce qui pourrait se passer entre eux dans cette pièce isolée du reste de la maison la mit soudain mal à l'aise.

— Dans ce cas, je pense que je ferais mieux d'aider les enfants à préparer leurs affaires, dit-elle.

Et, sans demander son reste, elle sortit de la lingerie, le cœur battant comme une débutante à son premier rendez-vous.

6

— Tout le monde est prêt à partir ? demanda Jess.

Les enfants, surexcités, avaient non sans mal bouclé leurs bagages. Cela ne les empêcha pas de courir une dernière fois dans tous les sens pour prendre qui un livre, qui un ballon, qui une poupée qu'il était absolument indispensable d'emmener à la plage.

Finalement, l'heure du départ ayant sonné, tous grimpèrent dans le monospace. Il était heureusement assez grand pour transporter Jess et sa fille en plus de la famille Frazier. Cette excursion l'excitait autant que les enfants, et elle adressa un grand sourire à Dan, installé derrière le volant. Il portait un polo bleu marine qui accentuait sa mine resplendissante. Elle se demanda ce qui, des effluves discrets de son après-rasage ou de son regard rieur, la grisait le plus.

Avant de prendre la route, ils firent un arrêt au supermarché de Randurra.

— Acheter des cochonneries à manger quand nous devons faire de la route est une tradition familiale, dit Dan alors que ses enfants descendaient du véhicule. C'est la seule occasion où j'autorise ce genre d'aliments à mes enfants, et vous voyez quelle fête c'est pour eux ! À vous décourager de vouloir leur donner une alimentation équilibrée…

Amusée, Jess les suivit à l'intérieur. Ils choisirent à grand-peine chacun un sac de chips ou de sucreries, non sans de savantes études comparatives qui firent sourire les deux adultes. En dépit de la date récente de son embauche par Dan, cette famille lui tenait déjà beaucoup à cœur. En faire partie, ne serait-ce que pour quelques semaines, lui semblait une grande chance, et elle espérait bien continuer à les voir, même lorsque Dan n'aurait plus besoin de ses services.

— Et vous, qu'est-ce qui vous ferait plaisir ? lui demanda-t-il. Vous aussi, vous devez choisir quelque chose…

Lui-même avait déjà pris un sac de bonbons acidulés à la fraise. Elle opta pour des shamallows multicolores qu'Ella pourrait également manger.

— Jess, comment est ton maillot de bain ? demanda soudain la petite Mary alors qu'ils passaient à la caisse. Le mien a des pois rouges, bleus et jaunes. Annapolly a celui que je portais jusqu'à l'année dernière, mais je suis trop grande pour le mettre maintenant…

— Eh bien, j'ai un Bikini jaune vif avec des petites fleurs imprimées, répondit-elle.

Dan la contempla avec un soudain intérêt qui la fit rougir. Elle s'était offert ce maillot pour se récompenser d'avoir retrouvé sa silhouette après la naissance d'Ella. Il était d'une très belle qualité, et c'était une folie, même en solde dans un magasin de démarques. Elle l'avait porté quelquefois dans son jardinet, pour se faire bronzer à l'abri derrière sa haie. Soudain, s'imaginer vêtue de ce minuscule vêtement devant les yeux de cet homme si viril et si sexy lui fit courir un frisson électrique sur la peau.

— C'est quoi, un Bikini ? demanda Mary.

Elle se sentit rougir de plus belle, et Dan parut de plus en plus intéressé.

— C'est un maillot deux pièces. Je le porte la plupart du temps avec un sarong. Sais-tu ce qu'est un sarong ?

Mary l'ignorait et Jess fut soulagée de pouvoir le lui expliquer en détail et de laisser de côté les précisions concernant son minuscule maillot de bain. Heureusement, ils purent enfin régler leurs achats et retournèrent à la voiture.

— Je suis sûr que vous n'aurez pas besoin de porter de sarong sur la plage, dit Dan avec une innocence feinte.

Flirtait-il ou la taquinait-il simplement ? D'après son regard, il faisait les deux. Le cœur de Jess s'emballa dans sa poitrine. Dan la trouvait-il donc attirante ? Cette idée avait quelque chose de terriblement agréable !

Mais pourquoi donc ? Croyait-elle vraiment que, dans sa situation, se toquer de son patron était la meilleure chose à faire ?

Il existait une bonne douzaine d'excellentes raisons pour s'en tenir à des relations purement professionnelles, elle devait bien l'admettre. Et elle se promit de garder la tête froide à l'avenir.

Une fois sur la route, Dan mit un disque de rock dans le lecteur, sans tenir compte des protestations de ses enfants. Le disque terminé, Jess le regarda en riant doucement.

— Le bon côté de la chose, c'est que vous leur formez l'oreille en leur faisant écouter cette musique.

— Comment savez-vous que j'utilise cette excuse ? répondit-il.

Il fit un effort pour se concentrer sur la route. Elle avait des yeux si expressifs qu'il s'y serait volontiers perdu sans plus se soucier du reste. Ces yeux le troublaient plus qu'elle ne semblait le comprendre.

Ne tenait-il pas déjà trop à elle ? Il l'avait invitée à venir avec eux pour le bien de ses enfants, mais également parce qu'il savait que sa fille et elle avaient bien besoin de ces deux jours de détente au bord de la mer. Il se doutait qu'elle ne pouvait pas s'offrir un tel luxe…

Il voulait chasser définitivement cette ombre soucieuse qui assombrissait trop souvent son visage. Il voulait la voir se détendre complètement, même pendant seulement deux petits jours. Comme lui arrivait à se détendre maintenant qu'elle était entrée dans sa vie.

Cette pensée le fit tiquer. Effectivement, et cela l'étonna, il se détendait enfin depuis qu'il la connaissait ! Lui, qui avait le sentiment de vivre sur les nerfs depuis la mort de Rebecca, se sentait enfin tranquille.

Cette constatation le fit culpabiliser. N'était-ce pas déloyal envers Rebecca d'éprouver un tel sentiment ? Il avait aimé sa femme, évidemment, et il l'avait aussi amèrement pleurée. Puis il avait surmonté son chagrin, car ses enfants ne lui laissaient pas d'autre choix que d'aller de l'avant. Se rendre compte qu'une jeune femme pouvait faire réagir l'homme qui se cachait encore en lui était peut-être une autre phase normale de son deuil…

— On arrive bientôt ? demanda Annapolly.

— Non, ma chérie, pas tout de suite, répondit-il.

Il tourna son attention vers ses enfants et tenta de ne plus penser à sa ravissante voisine. Il était avant tout père de famille, et il devait se concentrer sur cette lourde responsabilité. Cela ne lui laissait pas le loisir de rêvasser à quoi que ce soit d'autre.

Et se répéter cela comme un mantra n'était pas une manière de fuir le problème, juste de se montrer pragmatique !

Il était 19 heures et la journée avait été splendide. Le soleil disparaissait à l'ouest et la brise tiède en provenance de la mer adoucissait la température, qui avait été chaude sans être écrasante. Quelques petits groupes de baigneurs s'éparpillaient sur les kilomètres de plage qui s'étendaient autour d'eux. Une frange de minuscules coquillages roses qui craquaient sous les pas lorsqu'on marchait sur la grève marquait la limite de la marée haute. Au-delà, l'océan d'un bleu parfait s'étendait jusqu'à l'horizon.

Jess admira le splendide panorama et le tableau idyllique

qu'ils formaient dans ce cadre somptueux. Ella, assise sur un drap de bain à l'ombre d'un parasol, jouait avec des cubes en plastique multicolores. Luke nageait avec son père. Rob jouait au Frisbee avec Daisy, pendant que Mary et Annapolly construisaient un château de sable.

Jess était la seule à ne pas être allée dans l'eau. Elle aurait aimé se baigner, mais sa tâche consistait à surveiller les enfants, pas à s'amuser. Dan était un très bon nageur. Lorsqu'il s'était mis en maillot de bain, elle avait eu du mal à détacher les yeux de sa musculature parfaite... Par pudeur, elle avait pris excuse sur les rayons trop ardents du soleil pour garder son sarong noué comme un paréo et ne pas se montrer dans son Bikini. Étrangement, il lui paraissait bien plus petit sur cette plage que dans son jardin !

— C'est votre tour de vous baigner, dit Dan en la rejoignant. Je surveillerai Ella.

Des gouttelettes d'eau étincelaient dans ses cheveux, sur sa peau hâlée. Elle déglutit péniblement, et son embarras redoubla. À l'expression de son regard, il était clair qu'il avait remarqué la manière dont elle le regardait. Il avait un corps magnifique, des pectoraux saillants, un ventre plat, et son maillot de bain mouillé moulait maintenant un postérieur rond et ferme...

Elle devait regarder ailleurs ! Maintenant !

— Je ne suis pas sûre d'avoir envie de nager, répondit-elle.

Et surtout pas d'enlever son sarong et de se montrer pratiquement nue devant cet homme si sexy ! Même si la plupart des femmes de la plage portaient des maillots autrement plus indécents que le sien...

Dan s'allongea sur son drap de bain juste à côté d'elle et lui adressa un sourire doucement taquin.

— À quoi bon venir au bord de la mer si vous ne vous baignez pas ? Je vous promets de ne pas trop regarder votre Bikini...

Malgré les enfants qui les entouraient, son expression

complice lui donnait l'impression qu'ils étaient seuls sur la plage. Il avait raison : elle était ridicule de ne pas profiter vraiment de cette journée. S'il n'avait pas hésité à se mettre en maillot de bain devant elle, elle pouvait certainement en faire autant !

— Oui, après tout, c'est dommage de ne pas en profiter, dit-elle. Surveillez bien les enfants.

Sans se laisser le temps de changer d'avis, elle dénoua son sarong et se leva. Dan l'examina, un sourire paresseux sur les lèvres.

— Vous avez une silhouette parfaite, dit-il dans un murmure. Je m'en doutais, remarquez…

Fidèle à sa promesse, il détourna les yeux et fit mine de ne plus lui prêter la moindre attention. Le feu à la peau, Jess se dirigea vers l'eau en affectant le plus total naturel…

Le bain lui fit un bien immense. L'eau tiède était divine, et elle nagea un long moment, se donnant tout entière au plaisir des vagues et de l'exercice physique.

Ella semblait s'inquiéter de l'absence de sa mère, et Dan s'accouda pour jouer avec elle. Abandonnant leur château de sable, Mary et Annapolly se joignirent à eux, et cette soudaine affluence rendit son sourire à la petite Ella.

— Papa, est-ce que je pourrais avoir un sarong comme celui de Jess ? Et pourquoi je n'ai pas un kikini, moi aussi ? demanda Mary.

Mais Dan était distrait. Il ne cessait de revoir Jess se débarrassant enfin de son paréo et se dressant en maillot de bain, sa silhouette parfaite se découpant sur le bleu intense du ciel. Une vraie déesse ! Il avait eu du mal à garder son sang-froid et à ne pas siffler comme un personnage de dessin animé !

— Papa ? Tu m'écoutes ?

— Toi et tes sœurs avez ces maillots parce qu'ils vous vont très bien, dit-il en détournant les yeux de la nageuse qui jouait dans les flots. Et Jess a ce Bikini parce que cela lui va bien également.

— Elle ne devrait pas se mettre en maillot de bain alors qu'elle est censée travailler, dit Luke, qui les avait rejoints. Elle essaye juste de se faire remarquer, et tu n'arrêtes pas de la regarder. Je la déteste. J'aimerais que tu ne l'aies jamais engagée.

Dan se retourna et l'expression haineuse de son fils aîné le déconcerta.

— Je me demande ce qui te prend de réagir ainsi, Luke.

— Je dis ce que je pense, rétorqua l'adolescent en colère. En plus, tu la traites comme un membre de notre famille. Elle n'est que la nounou, et même pas une bonne nounou. À cause d'elle, Annapolly s'est retrouvée à l'hôpital.

— Luke, présente tout de suite tes excuses ! dit Dan en se levant.

Mais son fils refusa d'un signe de tête et s'éloigna à pas rapides. Avant même de se retourner, Dan comprit que Jess se tenait juste derrière lui. Attrapant son sarong pour se sécher, elle affichait un sourire crispé.

— Ne le forcez pas, Dan. Ses excuses ne seraient pas sincères de toute façon.

La vision de cette superbe naïade court-circuita les neurones de Dan, qui la contemplait sans réagir. Le regard de Jess s'embrumait de désir en s'attardant sur son torse nu, et cela ne fit rien pour l'aider à reprendre ses esprits.

Devait-il s'occuper avant tout du comportement de Luke et ignorer le reste ? D'habitude, il avait les idées claires, mais là il resta indécis, ne sachant quel parti adopter. Il aurait voulu poursuivre son fils et exiger une explication et des excuses. Cela se serait sans doute soldé par une dispute, car Luke ne semblait pas du tout dans un état d'esprit conciliant, et lui-même ne se sentait guère enclin à la tolérance.

— Je ne peux pas le laisser parler de cette manière, dit-il.

— Non, mais vous pouvez lui laisser le temps de se

calmer. Il est trop en colère pour l'instant, discuter avec lui ne servirait à rien. D'un autre côté, si vous estimez que mon maillot de bain n'est pas convenable…

— Pas du tout, répondit-il. Luke me provoquait autant que vous.

Il sentait sa propre colère frémir en lui, et lutta pour reprendre le contrôle de ses émotions. Quelque chose lui disait que, lorsqu'il chercherait à comprendre *pourquoi* les paroles de Luke l'avaient rendu si furieux, il devrait répondre à des questions qu'il n'avait pas envie de se poser !

Jess resta silencieuse une seconde, comme perdue dans ses pensées, avant de reprendre la parole.

— Si vous souhaitez trouver quelqu'un d'autre pour ce travail, quelqu'un avec qui Luke s'entendrait mieux…

— Sûrement pas ! l'interrompit-il de nouveau. Je ne veux pas vous perdre, Jess.

Ses propres paroles le laissèrent perplexe. C'était comme employée qu'il ne souhaitait pas la perdre, évidemment, mais l'éclat de son fils lui avait ouvert les yeux. Luke avait raison : elle l'attirait de plus en plus et, en la contemplant, en la voyant si belle dans la lumière dorée de la fin de journée, il avait envie d'envoyer ses enfants se coucher et de rester en tête à tête avec elle.

Pour trouver un coin tranquille et l'embrasser comme un adolescent ! L'idée lui traversa l'esprit et il dut admettre que c'était exactement la vérité ! Cela n'aurait fait que compliquer encore plus leur situation, et pourtant rien n'aurait pu lui faire davantage plaisir…

Son bon sens reprit enfin le dessus et le força à détourner la tête.

— Je crois que nous ferions mieux de ranger nos affaires et de rentrer à la maison, dit-il en ramassant son drap de bain. Il va bientôt être l'heure de dîner.

Sa remarque rassembla la petite troupe mieux qu'une sonnerie de clairon. Les enfants, affamés, ne se firent pas prier pour ranger leurs jouets et rouler leurs serviettes de plage. Peu après, le petit groupe se dirigeait vers la voiture. Comme d'habitude, Luke marchait très en avant sur le chemin qui serpentait entre les dunes vers le parking.

— Quand j'étais petit, dit Rob à Jess, on faisait des grands châteaux de sable avec ma mère.

— Ah, oui ? répondit-elle. Grands comment ?

Dan écouta son fils évoquer ces souvenirs avec étonnement. C'était la première fois qu'il entendait un de ses enfants parler de leur mère à quelqu'un qui ne faisait pas partie de la famille. L'esclandre de son fils aîné sur la plage lui revint à l'esprit. Luke avait-il manifesté sa colère de voir son père tourner la page et s'intéresser à une autre femme que Rebecca ?

La question le laissa perplexe. Jamais il ne pourrait oublier sa femme. Et cela le mettait mal à l'aise de songer que, depuis qu'elle était morte, il ne lui restait aucun amour à offrir à une autre. Dans ces conditions, pouvait-il légitimement s'intéresser à Jessica ?

Pourtant, il ne s'intéressait pas à elle uniquement d'une manière physique. Il avait envie de partager une amitié, une complicité…

La situation était si inédite qu'il était dans le flou le plus complet. La réalité, c'était qu'il ignorait totalement ce que l'avenir lui réservait.

C'était comme commencer une nouvelle vie.

Et il n'était pas certain que cette idée soit très rassurante !

7

— Je crois qu'ils dorment tous profondément, dit Jess en rejoignant Dan sous la véranda.

Il était presque minuit et un calme profond régnait dans la petite maison de bois bâtie à l'écart de la plage, au milieu des joncs et des pins.

Après un copieux dîner de poissons, Dan était ressorti marcher avec Luke. Elle les avait vus rentrer un bon moment plus tard avec des mines sombres. En fait, l'adolescent paraissait au bord des larmes. Elle avait pris soin de détourner l'attention des autres afin qu'ils le laissent tranquille. Il lui faisait peine et elle aurait voulu trouver un moyen de l'aider, ou, au moins, de lui prouver qu'elle n'était animée d'aucune mauvaise intention à son encontre.

Ses sentiments à l'égard de Dan n'avaient pourtant pas changé et elle ne pouvait les refouler simplement pour faire plaisir à l'adolescent. Ce soir, Dan avait besoin d'être réconforté et elle comptait bien s'en charger.

Il était assis dans la balancelle, le seul siège sous la véranda. Il lui tendit un verre de l'excellent vin blanc qu'il avait ouvert pour le dîner. Elle s'installa à côté de lui et prit une gorgée du succulent nectar.

— C'est divin, dit-elle tout bas.

Ils restèrent un moment à regarder la lune qui luisait au-dessus des dunes et des touffes de genêts. Au loin, les vagues dessinaient des lignes d'argent qui glissaient en direction de la plage sur les flots d'un noir de jais. Le bras de Dan, sur le dossier de la balancelle, lui effleurait les épaules, et elle n'aurait eu qu'à se pencher légèrement pour se retrouver contre lui.

Cela lui faisait tellement envie ! C'était bien le problème, justement. Une heure n'aurait pas suffi à énumérer les excellentes raisons qui s'opposaient à ce qu'il se passe quoi que ce soit entre eux…

— J'espère que cette journée ne vous a pas trop fatiguée, dit-il enfin.

— Non. Et vous ? Je n'ai pas l'impression que vous ayez eu beaucoup de temps pour vous reposer aujourd'hui.

Il avait effectivement l'air fatigué. Et quand Rob lui avait parlé de sa mère, il avait même paru… contrarié ? Rebecca avait été une très belle brune, avec de beaux yeux bruns et un sourire radieux, qu'il devait retrouver chaque jour dans les visages de ses filles. Jess avait pu s'en assurer en examinant longuement les différentes photographies de famille qui se trouvaient chez eux.

Et sa conversation avec Luke n'avait pas dû être facile…

— En effet, dit-il. Une bonne nuit de sommeil me fera le plus grand bien. J'espère que les enfants ne se réveilleront pas à l'aube demain matin !

Elle se mit à rire doucement. Mais son rire s'étrangla dans sa gorge lorsque leurs regards se croisèrent. Il prit soudain un visage presque grave et un voile obscur passa sur ses yeux. Elle sentit son cœur rater quelques battements.

— Jess, murmura-t-il d'une voix rauque de désir.

Elle aurait dû dire non, se lever, s'éloigner, penser aux douzaines de raisons qui s'opposaient à ce qui allait arriver, mais elle ne fit rien de tout cela. Comme un petit oiseau hypnotisé par un serpent, elle resta pétrifiée pendant qu'un grand vide remplissait son esprit.

Et quand il pencha lentement la tête, elle releva le menton et avança vers sa bouche, cette bouche au dessin ferme et volontaire. Il l'enlaça doucement et, sans réfléchir, elle posa une main sur son torse musclé, et glissa l'autre autour de son cou. Un frisson voluptueux la traversa et lui fit fermer les paupières.

Quand il l'embrassa enfin, elle eut l'impression de fondre contre lui. Le monde extérieur s'évapora comme la brume du petit matin aux premiers rayons du soleil. La maison autour d'eux, les enfants qui dormaient, la mer et son ressac, tout cela s'évanouit dans un arrière-plan vaporeux et indistinct. Il n'y avait plus que cet homme si séduisant, si sexy, qui la serrait contre lui pour l'embrasser à en perdre haleine. Et que cette intense plénitude de l'âme et des sens qu'elle ne se souvenait pas d'avoir jamais éprouvée.

Dan la sentit s'abandonner entre ses bras, et son cœur se mit à battre la chamade. Elle répondait à ses baisers avec une incroyable sensualité mêlée d'une véritable tendresse. Le genre de tendresse voluptueuse que seule Rebecca lui avait jamais manifestée.

Que faisait-il ?

Comment pouvait-il agir ainsi, alors qu'il n'avait rien à lui offrir, rien qui n'ait déjà été donné à la femme qu'il avait aimée de tout son cœur et irrémédiablement perdue ? Comment pouvait-il se comporter de cette manière, alors que son fils aîné se trouvait dans la maison, furieux et frustré, persuadé que son père franchissait pour une femme une frontière interdite ?

C'était ce qu'il lui avait lancé au visage lors de leur conversation, l'accusant de ne pas honorer comme il l'aurait dû la mémoire de la mère de ses enfants. Et Dan n'avait su que répondre, car Luke avait raison au sujet de l'attirance qu'il éprouvait pour Jess. En fin de compte, même s'il refusait que son fils lui dicte sa conduite, il devait bien admettre que celui-ci avait raison sur le fond.

Reprenant à grand-peine le contrôle de ses actes, il redressa lentement la tête et mit fin à leur baiser. Tout cela n'était pas bien. Il ne savait pas précisément pourquoi, mais son instinct le lui disait clairement. Il n'avait pas le droit de se comporter ainsi.

Un immense regret l'envahit lorsqu'il rompit le contact. Pour chasser la déception, il tenta de se rappeler les émotions qu'il éprouvait quand il embrassait Rebecca, mais sa mémoire resta désespérément muette. Comme si le baiser de Jess avait réduit en cendres ces souvenirs que la brise marine avait emportés au loin.

Il la vit reprendre ses esprits, et une lueur de panique s'alluma dans ses yeux.

— Nous n'aurions pas dû, dit-elle en chuchotant. C'est sans doute cette maison isolée… la mer… l'heure tardive… Cela ne signifiait rien.

Pourtant ils l'avaient fait. Et s'il voulait être parfaitement honnête avec lui-même, il savait qu'elle le rejoindrait sous la véranda, et il l'avait attendue dans ce dessein. Il savait aussi qu'il l'embrasserait, en dépit de la dispute avec son fils et de tous les arguments qui s'opposaient à un tel geste.

Elle aussi le savait, il en avait la certitude. Mais elle était jeune, inexpérimentée, et il n'avait aucun droit de la mettre dans cette situation de vulnérabilité.

— Je n'aurais pas dû faire ça, répondit-il à voix basse, et pourtant une partie de moi voulait que cela arrive. Je ne peux même pas prétendre que c'est un accident inattendu, et c'est d'autant plus inexcusable.

— Je sais. Oui, je sais, Dan…

Elle se releva de la balancelle. Son visage était tendu, empreint d'une profonde émotion, d'un mélange d'incertitude et de résolution, d'embarras et de regrets. Combien il la comprenait ! La savoir aux prises avec les mêmes contradictions que lui raviva son désir, mais, cette fois, il sut y résister.

— Il est tard, dit-elle, et je pense que les enfants se réveilleront tôt demain matin. Je veux être debout avant eux pour avoir le temps de me préparer. Aussi je vous souhaite une bonne nuit. Reposez-vous bien.

Sans demander son reste, elle rentra, le laissant seul. Il attendit un instant, puis il ramassa les verres et rentra à son tour. Il allait suivre son conseil et dormir. Le sommeil lui ferait oublier cette scène et, demain, il se souviendrait de nouveau des baisers de Rebecca.

Il serait peut-être tenté de nouveau, il devrait peut-être encore affronter Luke, mais rien de cela ne changerait le fait qu'une relation avec cette jeune femme était totalement exclue. Il s'en faisait la promesse solennelle.

Jess referma doucement la porte de la chambre qu'elle partageait avec Ella et resta l'oreille contre l'huisserie pendant que Dan vérifiait que toutes les portes étaient bien verrouillées et que ses enfants dormaient. Puis il entra dans sa propre chambre et le silence tomba dans la maison.

Il l'avait embrassée ! Elle en tremblait encore. Elle ne voulait même pas penser à ce baiser, de peur que cela ne lui fasse découvrir des choses enfouies au plus profond de son esprit, des choses qu'elle ne souhaitait absolument pas découvrir.

De toute façon, à quoi bon remuer tout cela ? Il l'avait repoussée, regrettant sans doute ce baiser avant même d'avoir terminé. Elle l'avait deviné à son expression troublée, soucieuse : elle représentait trop d'ennuis pour que cela mérite d'aller plus loin.

Et cela lui convenait très bien. Elle aussi avait beaucoup trop de soucis pour se lancer dans une histoire aussi complexe. Il y avait sa fille, son travail, sa maison à sauver de la saisie… Elle voulait se consacrer entièrement à cela, même si cela impliquait de renoncer à sa vie de femme. C'était la meilleure solution pour éviter de souffrir et d'être une nouvelle fois abandonnée.

Elle se mit au lit sans perdre de temps, priant tout bas pour que la nuit efface de sa mémoire le souvenir de la scène qui s'était déroulée sous la véranda, le souvenir des lèvres de Dan sur les siennes, de ses bras la serrant fort contre lui. Et surtout le souvenir de l'infini bien-être qu'elle avait éprouvé dans cette étreinte.

— Manger dehors est très amusant. Je suis contente qu'on ait eu cette idée.

Le petit déjeuner avait été installé sur la table de pique-nique devant la maison, et Daisy n'hésitait pas à s'en attribuer une partie du mérite. Pourtant, c'était son père qui l'avait suggéré, parce qu'il voulait permettre à Jess de dormir encore un peu sans être réveillée par le bruit.

— Est-ce qu'il reste du jus d'orange, papa ? demanda Rob.

— Non, la bouteille est vide. Continue de manger, je vais en chercher.

En réalité, il souhaitait surtout échapper à la mine fermée de son fils aîné, qui n'avait pas desserré les dents depuis qu'il était debout. Luke n'avait jamais été du matin, mais, surtout, il n'avait manifestement pas encore digéré leur conversation de la veille.

Cela le mettait mal à l'aise, il devait l'admettre. Il allait devoir trouver une solution à leur conflit. Un simple « mêle-toi de tes affaires, ma vie privée ne te regarde pas » ne suffirait sans doute pas à régler le problème.

Il entra dans la cuisine et entendit un bruit venant de la chambre de Jess et de sa fille. La porte, fermée un moment plus tôt, était à présent entrouverte. Annapolly l'avait-elle ouverte pour jeter un œil à l'intérieur ? C'était une de ses manies depuis quelques mois. Il n'était que 7 heures du matin. Si les enfants ne faisaient pas trop de bruit, Jess pouvait encore dormir une heure ou deux.

Il n'était de toute façon pas très pressé de se retrouver

face à elle, après leur baiser de la veille. En dépit de ses prières, la nuit n'avait effacé aucun détail de la scène, toujours aussi vive dans sa mémoire. Il avait cependant eu le temps de réfléchir un peu, et d'en conclure que ses quatre années d'abstinence avaient sans doute fini par réclamer leur dû.

Il approcha de la porte et jeta instinctivement un œil à l'intérieur. Ella était allongée dans le petit lit d'enfant, les couvertures rejetées sur le côté, son petit ventre rond à l'air. Le tableau le fit sourire.

Puis ses yeux passèrent sur le lit d'adulte, et son sourire se figea. Jess avait également rejeté sa couverture. Elle dormait en chien de fusil, vêtue d'un pyjama blanc à petites fleurs roses qui dénudait ses jambes et ses bras. Cette délicieuse vision suffit à lui prouver qu'il la désirait toujours autant. Mais il n'y avait pas que cela. Le simple désir physique n'expliquait pas ce pincement au cœur, cette envie de grimper dans le lit et de la prendre dans ses bras pour la câliner. Il ressentait un élan de grande tendresse à son égard, et cela rendait la situation encore plus compliquée …

— Da !

La petite voix venant du lit d'enfant le tira de ses pensées. Ella avait relevé la tête et le contemplait avec un grand sourire.

— Tu veux te lever, ma puce ? murmura-t-il.

La fillette lui tendit ses petites mains potelées, un geste qui ne prêtait à aucune confusion ! Dan entra à pas de loup dans la chambre et la souleva dans ses bras, puis il attrapa une couche propre et tout ce dont il avait besoin pour la changer. Il l'emmena dans la chambre de ses filles, et, un instant plus tard, il avait une petite Ella toute propre dans les bras. Il attrapa le jus d'orange dans le réfrigérateur et rejoignit la table du petit déjeuner avec la fillette.

Les enfants firent la fête à la nouvelle venue. C'était un beau bébé, il fallait l'admettre. Il avait oublié combien un petit de cet âge était attendrissant.

Installée sur ses genoux, Ella faisait des gazouillis à

l'adresse de toute la famille, mais ce fut vers Luke, installé à sa droite, qu'elle tendit ses petites mains.

— J'ai l'impression qu'elle veut que tu la prennes, dit Dan.

— Je me demande bien pourquoi, grommela l'adolescent.

Il l'installa pourtant sur ses genoux, et quand la fillette se mit à rire en le regardant, son expression renfrognée s'adoucit. Il lui embrassa la tête. Contemplant son fils bientôt adulte, Dan se demanda où s'étaient envolées toutes ces années. Pourvu que leur différend se dissipe ! Il ne voulait pas devenir un étranger pour lui. Et, au fond de son cœur, il savait que Luke ne le souhaitait pas non plus.

Dan se versa une grande tasse de café et commença à discuter du programme de la journée avec ses enfants.

— Vous ne m'avez pas réveillée ! dit Jess en rejoignant Dan à la table du petit déjeuner.

Les rires de sa fille l'avaient tirée du sommeil peu de temps auparavant. Pour la première fois depuis plus d'un an, elle n'avait pas commencé la journée en s'occupant d'Ella...

L'idée que Dan était entré dans la chambre et qu'il l'avait vue endormie dans son lit la gênait un peu. Et s'il l'avait trouvée étalée sur le dos en train de ronfler ? Elle avait beau s'être réveillée roulée en boule sur le côté, elle savait qu'elle gigotait autant que sa fille dans son sommeil.

— Vous dormiez, répondit-il en lui tendant la cafetière. J'allais refermer la porte qu'Annapolly avait ouverte quand j'ai vu qu'Ella s'était réveillée. Je me suis dit que vous aviez besoin de vous reposer, et je vous ai laissé dormir.

En découvrant que sa fille n'était pas dans son petit lit, elle avait sauté dans les premiers vêtements qui lui étaient tombés sous la main et n'avait même pas pris la peine de se brosser les cheveux. Elle prit conscience de tout cela après sa première gorgée de café.

Dan, quant à lui, était impeccable, rasé de près et vêtu

d'un pantalon de toile et d'un de ses classiques polos à manches courtes qui moulaient ses pectoraux et dévoilaient ses biceps. Ella se trouvait sur les genoux de Luke et riait en lui tripotant le menton. L'adolescent lui souriant, trahissant ainsi son bon cœur, même s'il n'avait pas daigné gratifier Jess d'un seul regard.

Cela lui rendit l'espoir qu'avec du temps et beaucoup de patience elle parviendrait à désarmer son hostilité.

Même si elle continuait à fantasmer sur son père ?

Elle savait qu'embrasser Dan avait été une erreur qui l'avait exposée à être rejetée. Pourtant, ce matin, elle avait du mal à accepter cette réalité. Que lui arrivait-il ? Voulait-elle vraiment courir au-devant des ennuis ? Dan avait une vie déjà bien remplie, dans laquelle il n'y avait de place ni pour elle ni pour Ella. Du reste, son attitude envers son fils en était la preuve. S'il avait vraiment tenu à elle, il aurait réglé le problème en expliquant clairement à Luke qu'il avait tout à fait le droit de nouer une relation avec qui bon lui semblait.

Il n'en avait rien fait. Et, après son expérience avec le père d'Ella, elle n'était pas prête à se voir traiter encore une fois comme la cinquième roue du carrosse !

D'ailleurs, elle avait sa fille, son travail et bientôt une maison bien à elle. Il ne lui fallait rien de plus pour être heureuse.

Décidée à ne plus laisser ses sentiments interférer avec sa vie professionnelle, elle prit rapidement son petit déjeuner, et fila sous la douche. Le reste de la journée passa à toute vitesse, tant elle se donnait sans compter à son travail pour que les enfants passent des moments merveilleux. Elle seconda Dan de son mieux, et ils formèrent ainsi une équipe formidable sans qu'elle se laisse distraire par la virilité qu'il exsudait par tous les pores de sa peau.

En fin de journée, ils fermèrent la maison de la plage, remontèrent en voiture, et reprirent la route de Randurra.

— Vous devriez rentrer chez vous, lui dit-il lorsqu'ils

arrivèrent chez lui. Vous devez être aussi fatiguée que moi. Merci pour votre aide.

— Merci de m'avoir invitée avec ma fille, répondit-elle.

Il semblait épuisé, aussi ne perdit-elle pas de temps pour dire au revoir à tous les enfants. Luke ne répondit pas, mais cela n'avait pas d'importance : il lâchait progressivement du lest, elle le sentait.

Sans doute parce qu'il avait dit à son père de ne pas l'approcher et qu'il avait l'impression que Dan lui obéissait !

Cela n'avait aucune importance de toute façon. N'avait-elle pas décidé, quoi qu'il arrive, de ne pas céder à l'attirance qu'il exerçait sur elle ?

8

— Jess ? Quelque chose ne va pas ?

La prenant doucement par l'épaule, Dan l'interrogeait d'une voix inquiète. Jess cligna les paupières et fit un effort pour afficher un sourire.

— Rien du tout, ça va bien.

Il l'avait rejointe dans le hall d'entrée, devant la chambre où se trouvait le petit lit d'Ella. Sa fillette avait fini par s'endormir après avoir pleurniché toute la matinée. Sans doute percevait-elle l'anxiété de sa mère, et cela influençait son humeur d'habitude si égale… Dan avait-il remarqué que l'agitation de sa fille l'empêchait d'accomplir son travail normalement ?

En tout cas, elle ne s'attendait pas à ce qu'il la surprenne en plein désarroi, appuyée contre le mur dans un moment de fatigue et de découragement. Elle ne s'attendait pas non plus à ce qu'il lui masse l'épaule avec compassion. Ce geste si tendre et si affectueux lui donnait envie de se blottir contre son torse large et solide pour oublier ses soucis…

— Je suis désolée, dit-elle, j'espère que les cris d'Ella ne vous ont pas dérangé dans votre bureau.

— Est-elle malade ? demanda-t-il. Avez-vous besoin de quelque chose ?

— Non, je ne crois pas qu'elle soit malade. Elle est juste de mauvaise humeur, mais cela ne sera plus qu'un lointain souvenir quand elle se réveillera tout à l'heure.

— Bon, si vous le dites.

Ce tête-à-tête la mettait mal à l'aise.

— Je dois aller m'occuper des filles, dit-elle.

— Je viens de jeter un œil dehors, répondit-il. Elles jouent à la dînette juste sous ma fenêtre et j'ai vu les garçons faire du vélo dans le parc. Ne m'en veuillez pas si j'insiste, mais j'ai bien vu à l'instant que quelque chose vous perturbait. Je ne veux pas me montrer indiscret, mais j'aimerais que vous vous confiiez à moi. Si c'est à cause de Luke…

— Non, Luke a dit tout ce qu'il avait à dire l'autre jour à la plage. Si vous voulez qu'il change d'attitude envers vous et votre manière de mener votre vie personnelle, je suis sûre que vous vous adresserez directement à lui.

C'était un peu sec, comme réponse, elle en avait conscience. Mais après tout elle avait le droit de lui dire le fond de sa pensée, puisqu'il avait prouvé qu'il n'était pas prêt à se battre pour imposer à son fils de respecter sa vie privée.

Ou, pour être plus proche de la réalité, qu'il n'avait aucune envie de lui laisser la moindre place dans sa vie privée.

Dan n'était pas un méchant homme. Il avait simplement cédé à la tentation de l'embrasser avant de comprendre que c'était une mauvaise idée. Et elle était bien d'accord sur ce point, aussi n'avait-elle aucune raison de lui en vouloir. Elle n'avait pas envie qu'il se querelle avec Luke à son sujet.

— Jess, dit-il, je sais que ce n'est pas toujours très facile et j'en suis désolé. Mais pourquoi ne voulez-vous pas me raconter ce qui vous tourmente ?

Il lui avait parlé avec tant de gentillesse qu'elle laissa échapper un soupir de découragement. C'était si dur parfois de ne pas avoir d'ami à qui se confier !

— Je vais perdre ma maison, voilà ce qui me tourmente. Le père d'Ella n'était pas un homme bien. Il ne voulait pas d'enfant et, en réalité, il ne voulait pas de moi non plus. Quand je lui ai dit que j'attendais un bébé, il m'a fait signer un papier certifiant que je ne lui réclamerai jamais rien pour élever notre fille, que je ne lui demanderai pas de la reconnaître et que je ne chercherai pas à le revoir.

Dan fronça les sourcils et la prit par le bras pour la conduire jusque dans la cuisine, où il la fit asseoir en face de lui.

— S'il est le père de votre fille, il vous doit une assistance, dit-il. Au moins financière.

— Je sais. C'est comme ça que cela devrait se passer, en théorie. Mais, lorsqu'il m'a expliqué qu'il ne voulait rien avoir à faire avec Ella ou moi, il a été si véhément ! J'ai eu peur qu'il n'ait une horrible influence sur elle si je tentais de le retenir. J'ai signé son papier mais je croyais avoir été très maligne en obtenant de lui qu'il achète la petite maison où j'habite maintenant, afin d'avoir un endroit où élever Ella.

— Et que s'est-il passé ensuite ?

— Il a acheté la maison, mais il ne m'a pas prévenue qu'il avait passé un accord avec un employé du bureau des logements sociaux pour n'en payer qu'une partie. Lang Fielder, cet employé, m'assure qu'il m'a envoyé un contrat avec le montant des mensualités, mais à une adresse inventée par le père d'Ella. Je n'ai appris la vérité que lorsque j'ai reçu un avis d'huissier me prévenant qu'un ordre de saisie avait été prononcé.

— Cet avis vous a-t-il été adressé directement ? demanda Dan.

— Oui, il y a quelques semaines. La maison ne vaut pas très cher, vous l'avez vue quand on est rentré de la plage. C'est à la périphérie de la ville, et le terrain est tout petit. Mais je dois un tiers de sa valeur à l'office des logements sociaux en traites en retard et intérêts cumulés. Le père d'Ella a disparu, et j'ai jusqu'à la fin du mois pour m'acquitter de l'intégralité de ma dette, faute de quoi nous serons expulsées et ma maison sera vendue.

Dan fronça les sourcils de plus belle.

— Avez-vous parlé de cela à un avocat ? Vous ne pouvez pas perdre votre logement, ce n'est pas juste !

Non, ce n'était pas juste, mais la vie n'avait rien de juste… Elle fit un signe négatif de la tête.

— J'ai reçu deux lettres au courrier d'hier, dit-elle. L'une venait du cabinet d'avocats de la ville. Dans mon cas, je n'ai droit à aucune aide juridique de l'État. Si je ne peux pas payer leurs honoraires, ils ne peuvent se charger de mon dossier. La seconde lettre venait de Lang Fielder, qui décline officiellement ma demande d'étaler mes remboursements et de m'octroyer un échelonnement des traites en retard. Il déclare que le bureau des logements va exercer son droit légal de récupérer l'argent dû en vendant ma propriété. Apparemment, ils ont déjà un acquéreur en vue.

— Je vais vous aider. Je suis sûr qu'il existe une solution.

— Ce n'est pas à vous de vous en charger, Dan, dit-elle en protestant. Je suis très touchée que vous preniez ma situation à cœur, mais je dois me débrouiller seule.

— Jess, vous m'avez tiré d'un mauvais pas en m'offrant spontanément votre aide, répondit-il, laissez-moi vous offrir la mienne à mon tour. Je connais un avocat qui pourra au moins examiner votre affaire et vous donner un avis. S'il est possible de faire quelque chose, il saura vous dire quoi. Et avant que vous ne disiez quoi que ce soit, ajouta-t-il en la faisant taire d'un geste, je vous précise qu'il le fera gratuitement. C'est un vieux copain, je l'ai aidé à remettre ses finances en ordre quand il a repris le cabinet de son oncle l'an dernier. Il me doit cette faveur.

Elle le contempla avec méfiance.

— Vous n'êtes pas en train d'inventer cette histoire juste pour ménager ma susceptibilité ?

— Je vous jure que non. Cela ne changera peut-être rien, dit-il, mais vous devez savoir exactement à quoi vous en tenir sur le plan légal. Que diriez-vous si je l'appelais tout de suite ? Vous pourriez lui expliquer la situation de vive voix…

Il prit son silence pour un accord et passa dans son bureau

pour téléphoner. Elle ne protesta pas. Elle avait vraiment besoin d'aide. Elle ne s'imaginait pas se trouver ainsi, offerte à lui sur un plateau, surtout à un moment où elle tentait par tous les moyens de lui en vouloir, parce que…

Parce que quoi ? Parce qu'il ne s'était pas opposé à son fils en défendant son droit d'avoir une relation amoureuse avec elle ? Alors qu'elle savait pertinemment qu'une telle relation serait de toute manière une très mauvaise idée ?

Peu importait. Elle voulait surtout se protéger contre le penchant qu'elle avait pour lui, même en se montrant injuste à son égard. Ce qui serait bien plus difficile s'il la tirait de cette horrible situation !

— Jess ? cria-t-il depuis son bureau. Pouvez-vous venir ? Je suis au téléphone avec mon ami avocat.

Elle le rejoignit et prit le combiné qu'il lui tendait.

— Il s'appelle Jonathan Porerri, dit-il. Répétez-lui exactement ce que vous m'avez dit.

Elle obtempéra et commença à raconter de nouveau son histoire. Par discrétion, Dan quitta le bureau en refermant la porte derrière, et alla l'attendre dans la cuisine. Il prépara une tasse de thé en se demandant si son ami allait trouver unc solution. L'idée que Jess se retrouve à la rue avec sa petite fille le révoltait. Quel genre d'ordure pouvait la traiter de cette manière ? Lui faire signer un papier pour se débarrasser définitivement d'elle et de leur bébé, et s'arranger en douce pour l'escroquer en sachant que cela la précipiterait à court terme dans une situation dramatique ? Fallait-il être vraiment ignoble !

Il fit un effort pour contenir son indignation et sa colère. Il avait envie de retrouver cet homme et de lui faire payer au prix fort un comportement aussi scandaleux !

Jess le rejoignit au bout de quelques minutes, le visage pâle mais calme.

— Merci de m'avoir mise en contact avec votre ami, dit-elle. Il m'a demandé de lui envoyer plusieurs documents par fax, et je dois retourner chez moi les chercher. Cela vous ennuie si j'y vais tout de suite, pendant qu'Ella est endormie ?

— Non, bien sûr. Ne vous inquiétez pas pour ça.

En réalité, il avait surtout envie de la prendre dans ses bras et de la réconforter ! Surtout lorsqu'elle lui adressa un sourire tendu mais plein de reconnaissance.

— Merci, Dan. Je reviens le plus vite possible.

Son départ créa un grand vide dans la maison. Songeur, Dan termina de préparer son thé en se rappelant sa conversation avec Luke. Son fils avait raison de dire qu'il ne devait pas s'attacher à elle. Tout les séparait, à commencer par leur âge. Mais l'adolescent sous-entendait qu'il aurait dû vivre jusqu'à la fin de ses jours dans la vénération de sa défunte épouse. Et s'il avait envie de retrouver une vie sentimentale avec une autre femme ?

Une autre femme, oui. Mais pas Jess. Elle avait trop souffert et elle méritait un homme qui puisse lui offrir davantage que lui ne le pouvait.

Jess roula jusqu'à chez elle en se demandant combien de temps encore elle pourrait considérer cette maison comme son foyer. Qu'arriverait-il si on la lui prenait ? Comment vivraient-elles sans un toit pour les abriter ? Ces pensées la remplissaient d'une indescriptible angoisse, et elle se força à se concentrer sur la tâche qui l'attendait.

— Ne pense pas à tout ça, fit-elle entre ses dents. Rentre, prends les papiers et repars. Tu n'as pas de temps à perdre. Dan surveille Ella, mais il ne faut pas abuser de sa patience.

Elle trouva tout de suite le classeur métallique dans lequel se trouvaient tous ses papiers, et en sortit les documents que Me Porerri lui avait réclamés. Sur la route du retour, elle croisa Lang Fielder, qui se dirigeait vers chez elle. S'il avait eu l'intention de lui parler, il allait devoir attendre.

Elle préférait avoir d'abord l'opinion de cet avocat afin de savoir ce qui pouvait encore être fait.

Une fois arrivée chez les Frazier, elle télécopia les documents à l'ami de Dan.

— Merci de m'avoir mise en contact avec votre ami, et laissé utiliser votre fax, dit-elle en sortant du bureau. Me Porerri me rappellera ce soir ou demain, quand il aura eu le temps d'examiner les papiers que je lui ai envoyés. Voulez-vous que nous allions à la fête de la ville maintenant ? Les garçons disaient tout à l'heure qu'ils auraient bien aimé s'y rendre cet après-midi.

Finissant sa phrase, elle se rendit compte qu'elle avait parlé comme s'ils formaient une famille et qu'elle avait le droit de faire ce genre de suggestion…

— Si vous êtes occupé, dit-elle aussitôt, je peux les y emmener seule. Je pense simplement qu'ils s'amuseront plus si vous les accompagnez.

— Très bonne idée, allons-y tous ensemble, répondit Dan. Pouvez-vous préparer les filles pendant que je m'occupe des garçons ?

Une heure plus tard, ils étaient tous sur le terrain municipal où avait lieu la fête de Randurra, qui combinait foire agricole et fête foraine. Toute la ville s'y était donné rendez-vous. Ils croisèrent les fils de gens que Jess connaissait, et elle les présenta à Rob et Luke. Les garçons se mirent aussitôt à discuter ensemble devant l'enclos des bovins candidats au concours agricole.

Lorsque les enfants furent lassés de voir des animaux, ils retournèrent tous dans la fête foraine. Les garçons insistèrent pour faire un tour dans les montagnes russes, qui donnaient le vertige à Jess rien qu'en les regardant. Les filles, de leur côté, demandèrent à leur père de les emmener faire un tour de manège. Il pria donc Jess de rester près des montagnes russes pendant qu'il accompagnait les fillettes.

Elle monta la garde avec Ella dans sa poussette au pied

de l'imposante construction de métal. L'employé fit asseoir Luke et Rob dans un wagonnet, et le petit train attaqua bientôt la courbe.

Soudain, il y eut un crissement inquiétant et, après quelques secousses, le train s'arrêta pratiquement au sommet de la montagne russe. Tous les occupants poussaient des hurlements de peur.

Elle retint son souffle en voyant les garçons suspendus aussi haut, et avec une protection aussi dérisoire que la simple barre de métal qui fermait leur wagonnet. Ella dormait dans sa poussette, et Dan, inconscient de ce qui se passait, était avec ses filles du côté des manèges. Elle avisa alors une de ses connaissances à deux mètres de là.

— Madame O'Donnell, voulez-vous garder un œil sur ma fille, s'il vous plaît ? Les garçons que je garde sont coincés là-haut !

— Oh, mon Dieu ! dit la dame. Oui, bien sûr, je garde Ella.

Jess se précipita vers le pied de la structure métallique.

— Luke, Rob, ne bougez pas ! cria-t-elle. Je suis là.

— J'ai peur, répondit Rob. Ça tremble dans tous les sens !

Elle n'était pas plus rassurée que lui, et elle aperçut le propriétaire de l'attraction qui s'agitait en vain pendant que le mécanicien se contentait de pousser la manette de commande dans tous les sens, sans plus de résultat.

— Luke est avec toi, dit-elle. Si tu fais ce qu'il te dit, rien ne pourra vous arriver. N'est-ce pas, Luke ?

— Nous n'allons pas tomber, répondit ce dernier. Il suffit de garder notre sang-froid. Reste tranquille, ne regarde pas en bas et accroche-toi en attendant qu'on répare la panne.

Sa voix était ferme et forte, et, à cet instant, Jess prit conscience de sa ressemblance morale avec son père. Luke n'était pas du tout rassuré, lui non plus, ni certain qu'ils soient vraiment en sécurité, mais il prenait sur lui pour rassurer son petit frère et contrôler sa propre anxiété.

— Que se passe-t-il ? demanda-t-elle en rejoignant le directeur.

— Ce n'est rien. Restez à l'écart, nous allons réparer ça dans une minute.

Mais le mécanicien secoua la tête, embarrassé.

— Chef, je crois qu'on devrait vraiment appeler une grue pour les faire descendre. Je n'aime pas du tout ce truc.

Il désigna un point de la structure et Jess découvrit une pièce de métal qui n'était plus dans l'alignement. Apparemment, une poutre s'était cassée ou déboulonnée. Un accident grave pouvait-il en découler ?

— Appelez une grue, dit-elle. Tout de suite !

Le directeur la regarda d'un air incertain, pendant que d'autres personnes commençaient à se rassembler autour d'eux, comprenant qu'il ne s'agissait pas d'une petite panne insignifiante. Il se tourna alors vers le mécanicien qui fit un signe affirmatif de la tête.

— Appelez une grue, patron. Si l'un d'entre eux commence à paniquer et à descendre tout seul, ça pourrait gravement dégénérer.

Jess resta à proximité jusqu'à ce que le directeur téléphone aux pompiers. Une fois que cela fut fait, elle prit son propre portable et appela la police pour les prévenir de l'incident, puis elle cria à Luke et Rob de rester tranquilles. On allait bientôt les faire descendre de là-haut.

Pendant ce temps, les filles avaient terminé leur tour de manège et la rejoignirent, accompagnées de leur père. Celui-ci pâlit lorsqu'elle lui expliqua la situation. Heureusement, à peine quelques minutes plus tard, des sirènes retentissaient, annonçant l'arrivée des pompiers et de la police. Jess remercia Mme O'Donnell, qui n'avait pas bougé, et reprit Ella dans ses bras pendant que Dan tentait de rassurer ses fils.

Lorsque les pompiers déplièrent leur grande échelle, la hauteur des montagnes russes parut encore plus vertigineuse, et un profond silence tomba sur la fête foraine. Cramponnée au bras de Dan sans même s'en rendre compte, Jess regarda les pompiers rejoindre les garçons et les faire descendre jusqu'au sol. Ce fut seulement à cet instant qu'elle put respirer librement.

Dan prit aussitôt ses fils dans ses bras. Rob tremblait de la tête aux pieds, et son frère n'avait pas l'air très rassuré, lui non plus.

— Luke a été formidable, dit Jess lorsque les embrassades furent terminées. Il a rassuré Rob pour l'empêcher de céder à la panique.

— Merci, mon grand, dit Dan en les embrassant une nouvelle fois. Maintenant, je vais aller parler au directeur et à la police. Cet incident n'aurait jamais dû se produire. Je veux savoir ce qui s'est passé exactement.

— Papa, dit Luke en le retenant par le bras, c'est Jess qui les a forcés à appeler les pompiers et qui a fait venir la police.

— Merci, Jess.

Dan s'éloigna vers l'endroit où les policiers interrogeaient le propriétaire de l'attraction. Rob, enfin rassuré, fut pris d'un rire nerveux.

— On a eu drôlement peur, quand même, non ? demanda-t-il à son frère.

— Je suis vraiment soulagée que tout se soit bien terminé pour vous deux, dit Jess.

Elle croisa le regard de Luke et lui sourit sans réfléchir. L'adolescent faillit répondre à son sourire, avant de détourner la tête.

Mais il avait dit du bien d'elle à son père. Cela signifiait-il que la hache de guerre était sur le point d'être enterrée ?

9

— Papa est vraiment en colère après ce qui s'est passé à la fête, dit Daisy. Il est dans son bureau depuis qu'on est rentrés et il parle sans arrêt avec la police et les pompiers. Et quand il raccroche, il va voir si Rob et Luke vont bien. Mais ils vont bien, n'est-ce pas, Jess ?

— Oui, Daisy, ils vont très bien.

En réalité, les garçons s'étaient sans doute mieux remis de l'incident que les adultes. Ils avaient passé un moment angoissant bien sûr mais, puisque cette aventure n'avait eu aucune conséquence grave, ils passaient à autre chose. Dès leur retour à la maison, Rob avait téléphoné aux nouveaux copains qu'il s'était faits à la fête grâce à Jess, et leur avait raconté toute l'histoire. Sa peur passée, il était assez fier d'avoir été le héros involontaire d'un tel événement !

Dan, lui, voulait absolument connaître le fin mot de l'histoire. Comme Daisy l'avait remarqué, il avait passé le reste de l'après-midi au téléphone.

Jess, quant à elle, devait maintenant penser au dîner, et à préparer les enfants pour aller au lit.

— Je dois m'occuper de votre repas, dit-elle. Je dois avouer que toute cette aventure m'a un peu perturbée. J'ai quand même eu très peur en voyant tes frères suspendus là-haut !

— Tu devrais commander des pizzas, répondit la petite fille. C'est ce que papa fait quand on a eu une journée difficile.

De toute façon, il ne voudra pas manger tout de suite. Il est trop énervé pour ça.

Le calme raisonnable de cette enfant si jeune la fit sourire. Et effectivement, quand Dan les rejoignit un moment plus tard, il confirma qu'il commanderait des pizzas pour eux, et que lui-même dînerait plus tard dans la soirée. Jess prépara donc une salade verte pour que les enfants mangent quand même un peu de verdure, et terminait juste de la mélanger lorsque le livreur arriva. Dan assista au repas de ses enfants, puis il retourna s'enfermer dans son bureau pendant que Jess les préparait pour la nuit. Pour une fois, Luke laissa la porte de sa chambre ouverte, ce qu'elle interpréta comme un signe de trêve entre eux.

Une fois tout le monde au lit, elle accomplit encore quelques tâches domestiques, changea sa fille pour la nuit, la coucha et se rendit dans le bureau de Dan. Ils se croisèrent dans le couloir : il venait d'aller embrasser ses enfants.

— Ils dorment tous, dit-il tout bas.

— Vous avez l'air fatigué, dit-elle alors qu'ils battaient retraite vers la cuisine. Que vous a dit la police à propos de l'accident ?

— Apparemment le propriétaire des montagnes russes s'est rendu coupable de plusieurs négligences graves et il risque une suspension de licence, sans compter une lourde contravention. L'accident n'avait rien de normal et il semble en être totalement responsable.

— J'espère que cela lui servira de leçon et qu'il ne mettra plus la vie de jeunes en péril, dit-elle. Que voulez-vous pour dîner ? Les enfants n'ont pas laissé de pizza, mais je peux en commander une autre.

— En fait, je m'en suis chargé avant de sortir de mon bureau, répondit-il. Le livreur ne devrait pas tarder. Je rêverais d'aller dîner sur une île déserte où personne ne pourrait plus nous déranger ! Je crois que j'ai vraiment besoin de quelques heures de complète détente. Vous aussi, évidemment. Avec ce qui s'est passé cet après-midi, j'ai complètement oublié que vous attendiez une réponse de mon copain avocat.

— Ce n'est pas grave. Il n'a pas appelé aujourd'hui, et je crois que j'ai eu ma ration d'émotion pour la journée.

Elle avait beau s'efforcer de rester naturelle, ne pas réagir en femme devant Dan lui était difficile. Se retrouver seule avec lui lui rappelait le baiser qu'ils avaient échangé la veille au soir et la tempête de sensualité que cela avait soulevée. Et, bien que cela soit totalement déraisonnable et même absurde, son corps n'attendait qu'une chose : qu'il recommence !

— Je ne connais pas d'île déserte dans les environs, dit-elle en essayant de penser à autre chose, mais quand Daisy veut un peu de tranquillité, elle va se réfugier dans la cabane de l'arbre.

La sonnette de la porte d'entrée retentit. Dan alla répondre, et revint une minute plus tard avec un carton de pizza dont l'odeur leur mit l'eau à la bouche.

— Très bonne idée, dit-il. Il y a une bouteille de chianti dans le placard ; ouvrons-la et grimpons dans la cabane de l'arbre.

Comme elle le regardait d'un air indécis, il lui adressa un sourire tendre tout à fait irrésistible.

— Pourquoi hésiter ? Vous avez le baby phone, et une fois que mes enfants sont endormis, il faudrait un tremblement de terre pour les réveiller. Et encore !

L'instinct de Jess avait beau lui murmurer que ce n'était pas une très bonne idée, elle le suivit quand même jusque dans la cabane.

— On dirait que Daisy a organisé un thé avec ses poupées, fit Dan en entrant.

Elle découvrit effectivement une couverture jetée sur le sol de planches, quelques coussins et une petite table où un minuscule bouquet de fleurs sauvages se fanait dans un gobelet en plastique.

— Comme c'est… joli, dit-elle, ravalant le mot « romantique » qui lui venait à l'esprit. Et cette vue sur le ciel ! On voit toutes les étoiles…

Embarrassée de se retrouver seule avec lui dans un espace si petit, elle prétendit un soudain intérêt pour la voûte céleste. Il posa le carton de pizza sur la table et déboucha la bouteille. Il devenait difficile de rester tournée vers la petite fenêtre de la cabane sans paraître complètement ridicule, et elle vint s'asseoir devant la table.

Il paraissait lui aussi mal à l'aise. Malgré ses protestations intérieures, elle avait de plus en plus l'impression d'être à un rendez-vous galant. Une fois encore, elle tenta de se sermonner. L'endroit n'avait rien de romantique : c'était une rustique cabane de planches pour enfants. Des enfants qui dormaient à quelques dizaines de mètres de là, dans la maison.

Mais ils auraient aussi bien pu se trouver à l'autre bout du monde. Une atmosphère d'isolement merveilleux régnait dans ce nid perché entre les branches. Elle pouvait sans peine s'imaginer rouler contre ces coussins entre les bras de Dan, répondant à ses baisers avec ardeur…

Il lui tendit un verre et leurs doigts s'effleurèrent. Un délicieux frisson la secoua de la tête aux pieds.

— C'est très calme ici, dit-il.

— Oui, c'est parfait. Pour se détendre, dit-elle avec empressement.

Elle but une gorgée de vin pour éteindre le feu qui lui montait aux joues.

— Je meurs de faim, dit-il.

— Moi aussi. Et cette pizza sent très bon.

Leurs mains se touchèrent une nouvelle fois alors qu'ils prenaient en même temps une part de pizza. Ils mangèrent en silence pendant un long moment.

— Comment cela se passe-t-il avec votre client de Sydney ? demanda-t-elle enfin.

— J'ai presque terminé la première partie de l'audit et j'ai l'impression qu'ils sont prêts à conclure assez prochainement le rachat de cette entreprise.

— Vous n'aurez donc plus besoin de mon aide très longtemps.

Cette idée ne la réjouissait pas. Comment allait-elle se débrouiller sans ce travail ? Elle s'efforça de ne pas se laisser gagner par le découragement.

— Pendant encore au moins un mois, répondit-il. Si vous le pouvez, bien sûr. Je ne veux pas non plus vous empêcher de trouver une meilleure place ailleurs, et si c'était le cas, je me débrouillerais sans votre aide. Évidemment, cela m'arrangerait quand même beaucoup que vous puissiez rester jusqu'à la rentrée des classes, que j'ai le temps de m'organiser. Quoi qu'il en soit, votre présence ici me rend un immense service, et j'apprécie également toutes les tâches ménagères que vous accomplissez en plus du reste.

— J'espère que j'arriverai à trouver du travail à Randurra, répondit-elle. J'ai vraiment envie de rester ici. Si vous êtes d'accord, j'aimerais avoir une demi-journée de libre, peut-être demain, afin de pouvoir continuer à faire du porte-à-porte pour proposer mes services.

— Oui, évidemment, faites comme vous voudrez, répondit-il aussitôt.

— Et je resterai sans problème encore un mois chez vous si c'est possible. Vous savez, ajouta-t-elle un peu plus bas, cela me gêne de vous avoir demandé votre aide pour mon affaire de saisie.

— Vous êtes une femme indépendante, je l'avais remarqué, répondit-il en hochant la tête. Mais cela ne me dérangeait pas du tout de vous rendre ce service ; au contraire, cela m'a fait plaisir.

— Merci, Dan. Je vous en suis très reconnaissante.

Ils se regardèrent droit dans les yeux pendant un moment sans bouger. Le silence de la nuit, troublé uniquement par le bruissement des insectes dans l'arbre et les cris lointains d'une chouette, lui firent alors prendre de nouveau conscience de leur solitude. Ils étaient seuls tous les deux dans un endroit isolé, et elle avait la conviction que lui aussi n'avait que cette idée en tête.

— Eh bien, c'était un pique-nique très agréable, dit-elle en s'agitant soudain pour ramasser les assiettes et les reliefs de leur repas. Je vais ranger tout ça et je rentre chez moi avec Ella.

— Laissez, cela pourra attendre demain, répondit-il en l'arrêtant d'un geste. Vous avez raison, il est tard. Vous devez être fatiguée.

Elle ne se le fit pas dire deux fois et ils descendirent de la cabane. À peine avait-elle posé le pied à terre qu'elle eut l'impression de respirer plus librement. Cela renforça sa conviction. S'ils étaient restés plus longtemps là-haut, ils auraient tôt ou tard fini par s'embrasser de nouveau ! Et il aurait sans doute fait marche arrière, comme dans la maison de la plage. Elle ne se sentait pas de force à essuyer une seconde rebuffade de sa part…

Dix minutes plus tard, Ella était sanglée dans son siège de bébé, et Jess roulait vers sa petite maison. Une fois rentrée, elle coucha sa fille et se mit au lit sans attendre. Le sommeil fut long à venir, et cela lui laissa le temps de réfléchir à sa journée. Dan prenait une place trop grande dans sa vie, cela sautait aux yeux. Et ce n'était pas une bonne chose quand elle avait tant de problèmes à régler. Elle devait réussir à conserver sa maison et trouver du travail. Ou alors il lui faudrait quitter la ville, s'installer peut-être à Sydney. Si personne ne lui offrait un poste pour s'occuper d'enfants, elle devrait chercher un autre travail qui l'empêcherait de s'occuper d'Ella… Ce qui ne la tentait pas le moins du monde !

Elle devait absolument reprendre son porte-à-porte le lendemain et trouver d'autres enfants à garder. Elle y arriverait ! N'avait-elle pas toujours fait face seule aux aléas de l'existence ? Rien n'avait changé. Peter Rosche l'avait rejetée, et Dan ne voulait pas lui laisser une autre place dans sa vie que celle de bonne d'enfant.

Eh bien tant pis. Elle n'avait pas besoin de lui de toute façon !

10

Le matin suivant, un soleil magnifique se leva dans un ciel sans nuage, et une douce brise atténua la chaleur durant la journée. Dans l'après-midi, Dan proposa un tour jusqu'à la rivière qui bordait la propriété pour essayer de pécher des écrevisses.

Les enfants s'allongèrent dans les herbes de la berge, munis de petits morceaux de saucisse attachés à des ficelles.

— Papa, papa, cria Mary, j'en ai attrapée une ! Qu'est-ce que je dois faire ?

Il la rejoignit et s'allongea près d'elle. En guise de filet, il avait pris un égouttoir en plastique dans la cuisine et le plongea doucement dans l'eau.

— Maintenant, dit-il à sa fille, nous allons doucement tirer la ficelle pour que l'écrevisse avance jusqu'au bord, et là, nous l'attraperons avec l'égouttoir.

Ils tirèrent la ficelle, virent l'écrevisse apparaître dans l'eau moins profonde près de la berge, et il réussit à la capturer dans son filet improvisé. Mary était aux anges !

Jess s'approcha d'eux et se pencha sur l'épaule de Dan pour mieux voir le crustacé qui se débattait furieusement dans sa nasse improvisée.

— La chaire à saucisse les attire bien, dit Daisy. Tu es sûr qu'elles préfèrent des viandes qui sentent plus fort ?

— Tout à fait certain, répondit-il.

— Vous êtes un expert maintenant que vous avez lu cet article sur internet, lui murmura Jess à l'oreille.

— Exactement, répondit-il avec un sourire malicieux.

Ils étaient si près l'un de l'autre qu'ils auraient pu s'embrasser sans presque bouger. Il la contempla d'un œil gourmand, faisant le tour de son visage pour s'attarder sur sa bouche, puis il tourna de nouveau son attention vers Mary, qui voulait qu'on relâche leur prisonnière. Contrairement à Jess, il ne remarqua donc pas le regard furieux que leur adressait Luke. Elle aurait voulu pouvoir expliquer à l'adolescent que…

Que quoi ? Qu'il n'y avait rien entre son père et elle ? Alors qu'il suffisait qu'il s'approche pour qu'elle se sente fondre intérieurement ? Et qu'elle était incapable de contrôler ses propres réactions ?

Mieux valait en rester là. Pendant l'heure qui suivit, elle garda soigneusement ses distances.

Dan était vraiment merveilleux avec ses enfants. Il ne passait qu'une partie de l'après-midi avec eux, mais il s'était arrangé pour leur trouver une activité passionnante et originale dont ils se souviendraient toute leur vie. Il profitait de chaque minute passée en leur compagnie…

Ils continuèrent d'attraper des écrevisses et de les relâcher. Rob demanda pourquoi ils ne les gardaient pas pour les manger, mais Dan refusa.

— Je ne suis pas sûr qu'elles soient vraiment bonnes à manger, dit-il, et je ne sais pas les cuisiner de toute façon. Mais si vous voulez, ce soir, nous ferons un feu de camp, et des brochettes de shamallows.

Sa proposition fut accueillie avec joie par les cinq enfants. Enthousiasmés par ce projet, aucun d'entre eux ne protesta lorsqu'il suggéra qu'ils regagnent la maison.

Pour le dîner, Jess prépara des sandwichs clubs, et ils retournèrent s'asseoir dehors autour du feu que Dan avait allumé. Leurs sandwichs avalés, ils piquèrent des shamallows au bout de branches et ils les firent griller sur le feu.

— Je n'aurais jamais cru que papa nous laisserait faire des brochettes de shamallows un jour seulement après qu'on ait eu des pizzas au dîner, dit Rob. D'habitude, il est plus sévère avec ce qu'on mange !

— Il est de moins en moins strict, surtout lorsqu'il s'agit de certaines personnes…

Luke avait marmonné, mais tous l'avaient parfaitement entendu.

— Cette remarque était totalement déplacée, dit Dan d'une voix ferme. Monte immédiatement dans ta chambre. Je ne veux plus te voir ce soir.

L'adolescent lança un regard furibond à son père et jeta sa brochette dans le feu avant de quitter leur groupe. Quelques secondes plus tard, ils entendirent claquer la porte d'entrée de la maison.

— Je ne voulais pas lui attirer des ennuis, dit Rob, embarrassé, en regardant son père.

— Tu n'y es pour rien, n'y pense plus.

La soirée se poursuivit, mais le départ de Luke avait cassé la bonne ambiance, et les enfants ne tardèrent pas à remonter se coucher chacun leur tour. Il ne resta bientôt plus que Jess et Dan.

— Je vais prendre ma fille et rentrer chez moi, dit-elle. C'est bien pour eux que vous ayez pu leur consacrer votre après-midi et cette soirée. Demain, vous avez encore une longue journée à Sydney…

— L'audit est terminé, dit-il. Je vais pouvoir rester à la maison jusqu'à la rentrée.

— C'est une bonne nouvelle, répondit-elle. Vous allez avoir le temps de vous organiser et les enfants s'habitueront vite à leur nouvelle vie.

— On dirait un au revoir, dit-il. J'ai toujours besoin de votre aide, Jess. Peut-être pas autant que ces dernières semaines, mais j'ai besoin de quelqu'un pour s'occuper de la maison et surveiller Annapolly quelques jours par semaine.

— Vous pouvez compter sur moi, Dan. Je vous aiderai aussi longtemps que vous en aurez besoin.

Elle n'avait guère le luxe de refuser ce travail, même si plusieurs familles de la ville étaient intéressées par ses services. Jusque-là, personne ne lui avait proposé autant d'heures que lui.

— Tant mieux, répondit-il. M'organiser aussi vite est un peu compliqué et je ne sais pas comment je me débrouillerais sans vous.

Il ne voulait pas lui laisser voir combien il était soulagé qu'elle accepte de continuer à travailler pour lui. D'ailleurs, il ne souhaitait pas vraiment y réfléchir lui-même ! Pour ce soir, il voulait juste avoir l'assurance qu'ils continueraient à se voir très régulièrement.

Il pensait à ses enfants, évidemment, et à l'organisation de leur vie familiale. Et à aider Jess par la même occasion. Sans oublier de se réserver du temps libre pour son travail…

Et Luke ? Pensait-il à son fils ?

Luke devrait apprendre à respecter son choix. Dan n'avait du reste pas l'intention d'en parler avec lui ce soir, si jamais il ne dormait pas encore lorsqu'il passerait voir ses enfants dans leurs chambres.

Il se le reprocha. Il essayait d'éviter la confrontation, parce qu'il ne voulait pas savoir ce qu'il pensait. Luke était jaloux qu'il s'intéresse à une autre femme que Rebecca, il ne voulait pas qu'elle soit remplacée par Jess.

Dan n'avait pas envie de s'engager sur ce chemin, c'était justement cela que Luke ne comprenait pas. Il combattait son attirance pour elle, il la combattrait sans relâche !

— Bonne nuit, Jess.

— Bonne nuit, Dan. À demain.

Pourtant, quand elle disparut à son tour dans la nuit, un terrible sentiment de solitude lui glaça le cœur…

11

— Je suis désolée, dit Jess en balbutiant. Je suis sous le choc. Je n'arrive pas à y croire…

Pourtant un homme et une femme entre deux âges se tenaient bien devant elle. Ils venaient de descendre de leur voiture alors qu'elle disait au revoir aux enfants qu'elle avait gardés. C'était un samedi. Elle portait Ella dans les bras, et alors que la femme contemplait le bébé, ses yeux se remplissaient lentement de larmes et un sourire timide et craintif se dessinait sur ses lèvres.

— Nous sommes désolés de vous surprendre ainsi, dit l'homme, qui semblait lui aussi passablement ému. Nous avons des choses à discuter avec vous, si vous êtes d'accord. Quand nous avons découvert où vous étiez, nous avons décidé de venir directement de Sydney. Nous n'étions même pas sûrs de vous trouver, ni que vous étiez bien celle que nous cherchions.

Les visiteurs venaient de se présenter : Dalia et George Rosche, les parents de Peter et les grands-parents d'Ella. Si ce qu'ils disaient était exact, ils avaient engagé un détective privé pour retrouver la trace de leur fils. Sans succès. Mais l'enquêteur avait découvert des traces de l'achat de la maisonnette, qu'une jeune femme occupait avec son bébé.

— Qu'est-ce qui vous a fait penser que…

Jess ne parvint pas à finir sa phrase.

— Que nous avions peut-être une petite-fille ? dit Dalia

pour lui venir en aide. Peter est venu chez nous avec un de ses copains il y a un an environ. Ils ont pas mal bu pendant la soirée et, à un moment, je l'ai entendu dire qu'il allait être père mais qu'il s'était arrangé pour ne pas avoir cette responsabilité à assumer. Depuis ce temps, nous nous demandions comment nous allions réussir à vous retrouver.

S'ils n'avaient rien de vraiment surprenant, les propos de Peter n'en firent pas moins mal à Jess. Apparemment, Dalia avait sincèrement honte de l'attitude de son fils.

— Madame Rosche, le comportement de Peter ne doit pas vous faire culpabiliser, répondit-elle. Mais pourquoi ne continuerions-nous pas cette conversation à l'intérieur ?

Elle leur prépara une tasse de thé. George Rosche ressemblait à son fils, mais cette ressemblance était uniquement physique. On voyait, à la droiture de son regard, qu'il avait un autre sens moral que Peter…

— Nous savons que vous n'avez aucune obligation à notre égard, Jessica, dit-il. Vous permettez que nous vous appelions Jessica, n'est-ce pas ?

— Oui, bien sûr.

— Et vous devez nous appeler Dalia et George, reprit-il. Nous espérions que, malgré le comportement indigne de notre fils envers vous, vous nous laisseriez peut-être jouer notre rôle de grands-parents dans la vie de votre fille…

— Je… je ne sais pas quoi vous dire. Je vous avoue que je ne m'attendais pas du tout à cela et… avez-vous vraiment envie de vous impliquer dans sa vie ?

La conversation dura trois heures. Trois longues heures, aussi éprouvantes émotionnellement pour Jess que pour les Rosche. Ella, elle, les passa à jouer sur le tapis du salon sans se rendre compte que les trois adultes ne parlaient pratiquement que d'elle.

Jess la changea dans la salle de bains pendant que George et Dalia bavardaient entre eux. Quand elle les rejoignit, elle leur tendit sa fille. Dalia la prit et des larmes d'émotion roulèrent sur ses joues. Incapable de parler, elle embrassa le front de sa petite-fille avec une tendresse qui ne pouvait mentir et qui rassura Jess. George eut droit de la prendre dans ses bras lui aussi, et sa réaction, tout aussi émouvante que celle de son épouse, acheva de la convaincre de leur sincérité.

— Pardon d'avoir douté de vos sentiments, dit-elle quand ils lui rendirent sa fille. Mais Peter…

— Il s'est très mal comporté avec vous, nous le savons, admit George, embarrassé. Nous avons appris qu'il vous avait acheté cette maison, mais sans la payer complètement, et que le bureau des logements sociaux veut la saisir.

Elle acquiesça de la tête.

— Quand il m'a dit qu'il ne voulait pas avoir la charge de notre fille, dit-elle, j'ai réussi à le convaincre d'acquérir cette maison pour nous, pour que je puisse élever Ella tranquillement. En échange, j'ai signé un papier par lequel je m'engageais à ne rien lui réclamer pour son éducation.

— Il vous a trompée en vous cachant qu'il n'en avait réglé qu'une partie, dit Dalia en hochant la tête. Comment a-t-il pu vous faire cela, à vous et à sa propre enfant ? George, nous devons réparer les fautes de notre fils. Nous ne pouvons pas la laisser subir une telle injustice.

— Oui, répondit-il. Nous allons régler ce qui reste à payer.

— Je ne peux pas vous laisser faire cela, dit Jess. Ce n'est pas votre responsabilité !

— Nous en discuterons plus tard, dit George en se levant. Il est tard et nous vous avons pris assez de votre temps. Nous sommes très heureux d'avoir fait votre connaissance, Jessica, et celle de notre petite Ella.

Cette rencontre avait effectivement beaucoup fatiguée Jess, mais elle était heureuse d'avoir rencontré les grands-parents de sa fille et ne souhaitait pas les voir repartir si vite.

— Rentrez-vous à Sydney ce soir, ou passez-vous la nuit en ville ? demanda-t-elle.

— Nous avons réservé une chambre au motel, dit Dalia en se levant à son tour. Viens, George, nous avons épuisé cette pauvre petite après sa longue journée de travail, et notre petite-fille est fatiguée également. Jessica, nous permettez-vous de revenir demain ? Vous avez besoin de temps pour réfléchir à tout cela, mais nous aimerions vraiment vous connaître mieux, vous et Ella, et apporter notre modeste contribution à l'éducation de notre unique petite-fille.

Jess accepta avec joie, en leur précisant qu'ils devaient venir tôt car elle travaillait le dimanche. Ils échangèrent leurs numéros de portables et prirent congé. Jess fit alors manger Ella, puis la coucha et s'installa dans le canapé du salon pour réfléchir au calme.

Elle ne pouvait pas laisser ces gens payer sa maison. Cela lui semblait injuste. Mais comment refuser à ce couple adorable de passer du temps avec leur petite-fille ? Ce serait merveilleux pour eux et pour Ella.

Même s'ils ne seraient jamais sa famille. Cela suscita une pointe de tristesse en elle. Au moins Ella connaîtrait-elle deux de ses grands-parents. Cela seul comptait.

— C'est Adèle et tonton Clive ! hurla Rob.

Tous les enfants Frazier quittèrent la table du petit déjeuner et se ruèrent en trombe sous la véranda pour accueillir la voiture qui s'arrêtait devant la maison. Ils se précipitèrent pour embrasser leur tante et leur oncle, juste au moment où Jess arrivait également.

Dan tenta de se persuader qu'il n'avait pas monté la garde sous la véranda dans l'espoir de la voir. Il surveillait simplement ses enfants.

— Salut, grand frère, dit Adèle. Nous voulions te faire une visite surprise.

— C'est une très bonne idée, répondit-il en la serrant

contre lui. Je suis très heureux de vous voir. Mais je vous croyais encore en vacances ?…

Elle lui expliqua qu'ils rentraient plus tôt que prévu, mais il ne l'écoutait que d'une oreille distraite. Il surveillait du coin de l'œil Jess, qui approchait timidement de leur groupe.

— Venez donc, lui dit-il, que je vous présente ma sœur et mon beau-frère. Adèle, Clive, voici Jessica Baker, qui s'occupe des enfants et de la maison pendant que je règle un travail urgent pour un client de Sydney.

— Bonjour, dit Adèle en lui serrant énergiquement la main.

La sœur de Dan avait apporté des petits présents pour ses neveux et nièces, et la distribution se déroula dans des cris de joie pendant que Jess leur préparait du thé dans la cuisine.

Une fois le thé servi, elle voulait s'éclipser par discrétion, mais Adèle l'en empêcha.

— Non, restez avec nous ! Ça me ferait plaisir de faire connaissance avec vous.

Dan remarqua que Jess semblait soucieuse. Que lui arrivait-il ? Elle risquait de se faire expulser de sa maison, avait-elle besoin d'une autre raison pour être soucieuse ? Intuitivement, il savait cependant que quelque chose de nouveau était arrivé et il avait hâte de pouvoir lui en parler, et de l'aider, s'il le pouvait.

— Dan ? Tu serais d'accord ?

La voix de sa sœur le tira de sa rêverie et il remit les pieds sur terre.

— Pardon, tu disais ?

— Je voulais savoir si tu nous laisserais emmener les enfants à Sydney avec nous. On les ramènera demain. Cela te laissera un peu de temps libre pour finir de t'installer, et je pourrais profiter d'eux quelque temps. Ce n'est pas parce que vous êtes venus habiter ici que je ne les adore plus !

Elle embrassa la tête de Mary, qui était blottie contre elle sur le canapé. La fillette tourna un visage implorant vers lui.

— Oh ! papa, dis oui, dis oui ! On sera très sages, c'est promis !

Les quatre autres enfants se joignirent à ses prières et il accepta en riant. Une indescriptible pagaille s'ensuivit, alors qu'ils couraient tous dans leurs chambres pour préparer leurs affaires. Leurs sacs finirent dans le coffre du monospace, qu'Adèle emprunta pour rentrer à Sydney en abandonnant sa propre voiture. Une heure plus tard, l'auto partait et un silence inhabituel tombait dans la maison. Ella rejoignit sa mère à quatre pattes sous la véranda et poussa un petit gazouillis interrogateur, comme pour lui demander la raison d'un tel remue-ménage.

— Tout va bien, ma chérie, dit-elle en la prenant dans ses bras. Ils sont partis avec leur tante et leur oncle, et ils rentreront demain. Puisque vos enfants ne sont plus là, dit-elle à l'adresse de Dan, avez-vous encore besoin de moi ?

Plus que jamais, songea-t-il.

Il chercha un prétexte pour la garder près de lui et finit par trouver.

— Oui. Accepteriez-vous par hasard de m'aider à faire un peu de jardinage ce matin ? Et, cet après-midi, nous pourrions terminer de vider les derniers cartons et les plier dans la poubelle du recyclage.

Elle accepta sans se faire prier, trop contente d'avoir une excuse pour passer la journée avec lui.

12

— Ella s'est endormie, dit Jess en entrant dans le salon. Apparemment, pour une enfant d'un an, regarder des adultes travailler toute la journée est épuisant ! Je vais finir de replier ces cartons avant de rentrer chez moi.

— Non, laissez ça, on finira demain, dit Dan en jouant de la télécommande. Vous ne voulez pas regarder la télévision avec moi ?

Il venait de trouver un vieux classique en noir et blanc qu'elle adorait, et elle hésita. Il tapota le canapé à côté de lui et lui adressa un sourire auquel il était difficile de résister.

— Allez ! Nous avons bien travaillé aujourd'hui, nous l'avons mérité.

Il avait raison, et elle déposa les armes. La sagesse avait beau lui conseiller de quitter cette maison, elle prit place près de lui et ils regardèrent ensemble cette excellente comédie qui les divertit beaucoup. Ensuite, ils passèrent un bon moment à discuter de leurs films préférés, puis choisirent deux DVD dans la collection de Dan. Jess alla chercher des cookies et des verres de lait, qu'ils grignotèrent et burent, installés dans le canapé.

Ils étaient tout près l'un de l'autre. Elle sentait la chaleur du corps de Dan, et leurs bras se touchaient lorsqu'ils tendaient la main en même temps vers l'assiette de biscuit. Plus le temps passait, plus cette proximité la troublait. Et elle devinait qu'il n'y était pas insensible, lui non plus…

À la moitié du second film, il tourna la tête dans sa direction et leurs regards se croisèrent.

— Qu'allons-nous faire, Jess ? dit-il. Je croyais que je me faisais des idées, que c'était impossible, que je ne pouvais pas vous désirer comme je vous désire, mais cela ne fait que s'accentuer, n'est-ce pas ?

Sa voix caressante, presque un murmure, vibrait de sincérité et d'émotion, et elle sentit un lien de profonde connivence s'établir entre eux.

— Oui, cela ne fait que s'accentuer, dit-elle à voix basse.

Il pencha alors la tête et l'embrassa. Elle répondit à son baiser et passa les bras autour de son cou pour se serrer davantage contre lui. Elle avait envie de lui ! Depuis leur première rencontre ! Et elle n'avait plus la force de lutter contre ce désir, plus la force de museler ses sentiments, plus la force de tenir la bride à son corps alors que tout son être lui demandait de se blottir contre lui et de l'embrasser, de l'embrasser…

— Vous travaillez pour moi, Jess, et vous êtes très jeune, dit-il en redressant la tête. Je ne veux pas que vous vous sentiez…

— J'en ai envie, dit-elle avec fermeté. Je veux que vous me preniez dans vos bras ce soir, pendant que nous sommes juste entre nous. Je ne vous demande rien de plus que cela, Dan. Juste… cette nuit.

Il lui caressa les cheveux, les yeux pleins de désir mais aussi d'interrogations, de doutes. Il parut enfin les écarter et l'embrassa de nouveau plus librement. Elle se sentit fondre dans un bouillonnement d'émotions inconnues qu'elle ne se sentait pas prête à analyser. Ses mains caressaient son torse musclé et l'odeur de son après-rasage la grisait délicieusement. Jamais elle n'avait été aussi heureuse de toute sa vie !

Dan avait complètement perdu le contrôle de la situation. Cette femme le rendait fou de désir ! Et, en même temps, il éprouvait un besoin instinctif de la protéger, de la chérir, qui l'empêchait de céder totalement à cette folie. Pourtant, tout serait terminé le lendemain. « Juste cette nuit », elle l'avait bien dit. C'était une jeune femme volontaire et forte, qui menait sa barque seule et qui savait ce qu'elle faisait. Alors pourquoi ne cédait-il pas à cette envie dévorante de la prendre dans ses bras et de l'emmener dans son grand lit pour lui faire l'amour toute la nuit ?

Il se leva du canapé et elle le suivit jusque dans sa chambre sans qu'il ait besoin de lui dire quoi que ce soit. Sans cesser de s'embrasser, ils se déshabillèrent mutuellement, et leurs vêtements abandonnés firent des taches de couleurs sur la moquette écrue. Ils basculèrent ensemble dans le lit.

Ce fut une nuit merveilleuse. Dan avait beau savoir qu'il y avait une alchimie physique très particulière entre eux, rien ne l'avait préparé à l'apothéose sensuelle qu'ils vécurent pendant ces heures inoubliables. Finalement, épuisés et repus de volupté, ils retombèrent dans les bras l'un de l'autre et s'endormirent ainsi, terrassés par une exquise fatigue.

— Bonjour ! Je me suis levée à cause d'Ella et j'ai pensé que je pouvais en profiter pour préparer le petit déjeuner, et j'ai fait une liste de courses. Si vous me passez votre carte, j'irai au supermarché avec ma fille tout à l'heure, autant profiter de l'absence des enfants pour faire du ravitaillement, et qui sait, peut-être votre sœur et votre beau-frère décideront-ils de rester dormir ici ce soir…

Tout en parlant, Jess avait déposé une tasse de thé devant Dan sur la table de la cuisine. Puis elle se mit à faire manger Ella, assise dans sa chaise haute. Son débit de mitraillette était étourdissant, mais il remarqua que sa main tremblait en tenant la cuillère de sa fille.

Il ne savait pas quoi dire. Leur nuit d'amour l'avait totalement bouleversé et il avait du mal à faire le point, surtout au saut du lit. C'était sans doute uniquement une question de compatibilité sexuelle. Il la trouvait attirante et cela faisait très longtemps qu'il n'avait pas couché avec une femme. Pourtant, il savait que cela ne suffisait pas à expliquer tout ce qu'ils avaient partagé durant la nuit…

— Da dooo ! s'exclama Ella d'un air impatient.

Elle commençait à s'agiter. Jess la laissa descendre par terre. Elle n'avait toujours pas croisé son regard et il ne savait toujours pas quoi lui dire. Que ce qu'ils avaient vécu durant ces heures le laissait émerveillé et stupéfait ? Non, cela n'aurait pas été très avisé. Sans compter qu'il éprouvait une certaine culpabilité et qu'il n'avait pas très envie de fouiller ses sentiments tout de suite.

— Baaa didou !

Il baissa la tête et vit qu'Ella s'était hissée sur ses jambes en s'accrochant aux barreaux de la chaise de sa mère. Elle lui tendit une main, puis la seconde. Jess retint son souffle.

— Bravo, Ella ! dit-il avec un sourire. Regarde ce que tu fais : tu marches ! Toute seule, comme une grande, sans te tenir !

Le bébé fit trois pas dans sa direction avant de paraître se rendre compte de la situation. L'air un peu interloqué, elle resta immobile, et il la rattrapa juste quand ses jambes cédaient sous son poids.

— Vous avez vu ça, Jess ? dit-il en embrassant la petite fille. Ella commence à marcher !

— J'attendais ce moment avec impatience, répondit-elle avec un grand sourire. Bravo, ma chérie, je suis très fière de toi !

Elle prit l'enfant qu'il lui tendait et l'embrassa tendrement. La fillette battit des mains en riant, comme si son exploit sportif la remplissait de joie.

Très ému, Dan les contemplait toutes les deux en se rappelant le moment où chacun de ses enfants avait fait ses premiers pas. Il se surprit à rêver d'avoir un enfant avec Jess. L'idée était si étonnante qu'il en resta interdit. Voulait-il vraiment avoir un bébé avec elle ? Cela signifiait alors qu'il voulait…

Son téléphone portable sonna, le tirant de ses pensées. Le numéro d'Adèle s'afficha sur l'écran.

— Salut, dit-il en décrochant. Comment vas-tu ? Tout se passe bien avec les enfants ?

Il put constater qu'il avait une voix normale. Pas du tout comme un homme en train de se poser des questions qu'il avait crues définitivement réglées quatre ans plus tôt.

— Oui, tout va bien, répondit sa sœur. Je voulais juste te prévenir que nous pensons arriver chez toi vers 17 heures, si ça te va.

— C'est parfait. À plus tard.

Le ton d'Adèle était vaguement interrogateur, mais elle termina son appel sans lui demander si Jess était avec lui. Évidemment, le fait qu'il n'ait pas demandé à parler à ses enfants avait dû lui mettre la puce à l'oreille. Sans compter son agaçante intuition !

En face de lui, Jess était de plus en plus mal à l'aise.

— Je… je vais commencer par faire un peu de ménage. Il est encore trop tôt pour aller faire les courses.

Jess n'avait qu'une envie : sortir de la pièce au plus vite ! La présence de Dan la mettait à la torture et elle avait peur de craquer brusquement. Une chose inenvisageable !

Tout allait trop vite. Il y avait eu d'abord cette nuit de rêve. Puis Ella avait fait ses premiers pas pour prendre la main de Dan avec une confiance instinctive, comme elle l'aurait fait avec son propre père. Son cœur, déjà bien ébranlé, s'était alors brisé en mille morceaux. Elle aussi avait fait son premier pas vers un homme en direction de Dan la veille, avec toute sa confiance, et ils s'étaient rencontrés au cœur de ces heures merveilleuses, dans une véritable symbiose sensuelle et affective.

Elle avait cru qu'il lui serait possible de reprendre le contrôle de ses émotions au petit matin. Il n'en était rien, elle l'avait compris en se levant.

En réalité, elle était tombée amoureuse de lui ! Corps et âme, follement amoureuse de Dan Frazier ! Elle le comprenait maintenant, et cette découverte la remplissait d'anxiété.

Car il lui était impossible de tomber amoureuse de lui. Coucher avec lui la veille avait été une terrible erreur. Mais comment pouvait-elle la réparer ? Lui était-il possible de faire marche arrière ? Dan ne pouvait pas, ne voudrait pas lui apporter ce dont elle avait besoin. Au bout du compte, il la ferait souffrir, comme Peter.

La comparaison l'arrêta un instant. Non, comparer Peter et Dan était vraiment insultant. Dan était un homme responsable qui ne se comporterait jamais avec la malhonnêteté foncière de Peter et son total mépris pour les autres. Dan avait aimé la mère de ses enfants, il l'avait perdue, et il ne pourrait jamais plus en aimer une autre.

— Excusez-moi, Jess, dit-il brusquement.

Elle se redressa, piquée au vif. Elle ne voulait pas de ses excuses ! Elle n'était pas une victime, une pauvre créature fragile livrée aux désirs du premier venu. Elle s'était donnée à lui en toute connaissance de cause, et en assumait l'entière responsabilité.

— Il est inutile de vous excuser, Dan, répondit-elle fermement.

— Je crois que si. Vous travaillez pour moi, et je n'aurais pas dû vous placer dans une situation qui pourrait être inconfortable pour vous. J'ai vraiment besoin de vous avec mes enfants, et même lorsqu'ils auront repris l'école, je voudrais que vous veniez au moins deux jours par semaine et…

— Nous avons pris tous les deux la décision de passer la nuit ensemble, déclara-t-elle en le regardant droit dans les yeux. Il est donc inutile de vouloir en assumer seul la responsabilité. Le mieux est de ne plus aborder ce sujet. Maintenant, je ne vous cache pas que j'ai besoin de ce travail, et que j'aime beaucoup vos enfants. Si vous êtes d'accord pour que je continue, je ne vois donc aucune raison de ne pas le faire.

Sa déclaration parut le soulager. Elle s'excusa avant de quitter la cuisine. Il n'y avait rien à ajouter. Il était attentionné, certes, mais la nuit précédente ne signifiait pas grand-chose pour lui. Il craignait seulement qu'elle lui en veuille d'avoir fait cet accroc dans leur contrat de travail. Elle était tombée amoureuse d'un homme qui ne l'aimait pas en retour et qui ne l'aimerait jamais.

C'était terrible, mais elle ne pouvait s'en prendre qu'à elle-même. Aussi, pour ne plus y penser, s'immergea-t-elle dans les tâches ménagères durant toute la journée avant de rentrer chez elle en fin d'après-midi.

Elle ne lui avait même pas parlé de la visite des parents de Peter mais, dans ces circonstances, cela lui semblait assez secondaire…

13

— Jess ? C'est Dan…

— Dan ? Que se passe-t-il ?

Réveillée brutalement par le téléphone, la jeune femme se redressa dans son lit. Il faisait encore nuit noire et son réveil indiquait 5 heures. Pourquoi l'appelait-il à une heure pareille ?

— Je… me sens pas très bien, dit-il. Vois mal d'un œil… j'ai une sensation bizarre… sur le visage…

Ces mots la réveillèrent instantanément et elle s'assit dans son lit.

— Avez-vous appelé une ambulance ?

— Oui. J'ai besoin… Venez…

— J'arrive.

Elle raccrocha et se leva d'un bond. Il ne lui fallut qu'un instant pour s'habiller, sortir Ella de son berceau et sauter dans sa voiture. Qu'arrivait-il à Dan ? Il avait une voix si étrange, si empâtée. Était-ce une sorte d'attaque ? Ou une crise cardiaque ?

Elle arriva chez lui cinq minutes plus tard, et vit Luke sortir de la maison avec les auxiliaires médicaux qui poussaient un brancard. Jess attrapa sa fille et se précipita vers le groupe. Dan, allongé dans le brancard, semblait très comateux.

— Jess, dit Luke, je ne sais pas quoi faire !

— Commence par t'écarter pour nous laisser le mettre

dans l'ambulance, mon garçon, dit le premier homme. Vous êtes son amie ? demanda-t-il à Jess.

— Oui.

Elle était vraiment son amie et son employée et… sa maîtresse ! Elle passa le bras autour des épaules de Luke pour le réconforter pendant que les deux hommes chargeaient la civière dans l'ambulance.

— Pouvez-vous nous dire ce qu'il a ? demanda-t-elle.

— Les médecins pourront poser un diagnostic précis à l'hôpital, mais cela se présente comme une attaque.

— C'est grave, dit Luke d'une voix étranglée.

— Ils vont bien le soigner, répondit Jess en lui serrant l'épaule. Ne t'inquiète pas, ton père va s'en sortir.

— Jess, dit Dan dans un murmure.

— Je suis là, dit-elle en lui prenant la main. Vous allez à l'hôpital, ne vous inquiétez pas, tout ira bien.

— Les enfants…

— Je m'en occupe, ne vous faites pas de souci.

Luke se précipita pour embrasser son père, puis les auxiliaires le firent sortir de l'ambulance et le véhicule repartit dans la nuit, les laissant tous les deux seuls devant la maison.

— J'aurais dû y aller avec eux, dit l'adolescent, bouleversé. On aurait pu réveiller tout le monde…

— Je dois trouver quelqu'un pour les garder, dit Jess, qui luttait pour garder son sang-froid. Ensuite nous irons ensemble à l'hôpital.

Elle se précipita vers le téléphone et, en une demi-heure qui lui parut durer une éternité, elle réussit à trouver une jeune fille de ses connaissances qui pouvait venir garder les enfants. Dès que la baby-sitter fut arrivée, elle sauta dans sa voiture avec Luke et prit la direction de l'hôpital.

— Merci de m'avoir laissé venir avec vous, dit-il d'un air un peu penaud.

— Ton père va avoir besoin de nous, répondit-elle.

Un moment plus tard, ils arrivaient sur le parking de

l'hôpital, qu'ils traversèrent au pas de course. Elle luttait pour ne pas laisser la panique la gagner, et ce n'était pas facile…

— Vous aussi, vous avez peur, dit Luke.

— Oui, c'est vrai.

Quand ils arrivèrent au bureau des admissions, il lui prit le bras alors qu'elle s'adressait à la réceptionniste.

— Je cherche Dan Frazier, dit-elle. On vient de l'amener.

— Vous êtes de la famille ?

— Oui, répondit-elle en jetant un œil à Luke.

— Les médecins s'occupent de lui en ce moment, reprit l'employée en consultant son ordinateur. Allez vous asseoir, on vous préviendra dès qu'il y aura du nouveau.

Ils s'installèrent dans la salle d'attente, et elle tenta de justifier son mensonge auprès de Luke.

— J'ai dit que j'étais de sa famille pour être sûre qu'on nous dirait comment il va, dit-elle d'une voix faible.

— Je sais. Vous avez bien fait.

Ils attendirent un laps de temps qui leur parut interminable avant qu'on les fasse entrer dans le box des soins intensifs où se trouvait Dan. Il avait un visage très pâle, et une multitude de fils et de tuyaux le reliaient à des machines impressionnantes et à des moniteurs. Une infirmière se tenait près de son lit.

— Jess, Luke, murmura-t-il.

— Papa ! s'écria Luke en se précipitant à son chevet. Ça fait des heures qu'on attend pour te voir.

Il taisait son angoisse et sa tension nerveuse pour ne pas inquiéter son père, mais Jess, qui les partageait, savait que cela ne lui était pas facile. Elle avança à son tour près du lit et Luke s'écarta pour la laisser prendre la main de Dan. La tendresse qui apparut dans le regard du malade la réconforta aussitôt.

— Pardon… inquiéter… tout le monde, murmura-t-il.

— Que s'est-il passé, papa ?

— Pas trop grave… juste…

Il tourna la tête vers l'infirmière qui restait là.

— Ton père a eu ce qu'on appelle un accident ischémique transitoire. C'est une petite attaque qui intervient lorsqu'un vaisseau sanguin est temporairement bouché, dit-elle. Je sais que les symptômes sont impressionnants, mais ils disparaîtront certainement d'ici à vingt-quatre heures. Nous voulons cependant faire des examens pour nous assurer qu'il n'y aura pas d'attaque plus importante à l'avenir.

Ce petit discours, dit d'une voix très calme, parut apaiser Luke, et Jess se sentit effectivement un peu rassurée.

— Irai… mieux… très vite, murmura Dan.

— Bien sûr, papa. On t'interdit de ne pas aller mieux !

C'était sa manière de lui demander de ne pas mourir. Il les remercia d'un regard qui se voulait rassurant, mais Jess y devina quand même une pointe d'anxiété. Luke se pencha pour l'embrasser.

— Maintenant, je vais vous demander de sortir, reprit l'infirmière. Vous pourrez revenir ce soir. En attendant, notre malade a besoin de se reposer.

— Je compte… sur toi, dit Dan en jetant un regard plein d'affection à son fils.

L'infirmière les fit sortir. Une fois dans le couloir, Jess se dirigea droit vers le bureau des infirmières.

— Votre collègue nous a un peu expliqué de quoi souffrait M. Frazier, mais j'aimerais parler avec un médecin. Et si quelque chose se produit, je souhaite être prévenue aussitôt.

— Naturellement, madame. Asseyez-vous, le médecin va venir vous parler dès qu'il le pourra.

Ils s'assirent. Jess se demanda alors s'il ne valait pas mieux éloigner Luke pendant qu'on lui expliquait l'état de son père.

— Peut-être que ce serait mieux si tu me laissais discuter seule avec ce médecin, dit-elle.

— S'il te plaît, laisse-moi rester avec toi. Si jamais… Je préférerais…

Un seul coup d'œil à son visage l'avait dissuadée de

vouloir le protéger. Luke lui semblait sans doute encore très jeune pour affronter une situation qui pouvait se révéler dramatique, surtout après avoir déjà perdu sa mère. Mais si quelque chose devait arriver à son père, rien ne pourrait lui dissimuler la vérité. Le garder à l'écart ne l'aiderait pas à faire face à la réalité.

Et elle nota qu'à son insu il l'avait tutoyée pour la première fois sans y prêter attention. Cette marque d'intimité était-elle un signe qu'il renonçait enfin à la voir comme son ennemie ?

Un homme d'une quarantaine d'années s'approcha enfin d'eux.

— Bonjour, je suis le Dr Grant, et je m'occupe de M. Frazier.

— Bonjour, docteur. Je suis Jessica Baker et voici Luke, le fils aîné de Dan.

— Bien. L'infirmière vous a dit qu'il souffrait d'un accident ischémique transitoire.

— Oui, et que les symptômes disparaîtraient vite, dit Luke.

— C'est en général le cas, bien qu'il puisse exister des dommages irréversibles au cerveau. Mais, dans le cas de votre père, nous n'envisageons pas une telle chose. Pour l'instant, nous continuons de l'observer et de pratiquer certains examens pour déterminer ce qui a pu provoquer cet accident vasculaire. Un neurologue le verra plus tard dans la journée. Une fois que nous saurons exactement à quoi nous en tenir, nous pourrons faire le nécessaire pour que ce problème ne se reproduise plus.

— Et si cela arrivait de nouveau ? demanda Jess.

— Ce serait sans doute bien plus grave que cette fois.

Le médecin leur expliqua quels pouvaient être les facteurs responsables de cette attaque.

— Dan nous a déjà dit qu'il mangeait assez salé et qu'il ne faisait plus beaucoup d'exercice depuis quelque temps. Nos examens nous permettront sans doute d'en savoir plus d'ici demain.

Jusque-là, elle n'avait pas pris conscience véritablement de la gravité de la situation. Les paroles du médecin lui firent l'effet d'une douche froide.

— Mais c'est un homme jeune, dit-elle, et en bonne santé.

Pourtant, tout en prononçant ces mots, elle se rendit compte de tout ce qu'il avait traversé ces quatre dernières années. Le deuil de sa femme avait probablement été un choc psychologique important, sans compter les longues heures qu'il passait immobile derrière son ordinateur, et du travail que réclamaient ses enfants et la maison. Se rendait-il compte du stress dans lequel il vivait ? Cela avait-il pu contribuer à déclencher cette attaque ?

— Pour l'instant, je vous conseille de rentrer chez vous et de vous reposer, dit le Dr Grant. Appelez-nous dans l'après-midi pour avoir des nouvelles. Pour l'instant, notre patient a vraiment besoin de se reposer. Je suis certain que vous savoir auprès de ses enfants l'y aidera beaucoup. Il s'inquiétait beaucoup pour vous et pour eux.

— Oui, bien sûr, dites-lui que je prends soin d'eux, répondit-elle, sentant les larmes lui monter aux yeux. Merci, docteur.

Après avoir pris congé du médecin, ils remontèrent en voiture et reprirent le chemin de la maison. Le trajet se déroula en silence, mais, quand elle se gara, Luke reprit la parole.

— Jess, je suis désolé d'avoir été aussi… désagréable. C'est juste que papa…

— Je sais, Luke.

— Tu tiens vraiment à lui, n'est-ce pas ? dit-il en la dévisageant avec intensité. Je veux dire… Tu l'aimes ?

— Oui, avoua-t-elle. Mais lui… non.

Elle n'avait pu prononcer les mots fatals : « Il ne m'aime pas. » Et elle ne sut pas trop si Luke l'avait entendue, car déjà ses frères et sœurs sortaient de la maison et se précipitaient vers eux pour leur poser mille questions.

Elle l'aida à y répondre, et commença le long compte

à rebours qui la séparait de sa prochaine visite. Car elle ne pouvait se résoudre à téléphoner : elle voulait voir Dan de ses yeux, même une seule minute, afin d'être rassurée.

Lorsque la jeune fille qui avait déjà surveillé les enfants au petit matin revint dans l'après-midi, Jess put enfin se rendre à l'hôpital avec les quelques affaires de toilette dont il pourrait avoir besoin.

L'infirmière qui s'occupait des soins intensifs était moins agréable que celle qu'ils avaient vue le matin. Aux questions anxieuses de Jess, elle répondit avec une certaine froideur.

— Oui, il va aussi bien qu'on peut l'espérer. Je vous laisse cinq minutes avec lui, pas une de plus.

Elle rejoignit le chevet de Dan. Il avait les yeux fermés et semblait fatigué. Ses craintes la firent de nouveau trembler. Son cœur luttait contre la peur et l'envie de lui avouer combien elle l'aimait, de le supplier de vivre, de ne pas l'abandonner si vite après leur rencontre. Mais sa conscience l'empêcha d'en rien faire. De quel droit pouvait-elle prononcer ces paroles ?

— Jess, vous êtes là ! s'exclama-t-il en ouvrant les paupières.

— Oui, Dan, je suis là, répondit-elle en lui prenant la main. Je ne peux pas rester très longtemps, mais les enfants vont bien, même s'ils sont inquiets pour vous. Il faut vite vous remettre.

Et ne pas mourir. C'était sa plus grande hantise.

— Les médecins disent que j'avais eu de la chance cette fois, répondit-il avec un sourire fatigué. Je m'inquiète pour les enfants, Jess. Adèle et Clive les aiment beaucoup, mais ils ont leur vie. Les enfants ont déjà perdu leur mère, ils ont besoin de moi.

La dure franchise de ces paroles lui alla droit au cœur. Elle s'efforça de ravaler l'émotion qui l'étreignait en se répétant qu'elle devait se montrer forte pour lui.

— Vous allez guérir, Dan. Les médecins sont très optimistes. Il faut juste vous reposer et faire attention, à l'avenir.

Pour ses enfants et pour elle. Elle lui serra les mains et il répondit à cette étreinte. Quand un sanglot faillit la faire hoqueter, elle se pencha et le serra doucement dans ses bras pour lui cacher son émotion. L'infirmière revêche vint alors lui rappeler que la visite était terminée en tapotant sans un mot sur sa montre.

— Je reviendrai demain matin, dit Jess. Passez une bonne nuit, Dan. À demain.

Elle fut fidèle à sa promesse et lui rendit visite le lendemain matin, puis dans l'après-midi. Le jour suivant, il quitta les soins intensifs pour un service normal et put recevoir la visite des enfants, même s'ils ne purent entrer dans sa chambre que deux par deux.

Il avait l'air déjà beaucoup mieux, même si son regard sombre trahissait son inquiétude pour l'avenir. Jess le comprenait d'autant mieux que sa situation, quoi que bien différente, n'avait rien de réjouissant non plus. L'avocat auquel Dan l'avait adressée l'avait finalement rappelée pour la prévenir qu'il ne voyait aucun moyen d'empêcher la saisie de sa maison.

Le cinquième jour, les médecins décidèrent de laisser Dan rentrer chez lui. Deux jours après, Jess recevait un avis de saisie lui annonçant que sa maison serait vendue trente jours plus tard.

Cela lui laissait un mois pour trouver un nouveau logement. Les parents de Peter lui avaient téléphoné de nouveau, mais le temps lui manquait pour leur raconter ses déboires. Elle put cependant les prévenir que son employeur était malade, ce qui signifiait une surcharge conséquente de travail, et que sa maison allait être saisie.

Malgré sa propre situation, Jess ne pensait qu'à Dan, aux moyens de le protéger d'une nouvelle attaque, et de le convaincre de ne jamais la renvoyer loin de lui. Elle dormait chez les Frazier et même Luke lui témoigna sa reconnaissance d'être ainsi toujours présente. De son côté, elle s'efforçait de se montrer le plus professionnelle possible.

Un soir, les enfants couchés, Dan lui demanda de le rejoindre sous la véranda. Cela lui rappela une autre nuit, la nuit de leur premier baiser, mais elle s'efforça de ne pas s'attarder sur ces souvenirs.

Il lui fit un résumé de sa dernière visite chez son médecin traitant. Son état était parfaitement stabilisé ; on lui avait conseillé de réduire le sel dans son alimentation, de faire une bonne marche et de prendre un peu d'aspirine tous les jours jusqu'à nouvel ordre.

Cet ennui de santé l'avait cependant profondément ébranlé. Personne ne pouvait affronter la mort sans en rester marqué, et il voulait en discuter avec elle. Il n'avait cessé de penser à ce qui serait arrivé si son attaque avait été plus grave. Comment se serait-il débrouillé s'il était resté handicapé à vie ? Que serait-il advenu de ses enfants si cette attaque avait été fatale ?

— Je m'en suis bien tiré cette fois, dit-il en guise de conclusion. Je sais que cela a été difficile, et je vous suis très reconnaissant pour tout ce que vous avez fait pour moi et ma famille.

— Adèle et Clive l'auraient fait si je n'avais pas été là, répondit-elle, modeste. Ils adorent les enfants.

— Oui, je sais, mais Adèle vient de tomber enceinte. Elle n'est plus si jeune et son médecin lui a conseillé de se ménager.

— C'est exactement ce que je voudrais que vous fassiez, Dan, répondit-elle.

— Je vais faire tout mon possible pour m'assurer que cela ne se reproduira plus, mais je ne peux pas en être certain.

— Je ne veux pas que vous ayez une autre attaque, fit-elle, butée.

— Si quelque chose m'arrivait…, reprit-il le cœur serré.

— Il ne vous arrivera rien. Et je serai toujours là, Dan.

Je vous aiderai aussi longtemps que vous en aurez besoin. Je n'ai pas besoin de chercher un autre emploi jusqu'à ce que… vous n'ayez plus besoin de moi.

Sa générosité et son abnégation le touchèrent et le poussèrent à lui faire la proposition qu'il soupesait depuis des jours sans oser en discuter…

— J'ai quelque chose à vous demander qui pourrait nous être bénéfique à tous les deux.

— Quoi donc ?

— J'ai besoin d'avoir l'assurance que mes enfants seront à l'abri quoi qu'il m'arrive. J'ai bien l'intention de vivre longtemps et en bonne santé, affirma-t-il en la faisant taire d'un geste de la main, mais personne n'est jamais sûr de rien, et cette attaque me l'a rappelé. Je me suis rendu compte qu'ils dépendaient entièrement de moi, et je ne peux pas être certain d'être toujours là pour eux.

— C'est la vie, répondit-elle. Effectivement, les ennuis nous tombent parfois sur la tête sans qu'on puisse les prévenir ni même les prévoir.

— Luke m'a dit que votre maison allait être vendue dans quelques semaines…

— Je ne voulais pas vous ennuyer avec ça, dit-elle en serrant les lèvres.

— Vous auriez dû m'en parler, rétorqua-t-il en lui prenant les mains dans les siennes. Ce n'est pas juste que vous ayez dû assumer toutes mes responsabilités pendant mon séjour à l'hôpital et que vous n'ayez eu personne à qui confier vos propres ennuis. Vous avez besoin d'un foyer et de sécurité, et j'ai besoin moi aussi de savoir que mes enfants seront protégés quoi qu'il m'arrive.

Il s'éclaircit la gorge et reprit d'une voix plus basse.

— Vous et moi… nous avons une forte attirance l'un pour l'autre, et j'espère qu'il y a aussi de l'affection.

Elle le regarda d'un air incertain.

— Je ne comprends pas, Dan. Que voulez-vous me demander ?

— Voulez-vous m'épouser, Jess ? Voulez-vous m'apporter la certitude que j'aurai fait le maximum pour assurer l'avenir de mes enfants, et qu'en même temps je vous aurai également apporté la sécurité, à vous et à Ella ? Je vous promets de faire tout mon possible pour être un bon mari. Je me rends bien compte qu'il n'y a pas d'amour entre nous, mais j'espère que nous pourrons établir une bonne relation…

— Qu'est-ce que tu fais, papa ? cria une voix derrière eux. Tu ne peux pas l'épouser ! Ce n'est pas maman !

Ils se retournèrent en même temps, mais Luke avait déjà disparu à l'intérieur de la maison, et ils n'entendirent que le martèlement de ses pieds nus dans l'escalier. Il remontait quatre à quatre dans sa chambre.

— Je vais lui parler, Jess, dit Dan. J'avais l'impression que cela se passait mieux entre vous, pourtant, et je croyais que…

Que tout était arrangé ? Que Luke ne verrait aucun inconvénient que son père lui demande sa main ? Il le faisait uniquement pour le bien de ses enfants, mais son fils aîné pensait qu'il voulait remplacer leur mère… Il pouvait difficilement se tromper davantage ! Dan n'avait aucune intention de lui donner son cœur, il lui proposait juste une assurance contre les coups durs de la vie.

Elle s'efforça de ne pas lui montrer combien ses paroles l'avaient blessée.

— Ce que vous proposez, c'est un mariage de raison, dit-elle. C'est une décision difficile, et vous devez tenir compte de Luke. Il est visiblement très opposé à ce projet, et vous n'arriverez peut-être jamais à le faire changer d'avis. Vous devez lui expliquer que… que vous ne m'aimez pas. Et j'ai besoin de temps pour réfléchir.

— Oui, je le sais, et je vais lui parler. Prenez le temps d'y penser et rappelez-vous bien que ce serait une solution à beaucoup de nos problèmes.

Il en omettait un, qui était l'amour qu'elle nourrissait pour lui. Il lui promettait d'être un bon mari et d'éprouver de l'affection à son égard, mais elle, en revanche, l'aimait de toute son âme. La situation n'était pas équilibrée et elle ne savait pas s'il lui serait possible d'accepter. La sécurité pour sa fille et elle, bien sûr… mais à quel prix ? Arriverait-elle à vivre ainsi ? À savoir que l'homme qu'elle chérissait si intensément de toutes les fibres de son être n'avait pour elle qu'une attirance physique doublée d'affection ?

Soudain, le tête-à-tête lui fut insupportable.

— J'ai besoin d'aller dormir, Dan. Je vais réfléchir, et vous, parlez avec Luke. Vous aurez peut-être changé d'avis après cette conversation.

— Non, je vous le promets.

Parce que, après cette conversation, Luke aurait la certitude que Rebecca resterait à jamais l'unique amour de son père ?

Elle prit congé et se retira dans sa chambre. Dan venait de lui offrir ce que son cœur désirait le plus ardemment, un avenir commun avec lui, mais sans amour. Elle avait commis l'erreur d'accorder sa confiance de manière inconsidérée au père d'Ella mais, à sa décharge, elle l'aimait sincèrement au début de leur relation. Et cet amour était resté en sens unique, comme avec Dan.

D'un autre côté, il ne lui mentait pas, il ne faisait aucune promesse d'amour éternel ; il se contentait de lui apporter la sécurité, et c'était déjà beaucoup.

Mais vivre sans être aimée ? Était-ce possible ?

Ce fut dans la plus grande confusion morale qu'elle finit par s'endormir, de longues heures plus tard.

14

— Et vous voyez, mon petit, ce Lang Fielder prévoyait depuis le départ de récupérer votre maison à un bon prix. Il avait l'intention de la raser, comme les trois autres qu'il a achetées dans votre rue, et de faire édifier sa propre demeure sur vos terrains. Pour parvenir à ses fins, il lui suffisait de se faire nommer au bureau des logements sociaux et de prendre le contrôle de la situation en ne vous envoyant pas les traites que Peter n'avait pas réglées. Notre détective a rassemblé toutes les preuves ici.

Installé dans la cuisine de Jess, George Rosche termina son explication en tapant sur le dossier posé sur la table. Dalia l'approuva d'un mouvement de tête. Installée sur les genoux de sa grand-mère, Ella jouait avec le sautoir fantaisie que celle-ci portait au cou. Et Jess les contemplait en ouvrant des yeux médusés.

— Jess, cet homme n'avait pas le droit de laisser la situation s'aggraver autant sans vous en avertir officiellement, assura Dalia avec véhémence. Il vous tendait un piège depuis le début ! Découvrir cela nous a rendus vraiment furieux. J'espère que vous ne nous en voulez pas d'avoir demandé au détective qui vous a retrouvée de faire toute la lumière sur cette affaire.

— Dis-lui, chérie, souffla son mari.

— Nous avons réglé l'emprunt dans son intégralité, intérêts et capital, dit Dalia d'une voix ferme. La saisie et la vente sont annulées. La maison est maintenant complètement à vous et ce voleur n'y peut rien.

Jess ouvrait déjà la bouche pour protester quand George leva une main pour la faire taire.

— C'est tout à fait dans nos moyens, inutile de vous inquiéter. En revanche, vous devriez signaler le comportement de cet individu aux services sociaux. Il doit être renvoyé sur-le-champ pour un tel manque d'éthique. Nous serions ravis de vous accompagner dans ces démarches.

— Quand je pense que je suis allée à la mairie et que j'ai presque dû me prosterner pour qu'on accepte de me laisser lui parler ! dit Jess indignée. Il m'a encouragée à payer tout ce que je pouvais, tout en sachant qu'il allait de toute façon faire saisir ma maison et la racheter une bouchée de pain ! Quel sale type ! Vous pouvez me croire, je vais alerter le conseil municipal et la direction nationale des logements sociaux !

— Bravo, dit George, visiblement content de la voir réagir avec tant d'énergie. Nous vous aiderons, comptez sur nous.

Leur aide la prenait de court. Elle avait tellement l'habitude de se débrouiller seule et de mener ses propres batailles que se sentir soudain épaulée d'une manière aussi concrète la réconfortait terriblement. Serait-ce ainsi si elle épousait Dan ? Se soutiendraient-ils mutuellement ? Et cela suffirait-il à remplacer l'amour qu'il ne lui donnerait pas ?

Elle l'ignorait. Et devait trouver la réponse rapidement…

— George, Dalia, merci infiniment pour tout ce que vous avez fait pour moi. Vous êtes d'une incroyable générosité et je veux vous rembourser cet argent. Vous ne me devez rien.

— Nous savons ce que vous éprouvez, mon petit, dit Dalia en lui tapotant la main. Mais vous luttez seule pour survivre et ce n'est pas juste. Je vous assure que ce n'était pas un gros sacrifice pour nous, alors n'en parlons plus. Nous l'avons fait sans espérer quoi que ce soit en retour. Nous ne voulons pas faire pression sur vous, même si nous souhaitons du fond du cœur que vous nous accorderez une place dans votre vie et dans celle d'Ella. Peter est notre fils unique, et nous n'aurions jamais imaginé qu'un jour il nous donnerait une si ravissante petite-fille, avec une femme si sérieuse et si sympathique.

Ils parlèrent longuement tous les trois. Jess finit par accepter leur cadeau, et leur assura qu'ils seraient toujours les bienvenus quand ils voudraient voir Ella.

Ensuite, ils décidèrent d'aller sans perdre de temps à l'office des logements sociaux pour exposer la situation au directeur. Quand la secrétaire tenta de les éconduire, Jess se montra inflexible.

— Nous ne partirons pas d'ici sans l'avoir rencontré !

Finalement, après un petit moment d'attente, la secrétaire les fit entrer dans le bureau du directeur du service. Jess lui expliqua sa situation et lui donna le dossier rassemblé par le détective des Rosche. L'homme examina les documents et son visage se décomposa. Il appela ses deux adjoints pour lui servir de témoins, puis convoqua Lang Fielder dans son bureau.

Lorsque ce dernier arriva, il lui montra les preuves.

— Je croyais vous connaître, Fielder, mais je me suis apparemment trompé sur votre compte. Ces manœuvres malhonnêtes sont inadmissibles dans notre service. Vous êtes renvoyé. Mon adjoint va vous accompagner dans votre bureau pour que vous récupériez votre manteau, il vous escortera jusqu'à la porte. Je vous interdis de prendre quoi que ce soit d'autre.

— Vous ne pouvez pas faire ça, s'écria Fielding. Je vais porter plainte contre vous !

— Ne vous en privez pas. En attendant, je vais faire un rapport au ministère et diligenter une enquête sur tous les dossiers que vous avez gérés. J'espère pour vous qu'aucune action en justice ne sera ouverte à votre encontre par l'administration ou par Mme Baker. Si j'en juge par ce que contient ce dossier, vous seriez sûr d'être condamné !

Fielder les toisa du regard une seconde. Jugeant sans doute qu'il n'était pas en position de force, il sortit du bureau sans ajouter un mot. Un des adjoints du directeur le suivit aussitôt pour s'assurer qu'il quitterait le bâtiment sur-le-champ.

Le directeur s'excusa platement auprès de Jess et lui promit qu'il la tiendrait informée des suites de cette affaire.

Quand ils se retrouvèrent dehors, elle embrassa impulsivement George et Dalia.

— Merci mille fois pour votre aide !

Après de grandes accolades, ils prirent rendez-vous pour se revoir très vie, et les Rosche repartirent pour Sydney. Jess, incroyablement soulagée, fit quelques pas de danse avec sa fille, qui se mit à rire aux éclats. Sa maison lui appartenait entièrement désormais ! Plus personne ne pourrait les chasser ! Les grands-parents d'Ella lui avaient offert la sécurité si chère à son cœur, et une véritable tendresse dont ils venaient de lui donner une preuve concrète.

— Nous avons une famille, ma chérie ! Une vraie famille, qui nous aime et nous protège !

Ces mots la rendirent soudain grave. Dan aussi lui avait proposé une famille, et il attendait toujours sa réponse. Il lui offrait la possibilité de vivre avec lui et de l'aimer en silence, même si lui ne l'aimerait jamais.

— Il est temps de rentrer à la maison, dit-elle, un peu calmée. Nous devons savoir si Dan a parlé avec son fils et comment cela s'est passé.

— Jess, j'espère que vous avez passé un bon moment avec les grands-parents d'Ella, dit Dan.

Il ne savait pas ce qui s'était passé et n'avait appris l'existence de ce couple que le matin même, quand elle lui avait demandé une matinée de congé. Il attendait bien sûr avec impatience qu'elle lui donne sa réponse, mais s'était promis de respecter son besoin d'y réfléchir.

— Dan, avez-vous discuté avec Luke ? lui demanda-t-elle.

— Oui. Je lui ai expliqué que je n'essayais pas de remplacer leur mère dans leurs existences. Il a pleuré un peu. J'ignorais qu'il avait autant refoulé son chagrin depuis la mort de Rebecca. Il s'est confié à moi pour la première fois depuis longtemps. J'ai l'impression que cela lui a fait du bien et qu'il commence enfin à tourner la page.

— Tant mieux, Dan, je suis contente que cela se soit bien passé.

— Il m'a assuré qu'il ne nous mettrait pas de bâtons dans les roues si nous décidions de…

De nous marier. De devenir une paire d'amis prêts à se soutenir dans les épreuves de la vie.

Elle acquiesça.

— Il faut que je vous parle des grands-parents d'Ella, dit-elle.

Elle lui raconta alors aussi précisément que possible ce qui s'était passé pendant la matinée et conclut :

— Désormais, je suis entièrement propriétaire de ma maison. Grâce à la générosité de Dalia et de George.Qu'ils se soucient suffisamment de moi et de ma fille pour demander à leur détective de mener son enquête, et qu'ils aient fait le nécessaire pour qu'on nous rende justice me touche encore davantage que leur aide financière. Ils tiennent beaucoup à jouer leur rôle de grands-parents auprès d'Ella, et je suis vraiment heureuse que ma fille puisse les connaître. Ce sont des gens bien.

— J'en suis sincèrement heureux pour vous, Jess.

En l'écoutant, Dan avait vécu toutes ses émotions comme s'il les avait expérimentées lui-même, de la colère au soulagement, en passant par la reconnaissance envers ces inconnus. Il se rappela soudain sa conversation avec son fils. Luke avait refoulé ses sentiments pendant longtemps, mais lui-même n'en avait-il pas fait autant ? Sa relation avec Jess n'était-elle vraiment faite que de tendresse et d'amitié ?

Maintenant que ses ennuis étaient réglés, elle n'avait plus besoin de lui. En tout cas pas comme avant l'intervention des grands-parents d'Ella. Mais lui… Il avait toujours besoin d'elle.

Son cœur se serra douloureusement et il fut pris d'un mouvement de panique. Était-il en train d'avoir une nouvelle attaque ? Mais, cette fois, les symptômes étaient très différents. Il prit une profonde inspiration et comprit soudain pourquoi il avait l'impression que quelqu'un serrait son cœur d'une poigne de fer. Il avait peur ! Peur de perdre Jess. Pas pour ses enfants, pas pour sa tranquillité d'esprit. Non, il avait peur pour lui-même !

Il était tombé amoureux d'elle.

Cette révélation le laissa stupéfait. Jamais il n'aurait imaginé que cela lui arriverait de nouveau. Il aimait Jess très différemment de Rebecca, et c'était pour cela qu'il n'avait pas compris tout de suite ce qui lui arrivait. Mais la vérité, c'était qu'il l'aimait tout aussi profondément qu'il avait aimé sa défunte épouse.

— Dan, je ne veux pas vous faire attendre plus longtemps avant de vous donner ma réponse.

Il se rendit brutalement compte qu'il avait peut-être tout gâché. Il lui avait demandé sa main pour d'excellentes raisons très rationnelles, mais en oubliant la plus essentielle d'entre toutes ! Jamais il ne lui avait dit qu'il l'aimait plus que tout au monde, et qu'il avait besoin de savoir si elle pourrait un jour l'aimer en retour.

Pourrait-il réparer cette faute ? Arriverait-il à la convaincre de l'aimer un tout petit peu, malgré la manière odieuse dont ce Peter Rosche l'avait traitée ? En dépit de leur différence d'âge ? Et réussirait-il à faire accepter à ses enfants qu'il l'aimait et qu'il avait besoin d'elle dans sa vie ?

Il devait leur en parler. Et il devait faire une demande en mariage à Jess dans les formes.

— Jess, voulez-vous attendre ce soir pour que nous discutions tranquillement de tout cela ? Une fois que les enfants seront au lit ?

Rob et Daisy sortaient justement sous la véranda et elle acquiesça.

— Vous avez raison, ce sera plus simple…

Elle retourna à son travail et il s'enferma dans son bureau pour passer les quelques coups de téléphone nécessaires pour organiser sa soirée.

À la fin de la journée, Dan conseilla à Jess de rentrer chez elle pour enfiler une jolie robe et de revenir le rejoindre plus tard. Il avait demandé à la jeune fille qui avait fait la baby-sitter pendant son hospitalisation de venir pour la soirée. Il souhaitait emmener Jess dîner « pas très loin », avait-il précisé.

Très intriguée, Jess rentra donc se changer. Que voulait-il donc ? Il lui avait déjà fait sa demande ; avait-il changé d'avis parce que ses enfants n'arrivaient pas à se faire à cette idée ? Lui demander de se faire belle pour lui annoncer qu'il renonçait à l'épouser n'avait pas beaucoup de sens. Elle passa sa plus jolie robe, en coton jaune imprimé de grandes fleurs rouge et orange. Un collier de grosses perles multicolores et le bracelet assorti complétèrent sa toilette.

Dan l'attendait sous la véranda, vêtu d'un élégant pantalon noir, d'une chemise d'un beau vert sombre, et chaussé de mocassins en daim. Il était tout simplement magnifique !

— J'espère que je suis habillée de manière adéquate pour l'occasion, dit-elle.

— Vous êtes superbe et votre tenue est parfaite pour l'endroit où nous allons, répondit-il avec un sourire terriblement sexy.

Elle détecta une pointe de nervosité dans sa voix, qui accentua sa curiosité. Il lui donna le bras et ils traversèrent le parc vers… le gros chêne et la cabane construite dans ses branches !

Ils montèrent l'échelle. Une fois à l'intérieur, elle poussa un cri de surprise.

— C'est merveilleux !

La cabane avait été entièrement décorée de somptueux bouquets et de guirlandes de fleurs qui avaient dû lui coûter une fortune. Il y avait une belle couverture de pique-nique en laine écossaise sur le plancher, d'énormes coussins pour s'asseoir, un seau à champagne qui contenait une bouteille déjà ouverte, ainsi que deux flûtes en cristal sur un plateau d'argent, et un présentoir de fine porcelaine couvert d'appétissants petits-fours.

— Voulez-vous vous asseoir, Jess ?

Il leur servit le champagne d'une main qui tremblait légèrement et lui tendit son verre.

— Vous n'aviez pas besoin de faire tout cela, dit-elle quand elle fut remise de sa surprise. Je sais que ce n'est pas par amour que vous m'avez demandé de vous épouser, et j'ai déjà pris ma décision… mais, évidemment, si les enfants…

— Jess, dit-il, j'aimerais beaucoup que l'on reparte du début.

Repartir du début ? Elle l'aimait à la folie et se sentait prête à prendre le risque de l'épouser même s'il ne l'aimait pas, dans le simple espoir qu'il finirait par éprouver de l'affection à son égard. C'était sa seule chance et elle ne voulait pas la laisser filer. Allait-il lui annoncer qu'il retirait finalement son offre ?

— Vous n'avez pas changé d'avis ? lui demanda-t-elle pour en être tout à fait certaine.

— Je vous ai demandé de m'épouser pour donner une certaine sécurité à mes enfants et à vous-même, dit-il en lui prenant la main.

— Je sais, et je vous en suis reconnaissante. Je les aime déjà beaucoup, Dan. M'occuper d'eux me remplit de joie. Sans compter qu'Ella grandira entourée de frères et de sœurs. C'est important pour elle aussi.

— Votre générosité me touche beaucoup, Jess. Après votre départ, j'ai parlé aux enfants et je leur ai fait part de mon projet de vous épouser. Ils vous aiment déjà beaucoup et cette nouvelle les a enchantés. Même Luke n'a pas élevé la moindre objection. Je crois que notre conversation l'a aidé à y voir plus clair en lui. Il a compris que vous ne représentiez pas une menace. Mais ce n'est pas tout, reprit-il après une seconde d'hésitation. Depuis quatre ans, je n'ai pas cessé de penser à Rebecca et à l'amour que nous avons partagé. En réalité, je crois que je me protégeais derrière cet amour pour éviter de reprendre une vraie vie, pour éviter d'aimer de nouveau et de courir le risque de souffrir encore.

Il l'attira plus près de lui et elle se blottit contre son épaule sans le quitter des yeux, consciente qu'il lui ouvrait son âme comme il ne l'avait jamais fait jusque-là.

— Je croyais que cela ne m'arriverait plus jamais, et je me trompais. Je suis tombé amoureux de nouveau, de tout mon cœur. Je ne l'ai pas compris tout de suite et j'ai fait ma demande en m'abritant derrières des arguments de bon sens pour me voiler la face. J'avais peur de m'avouer qu'en réalité l'amour seul me motivait. Puis il y a eu la crise avec Luke, et vous m'avez dit que vous aviez besoin d'y réfléchir.

Pétrifiée, elle retenait son souffle sans oser en croire ses oreilles. Était-il en train de lui dire qu'il l'aimait ?

— Ce matin, quand vous m'avez raconté que les grands-parents d'Ella avaient réglé le reste des mensualités de votre maison, j'ai compris que vous n'aviez plus besoin de la sécurité que je vous apportais. Je me suis rendu compte que j'avais besoin de vous pour moi-même, pas pour mes enfants, parce que je vous aime profondément. J'espère que je n'ai pas gâché toutes mes chances en vous demandant de faire avec moi un mariage de raison.

La merveilleuse surprise la laissa muette un instant. Son cœur battait à tout rompre dans sa poitrine. Son espoir le plus fou se réalisait ! Dan l'aimait vraiment !

Il la regardait avec une inquiétude croissante.

— Je ne pensais pas qu'il soit possible d'aimer deux fois aussi intensément, dit-il, mais c'est la vérité. Je t'aime, Jess. J'ai besoin de toi. Je veux pouvoir vivre avec toi et t'aimer chaque jour qui me reste à vivre.

— Oh ! Dan, je suis si heureuse ! murmura-t-elle enfin. J'avais l'intention d'accepter en venant ce soir. J'ai compris que je t'aimais après la nuit que nous avons passée ensemble, et lorsque j'ai vu Ella marcher vers toi. Quand tu m'as demandé ma main, je ne savais pas quoi te répondre. Je voulais vivre avec toi mais je n'étais pas sûre de supporter la vie commune en sachant que tu ne m'aimais pas. J'ai déjà vécu cela avec Peter.

— Pourtant tu aurais accepté, pour le bien des enfants ?

— Pour nous tous, en réalité. J'espérais bien que tu finirais par avoir de l'affection pour moi, et peut-être un peu d'amour.

— C'est déjà fait, ma chérie. Je t'aime de tout mon cœur. Tu es une femme merveilleuse, si aimante, si généreuse ! Veux-tu devenir mon épouse, Jess ? Acceptes-tu que je passe le reste de ma vie à t'aimer de tout mon cœur ?

— Oui, mon amour, mille fois oui ! répondit-elle. Je veux être à toi, mon chéri. Je t'aime et j'aime tes enfants, et je veux prendre soin de vous jusqu'à mon dernier souffle !

Emporté dans un élan de bonheur, Dan se pencha pour l'embrasser avec fougue.

— J'aimerais passer ma vie entière ici à te faire l'amour, murmura-t-il avec une infinie tendresse.

— Mais nos enfants et la baby-sitter, qu'ils ont déjà mise

au courant, attendent l'issue de ce rendez-vous, dit-elle en finissant sa phrase.

— Oui, assura-t-il en riant doucement, je crois qu'en effet personne ne doit dormir dans la maison !

— Alors rentrons tout leur dire.

Il l'embrassa de nouveau et l'aida à se relever.

— Une nouvelle vie commence pour nous, mon amour, lui dit-il en la serrant contre lui. Épouse-moi vite, Jess. Marions-nous ici, dans cette maison, avec tous nos enfants comme invités. Nous organiserons une très belle fête. Annapolly, Mary et Daisy porteront de jolies robes, Rob et Luke seront en costume, et toi, vêtue d'une robe de mariée, tu seras la plus belle femme du monde.

— Et toi, le marié le plus sexy et le plus merveilleux, mon amour, répondit-elle en l'embrassant sur la bouche. Viens, allons prévenir les enfants.

Ils descendirent de l'arbre et traversèrent le jardin plongé dans la nuit, enlacés l'un à l'autre. Réunis et enfin heureux. Pour le reste de la vie.

ALLY BLAKE

Pour l'amour d'une enfant

Traduction française de
ADELINE MAGNE

HARLEQUIN

Titre original :
MILLIONAIRE DAD'S SOS

Ce roman a déjà été publié en 2017.

Prologue

Du nouveau sur www.chic-online.com.au!

Scoop : Portée disparue!

Qu'est-il arrivé à Meg Kelly, la jeune et adorable héritière de l'empire KInG?

Selon des sources proches de sa famille, voilà deux nuits qu'elle n'a pas dormi au manoir familial. Nulle trace de sa célèbre Jaguar rouge, d'ordinaire garée devant les locaux de la tour Kelly, siège du Kelly INvestment Group dirigé par son père.

Que cache cette disparition soudaine? Une nouvelle opération du nez serait-elle à l'ordre du jour? Son père, l'insatiable Quinn Kelly, ne se serait-il pas aussi bien remis de ses problèmes cardiaques que sa famille voudrait nous le laisser croire? À moins que notre adorable Meg Kelly ne se soit enfuie avec ce si viril magnat du pétrole venu du Texas et aperçu la semaine dernière chez ses parents. La petite dernière de l'empire KInG aurait-elle enfin trouvé l'amour?

Rendez-vous sur notre sondage en ligne pour gagner des exemplaires gratuits de notre best-seller : Un roi à Brisbane : la vie secrète de Quinn Kelly.

1

De tous les centres de bien-être au monde, il avait fallu qu'elle choisisse le sien…

Tapi dans un coin du hall spacieux du Pavillon de Waratah, dans l'ombre d'un volumineux palmier en pot, Zachary Jones, les yeux plissés, observait la silhouette svelte qui dévalait d'un pas leste les larges marches de pierre à la sortie du bâtiment.

Connaissant sa réputation d'ours mal léché, ses collaborateurs évitaient généralement de le déranger. Pourtant, la rumeur de cette arrivée leur avait semblé suffisamment importante pour qu'ils se risquent à en avertir discrètement l'ours. Lequel leur en était reconnaissant.

Ils ne s'étaient pas trompés. Même en short, débardeur et baskets, loin des tenues clinquantes qu'elle arborait dans les revues de papier glacé, elle était reconnaissable entre mille. Ces boucles sombres, ce déhanchement diabolique, cette silhouette fine, faite pour les talons hauts et les robes des années cinquante, sans oublier la Jaguar rouge dans laquelle elle était arrivée, encombrée de bagages de luxe et de deux amies non moins voyantes : cette cliente si spéciale n'était autre que Meg Kelly.

Tête baissée, elle tentait, en vain, de faire tenir son imposante chevelure brune sous une casquette, loin de se douter qu'elle était furtivement observée.

Zach lâcha un juron sonore qui lui attira les regards d'un

groupe de clients. Gêné, il se rencogna dans l'ombre. Passer inaperçu… Cela avait toujours été son mantra. Toute sa vie, il avait détesté l'attention des projecteurs. Aujourd'hui plus que jamais, cette discrétion était une nécessité. Pour lui, mais pas seulement…

Comme la jeune femme venait de disparaître derrière un épais massif de fleurs tropicales, il se surprit à incliner la tête pour suivre sa silhouette et se redressa vivement, les pieds bien campés au sol. Elle réapparut enfin, et se pencha pour réajuster l'une de ses baskets. De son poste d'observation, Zach était suffisamment près pour remarquer la tension du tissu sur ses formes rebondies, et ses mollets galbés par le mouvement. Il détourna le regard et se passa la main sur la bouche, puis revint à la jeune femme. Son débardeur, légèrement trop court, révélait une peau pâle et douce, et… un tatouage, bon sang !

Il leva les yeux au ciel et respira profondément.

Pourquoi lui ? Pourquoi maintenant ?

Que diable avait-il fait ? Depuis ce matin, cela n'arrêtait pas. D'abord, son mandataire à Saint-Barthélemy, aux Antilles, lui avait fait part de difficultés imprévues concernant l'ouverture de leur nouveau centre. Ensuite, il avait raté un appel de celle pour qui il s'était reclus depuis six mois dans ce coin perdu, et elle avait éteint le portable qu'il lui avait pourtant acheté afin de pouvoir la joindre à tout moment. Et à présent, Meg Kelly.

Dire qu'il n'était pas 8 heures du matin… La semaine s'annonçait longue.

À peine arrivée, levée aux aurores, et déjà une ampoule. La semaine s'annonçait longue. Meg appuya par mégarde sur son pied endolori et grimaça. Positiver ! Certes, elle avait oublié d'emporter des pansements, mais à part cela tout allait pour le mieux. Elle respira profondément l'air frais du matin et s'imprégna de la sérénité ambiante, puis bâilla et sourit avec ravissement.

Elle se retourna soudain, en proie à une sensation étrange. Au fil des années, elle avait acquis un sixième sens infaillible : quelque part, quelqu'un l'observait, elle en était sûre. Elle promena sur le parc un regard circulaire. Rien. Tout était calme. C'était sans doute la brise qui lui donnait des frissons.

Elle prit une autre inspiration, sourit et se dirigea d'un pas mal assuré vers la pelouse, sans doute plus clémente pour ses pauvres pieds. Si ses frères avaient pu la voir, debout à l'aube, en short, nul doute qu'ils en auraient fait des gorges chaudes. À vrai dire, elle n'avait vu le soleil se lever qu'une seule fois dans sa vie, au terme d'une nuit de fête particulièrement longue où elle ne s'était tout simplement pas couchée.

Seulement, cette semaine, elle n'était plus Meg Kelly, figure phare des soirées de Brisbane. Cette semaine, sur l'initiative de ses amies, elle n'était qu'une vacancière parmi d'autres. Bien sûr, lorsque, deux jours plus tôt, Rylie et Tabitha avaient débarqué chez elle en lui annonçant qu'elles avaient annulé tous ses rendez-vous pour la conduire dans un centre de bien-être dans l'arrière-pays, elle avait eu un instant de panique. Après tout, son emploi du temps était chargé et minuté ; tant de gens comptaient sur elle : les créateurs des robes qu'elle était censée porter, les associations caritatives qui l'avaient conviée à des soirées, des entreprises locales qui lui avaient demandé de les parrainer, les pensionnaires du Refuge pour femmes…

Et pourtant, alors que les lumières de la ville s'espaçaient et s'évanouissaient dans son rétroviseur, baignée du parfum de la nuit, un sentiment de liberté lui était monté à la tête comme une liqueur forte. Quelques jours sans sa famille, sans stress, sans obligations, sans paparazzi : c'était du jamais vu !

Meg soupira et jeta un regard vers le Pavillon de Waratah.

Toujours aucun signe des filles. De là à conclure qu'elles avaient résisté à l'appel du réveil…

Un employé du centre la salua et, le sourire figé, trébucha comme il marchait la tête tournée vers elle. La jeune femme réprima une grimace. Apparemment, la casquette, les lunettes de soleil et les baskets toutes neuves qu'elle s'était procurées à la boutique du Centre n'allaient tromper personne.

Mais, après tout, elle aurait dû s'y attendre.

Meg avait pris place en queue d'un groupe hétéroclite de coureurs sur une piste taillée dans la forêt luxuriante et humide. À ses côtés, Tabitha joggait sur place pour s'échauffer, levant les genoux bien haut, tandis que Rylie, les mains sur les hanches, inclinait le torse de côté, pratiquement à angle droit.

— Eh, les filles, vous voyez ce que je vois, là-bas ? dit Tabitha entre ses dents. Ce type vaut le billet d'entrée à lui tout seul.

— Chut !

Sourcils froncés, Meg s'efforçait d'écouter la sémillante « agent de bien-être » qui sautillait devant le groupe.

— Ne me dites pas que nous sommes censés courir quatre kilomètres ?

— Non, elle a dit cinq.

Bouche bée, Meg releva ses lunettes sur ses cheveux.

— Cinq ?

— Oui, cinq, confirma Tabitha. Maintenant, écoute-moi : juste derrière nous, le type super-beau. Il te dévore des yeux depuis cinq minutes.

Avec un « Encore un » blasé, Rylie se pencha en avant pour poser les doigts sur le sol et, à travers le compas de ses jambes, jeta un coup d'œil derrière elle.

— Je retire ce que je viens de dire, annonça-t-elle en se relevant lentement. Celui-là vaut le coup d'œil.

Meg secoua la tête.

— Ça va, les filles.

— Tant pis pour toi, dit Rylie d'une voix mystérieuse.

— D'accord, soupira Meg. Où est-il ?

Tabitha s'approcha d'elle avec un air de conspiratrice.

— Derrière ton épaule droite. T-shirt délavé, pantacourt, baskets qui ont fait leur temps, casquette qu'il aurait dû jeter depuis longtemps.

Rylie éclata de rire et fit pivoter Meg sur elle-même.

Appuyé à l'un des grands gommiers qui bordaient l'allée du domaine, un homme l'observait avec une intensité dérangeante. Il était grand. Très grand, même. Les joues noircies par une ombre de barbe, le front encadré de boucles sombres qui n'avaient pas vu les ciseaux d'un coiffeur depuis longtemps, la peau brunie par le soleil.

Les mains légèrement tremblantes, Meg coinça une boucle derrière son oreille et se pencha pour relever ses chaussettes. Les filles avaient raison : ce type était la définition vivante du sex-appeal. Un sex-appeal viril, sauvage.

Lorsqu'elle se releva, il n'avait pas bougé. Meg frissonna, malgré la chaleur qui saturait déjà l'air matinal. Les yeux de l'homme étaient dissimulés par la visière de sa casquette, mais elle les devinait braqués sur elle, inflexibles. Un fourmillement étrange irradia de son épaule droite à son cou, puis à sa bouche. Elle serra les poings pour se retenir de porter les mains à ses lèvres.

Enfin, il bougea. Il se redressa lentement, ajusta sa casquette et croisa les bras sur son torse. Des bras bruns, puissants. Un torse large.

Meg prit une profonde inspiration, expira lentement, puis se tourna droit vers lui et lui décocha un sourire franc, sans la moindre ambiguïté. Mais rien. Il ne cilla même pas. Imperturbable, il continuait de la regarder.

La jeune femme s'empourpra, la respiration soudain difficile, et sursauta comme Tabitha se penchait vers elle.

— Alors ? Tu nous en veux toujours de t'avoir entraînée de force ici ?

Rylie se redressa et regarda ouvertement l'homme.

— Dites-moi si je me trompe, mais ne s'agirait-il pas de Zach Jones en personne ?

Enfin revenue à elle, Meg saisit vivement la main de Rylie pour l'obliger à se détourner.

— Ce nom me dit quelque chose.

— Il était champion olympique d'aviron, expliqua Rylie. D'ailleurs, il a su garder la forme. Depuis, il s'est découvert un talent fou pour les affaires. Ce centre est à lui, ainsi qu'une douzaine d'autres dans le monde. Il est connu pour son succès autant que pour son indépendance et son non-conformisme. D'ailleurs, il refuse que sa société soit cotée en Bourse. À part cela, personne ne connaît grand-chose sur lui. Il reste très discret sur sa vie privée.

— Il est célibataire ? demanda Tabitha.

— De l'espèce impénitente.

Tabitha se tourna vers Meg avec un grand sourire.

— Parfait. Ton père va le détester.

— Et alors ? répliqua Meg avec un regard vif.

— Tabitha a raison, observa Rylie. Rien ne t'oblige à te limiter à des garçons insipides pour te faire bien voir de ton père.

Meg leva les yeux au ciel.

— Merci, mais les jeunes loups qui n'imaginent pouvoir impressionner une femme qu'en lui racontant leurs exploits d'hommes d'affaires, très peu pour moi. Ça me rappelle trop ma famille.

Ses amies hochèrent la tête en silence. Les lèvres pincées, Meg reporta son attention sur l'instructrice.

— C'est pourtant lui, c'est bien Zach Jones, murmura Rylie, j'en mettrais ma main au feu. Aucun journaliste n'est jamais arrivé à mettre la main sur lui. S'il m'accordait une interview, ce serait la gloire ! Mais je me demande bien ce qu'il fabrique ici, plutôt que de traquer les nouveaux marchés quelque part dans le monde. Attention, les filles, je flaire un scoop !

Meg secoua ses boucles et observa de nouveau l'homme du coin de l'œil.

Il avait légèrement redressé la tête. Comme elle aurait voulu caresser ces joues brunies d'une ombre de barbe, ces lèvres si finement ciselées… Mais la vraie perfection de ce visage, c'était ses yeux. Des yeux sombres, dangereux, dont l'intensité la rivait au sol.

Meg respira profondément. L'air tropical, dense et humide, lui serrait la gorge. Un filet de sueur coula le long de son dos et dans le creux de sa poitrine.

Zachary Jones.

Ce nom virevolta dans sa tête avec la voix de son père. « Celui-là monte trop haut, trop vite, avait-il décrété, glacial, en malmenant les pages du *Financial Times* comme il le faisait chaque fois qu'il était énervé. S'il persiste à n'en faire qu'à sa tête, à trop présumer de ses forces, il va finir par se casser les dents, c'est moi qui vous le dis. » Meg aurait été bien en peine de se prononcer sur le sujet. Ce qu'elle savait, en revanche, c'était que son père ne daignait jamais s'intéresser à quiconque, client, concurrent, enfant, en dessous d'un certain niveau de réussite.

Elle avala sa salive.

Zach Jones la couvait d'un regard sans concession, aussi incandescent que la lave d'un volcan. Malgré la chaleur étouffante, la jeune femme se sentit trembler. Mais alors, il cligna les paupières et roula les épaules, preuve qu'il n'était pas aussi flegmatique ou blasé qu'il s'en donnait l'air. À cette pensée, un frisson brûlant la parcourut avec une violence qui fit trembler ses genoux. Elle recula et appuya sur son ampoule. La douleur la ramena aussitôt à la réalité.

L'homme fit alors un pas vers elle. Meg se tourna vers ses amies pour se soustraire à son magnétisme dévastateur.

— Qu’est-ce qu’on attend pour partir ?

Rylie pinça affectueusement sa joue rosie.

— Il n’y a pas une minute, tu traînais des pieds.

Meg haussa les épaules. Elle préférait courir plutôt que d’avoir à soutenir plus longtemps le regard de cet homme.

— Meg, il vient vers nous, il vient vers nous ! dit Tabitha sans se soucier d’être entendue par les autres coureurs.

Au même moment, le groupe s’ébranla.

— On te laisse, dit Rylie en entamant une course à petites foulées. Je compte sur toi pour me décrocher une exclusivité !

— Hein ? Non, non, non !

Trop tard : elles étaient déjà parties, et Meg savait qu’elle n’aurait aucune chance de les rattraper, malgré l’adrénaline qui pulsait dans ses veines.

Elle était seule sur cette piste de sable, et Zach Jones se dirigeait droit vers elle.

2

Meg courut à peine cinq minutes, puis, à bout de souffle, elle se mit à marcher. Elle regrettait d'être mal équipée, de ne pas avoir le serre-tête et le soutien-gorge appropriés ; elle aurait rêvé d'être assise à l'arrière d'un scooter. Les derniers retardataires ne tardèrent pas à la distancer, ainsi que l'instructrice qui fermait le groupe. Tout le monde l'avait dépassée, sauf une personne.

Derrière elle, un bruit de pas résonnait lourdement sur la piste de terre. Dans l'air qu'elle aspirait à pleins poumons pour récupérer son souffle, elle perçut un parfum subtil, élégant et terriblement masculin.

— On arrive bientôt ? demanda-t-elle suffisamment fort pour qu'il comprenne qu'elle s'adressait à lui.

— Reposez-moi votre question, en vous tournant vers moi.

Sourde et profonde, la voix s'accordait parfaitement au personnage. Avant de s'exécuter, Meg massa son ventre endolori par un point de côté et respira profondément.

De loin, Zach Jones valait déjà le coup d'œil, mais de près… Subjuguée, le souffle coupé, elle s'efforça de rester concentrée sur les détails de son visage : le nez légèrement cassé, les sourcils épais qui accentuaient son regard sombre, ses cheveux éclaircis par le soleil.

Elle secoua la tête et arbora ce sourire de composition qui l'avait souvent tirée de situations beaucoup plus embarrassantes.

— Je vous en prie, continuez de courir. Je préfère marcher pour profiter du paysage.

— J'aime marcher, moi aussi.

— Parfait. Dans ce cas, nous cheminerons ensemble. Une promenade est toujours plus agréable à deux, n'est-ce pas ?

Ils ne se dirent plus rien pendant une bonne minute. Autour d'elle, l'air vibrait d'une tension telle que Meg faillit se remettre à courir alors même qu'elle n'avait pas récupéré son souffle.

— On dirait que vous n'avez pas beaucoup l'habitude de courir, finit-il par remarquer.

Elle éclata de rire.

— Est-ce que j'ai l'air d'une joggeuse ?

Sur cette invite, l'homme parcourut sa silhouette du regard, de haut en bas, puis de bas en haut, s'attardant sur son T-shirt noir, le short rose vif (emprunté, bien entendu), les baskets dorées. Meg en profita pour regarder ses yeux. Ils étaient expressifs, d'un brun sombre, encadrés de fines rides propres à faire fondre le cœur des filles lorsqu'il souriait. Ou plutôt, s'il souriait.

Lorsqu'elle parvint à redescendre du nuage où ses sens l'avaient entraînée, un signal d'alarme s'imposa à elle. Cette promenade n'était pas fortuite. Zach désirait lui parler, seul à seule, et pour cela il avait même sans doute demandé à l'instructrice de ne pas s'attarder. Pourtant, manifestement, il était mécontent. Contre elle ? Mais pourquoi ? Perplexe, Meg passa distraitement la langue sur son incisive fêlée, vieille habitude qui resurgissait chaque fois qu'elle sentait que la situation lui échappait.

— Entre nous, le jogging n'est pas mon fort. Je préfère le yoga.

Façon de parler… En réalité, elle n'avait pris qu'une ou deux leçons avec Rylie.

— Le yoga ? répéta-t-il, dubitatif.

Désarçonnée par son regard perspicace, Meg se concentra

sur le col effiloché de son T-shirt. Toute sa vie, elle avait travaillé sur son image publique de manière à en faire un écran inviolable, et voilà qu'en deux minutes Zach Jones avait déchiffré son personnage. Qui était donc cet homme ? Que voulait-il d'elle, à la fin ?

— Bon, vous avez raison, je ne suis ni joggeuse, ni adepte de yoga. Je suis plutôt le genre de fille accro au chocolat qui élimine ses kilos superflus en dansant devant la télévision. Donc, je n'ai aucune chance de rattraper les autres, alors allez-y, ne m'attendez pas.

— Entre nous, j'ai déjà couru cinq kilomètres, ce matin.

— Oh, fit-elle, surprise. Et cela ne vous suffit pas ?

En guise de réponse, il lui tendit la main.

— Zach Jones.

Sa poigne était ferme, franche, virile. Solide. Remarquable…, songea-t-elle. Absolument remarquable. D'ordinaire, avec elle, même les personnes les plus maîtresses de leurs nerfs se trahissaient par des tremblements ténus, une peau moite. Preuve supplémentaire, s'il en était besoin, que Zachary Jones n'était pas n'importe qui.

— Je suis Meg, dit-elle en dégageant sa main.

Sur le point de préciser son patronyme, elle se ravisa. Après tout, peut-être avait-elle affaire à un grand timide qui n'osait pas l'aborder.

— Ravi de vous rencontrer, Meg.

À son sourire moqueur, elle comprit qu'il savait parfaitement qui elle était. Très bien.

— Donc, Zach Jones, à ce qu'on m'a dit, c'est vous le propriétaire de ce bout de terrain.

Un éclat sombre s'alluma dans le regard de l'homme. Fascinée, Meg sentit son estomac se nouer.

— Combien de temps comptez-vous rester ?

Gagnée par un étrange sentiment d'attirance et d'agacement, la jeune femme inclina la tête avec un sourire professionnel.

— Pourquoi ? C'est pour une enquête ? Vous êtes de

ces patrons qui travaillent sur le terrain, qui n'hésitent pas à mettre la main à la pâte ?

— Combien de temps comptez-vous rester ? répéta-t-il.

— Nous sommes venues pour une semaine.

Il tourna les yeux vers la piste vide.

— Nous ?

Désinvolte, elle leva la jambe pour étirer sa cuisse.

— Oui, ce séjour est un cadeau de mes meilleures amies, Rylie Madigan et Tabitha Cooper.

En lâchant ces noms, elle ne doutait pas d'obtenir son petit effet : Tabitha, fille d'un ancien premier ministre, et Rylie, présentatrice d'un talk-show à la mode, étaient aussi connues qu'elle. Bingo ! Zach inspira profondément et serra les poings, ses joues plus émaciées que jamais.

— Donc, vous repartez…

— Dans quelques jours.

Il hocha la tête et lâcha un profond soupir, satisfait, semblait-il, de la voir partie le plus vite possible. Meg ne put s'empêcher d'en être blessée. Certes, malgré ses sourires publicitaires elle était dure à cuire, mais, comme tout un chacun, elle avait sa susceptibilité.

Elle inspira profondément et leva un menton déterminé.

— Je dois vous féliciter pour le site que vous avez choisi. Je vais passer un très bon séjour, je crois. Et peut-être même jouer les prolongations.

Devant son regard sombre et perçant, elle haussa les sourcils, l'air de dire : « Qu'est-ce que vous pensez de cela ? » Pour toute réponse, il sourit, d'un sourire qui lui donnait un air espiègle, chaleureux, aimable. Meg, les genoux tremblants, sentit sa détermination s'envoler. Comme elle ouvrait la bouche pour lui demander carrément pourquoi il l'avait abordée, il posa la main sur le bas de son dos et la poussa légèrement de côté. Elle poussa un léger cri de surprise et, levant les yeux, vit, au milieu du chemin, un petit arbre contre lequel elle avait failli buter. Zach lui avait simplement évité de se cogner. Pourtant, même après qu'il eut retiré sa main, elle garda un instant sur la peau l'empreinte de ses doigts, aussi brûlante qu'une marque de feu.

Zach contracta son poing et s'écarta d'un pas. Pourquoi l'avait-il touchée ? Un simple « Attention à l'arbre » aurait suffi. Pourquoi avait-il écouté son instinct, cédé à l'impulsion d'éprouver le grain de sa peau veloutée et tiède, de caresser ce tatouage au bas de son dos, dont le dessin, attirant comme un aimant, dépassait de la bordure du short chaque fois qu'elle bougeait ?

Force était de reconnaître que, pour une fille qui s'épanouissait sous les flashs comme une orchidée dans une serre, son image vue de près était tout autre : celle d'une femme plus discrète et abordable qu'il ne l'avait pensé, et même drôle, espiègle… Pour un peu, il aurait presque oublié qu'elle était la fille de Quinn Kelly, l'un des hommes les plus condescendants qu'il avait eu le déplaisir de rencontrer lorsqu'il s'était lancé dans les affaires. À coup sûr, cette douceur apparente devait dissimuler le même fond fielleux, impitoyable. Jamais les chats n'avaient fait des chiens.

Difficile d'imaginer une telle fourberie, pourtant, à voir ce physique d'ange. Son regard s'attarda sur ses lèvres, puis sur une épaule blanche et ronde, un bras mince, une hanche pleine à la Betty Boop, pour revenir aux lèvres carmin. Une bouche aussi pulpeuse devait forcément avoir été retravaillée. Refaite ou pas, elle devait faire fantasmer la moitié des hommes de Brisbane, du moins les habitués des pages people. Mais ce qui retenait vraiment l'attention, c'était ses yeux d'un bleu saisissant de saphir. Ce genre de bleu dans lequel l'homme le plus blasé aurait volontiers plongé au risque de se noyer.

Heureusement, Zach n'était plus sensible au chant des sirènes. Cette femme était dangereuse, surtout accompagnée de ses deux comparses, la journaliste et la fille complètement délurée de l'ex-premier ministre. Il fallait mettre tout de suite les choses au point.

— Mademoiselle Kelly, commença-t-il en prenant soin de l'appeler par son patronyme. Je tiens absolument à ce que vous m'informiez de ce que vous et vos amies êtes vraiment venues faire ici.

La jeune femme serra les poings à s'en faire blanchir les phalanges.

— Je vous demande pardon ? fit-elle d'une voix sèche.

Zach ne put s'empêcher de sourire. Il ne s'était pas trompé : cette fille, c'était du fiel sous le miel.

— Eh bien, vous n'auriez pas préféré un endroit plus... disons, excitant pour vos vacances ?

Elle le gratifia d'un regard amène, mais aussi incisif qu'un scalpel.

— Excusez ma réaction. Le fait d'avoir été réveillée à 5 h 30 du matin pendant mes vacances explique sans doute ma mauvaise humeur.

Zach réprima un sourire.

— C'est ma question qui était maladroite. Disons que ni vos amies ni vous ne correspondez vraiment à la clientèle qui vient ici pour perdre quelques kilos et se ressourcer.

Il se tourna et vit qu'elle s'était arrêtée, les poings sur les hanches.

— De quel droit pensez-vous que nous ne sommes pas venues pour « retrouver notre harmonie émotionnelle », comme le dit si bien votre brochure ? Ma démonstration de jogging est-elle donc si calamiteuse ?

Sa réponse était tout à fait raisonnable, espiègle même, mais une lueur dans ses yeux mit Zach sur ses gardes. En elle-même, elle se préparait pour une bataille. À ce jeu-là, elle n'était pas sûre de gagner.

Il fit un pas vers elle, l'obligeant à incliner la tête pour le regarder, et sentit son souffle effleurer son menton en une caresse légère qui fit bouillir son sang.

— Pour vous, j'aurais davantage pensé à une île privée aux Bahamas, ou à une croisière en yacht sur la Méditerranée, un séjour à Las Vegas… Tous ces endroits sont à vingt-quatre heures de vol et, là-bas, vous n'auriez pas à vous lever aux aurores pour aller courir.

Un pli espiègle retroussa le nez de la jeune femme.

— Un petit conseil, monsieur Jones : réfléchissez bien avant d'inclure ça dans les brochures de vos « centres de bien-être ».

Réprimant un nouveau sourire, Zach s'approcha encore. Aussitôt, elle leva le menton, la mâchoire serrée, les yeux dardant des éclairs. Dans l'espoir de maîtriser l'élan sauvage qui manquait de le submerger, il plongea la main dans sa poche et se pinça la jambe.

— Dans ce cas, écoutez-moi bien. Mes centres sont des lieux de détente, de ressourcement physique et psychique, pas des repaires de célébrités. Je vous préviens, si je vois le moindre véhicule de journaliste, la moindre caméra, le moindre objectif photographique tapi dans les broussailles…

— Alors, quoi ? Vous penserez que c'est notre faute et vous nous jetterez dehors ?

Bon sang, elle lui ôtait les mots de la bouche. Pourtant, une publicité négative de ce genre serait encore plus dommageable pour le centre, et pour lui-même.

— Bien sûr que non, soupira-t-il. Je tiens simplement à la protection de votre vie privée, comme à celle de nous tous ici.

Meg l'observa un court instant, dans une tentative désespérée de voir clair en lui. Elle pouvait bien essayer, songea-t-il, narquois.

Les sourcils froncés, la jeune femme inspira et expira profondément. Un doux sourire s'épanouit alors sur son visage.

— Très bien. Pas de soirée trop arrosée. Pas de nourriture

lavée à l'Evian. Pas de reportage de télé-réalité. Sur ce, pouvons-nous rester ?

Il leva légèrement un sourcil.

— Dans ces conditions, d'accord.

— Sincèrement, monsieur Jones, je vous conseille de laisser à d'autres la gestion de vos relations publiques.

Sur ces paroles, elle fit un pas vers lui, bien décidée à envahir à son tour son espace personnel. Les orteils repliés, Zach lutta contre le désir de se soustraire à son aura.

— Vous pouvez vous estimer chanceux, parce que je suis ici pour passer quelques jours au calme, loin des paparazzis. Ce sont mes premières vacances depuis deux ans et j'ai besoin de repos. Vraiment. Et j'ai la ferme intention d'en profiter au maximum avec mes amies. Ici, ajouta-t-elle en pointant le doigt vers le sol pour donner du poids à ses propos.

Il continuait pourtant de la considérer avec méfiance.

— Et vos amies ?

— Elles sont dans le même état d'esprit.

La réponse ne le satisfaisait qu'à moitié, mais qu'aurait-il pu exiger d'elle ? Un serment en lettres de sang ? Il hocha légèrement la tête.

— Dans ce cas, je vous souhaite un excellent séjour.

Elle opina et recula lentement. Zach respira plus librement, comme si une paire de griffes venait de lâcher sa chemise. Un courant d'air chaud passa entre eux et lui fit l'effet d'une brise fraîche.

— Vous savez, dit-elle en s'éloignant, il y aurait bien une chose que vous pourriez faire pour rendre mon séjour parfait.

En trois grands pas, il fut à ses côtés.

— Oui ?

— Le minifrigo dans ma chambre ne contient que de l'eau minérale. J'aimerais vraiment que vous ajoutiez du chocolat au menu. Et du café, aussi. De l'instantané ira très bien. Vous voyez, je ne suis pas difficile. Sur ce, je ne vous retiens pas. Le reste du groupe doit nous devancer maintenant d'un bon kilomètre et il faut que vous leur soumettiez votre enquête et que vous leur souhaitiez à tous un agréable séjour.

Malgré lui, Zach éclata de rire. La jeune femme plissa le front avec étonnement et ses lèvres s'étirèrent en un sourire hésitant, dénué d'artifice ou d'arrière-pensée. Un sourire qui lui rappela celui qu'elle lui avait lancé un peu plus tôt, lorsqu'il l'observait sous l'ombre des gommiers, guettant le moment de passer à l'attaque.

Il s'éclaircit la gorge.

— Si vous aviez pris la peine de lire attentivement la brochure, vous auriez compris que vous vous trouvez dans un centre de bien-être.

— Donc, c'est non ?

— Malheureusement.

— Ah, bah. On ne risque rien à demander quelque chose *poliment*, n'est-ce pas ?

L'insinuation était claire, elle l'avait trouvé grossier. Pourtant, lorsqu'il saisit le sens de sa phrase, elle avait déjà repris sa course. Interloqué, il la regarda courir, ses boucles sombres se balançant à la cadence de ses foulées malhabiles. À ce train-là, elle aurait de la chance si elle arrivait au Pavillon de Waratah avant le déjeuner.

Avec un soupir, il sortit son portable et appela le manager du centre pour demander qu'un guide raccompagne Meg Kelly à bon port. Il consulta ensuite sa messagerie : toujours rien. Les sourcils froncés, il fit demi-tour et se mit à courir en s'efforçant de ne penser à rien d'autre qu'à sa respiration et au bruit sourd de ses pieds sur la piste. Plus vite, plus loin… Il courut jusqu'à ce que la sueur l'aveugle, jusqu'à ce que ses muscles le fassent souffrir. En vain. Son esprit revenait sans cesse à une femme aux lèvres grenat et à la langue acérée… Une femme dont le regard espiègle aurait fait perdre la tête à des hommes d'un moindre calibre.

Il était évident qu'elle ne lui aurait fait aucun effet si elle avait correspondu à l'idée qu'il s'était faite d'elle : celle d'une icône de papier glacé, superficielle et brillante. Mais, contrairement à sa réputation, elle s'était présentée à 6 heures du matin, sans tambours ni trompettes, pas maquillée et sans autre caprice que d'être approvisionnée en chocolat.

Se concentrer… C'était à sa fille qu'il devait vraiment penser, et à personne d'autre. Sa petite Ruby, si jeune, si fragile… Il ne supporterait jamais de la voir jetée en pâture aux médias, surtout après l'épreuve terrible qu'elle venait de traverser.

Le regard sur l'horizon, Zach courut jusqu'à ce que ses mollets lui fassent mal, jusqu'à ce que ses pieds deviennent lourds comme des pierres, jusqu'à ce que son corps, son visage ruissellent de sueur.

Il courut jusqu'à ce que les souvenirs se transforment en brume.

Il courut jusqu'à être trop fatigué pour continuer à se demander s'il ferait un bon père alors même qu'il n'avait jamais connu le sien.

Il courut jusqu'à ce que s'estompe l'image ensorcelante de deux yeux d'un bleu étrange. Un bleu saphir, envoûtant.

3

Quelques heures plus tard, dûment coiffée et maquillée, vêtue d'une petite robe rose, Meg se jugeait enfin présentable. Pourtant, malgré une longue douche bien chaude, elle sentait courir sur sa peau une électricité désagréable. Elle décida de sortir. Sur le seuil du Pavillon de Waratah, elle déploya à bout de bras un plan du domaine et l'inclina d'un côté, puis de l'autre, perplexe.

— Excusez-moi, se résolut-elle à demander à un couple de promeneurs, sauriez-vous dans quelle direction se trouve le nord ?

L'homme pointa le doigt sans même réfléchir et garda la main en l'air cependant que, bouche bée, il la regardait descendre les grandes marches et s'éloigner d'un pas vif, rythmé par le claquement de ses ballerines. Elle avait besoin d'un café. Vite.

Comme elle passait devant un groupe en pleine séance de tai-chi, l'un des participants sortit son portable pour la prendre en photo. Dissimulant sa contrariété, la jeune femme leur lança un signe amical. Quelques personnes lui rendirent son salut, d'autres flashs brillèrent et l'instructeur, battant des mains, recommanda à ses ouailles de laisser à l'avenir leur téléphone dans leur chambre pour se libérer du monde et de ses distractions.

Pressant le pas autant que le lui permettaient ses semelles plates et ses jambes endolories, Meg passa devant un ensemble de bungalows coquets, noyés dans la forêt. L'un des pavillons était complètement recouvert de plantes grimpantes, l'autre, sur pilotis, surplombait un taillis de fougères, un autre avait été construit autour d'un arbre. Tous possédaient un charme unique, mais, dans l'état où elle se trouvait, seule la maison de Hansel et Gretel aurait pu la retenir.

« Café, chocolat, café, chocolat », se répétait-elle en boucle comme un mantra. Sur la carte, elle avait remarqué un grand bâtiment destiné au personnel. Ce serait bien le diable si elle n'y trouvait pas une nourriture un peu plus consistante que celle, insipide, servie aux pensionnaires. Elle grimaça au souvenir du petit déjeuner de ce matin : des flocons d'avoine baignant dans un liquide blanc pâle (du lait de soja, lui avait-on dit), des fruits mystérieux coupés en petits dés et une boisson verdâtre épaisse.

Au bout de quelques minutes, Meg s'aperçut qu'elle avait quitté le chemin de pierres qu'empruntaient les clients pour se déplacer dans le centre. De part et d'autre, la forêt s'étirait, luxuriante, dans une chaleur moite suffocante. La jeune femme se rendit soudain compte qu'elle n'avait aucune idée de l'endroit où elle se trouvait.

Derrière l'écran de la végétation, elle distingua un grand mur tout verdi de mousse. Un chemin tracé par des pas conduisait à une anfractuosité qu'elle traversa sans réfléchir. Elle pénétra dans un vaste jardin étagé, noyé sous une profusion de fleurs sauvages chamarrées.

Et derrière tout cela, une maison. Mais quel euphémisme pour la construction majestueuse qui s'étalait dans la chaleur silencieuse : il s'agissait d'une structure octogonale bâtie sur un talus, coiffée d'un toit de chaume et entourée d'une large terrasse accessible par plusieurs ponts de corde, sous lesquels serpentait une rivière. Sous le charme, Meg ne prit conscience d'un grincement métallique que lorsque ce bruit s'arrêta. Tournant la tête, elle croisa le regard d'une fillette sur une balançoire.

Elle ne devait pas avoir plus de six ou sept ans, l'âge de sa nièce Violet. Seulement, avec ses leggings roses et ses chaussures à fleurs tachées de boue, cette petite avait une fraîcheur qui contrastait avec le style tiré à quatre épingles de Violet et d'Olivia. Comme chaque fois qu'elle songeait à ses nièces, Meg ressentit un petit pincement d'angoisse, qui tenait autant de l'amour que de la peur. Depuis qu'elles avaient perdu leur mère, ses deux petits anges subissaient de plein fouet l'influence des Kelly. Comment ce qui leur restait d'innocence pourrait-il résister à cet endoctrinement ? Meg se raccrochait malgré tout à l'espoir qu'elles garderaient, d'une manière ou d'une autre, la main sur la façon dont elles mèneraient leur vie. Chose dont elle-même n'avait jamais pu bénéficier.

— Salut, dit la fillette.

Meg cligna les paupières et prit conscience du regard intense dont elle était la cible. Refoulant ses souvenirs, elle respira profondément et sourit.

— Salut.

Pensive, la fillette balançait les pieds et fit glisser ses mains le long des cordes de la balançoire.

— Je m'appelle Ruby.

— Ravie de faire ta connaissance, Ruby. Moi, c'est Meg.

Les lèvres pincées, la fillette la jaugea du regard.

— J'ai sept ans et demi, reprit-elle enfin.

— Sept ans et demi ? Tu es une grande fille, ma parole. Moi aussi, j'ai un peu plus de sept ans, mais je me suis perdue. Saurais-tu lire une carte, par hasard ?

Pour toute réponse, Ruby cligna les yeux. Meg replia lentement son plan et le glissa dans une poche.

— Non ? Pas de problème. Moi-même, à sept ans, je ne savais pas davantage me débrouiller avec une carte que maintenant.

La voix de son père résonna dans son esprit. « Le nord est en haut, et le sud, en bas. C'est pourtant simple, non ? »

Elle posa une main sur son cœur battant et le supplia de se calmer. De nouveau, elle pesta contre Zach Jones. Après tout, c'était lui qui avait prévu ces menus de petit déjeuner tellement bizarres qu'elle se voyait obligée de rechercher une nourriture plus consistante au hasard, en pleine chaleur. C'était lui, et son indifférence, qui avait éveillé en elle ces envies de chocolat. C'était à cause de lui que des émotions enfouies resurgissaient tout à coup tel un essaim de guêpes furieuses.

Elle inclina soudain la tête et renifla.

— Quelle est cette odeur délicieuse ?

— Des muffins au chocolat. C'est ma nounou qui les fait, mais je n'aime pas ça.

— Quoi ? Tu as sept ans et tu n'aimes pas les muffins ?

L'ombre d'un sourire passa sur les lèvres de la fillette. Les yeux étrécis, elle resta un instant silencieuse.

— C'est pour mon papa que je lui demande d'en préparer, dit-elle enfin.

— Je vois.

Meg, se pourléchant les lèvres, huma de nouveau l'odeur avec délectation. Cachée dans le silence de la forêt, la grande demeure dégageait une telle paix qu'elle ne put retenir un lent soupir.

— Ta maison est magnifique.

— Elle n'est pas à moi. Elle est à mon papa.

Meg reporta les yeux sur la fillette. Menton baissé, tassée sur elle-même, elle regardait ses pieds recroquevillés. L'image de Violet et d'Olivia lui revint à l'esprit.

— Tu as bien ta chambre, non ? Et l'accès au réfrigérateur, à la télécommande de la télévision ?

Ruby réfléchit un instant avant d'opiner.

— Alors, c'est aussi ta maison.

La fillette contempla la demeure d'un air pensif. Meg l'imita, cherchant à localiser la cuisine. Avec un peu de chance, pourrait-elle prendre la nounou de vitesse ? Elle se rappela soudain qu'il était 10 heures, un lundi, et se tourna vivement vers l'enfant.

— Ne devrais-tu pas être à l'école ?

La bouche plissée en une petite moue de défi, la fillette dressa le menton.

— J'ai mal à la gorge.

Meg ouvrit de grands yeux et promena le regard de la balançoire au Frisbee oublié par terre. Si cette gamine avait mal à la gorge, elle voulait bien renoncer au chocolat. Pourtant, le petit air rebelle de Ruby l'intriguait. D'une certaine manière, elle lui ressemblait plus que ses nièces.

— Tu es malade ?

Ruby hocha la tête, en se raclant la gorge pour plus de crédibilité. Meg se tapota le menton d'un air pénétré.

— Tu sais quoi ? À ton âge, quand je me sentais patraque, je trouvais que les journées passaient bien plus vite si j'allais à l'école. Je sais que cela peut paraître bizarre, mais en tous les cas, lorsque je rentrais le soir, j'avais tout oublié de mon mal de gorge.

La fillette la considéra un instant en silence avant d'admettre :

— C'est vrai que je m'ennuie un peu.

Meg eut un petit rire qu'elle dissimula par un toussotement.

— Mais si je devais vraiment rester à la maison, ma mère me gâtait et me permettait de regarder la télévision autant que je le voulais en me gavant de bonbons. De cette manière, elle savait toujours où j'étais, et moi, j'étais comme un coq en pâte.

Ruby cligna les yeux.

— Ma maman est partie, dit-elle d'une voix atone.

— Partie ?

La fillette hocha la tête. À son regard, Meg comprit alors le véritable sens de ce mot. Violemment émue, elle fit un pas en avant et s'agenouilla devant elle.

— Oh, ma chérie.

Elle comprenait, maintenant, ce mal de gorge : une

tactique classique pour attirer l'attention de papa. Pourtant, bon sang, comment un père pouvait-il ne pas être attentif à une fillette qui n'avait plus que lui au monde ? À moins qu'il ne soit pas du tout conscient de ses manœuvres. Ou alors, il s'en fichait.

Meg considéra la maison tout en se mordillant la lèvre inférieure. Cette gamine n'avait pourtant rien à voir avec les enfants du Refuge pour femmes, simplement heureux du réconfort d'une paire de bras. En bonne santé, entourée de jouets, elle avait la chance de vivre dans une superbe maison… Une propriété privée dans laquelle Meg n'était d'ailleurs pas autorisée à entrer.

Elle se releva et recula de quelques pas.

— Ma chérie, je suis sûre que ton père sait où se trouve le placard à bonbons.

La fillette se redressa vivement.

— Il est très occupé par son travail. C'est quelqu'un d'important, mon papa. Il est absent toute la semaine, pendant que je suis à l'internat, et revient seulement le week-end, lorsque je rentre à la maison. Si je le voulais vraiment, je pourrais le faire venir plus souvent, mais je n'ai pas envie, c'est tout.

Meg ferma les yeux, en proie à un léger malaise.

— Il travaille ici, ton papa ?

— Oui, il dirige ce centre et plein d'autres. Un jour, il m'emmènera en avion pour me les montrer tous. Il me l'a promis.

Les yeux fixés sur Ruby, Meg n'entendait plus ses paroles, noyées dans un brouillard vague. Ces cheveux sombres, ces yeux noirs pénétrants, cette bouche sévère…

— Tu es la fille de Zach Jones.

Un éclair enthousiaste brilla dans le regard de la fillette.

— Tu connais mon papa ?

Meg la regarda sans répondre.

Zach Jones avait une petite fille, dont la mère était

morte. Et cette fillette était malade, ou faisait mine de l'être, mais n'en disait rien à son père pour ne pas risquer d'être confrontée à son indifférence. Secouée d'un violent accès de colère, Meg serra les poings. Elle-même avait fait les frais de ce genre de père, trop centré sur lui-même et sur son travail pour se rendre compte du besoin d'amour de sa fille. Heureusement, elle avait pris des dispositions pour ne pas risquer d'exposer ses propres enfants à un tel sort. Des dispositions définitives. Ce qui ne l'empêchait pas d'être blessée dans sa chair chaque fois qu'elle rencontrait un enfant victime de négligence.

Meg se rendit soudain compte que Ruby continuait de la fixer avec ce même regard sans concession qu'avait son père, et se ressaisit.

— En fait, je n'ai rencontré ton père que ce matin.

— C'est vrai ? Il a parlé de moi ?

Non. Il m'a simplement demandé de ne pas faire de vagues. De rester discrète. Il m'a dit…

Les mains de Meg se détendirent. Il lui avait dit qu'il était déterminé à préserver la tranquillité de toutes les personnes présentes sur le site : la sienne, bien sûr, mais aussi celle de sa fille.

— Je suis tellement bavarde que je ne lui ai pas laissé le temps de parler de toi, mais s'il en avait eu l'occasion, je suis sûre qu'il aurait dit des tas de choses. Pense un peu : une petite fille qui demande à sa nounou de préparer pour son père des gâteaux qu'elle n'aime pas. Tu es merveilleuse !

Ruby essaya de sourire, mais ses petites épaules s'affaissèrent. Le cœur de Meg se serra douloureusement. Soudain, la fillette sauta du siège de la balançoire et se mit à courir vers la maison en lui lançant un « au revoir » empressé. Meg eut juste le temps d'apercevoir, dans l'encadrement d'une fenêtre, une mèche de cheveux argentés avant que les stores ne se rabattent brutalement. Ruby s'arrêta de courir et se retourna vers elle.

— Tu ne diras pas à papa que j'étais sur la balançoire, promis ?

Meg éclata de rire.

— Juré !

— Moi, je ne lui raconterai pas que tu es venue ici, d'accord ?

— Merci, c'est très gentil, dit-elle en souriant.

Avec un dernier signe rapide de la main, Ruby courut vers la grande maison au parfum de chocolat. Meg pivota sur ses talons et retrouva sans mal le chemin improvisé. Bientôt, elle foula la pelouse impeccable du domaine dans une direction qu'elle supposa être le sud.

Encore sous le coup de l'émotion, elle respirait avec peine. Dire qu'elle avait failli flirter avec un homme qui venait de perdre son épouse, ou son ex, du moins la mère de son enfant. Elle comprenait mieux pourquoi il ne voulait pas d'une pensionnaire à la célébrité encombrante. Eh bien, soit ! Raison de plus pour profiter de ses vacances comme s'il n'existait pas.

Oh, et puis zut ! Il ne pouvait s'en prendre qu'à lui-même. C'était bien lui, après tout, qui l'avait impliquée dans un chantage au silence. À présent qu'elle connaissait Ruby, qu'elle lui avait parlé, qu'elle s'était reconnue en elle, Meg ne pouvait rester inactive.

Zach Jones l'ignorait sans doute, mais il avait besoin d'aide. Une aide qu'elle était déterminée à lui apporter, dans l'intérêt d'une adorable petite fille.

4

Meg se dépêcha de rejoindre ses amies au cours de méditation, non pas pour apprivoiser son ki mais pour réfléchir à son aise à la meilleure manière d'aborder le sujet de Ruby la prochaine fois qu'elle rencontrerait Zach Jones. Au détour d'un buisson de roseaux, elle s'arrêta net devant une silhouette qui lui tournait le dos. Celle d'un homme penché sur une glacière.

Et sans rien voir d'autre que des jambes solidement campées et un bermuda kaki admirablement porté, Meg devina que c'était lui, encore. Les mains moites, elle sentit son cœur s'emballer devant la puissance vitale irrésistible que dégageait cet homme.

Il se redressa et s'étira, offrant son torse nu à la caresse des rayons du soleil. Il porta à ses lèvres une bouteille couverte de buée qu'il vida à moitié d'un seul trait. Pétrifiée, Meg contemplait, comme hypnotisée, les lentes ondulations de son cou à chaque gorgée. Désaltéré, il poussa un long soupir et passa sur son front un bras bronzé et musculeux. Meg frissonna.

— Qu'est-ce que j'ai fait pour mériter cela ? murmura-t-elle sans réfléchir.

Il s'immobilisa avant de pivoter lentement le torse et de fixer sur elle ses yeux sombres, de la couleur d'un chocolat de grand cru, d'un café puissant. Des yeux qui contenaient tout ce dont elle avait faim.

Et ces yeux la contemplaient sans aucune aménité.

Ruby… Dire qu'elle avait eu la naïveté de vouloir lui offrir son aide. Seigneur, si jamais il venait à apprendre qu'elle avait rencontré sa fille, nul doute qu'il l'étranglerait sur-le-champ.

Comme elle passait nerveusement sa langue sur sa dent fêlée, le regard de Zach s'assombrit davantage. Clouée sur place, elle le regarda tendre le bras vers un T-shirt qu'il enfila avec une grâce nonchalante. Elle s'éclaircit la gorge.

— Pour aller au cours de méditation, ce n'est pas par là ?

— Non.

— Pouvez-vous me dire où je suis, au juste ?

— Vous vous trouvez près du lac.

— Il y a un lac, ici ? Bon sang, je ne sais vraiment pas lire une carte.

— Je vais vous donner un indice. C'est la grande tache bleue en bas du plan avec écrit « Lac » en gros.

Meg se sentit devenir écarlate.

— Merci pour votre aide, dit-elle, sarcastique. Vous êtes trop aimable, comme d'habitude.

— À votre service.

— Écoutez, inutile de vous énerver. Je ne voulais vraiment pas vous déranger. C'est tout à fait par hasard que je vous rencontre de nouveau.

— Bien sûr. Après tout, le domaine ne fait que vingt hectares.

— Il paraît, oui. Sur ce, si vous vouliez bien m'indiquer le chemin de…

— En fait, j'étais justement sur le point d'aller me promener sur le lac. Vous m'accompagnez ?

— Je vous demande pardon ?

— Je vais faire un petit tour sur mon vieux bateau à moteur. Vous êtes partante ?

Partante ? Pour quoi ? Une sortie en bateau, en tête à tête avec un homme qu'elle devait éviter à tout prix ? Un homme qui ne l'appréciait même pas. Par instinct de préservation, elle s'apprêtait à répondre non lorsqu'elle se remémora une maison isolée et une fillette aux yeux tristes : la raison qui aurait dû la déterminer à partir était précisément celle qui la retint.

Elle sourit, de ce sourire distant mais poli qu'elle avait toujours pour ceux qui n'hésitaient pas à l'accoster dans la rue.

— Quelle bonne idée.

Le regard plus sombre que jamais, Zach saisit la poignée de la glacière et se dirigea vers la berge. Derrière l'épais bouquet de roseaux, la jeune femme aperçut une barque de forme massive qui dansait sur les eaux calmes du lac. Sous sa peinture beige usée, la vieille embarcation ne payait pas de mine et ne ressemblait en rien au genre d'embarcation dernier cri que les hommes de sa famille affectionnaient. Conquise, Meg s'accroupit et passa une main sur le bois doux et poli.

— Il est vraiment à vous, ce bateau ?

En levant les yeux, elle s'aperçut que Zach regardait le mouvement rythmique de sa main. Aussitôt, elle replia les doigts et se redressa. Comme il se penchait pour dénouer les amarres, Meg recula, happant au passage une délicieuse bouffée d'after-shave.

— *Marilyn* est ma plus fidèle compagne depuis mes dix-huit ans, dit-il en enroulant la corde entre sa main et son coude.

— *Marilyn* ? Sérieusement, c'est son nom ?

Un demi-sourire creusa la joue de Zach d'une fossette malicieuse.

— Ce n'est pas moi qui l'ai choisi.

— Et vous n'avez jamais songé à vous procurer l'un de ces yachts de luxe truffés d'accessoires ?

— Si, j'en possède un. Un modèle de trente mètres mouillé au port de Saint-Barthélemy.

— Et qui s'appelle le *Norma Jean* ?

Comme par magie, le visage de Zach s'épanouit en un lent sourire, qui dessina des rides au coin de ses yeux et deux traits autour de sa bouche.

— Non. *Lauren.*

— En hommage à Lauren Bacall ?

— Non. C'était le nom de ma mère.

Gênée, Meg baissa les yeux.

— Il aurait été un tantinet encombrant sur ce lac, je crois.

— Un tantinet, oui.

Levant la tête, elle crut surprendre dans ses yeux un bref éclat chaleureux, aussitôt disparu. À quoi jouait-il, au juste ? Se plaisait-il à lui donner des idées ?

Les lèvres pincées, elle accepta à contrecœur la main qu'il lui tendait. La douceur de ce contact était en décalage complet avec la froideur de son regard. Elle agrippa ses doigts le temps de s'installer dans la barque oscillante, puis s'empressa de les lâcher. Il la rejoignit et lui lança une couverture à carreaux rouges. Trop douce pour être lavée de frais, trop peluchée pour être neuve, elle avait dû lui servir souvent. Sans doute avait-il même dormi avec…

Meg s'éclaircit la gorge.

— Qu'est-ce que je dois faire avec cela, au juste ?

— Vous asseoir dessus pour ne pas risquer de vous blesser avec une écharde ou d'abîmer votre robe.

Bien sûr. Qu'allait-elle s'imaginer ? Il faisait presque quarante degrés ! Confuse, elle obtempéra.

— Tenez, ajouta-t-il en lançant sur ses genoux un chapeau de pêche kaki tout effiloché.

Meg crispa la main sur l'objet.

— Et que dois-je faire de ceci ? demanda-t-elle d'une voix sucrée.

Les bras de Zach s'immobilisèrent. Le sourire en suspens, il leva un regard perçant. Meg se sentit tanguer comme sous l'effet d'une vague violente. Elle humecta ses lèvres sèches et cligna les paupières. Le sourire s'évanouit et l'éclat s'estompa.

— Mettez-le sur votre tête, d'accord ?

— Oui, mon capitaine, marmonna-t-elle.

Avec sa robe de satin rose, elle devait avoir l'air impayable. Zach se couvrit d'une vieille casquette et, un pied sur la berge, poussa la barque, qui s'éloigna doucement. Comme il s'asseyait en face d'elle et empoignait les rames, la jeune femme serra les genoux et feignit de s'intéresser aux ondulations argentées de l'eau. Quelques secondes plus tard, le bosquet de roseaux les coupa du reste du monde. Ils étaient vraiment tout seuls.

Bercée par le roulis, Meg se sentit gagnée par une langueur indolente, accentuée par les ardeurs du soleil de la mi-journée. Elle se félicitait à présent de porter un chapeau. À chaque inspiration, le parfum de Zach lui chatouillait les narines, une odeur ensorcelante de sueur et de coton propre. Elle l'imagina, beau marin naviguant au gré des eaux, sans projets, sans attaches. Difficile de voir en lui le propriétaire d'une multinationale qui devait accaparer le plus clair de son temps. L'ambition nécessaire à une telle entreprise commandait souvent de reléguer au second plan toute vie sociale, privée, ou familiale.

Son frère à elle, Brendan, faisait de son mieux avec ses filles ; mais, malgré sa meilleure volonté, ses engagements professionnels prenaient trop souvent le pas sur ses responsabilités paternelles.

Le regard de Zach, fixé sur un point au-dessus de son épaule, remonta lentement et s'arrêta sur le sien, plus longtemps que ne l'aurait exigé la stricte politesse. Meg ne baissa pas les yeux et sonda son expression à la recherche de signes de regret, de deuil, d'inquiétude à l'égard de sa petite fille. Au lieu de cela, elle sombrait chaque seconde un peu plus dans les rets de son regard.

Elle prit une profonde inspiration. Pouvait-elle lui parler de Ruby maintenant ? Devait-elle ? Ou n'espérait-elle pas ainsi se soustraire à son emprise ?

— Donc, sauf erreur de ma part, depuis ce matin, vous êtes sorti courir deux fois, et maintenant vous faites de l'aviron. Je suis fatiguée rien qu'à y penser.

Zach baissa le regard vers l'eau.

— Je ne supporte pas de rester immobile. J'aime bouger, avec le vent et le soleil pour seule compagnie. Et vous, en dehors du jogging et du yoga, que faites-vous, pour vous aérer l'esprit ?

Meg réfléchit.

— Pour m'aérer l'esprit ? Rien ne vaut la musique disco.

L'air étonné, il reposa sur elle un regard sombre.

— La musique disco ?

— À plein volume. Quelques secondes de Donna Summer ou de Leo Sayer suffisent à me faire oublier le monde extérieur. C'est une musique qui aide à faire le vide et qui donne envie de bouger, même allongé sur le canapé. Comme un sport, mais en plus détendu. Je parie que vous allez essayer une fois chez vous, ajouta-t-elle avec un sourire resplendissant.

Zach la dévisageait fixement. Un coin de sa bouche se releva lentement en un demi-sourire ironique qui lui prouva, une nouvelle fois, qu'il n'avait pas été dupe une seconde du personnage qu'elle jouait. Et cela alors même que la plupart des gens, y compris dans sa famille, étaient incapables de savoir quand elle était sérieuse ou pas. Comment arrivait-il à lire en elle à livre ouvert ? De nouveau, elle se sentit aussi vulnérable que dans une soirée mondaine où elle aurait taché sa robe.

— Pourquoi pas ? finit-il par dire. Mais seulement si vous prenez les rames.

Meg plissa le nez à la perspective de courbatures à des muscles dont elle ignorait l'existence. Surtout, elle redoutait de frôler ses mains en saisissant les rames.

— Non, merci.

Zach éclata d'un rire qui se perdit rapidement dans l'étendue du lac, et ses yeux reprirent cet éclat sombre qui l'attirait autant qu'il l'effrayait. Elle se demanda si elle lui inspirait ce même attrait mâtiné de répulsion. Il plongea alors les rames dans l'eau avec une énergie pleine d'aisance qui la propulsa en arrière.

Une brise rafraîchissante fit voltiger les boucles folles de la jeune femme. Au travers des nuages cotonneux, le soleil semait des paillettes dorées sur le lac, dont les rives disparaissaient sous un amas de verdure.

Meg se rendit soudain compte qu'elle avait perdu toute notion du temps, et qu'elle ignorait ce qui avait poussé Zach à la convier à cette promenade.

— Non que je passe un moment désagréable, ni que je critique la générosité du maître des lieux pour cette excursion personnalisée sur la tache bleue en bas de la carte, mais quand pensez-vous rentrer ?

— Maintenant, si vous avez trop chaud.

Trop chaud ? Seigneur, avec sa peau d'Irlandaise qui rougissait au moindre rayon de soleil, ses cheveux qui tombaient sur son visage en mèches informes, elle devait avoir une de ces têtes… Lui, en revanche, avait l'air d'un dieu solaire.

— Je pensais à vous, c'est tout, dit-elle d'un ton piqué.

Zach leva un sourcil.

— Vous, vous pensez à moi ?

La jeune femme haussa les épaules avec impatience.

— Si vous saviez le nombre de malheureux qui, pour avoir passé cinq minutes avec moi, ont dû démentir des rumeurs de fiançailles… Et je crois avoir compris que vous tenez beaucoup à votre vie privée.

— C'est vrai. Et d'ailleurs, j'ai pris toutes les mesures pour la protéger. Vous n'avez pas à vous inquiéter pour moi.

— Ah bon ?

La joue de Zach se creusa d'une fossette.

— La forêt a des yeux. Les intrus sont tout de suite repérés.

— Quels intrus ? Il n'y a personne à part quelques oiseaux, des lézards et des individus bizarres en survêtement.

Elle s'interrompit, bouche bée.

— Etes-vous en train de me dire que vous avez posté des gardes dans le domaine pour écarter les intrus ?

Zach, le regard droit, la dévisagea sans sourire.

— Ce n'est pas vous que j'essaie de protéger, vous le savez très bien.

Meg s'empourpra. Ruby… Bien sûr ! Cette promenade, la couverture, le chapeau, les longs regards songeurs… Elle comprenait, maintenant. C'était à sa fille qu'il pensait. Sa fille, et personne d'autre. Qu'était-elle allée s'imaginer ?

Zach était furieux comme jamais. Pourquoi, s'agissant de cette femme, se laissait-il déborder par ses sentiments ? Il avait plus que jamais besoin d'avoir les idées claires. Le centre qu'il voulait ouvrir aux Antilles n'était pas encore agréé et cette affaire demeurait suspendue au bon vouloir des opérateurs de téléphonie. Voilà ce qu'il en coûtait de gérer une entreprise internationale à partir d'un portable, dans un bungalow de trois pièces au milieu de nulle part ! Quelle folie, à y réfléchir… Une folie à laquelle il consentait pour sa fille, afin de lui permettre de grandir dans un environnement stable, dans lequel elle se sente en sécurité.

Pourtant, malgré tous ses efforts et ses meilleures intentions, il ne pouvait s'empêcher parfois de penser qu'il s'agissait d'un vœu pieux. Tout à l'heure, par exemple, lorsque la nounou de Ruby l'avait informé de la visite d'une jeune femme ressemblant étrangement à Meg Kelly, Zach s'était vraiment demandé, dans un accès de rage, si celle-ci ne s'acharnait pas pour le punir de ne pas lui avoir déroulé le tapis rouge. Une fois calmé, cependant, il avait compris que cet incident était le fruit d'une coïncidence de proportion cosmique.

Quoi qu'il en soit, plutôt que de l'éviter, comme il l'avait d'abord envisagé, il lui faudrait la surveiller continuellement, la suivre partout comme son ombre. Du moment qu'il avait un œil sur elle, il se fichait bien de la voir rôtir au soleil avec sa robe ridicule constellée d'éclaboussures et cet informe chapeau vert qui ne laissait visible que sa bouche boudeuse.

Une bouche tout à fait naturelle, à l'image de sa beauté sans apprêt : son teint de lait était rehaussé de délicieuses taches de rousseur qu'aucun maquillage ne pouvait, ni ne devait, dissimuler, et sa silhouette divine exprimait une féminité pure et saine pimentée par un sex-appeal ingénu. À croire qu'elle avait été jetée sur sa route pour le mettre à l'épreuve. Lui qui, pendant longtemps, n'avait vécu que pour lui-même, était-il assez généreux, assez altruiste pour lui résister, dans l'intérêt de sa fille ?

Le jour où Ruby était arrivée, sa petite main accrochée à celle d'une assistante sociale au visage las, devant cette orpheline sous le choc d'avoir perdu sa mère, Zach avait cru assister à une répétition de sa propre enfance. S'il la laissait sur le bord du chemin, jamais plus il ne pourrait se voir dans une glace. Pourtant, était-il le mieux placé pour aider cette petite ?

Zach émit un long soupir et se rendit compte que, par-dessous le chapeau, Meg l'observait de son regard acéré, calculateur. Il aurait dû se méfier de ce qu'il avait lu à son sujet dans la presse. Il avait commis une énorme erreur tactique en la sous-estimant. Depuis tout à l'heure, les enjeux avaient encore augmenté. Il était temps qu'il abatte ses cartes.

— Donc, mademoiselle Kelly.

— Oui, Zach ?

— Qu'est-ce qui vous a pris d'entrer dans ma résidence, ce matin ?

Meg sursauta.

— Votre jardin seulement, et l'extrême limite, encore. Dès que j'ai appris que vous en étiez le propriétaire, j'ai filé.

— Vous auriez aussi bien pu vous asseoir sur le toit, pour ce que ça m'intéresse ! Ce que je veux savoir, c'est pourquoi vous vous êtes aventurée tellement loin des limites du domaine que nous sommes à présent obligés d'avoir cette conversation.

— Je vous en prie, dit-elle d'une voix tranquille, rieuse, en total décalage avec son regard électrique. J'ai commis cette erreur de bonne foi. Après tout, votre propriété n'est pas protégée par une barrière électronique de trois mètres.

— Non, uniquement par un épais mur de roche et par un énorme portail.

— Quel énorme portail ? Je suis désolée, mais je n'ai rien vu de tel.

Zach étouffa un juron. Ruby était encore sortie sans surveillance. Que devait-il faire pour qu'elle comprenne enfin qu'elle ne devait pas rôder toute seule dans le domaine ? Il donna un coup de rame qui fit tanguer l'embarcation. Meg n'eut que le temps d'agripper les bords de la barque.

— Pour une femme qui prétend faire de l'exercice en écoutant de la disco allongée sur un canapé, cette expédition est tout bonnement inconcevable.

— Très bien ! dit-elle, excédée, levant les bras au ciel.

À ce geste, la barque oscilla dangereusement et Zach dut la stabiliser par quelques mouvements de rame habiles.

— Si vous voulez tout savoir, je cherchais du chocolat.

— Vous plaisantez ?

Meg le défia d'un menton altier.

— Je vous avais pourtant prévenu : le chocolat et la caféine sont des éléments essentiels de mon régime alimentaire, et je n'ai jamais eu l'intention de décrocher cette semaine. Donc, c'est votre faute si je me suis retrouvée là-bas.

Zach éclata d'un rire sonore. Quelques oiseaux s'égaillèrent en poussant des cris perçants.

Belle, directe et pleine de vie : une nouvelle Dalila. Heureusement, il avait appris très tôt à se méfier des promesses faciles. Du moment qu'il ne baissait pas la garde, tout se passerait bien.

5

— Zach, dit-elle d'une voix qui n'augurait rien de bon. Bon. J'espérais aborder le sujet d'une manière moins brutale, mais puisque vous me retenez en otage sur ce lac, je vais être franche. Vous avez une fille de sept ans prénommée Ruby dont, semble-t-il, tout le monde ignore l'existence. Voilà qui est dit. Et maintenant, que préconisez-vous pour la suite ?

Il abattit sa rame avec violence.

— Ne faites pas la maligne, mademoiselle Kelly.

La jeune femme passa une main devant son visage comme pour éloigner une mouche.

— Inutile d'être aussi cérémonieux. Après tout, je me suis invitée chez vous, votre fille m'appelle par mon prénom et vous m'avez vue avec ce chapeau ridicule : appelez-moi Meg, tout simplement.

— Si vous pouviez vous voir, ce couvre-chef vous embarrasserait moins.

Comme elle clignait les paupières avec surprise, il jura intérieurement. Aurait-il voulu lui dire qu'il la trouvait charmante, il ne s'y serait pas pris autrement. Il s'éclaircit la gorge, embarrassé.

— Eh bien, soit, Meg, fit-il en appuyant sur son nom. Quitte à faire fi des politesses, je serai franc.

— Ah bon ? Parce que, jusqu'à maintenant, vous étiez poli ?

Au regard appuyé qu'il lui lança, elle mima le geste de fermer ses lèvres comme une fermeture Éclair.

— Je veux que vous me racontiez par le menu comment s'est passée votre rencontre avec ma fille.

Elle cligna les paupières.

— Calmez-vous, Zach. Nous n'avons pas discuté de sexe, de drogue et de rock'n roll.

Il ouvrit de grands yeux effarés et se passa la main sur le visage.

— Mais de quoi parlez-vous ? Elle n'a que sept ans. En matière de rock'n roll, ses connaissances se limitent à la bande originale de *Nos années pension*.

Elle glissa l'ongle de son pouce entre ses dents et lui décocha de sous ses longs cils un regard qui lui donna comme un coup à l'estomac. Elle ne lui disait pas tout, il l'aurait juré ! Ruby avait-elle fait une bêtise ? Lui, à sept ans, avait déjà volé son premier paquet de cigarettes, connu son premier baiser et reçu, d'un soi-disant père d'accueil, une raclée telle qu'il était allé à l'école avec une marque de main au revers d'une cuisse.

Ruby et lui se connaissaient depuis à peine sept mois. Autant dire pas du tout.

— La situation de Ruby est… délicate, reprit-il d'une voix mal assurée. Vous comprendrez que je dois absolument me tenir informé de ce qui lui arrive.

— Informé, seulement ? Pas présent, disponible ?

— Meg, je suis son père. Si je ne suis pas au courant de tout, je vais m'imaginer le pire et devenir fou.

Un sourire lumineux se répandit sur le visage de la jeune femme.

— Vraiment ? Mais c'est formidable ! La meilleure nouvelle de la journée.

Il fronça les sourcils, interloqué.

— À quoi voulez-vous en venir ?

— Eh bien, le fait que vous vouliez vraiment vous tenir au courant est un point très positif. Merveilleux, même, dit-elle en lui tapotant la main pour appuyer ses propos.

— C'est-à-dire ? Parlez donc, enfin !

— Et puis quoi, encore ? Vous ne pensez quand même pas que je vais trahir sa confiance ?

Excédé, Zach leva les yeux au ciel.

— Pas de panique, sourit-elle. Toutes les petites filles ont besoin de cultiver leur part de mystère. C'est leur manière de s'affirmer. Du moment que Ruby sait que vous vous intéressez suffisamment à elle pour désirer pénétrer ses secrets, vous n'avez rien à craindre.

Rien à craindre… Les choses pouvaient-elles être vraiment aussi simples ? Tout au long de sa vie, Zach avait eu maintes occasions de se rendre compte que, justement, rien n'était évident, dans la vie. Trop souvent, le destin avait pris un malin plaisir à se jouer de lui. D'abord, ses familles d'accueil qu'il avait dû abandonner chaque fois qu'il commençait à s'intégrer… Ensuite, cette fracture du genou juste une semaine avant les championnats du monde… À présent, Ruby, qui débarquait dans son monde au moment même où ses affaires prenaient enfin bonne tournure…

— Et vos amies, que leur avez-vous raconté à propos de Ruby ?

— Mais rien du tout !

— Allons donc ! Si Ruby m'a appris une chose, c'est que les filles adorent bavarder entre elles. De tout.

— C'est vrai, mais j'ai l'impression que vos raisons pour m'aborder ce matin avaient trait à votre désir de préserver votre vie privée… et surtout Ruby, n'est-ce pas ?

Il resta silencieux, mais ne chercha pas à la démentir.

— Dans ce cas, ce n'est pas moi qui vais parler d'elle. C'est votre fille cachée, je suppose. L'héritière de votre empire ?

De nouveau, il ne dit pas non.

— Personne ne sait mieux que moi ce qui adviendrait d'elle si elle était victime d'une indiscrétion. Je n'infligerais jamais une telle punition à une petite fille.

Il devait être complètement fou, mais il la crut.

— Merci.

— Mais de rien.

Ses lèvres grenat sourirent et, de nouveau, Zach se prit à rêver qu'il la tenait renversée dans ses bras, abandonnée et gémissante. Il repositionna les rames et dirigea la barque vers l'embarcadère. Chaque mouvement lui coûtait autant que de remuer du ciment frais.

— Vous avez l'air parfaitement à l'aise sous les projecteurs. Vous êtes habituée à jouer un personnage ?

— Oh là là, je ne voulais pas chanter le refrain de la pauvre petite fille riche ! Au contraire, je suis très heureuse de ma vie et j'en accepte les contraintes. Seulement, je ne suis pas née à vingt-neuf ans. Vous ne connaissez pas l'histoire de mes débuts éblouissants ?

Il fit non de la tête.

— Eh bien, voilà. Cela s'est passé à une conférence de presse au cours de laquelle mon père annonçait l'achat du bâtiment de George Street, rebaptisé tour Kelly pour l'occasion. Je ne devais pas avoir plus de trois ans. Ma mère nous avait emmenés, mes frères et moi, pour le voir à l'œuvre. Pour cette grande occasion, elle m'avait mise sur mon trente et un, en robe de velours bleu marine et chaussures vernies noires. Et voilà qu'au beau milieu du discours je lui échappe pour grimper sur le podium, tirer sur le pantalon de mon père et zozoter que j'ai envie de faire pipi. Comme vous pouvez l'imaginer, mon père n'a pas été ravi de se voir ainsi voler la vedette, mais la presse, elle, était aux anges.

Malgré son sourire malicieux, une émotion douloureuse perçait dans ses paroles. Zach plongea les rames avec une ardeur renouvelée.

— Mais rien ne vous oblige à poser pour la galerie.

— Vous croyez ? fit-elle en haussant les sourcils. Voulez-vous que je vous raconte toute la vérité ? À moins que vous n'essayiez de me punir de ma rencontre avec Ruby.

— Les deux, avoua-t-il avec un sourire.

— Très bien.

Elle prit une inspiration avant de se lancer.

— N'oubliez pas que c'est pour Ruby que je vous raconte tout cela, d'accord ?

— D'accord.

— Eh bien, pour commencer, la célébrité est vraiment quelque chose de bizarre. Après tout, je n'ai jamais rien fait d'admirable : je ne peux me targuer d'aucune invention, d'aucun record, d'aucune guérison miraculeuse. Il n'empêche que mon nom est connu, ce qui me donne un certain pouvoir, et des responsabilités. Si je vous dis « Kelly », quels mots vous viennent en tête ?

Richesse. Charme. Beauté. Mais aussi, influence excessive, secrets, scandales… Tout ce dont il voulait préserver Ruby.

La jeune femme n'attendit pas sa réponse.

— Très tôt, il m'a fallu apprendre à vivre avec cet héritage. Je n'ai aucune envie de gérer l'entreprise familiale comme Brendan, ou de posséder toute la ville, comme Cameron. Et je n'ai jamais compris l'adrénaline que Dylan ressent chaque fois qu'il attire un nouveau client dans le réseau de KInG. Je ne m'aventurerais pas à deviner ce qui motive le roi Quinn lui-même. En revanche, j'apporte à ma famille une légèreté, une frivolité qui lui manque, et Dieu sait que je suis douée pour cela. Même si, je l'avoue, ce rôle est parfois épuisant à tenir vingt-quatre heures sur vingt-quatre et sept jours sur sept.

— Qu'est-ce qui vous y oblige ?

Elle cligna les yeux, comme étonnée de sa naïveté.

— Je le fais pour eux. Pour nous tous.

— Pour votre famille ?

— Oui. Les amis vont et viennent, le travail aussi. La famille reste. Mes frères ont peut-être la réputation d'être les rois de la jungle, mais au fond ils ont un cœur de chaton. Et ils ont besoin de moi autant que, moi, j'ai besoin d'eux.

Quelles que soient nos trajectoires, elles concourent toutes au même objectif.

— La réussite de l'entreprise de votre père.

— Non. Le bonheur de notre famille. Tout le reste est anecdotique. Je ne règle pas mon pas sur celui de mon père, si c'est ce que vous voulez dire.

— Vous allez au-delà de mes paroles.

— C'est pourtant ce que vous sous-entendiez, non ? D'ailleurs, autant le reconnaître, je l'ai fait, à une époque. Et puis, j'ai eu ma période rebelle : si je vous racontais toutes les bêtises que j'ai commises… À la suite de quoi, j'ai grandi, je me suis responsabilisée. Et je me suis rendu compte qu'il valait mieux faire l'amour que la guerre.

— Qui aurait dit que la vie d'une jeune mondaine était un champ de bataille ?

Elle ne fronçait plus les sourcils, mais continuait à le regarder fixement, les yeux légèrement écarquillés.

— Moquez-vous autant que vous le voudrez, mais mon image publique me permet de consacrer la majeure partie de mon argent, de mon influence et de mon temps au service de causes moins médiatiques, moins télégéniques, et j'en tire une énorme gratification.

— Je ne me moquais pas de vous, je…

Je quoi ? Je suis jaloux de ne pas avoir une famille aussi unie que la vôtre ? Ce n'était sûrement pas à elle qu'il allait dire cela !

— Passons.

— Excellente idée.

Elle lâcha un profond soupir et se pencha en avant, puis lui décocha un sourire de sirène, suave, qui le fit chanceler. Si la vie sous les projecteurs était un champ de bataille, ses lèvres devaient être une arme mortelle.

Zach ralentit le rythme, soudain peu pressé de revenir à la terre ferme, à la vraie vie.

— Une dernière question. Comment avez-vous ébréché votre dent ?

Meg roula des yeux et passa la langue sur ses dents.

— C'est à peine visible ! Comment avez-vous remarqué ?

— Il se trouve que j'ai l'œil pour les détails.

Elle glissa vers lui un regard oblique, interrogateur, ses fines narines frémirent et elle lâcha un lent soupir tremblant. Il comprit alors qu'il n'était pas le seul à ressentir cette attirance, et qu'elle aurait souhaité de toutes ses forces qu'il ne s'en aperçoive pas.

Elle leva légèrement le menton avant de rejeter ses cheveux en arrière.

— À votre avis, comment une noceuse dans mon genre pourrait-elle bien s'être cassé une dent ? Avec une coupe de champagne, bien entendu. Heureusement, il s'agissait d'un excellent cru.

Zach rit poliment, comme il était censé le faire, et Meg lui sourit avec gratitude. Un long silence s'écoula.

— Je... je voulais juste savoir autre chose encore. Est-ce que Ruby vous a dit que j'étais entrée chez vous ?

Zach secoua la tête.

— Non. Je l'ai appris par sa nounou.

Meg opina et contempla distraitement ses ongles au vernis écaillé, un grand sourire aux lèvres : un sourire simple et honnête, dédié à Ruby.

Et tout à coup, Zach éprouva un sentiment inattendu, totalement nouveau : une immense fierté à l'idée qu'une femme comme elle puisse tenir sa petite fille en si haute estime.

Les sourcils froncés, Meg passa la langue sur la fêlure de sa dent.

Qu'est-ce qui lui avait pris, de lui raconter toutes ces bêtises ? À révéler l'envers de son personnage, elle allait tuer la magie. Dieu merci, elle avait eu la présence d'esprit de s'arrêter à temps. Mieux valait tenir caché du plus grand nombre certains aspects de sa vie. Ses actions de bénévolat auprès du Refuge pour femmes, par exemple. Après tout, chaque femme avait besoin d'un jardin secret, chaque personnalité publique avait besoin d'un sanctuaire. Si elle tenait à rester l'enfant chérie de Brisbane, il lui faudrait faire semblant de n'avoir jamais vécu ce moment où elle avait tenté d'en finir. Heureusement, ses souvenirs se brouillaient dans un mélange de flashs fugitifs — au night-club, dans la voiture de la police, à l'hôpital.

Quant à la manière dont elle s'était reprise en main… Si elle voulait garder le sourire, autant reléguer aux oubliettes les décisions qu'elle avait prises à cette époque.

Tout cela, c'était fini. Tant mieux. Affaire classée.

Et puis, il ne fallait pas inverser les rôles. C'était Zach qui avait besoin de son aide. C'était lui qui avait une fille rebelle. Lui qui venait de perdre un être cher.

À la manière des travailleurs sociaux qu'elle avait vus à l'œuvre, Meg tenta une approche en douceur, afin d'éviter une rebuffade.

— Donc, Ruby est restée à la maison aujourd'hui. Est-ce qu'elle manque souvent l'école ?

Il la fixa d'un regard noir, comme un prélude à l'opération « Eliminer Meg ».

— Quand j'avais son âge, je me suis enfuie de chez moi, s'empressa-t-elle d'ajouter.

Vrai, mais elle n'était pas allée plus loin que le coin de la rue. Et lorsqu'elle était finalement rentrée, après une heure passée assise sur le trottoir, personne ne s'était aperçu de son absence.

— Elle vous a dit qu'elle avait mal à la gorge ? demanda-t-il.

— En effet, oui.

Meg se mordit la lèvre, mortifiée à l'idée d'avoir trahi une confidence. Sauf qu'elle avait simplement promis à Ruby de ne pas raconter à son père qu'elle manquait l'école. Or, de cela, la nounou s'était chargée à sa place. Ouf ! Elle dirait à la petite de se méfier la prochaine fois qu'elle la verrait…

Sauf qu'il n'y aurait justement pas de prochaine fois. Elle n'avait aucun mal à croire Zach lorsqu'il lui racontait qu'il avait disposé des gardes dans le domaine. À sa place, elle aussi aurait veillé à éloigner Ruby d'une femme comme elle. Et pourtant, la perspective de ne plus jamais revoir cette petite l'attristait. Peut-être se sentirait-elle un peu mieux en aidant Zach à prendre ses marques avec sa fille.

Il ramait sans la quitter de ces yeux sombres et intelligents qui la faisaient littéralement fondre. Redoutant de commettre un autre impair, Meg se contenta de garder le silence et d'attendre. Bonne tactique : au bout d'un instant, Zach finit par froncer les sourcils avec un profond soupir.

— Elle a téléphoné à Felicia ce matin, prétextant un mal de gorge, lâcha-t-il à contrecœur. Il a fallu la ramener de l'école en taxi. Au début, je n'ai pas cru à son histoire. Ensuite, j'ai eu des doutes. À votre avis, est-ce que…

Il secoua la tête et manœuvra les rames avec une ardeur renouvelée. Excellente tactique… Ne venait-il pas de lui demander conseil ? Mais, au fait, qui était cette Felicia ? Avait-il une nouvelle femme dans sa vie ? À cette pensée, Meg agrippa le banc.

— Et Felicia est… ?

— La nounou de Ruby.

De soulagement, elle faillit éclater de rire.

— Moi aussi, dans le temps, j'ai eu une nounou, s'empressa-t-elle de dire pour justifier son sourire béat. Un jour, je lui ai raconté qu'on m'avait adoptée et elle est allée tout répéter à une amie qui, à son tour, s'est chargée d'ébruiter l'histoire dans la presse. Moi j'avais déjà oublié toute cette affaire. Maman en a été malade. Quant à mon père… Il va sans dire qu'après cette aventure, je n'ai plus eu de nounou.

Les yeux de Zach s'élargirent légèrement. Jamais il

n'aurait pensé que les petites filles pouvaient renfermer un tel concentré de machiavélisme et d'innocence.

— Comprenez-moi bien, poursuivit-elle, certains enfants adorent leur nounou. D'ailleurs, mon amie Tabitha envoie toujours une carte à la sienne pour la fête des Mères. Tout va bien, entre Ruby et Felicia ?

Il hocha la tête après une courte hésitation.

— Elle a enseigné à l'école de Ruby pendant plus de vingt ans. Vous pensez bien qu'elle n'est plus dupe de rien. Elle a accepté de s'occuper de Ruby lorsque celle-ci est venue vivre avec moi.

— Bien, très bien, fit-elle, un doigt sur les lèvres, songeuse. Une petite fille a autant besoin d'espaces de liberté que de limites.

Une pensée la frappa soudain : avant d'habiter avec son père, comment Ruby avait-elle vécu ? Et avec qui ? Sa mère ? Dans ce cas, Zach était-il divorcé, séparé ? D'ailleurs, avait-il été marié ? Aimait-il encore son ex ? Était-ce à cause d'elle qu'il souffrait ? Pauvre Zach ! Pauvre Ruby ! Elle voulait connaître toute leur histoire, dans les détails. Elle retint son souffle.

— Bon, ça suffit, dit-il. J'ignore même pourquoi nous en sommes venus à parler de tout cela.

Comment ? Ils avaient à peine effleuré le sujet. Il n'allait tout de même pas la laisser sur sa faim !

— C'est vous qui avez commencé.

Les rames restèrent suspendues hors de l'eau.

— Je… quoi ?

— Si vous aviez eu le bon sens de ne pas me tenir rigueur d'être entrée chez vous, nous n'aurions pas eu cette conversation.

— D'où me vient cette impression que vous avez l'habitude d'avoir le dernier mot ?

— Ce n'est pas vrai ! Je suis la cadette de trois frères

autoritaires et mon père se fiche royalement de tout ce que je peux faire ou raconter.

Atterrée de ce qu'elle venait de dire, Meg ferma les yeux et se mordit la lèvre, mais trop tard : ce qui était dit était dit. De nouveau, elle avait donné à Zach la corde pour se pendre. Ouvrant un œil timide, elle le vit immobile, les rames rangées s'égouttant au fond de la barque. Il demeura silencieux si longtemps qu'elle entendit la rumeur proche des oiseaux, le doux ressac de l'eau sur la coque de l'embarcation. Enfin, il repositionna les rames et se remit à manœuvrer.

— Ruby passe la semaine dans un internat de la région.

Meg aurait pu l'embrasser. Elle ignorait pourquoi Zach n'avait pas saisi la perche qu'elle lui avait involontairement tendue, mais le fait était que s'il l'avait regardée, en cet instant, au lieu de garder les yeux dans le lointain, elle l'aurait bel et bien embrassé.

— Un internat dans lequel Felicia a enseigné, l'encouragea-t-elle d'une voix douce en choisissant soigneusement ses mots.

Zach ne répondit pas tout de suite. Un léger tic lui fit cligner l'œil.

— L'école est à dix minutes de voiture à peine, répondit-il enfin. Elle fréquentait déjà cet établissement avant le décès de sa mère.

Frappée en plein cœur par cette réponse spontanée à une question qu'elle n'aurait jamais osé poser, Meg serra les mains à s'en faire blanchir les phalanges. Donc, la mère de Ruby était morte il y avait quelques mois à peine. Pauvre petit ange. Comment s'étonner que son père tienne à la garder dans un cocon ? Le simple fait qu'elle soit retournée aussi vite à l'école tenait du miracle. Quant à Zach, comment surmontait-il cette épreuve ?

Elle allait lui poser la question lorsqu'il s'éclaircit la gorge.

— Ce n'est pas la première fois qu'elle invente un prétexte pour ne pas aller à l'école. L'autre jour, elle avait mal au doigt, un autre, elle avait un problème au pied. Jusqu'à présent, elle n'a jamais été absente plus d'une journée, après quoi tout rentre dans l'ordre pendant plusieurs semaines. Donc, tout compte fait, je dirais que les choses ne vont pas si mal.

Pas si mal ? En effet. Il s'inquiétait pour elle. Il avait à cœur d'être un bon père. Une fragile espérance naquit alors en elle.

— Zach… Je ne savais vraiment pas. Je suis désolée pour votre femme.

— J'ai à peine connu la mère de Ruby. D'ailleurs, j'ai seulement appris l'existence de ma fille au décès d'Isabel.

— Donc, tous les deux, vous n'étiez pas…

— Non. Je me trouvais en Turquie lorsque mon avocat m'a contacté pour me mettre au courant. Au bout d'innombrables tracasseries administratives, j'ai pu enfin voir une assistante sociale ici, à la maison, et rencontrer Ruby. Lorsqu'elle est arrivée, avec une valise et un ours en peluche, je ne m'étais pas attendu à la trouver si petite, si chétive.

Zach s'interrompit tout à coup et baissa les yeux, sourcils froncés. Meg cligna des yeux, ses paupières étaient brûlantes. Elle, pleurer ? Ce serait une nouveauté. Avec les années, elle avait appris à maîtriser impitoyablement ses émotions. Elle ne s'était laissé déborder qu'à de rares occasions, par des rumeurs pernicieuses ou par les témoignages éprouvants des femmes hébergées au Refuge. Autrement, elle ne rougissait jamais, ne transpirait jamais, ne pleurait jamais.

Elle cligna les paupières pour évacuer le trop-plein d'émotion.

— Nous essayons tous les deux de nous habituer l'un à l'autre, poursuivit-il. Au point où nous en sommes, vous comprendrez que nous n'avons pas besoin d'attirer l'attention de la presse. Ruby doit trouver son chemin dans la vie sans avoir à toujours vérifier ses arrières.

Il leva vers elle son regard sombre.

— Meg…

Au ton implorant de cette voix, la jeune femme sentit son cœur s'emballer.

— Je sais que vous avez toutes les raisons pour douter de ma parole, mais vous pouvez vraiment me faire confiance. Je sais garder un secret.

— Je l'espère.

Elle sourit, et le visage de Zach s'adoucit légèrement. Une communion silencieuse s'installa entre eux, accompagnée d'une connivence rare et magique qui ressemblait à une confiance fragile.

6

La barque heurta le bord de l'embarcadère. Le choc, bien que léger, faillit néanmoins déséquilibrer la jeune femme. Totalement absorbée par le récit de Zach, Meg ne s'était pas aperçue que les roseaux les entouraient de nouveau.

Zach attacha les amarres et jeta la glacière sur le ponton avant de se tourner vers elle. Flottant encore dans une émotion légère et irréelle, la jeune femme saisit sans hésiter la main qu'il lui tendait et monta sur la jetée, puis ôta le chapeau, lissa ses boucles désordonnées et lui présenta le couvre-chef et la couverture. Zach s'en saisit, mais garda ses mains sur celles de la jeune femme. Immobile, il la couvait d'un regard incandescent. Les jambes de plomb et la tête légère, Meg se sentait audacieuse, sans entraves.

— Maintenant que je sais tout sur vous, allez-vous enfin arrêter de me suivre partout ? lâcha-t-elle sans réfléchir.

Il haussa les sourcils.

— Vous plaisantez, j'espère ?

— Allons donc. Vous n'allez pas me faire croire que ce domaine n'est pas assez grand pour nous deux.

Zach renversa la tête en arrière et partit d'un rire retentissant qui enveloppa la jeune femme comme une onde caressante et chaude.

— Je vous préfère beaucoup comme cela, avoua-t-elle.

— C'est-à-dire ?

— Eh bien, lorsque vous arrêtez un peu de me donner des ordres.

Le regard fixé sur elle, il tira sur la couverture. Meg avança d'un pas, puis laissa retomber les bras. Il lâcha nonchalamment les objets sur la glacière.

— Donc, logiquement, si je continue dans ce sens, vous m'apprécierez de plus en plus.

— Votre logique est imparable, dit-elle dans un murmure.

Telle une lave brûlante et paresseuse, le regard de Zach glissa sur son cou, sur ses joues, sur sa bouche. Ses yeux de diamant prirent la couleur de la nuit. Prisonnière de cette contemplation muette, Meg humecta ses lèvres, pétrifiée par une attente fervente et folle. Lentement, il passa un bras autour de sa taille. Elle ne s'esquiva pas. Il eut un bref froncement de sourcils, comme si son audace le surprenait lui-même, puis un léger sourire détendit ses lèvres.

Il l'attira contre lui. La chaleur de son corps baigné de soleil traversa le tissu fin de la robe de Meg et se propagea à son propre corps. Elle toucha son torse d'une main légère, presque timide : il était dur, fort, ainsi qu'elle l'avait imaginé. Et cette poitrine inébranlable abritait un cœur qui ne battait que pour une petite fille.

Il se pencha vers elle et s'empara de ses lèvres avec une lenteur de songe, comme s'il voulait détailler la saveur de sa bouche. Elle glissa les bras autour de son cou et se haussa sur la pointe des pieds pour mieux s'offrir à son baiser. Avec un gémissement qui la fit trembler jusqu'à ses tréfonds, Zach l'enveloppa dans une étreinte fervente et la souleva de terre.

Le baiser s'approfondit, encore et encore. Zach insinua la langue entre ses lèvres et caressa brièvement le contour de sa dent ébréchée. Meg frissonnait, comme prise de fièvre, haletante, les poumons brûlants.

L'une de ses chaussures glissa et tomba au sol avec un bruit mat qui la ramena brutalement à la réalité. Elle s'écarta légèrement. Le charme était rompu. Lentement, doucement, Zach la reposa au sol, leur étreinte se dénoua.

— Je vous prie de m'excuser, murmura-t-il. Je ne sais pas ce qui m'a pris.

La jeune femme hocha la tête avec un sourire entendu.

— Il est temps que je m'en aille, autrement Rylie et Tabitha vont lancer un avis de recherche. Encore une fois, je suis vraiment désolée pour Isabel, dit-elle, la main sur le bras de Zach.

Il opina brièvement, les lèvres contractées par un pli douloureux.

— Mais je ne me fais pas de souci pour Ruby, poursuivit-elle en pressant de nouveau son bras. Je sais qu'elle est entre de bonnes mains. Elle a beaucoup de chance de vous avoir.

Elle ramassa ses chaussures et, avec un léger signe de la main, s'éloigna d'un pas leste, l'esprit déjà occupé par le mensonge qui lui permettrait d'expliquer à ses amies où elle avait été, ce qu'elle avait fait, pourquoi elle avait l'air de flotter sur un petit nuage sans pouvoir s'empêcher, en même temps, de froncer les sourcils.

Pendant la nuit, allongée sur son lit, les yeux grands ouverts, Meg balançait son portable d'une main à l'autre. Toutes ses pensées tournaient sans relâche autour de ses nièces, Olivia et Violet. Deux heures plus tôt, elle les avait appelées pour leur dire bonsoir. Au téléphone, elles avaient eu l'air heureuses, gaies. Normal : à quatre et sept ans, elles menaient une vie dont auraient rêvé bien des fillettes de leur âge. Elles avaient chacune leur poney, suivaient des cours de danse, de piano, d'escalade, de langues vivantes, leur grand-mère les emmenait en voyage autour du monde, elles étaient gâtées par de jeunes nounous…

Moins entourée, Ruby n'avait pas leur chance. Meg s'était totalement reconnue dans l'attitude insoumise de la fillette.

Cette étincelle était si fragile, si incontrôlable. Meg espérait vraiment qu'elle ne provoquerait pas de débordements. Elle le souhaitait de tout cœur pour Ruby, mais aussi pour Zach. Ce grand, ce redoutable et noble Zach Jones.

Il était si différent des hommes de sa famille. Jusqu'alors, la seule force masculine qu'elle avait connue avait été écrasante, tyrannique. Zach, lui, n'avait pas besoin d'imposer sa toute-puissance au reste du monde. Au contraire, il avait consenti à changer de vie pour sa fille. Pour rien au monde, Meg n'aurait voulu voir réduite au néant une telle générosité. D'un autre côté, avec un père à l'écoute comme l'était Zach, Ruby n'éprouverait sans doute pas le besoin de se rebeller.

Meg caressa ses lèvres, comme elle n'avait cessé de le faire ces dernières heures. Ce baiser… Plusieurs heures après, sa magie perdurait comme un charme doux, puissant et fou. Et interdit, puisque Zach Jones avait une petite fille.

Ayant fait le choix de ne pas avoir d'enfants pour leur éviter les pressions insupportables qu'elle-même avait eu à subir dans sa jeunesse, Meg n'avait jamais envisagé qu'elle pouvait tomber amoureuse d'un père de famille. Seulement, à présent qu'elle connaissait Zach, elle n'était plus sûre de sa décision.

Et pourtant, ses nièces étaient la preuve vivante qu'elle avait pris la bonne décision. Certes, pour l'instant, elles semblaient heureuses. Pourtant, à leur âge, elles auraient dû porter des bottes en caoutchouc et des jeans, pas des souliers vernis et des robes. Bientôt, elles finiraient par souffrir de cette pression continuelle, et du perfectionnisme qui l'accompagnait. Meg était bien placée pour en mesurer les conséquences.

D'un geste vif, elle jeta son portable, qui atterrit avec un bruit sourd sur un canapé à l'autre bout de la pièce. Ayant à l'esprit la voix profonde de Zach, elle tenta de fredonner une chanson de Stevie Wonder. En vain. Elle poussa un profond soupir et s'allongea sur le côté, les jambes repliées contre la poitrine et les mains sous l'oreiller, les yeux fixés sur les longs rideaux des fenêtres qu'un filet d'air conditionné faisait battre légèrement.

Là-bas, dans la grande maison pleine de coins et de recoins, Zach devait être en train de dormir. De rêver, peut-être ? Mais alors, de quoi ? Et surtout, de qui ?

Il faisait nuit noire lorsque Zach rentra enfin chez lui. Tout en fermant la porte, il fredonnait une chanson sans y réfléchir. Il s'aperçut au bout d'un instant qu'il s'agissait d'un air de KC & the Sunshine Band, un groupe de disco de la belle époque.

Il vida ses poches sur un guéridon. Plusieurs mois après avoir renoncé à la vie nomade qu'il avait menée jusqu'alors, il ne s'était toujours pas habitué à porter sur lui un trousseau de clés plutôt qu'un simple badge d'hôtel. Sans cesse ballotté de famille d'accueil en famille d'accueil, il avait fini par ne plus se sentir chez lui nulle part, à n'éprouver aucun attachement pour rien ni personne. À présent qu'il avait une adresse fixe, qu'il dormait chaque nuit dans le même lit, qu'il voyait chaque jour les mêmes têtes, l'envie de préserver ces liens s'était peu à peu développée et, avec elle, la peur de les perdre du jour au lendemain.

Une voix dans l'obscurité le fit sursauter.

— Bonsoir, Zach.

— Felicia ! Vous allez me faire mourir.

— Vous vous tuerez au travail avant. Je dirais même que vous seriez le candidat idéal pour tous ces stages de bien-être tellement à la mode de nos jours.

Zach regarda avec froideur la silhouette sombre.

— Si j'avais su que vous étiez aussi drôle, je vous aurais laissée moisir dans cette vieille école.

En guise de réponse, Felicia lui tapota le bras. Zach tourna les yeux vers les lumières de la cuisine, d'où provenaient des odeurs appétissantes.

— Est-ce qu'elle dort ?

— Comme un loir.

— Et… l'avez-vous entendue…

Il s'interrompit sans oser mentionner de vive voix ces cris que la fillette poussait parfois dans son sommeil.

— Rien du tout. Avec cette gorge malade, elle avait besoin de se reposer, expliqua-t-elle en glissant un grand sac à son bras. Sur ce, bonne nuit, Zach. À demain.

L'instant d'après, il l'entendit converser avec l'employé de nuit qui la raccompagnait, puis une portière d'automobile claqua et le rugissement d'un moteur s'éloigna. Il ne resta alors que le silence.

Zach se dirigea vers la chambre de Ruby et considéra, dans la pénombre, les quatre lettres de son nom, accrochées à la porte. Tout ouïe, il s'efforçait d'entendre le souffle de sa respiration.

Il aurait pu rentrer bien plus tôt, ou du moins avant qu'elle ne soit couchée. Pourtant, il avait préféré rester devant son ordinateur, au prétexte que Ruby ne s'attendait pas à le voir en cours de semaine. En vérité, il avait reculé à l'idée de devoir lui poser des questions sur son refus d'aller à l'école, et peut-être même d'avoir à la gronder.

À y réfléchir, c'était tout de même incroyable. Lui, un adulte de trente-cinq ans à la tête d'une multinationale, s'en laissait imposer par une gamine de sept ans. Pourtant, dès l'instant où ses yeux bruns tellement intelligents s'étaient posés sur lui, il avait redouté la possibilité de subir un rejet de plus, un rejet de trop : celui de sa propre fille.

Il passa sa main sur son visage aux joues mal rasées, puis posa sa paume sur la porte. Comme chaque soir, il avait terriblement envie d'entrer tout doucement, de se dire qu'elle s'était endormie parce qu'elle se sentait en sécurité avec lui. Et pourtant, comme chaque soir, il essayait de se raisonner. Il risquait de la réveiller, de l'inquiéter. Il risquait de s'habituer à elle.

Mais ce soir était différent. Ce soir, il avait enfin le sentiment de comprendre mieux sa fille, et cela par la magie d'une courte conversation avec la dernière personne dont il aurait attendu le moindre éclairage : Meg Kelly. Ses paroles avaient été des perles de sagesse. Oui, Ruby avait besoin d'indépendance, mais lui, son père, était fondé à ne pas vouloir lui céder sur tout. Et si Ruby en était consciente, encore mieux. Donc, jusqu'à présent, Zach ne s'était pas trompé. Peut-être était-il moins désarmé qu'il ne l'aurait cru de prime abord.

Il saisit la poignée de porte et entra. Dans la pénombre, il n'eut aucune peine à distinguer la forme blanche du lit, au centre de la grande chambre et, à pas de loup sur l'épais tapis, il s'approcha des draps de dentelle dans lesquels reposait une fillette chétive. Figé dans une contemplation silencieuse, il admira les cheveux étalés sur l'oreiller comme une corolle sombre, le visage pâle et les traits aussi réguliers que ceux d'une poupée. Elle respirait avec calme, nullement dérangée par sa gorge. Zach se surprit à sourire. La petite coquine… Même Felicia avait mordu à l'hameçon. Meg, en revanche, n'avait pas été dupe une seconde.

S'approchant encore, il repoussa délicatement une longue mèche tombée sur ses yeux. Ruby remua dans son sommeil, marmonna quelque chose avant de s'immobiliser de nouveau, un bras sur la tête, dans cette même position qu'il avait pour dormir.

Le cœur de Zach cogna un grand coup dans sa poitrine. Cette fragile créature était sa fille. Elle n'avait plus que lui au monde. Son bonheur, son avenir étaient de sa responsabilité. Si quiconque se permettait une parole, une action susceptible de remettre en cause son droit de garde… La gorge douloureusement serrée, il pivota sur ses talons pour partir.

— Papa ?

Il se retourna. Dans l'obscurité, il distingua la silhouette sombre de Ruby, assise dans son lit.

— Oui, chérie ?

— Rien. C'était juste pour voir.

Pour voir s'il était là, à ses côtés, présent, disponible. Pour voir s'il n'avait pas disparu, alors même qu'elle commençait à s'habituer à lui. Il ne le connaissait que trop, cet abominable sentiment de vide et d'abandon.

— Oui, je suis là, murmura-t-il d'une voix sourde. Ne t'inquiète pas, je reste ici. Rendors-toi.

À sa respiration lente et régulière, il devina qu'elle avait déjà retrouvé le sommeil. Il referma doucement la porte et se dirigea vers la cuisine. Felicia avait laissé ses journaux en évidence sur le plan de travail, ainsi qu'une demande d'autorisation de sortie scolaire et un vase débordant de fleurs sauvages. Attendri, il imagina Ruby les cueillant pour faire amende honorable. Cette petite futée savait exactement comment mettre Felicia dans sa poche.

L'esprit ailleurs, il fit rouler la tige d'une fleur de porcelaine entre ses doigts. Travailler tard, rentrer dans une maison sombre, manger des restes, réserver ses week-ends pour Ruby dans le havre de quelques endroits choisis : telle serait sa vie pour la douzaine d'années à venir. Fallait-il en conclure qu'il avait tiré une croix définitive sur les voyages, sur sa vie sociale ?

Le doux visage de Meg Kelly lui revint aussitôt à l'esprit. De nouveau, il se rappela ce baiser, les délices qu'il avait goûtés à ses lèvres. Comment aurait-il pu résister à la promesse sensuelle de sa peau tiède, de sa silhouette de déesse ?

Étouffant un soupir, il se dirigea vers le four dans lequel son repas l'attendait et saisit à pleines mains le plat brûlant, qui lui échappa et alla se briser par terre. Non sans lâcher un chapelet de jurons, à voix basse de peur de réveiller Ruby, il passa ses mains sous l'eau froide.

Il était vraiment trop naïf. Meg Kelly, confidente de ses

doutes et de ses peines. On aurait tout vu. Plus que jamais, il devait rester sur ses gardes avec elle. Certes, sur le moment, ses jolies paroles avaient eu un accent de vérité, mais il n'en restait pas moins que, par un simple murmure imprudent, cette femme pouvait faire basculer son monde et celui de Ruby comme un jeu de cartes. Sa meilleure amie était journaliste, bon sang !

Il ferma brusquement le robinet, essuya ses mains sur son pantalon et entreprit de nettoyer la cuisine, puis se prépara un sandwich au fromage. Il signa ensuite le mot de l'école d'un crayon énergique qui déchira le papier.

Il en avait plus qu'assez, de ces petits jeux de manipulation féminine. C'était bien la dernière fois qu'il se laissait enjôler de la sorte. D'ailleurs, la prochaine fois que Ruby lui rejouerait son petit numéro, il aurait une explication avec elle. Après tout, les filles avaient besoin de limites.

Du moins, à ce que disaient certaines personnes.

7

Le lendemain matin, dans un mot qu'elle avait glissé sous leur porte, Meg informa ses amies qu'elle n'irait pas à la séance de jogging matinal et les attendrait à 7 heures, au point de rendez-vous pour la grande randonnée. Elle n'avait trouvé le sommeil qu'aux alentours de 2 heures du matin et avait besoin de récupérer.

Mais une autre raison expliquait son intérêt soudain pour la randonnée : elle évitait Zach. Après s'être vue, dans un rêve, ménagère en tablier jaune, surveillant par la fenêtre de la cuisine une marmaille agitée qui jouait dans un grand jardin avec des labradors, elle était plus que jamais résolue à ne plus le rencontrer.

Saisie d'une crainte subite, Meg parcourut du regard le groupe de randonneurs.

— Bonjour.

Elle ferma les yeux, consternée. Cette voix grave et chaude, elle l'aurait reconnue entre mille. Nulle autre ne la faisait frémir ainsi.

— Où sont donc les deux autres mousquetaires, aujourd'hui ?

La jeune femme lança un regard derrière elle, vers la piste vide.

— Encore bien au chaud dans leur lit, je suppose. Qui aurait pensé que je serais la plus matinale des trois ?

Meg devinait pourtant que l'absence de ses deux amies n'avait rien de fortuit. La veille, soucieuse de rester discrète sans pour autant leur mentir, elle leur avait brièvement parlé de sa promenade sur le lac, en termes suffisamment vagues en tout cas pour éveiller leurs soupçons. Elles s'étaient toutes les deux mises d'accord pour la laisser tranquille.

Tout en nouant sa deuxième tresse, elle lui jeta un regard du coin de l'œil et détailla subrepticement le pantalon de treillis, le T-shirt délavé, le vieux sac à dos et cette casquette, la même qu'il portait la veille. Arrivée à sa bouche, son examen s'interrompit brusquement. Mal à l'aise, elle humecta ses lèvres.

— Ne me dites pas que j'ai commis un autre impair qui vous oblige à me suivre à la trace ?

— Qu'est-ce qui vous fait croire que ma présence ici ait quoi que ce soit à voir avec vous ?

Meg allait répondre lorsque la voix de l'animateur du groupe s'éleva.

— Aujourd'hui, l'équipe affectée à notre tout nouveau centre de Saint-Barthélemy nous a rejoints pour voir comment on se débrouille, nous autres Australiens. Par conséquent, on lève bien les pieds, on garde le rythme et on ouvre grand les yeux pour profiter de la faune et de la flore.

— Vous êtes ici pour former votre équipe ? demanda-t-elle comme à part elle.

— Vous voyez. Comme quoi la beauté et l'intelligence ne sont pas incompatibles.

Souriant, il tira affectueusement sur l'une de ses nattes, ajusta sa casquette et s'éloigna au pas de course.

« La beauté et l'intelligence »... Ces deux mots en tête, Meg le suivit des yeux jusqu'à ce qu'il disparaisse dans la forêt. C'était vraiment incroyable. Avec sa taille de géant, sa carrure d'athlète et son teint de bronze, il attirait tous les regards et n'avait même pas l'air de s'en rendre compte. Elle ajusta son sac à dos, regarda une dernière fois derrière elle et se mit en marche.

Le groupe s'engagea sur un chemin de bois en pente douce

et Meg fut agréablement surprise de constater qu'elle n'avait aucun mal à suivre. Le guide les fit ensuite passer sous une barrière pour les mener en dehors du sentier principal, par un chemin étroit qui les obligeait à marcher en file indienne. Bientôt, la piste devint si raide que les randonneurs devaient parfois agripper des branches pour s'aider à avancer.

En nage, essoufflée, Meg passa la langue sur ses lèvres sèches, repoussa les mèches qui lui collaient au visage et se contenta de grimper sans plus prêter attention aux instructions du guide. Tandis qu'elle cherchait un appui pour traverser un ruisseau, Zach lui tendit la main.

— Merci, dit-elle, haletante. On arrive bientôt ?

Du coin de l'œil, elle le vit sourire et fut à deux doigts de défaillir complètement.

— Vos peines ne vont pas tarder à être récompensées, répondit-il d'une voix claire, nullement altérée.

— J'espère bien. Dites, à qui dois-je m'adresser pour une réclamation ?

— Vous pouvez me frapper, si vous y tenez.

— Est-il vraiment nécessaire de se lever aux aurores ?

Zach éclata de rire.

— Les journées deviennent vite très chaudes, par ici.

— Sadiques comme ils sont, je ne suis pas sûre que ce soit ce qui motive vos instructeurs. Sérieusement, vous y croyez vraiment à toutes ces théories sur l'harmonie intérieure, le bonheur intime, et j'en passe ?

Zach réfléchit un instant à sa question. Contrairement à tant d'hommes qui lui tapotaient le dos comme à un petit chien avant de s'adresser à ses frères ou à son père, celui-là l'écoutait vraiment et la prenait au sérieux. Comment s'étonner qu'il la captive autant ?

— Je crois que chacun est l'artisan de son propre bonheur. Entourez-vous de personnes positives et elles auront un impact positif sur votre existence. En revanche, nourrissez votre corps et votre esprit de cochonneries et votre vie s'en ressentira forcément.

Meg hocha la tête, pensive. Elle regrettait à présent d'avoir posé cette question. À la lumière de cette philosophie de vie, quelle image devait-elle lui avoir donnée d'elle-même, avec ses activités et ses amitiés mondaines ? Elle brûla un instant de lui parler de son engagement au profit du Refuge pour femmes. Pendant des années, elle avait pensé tout avoir : adulation publique et satisfaction privée. Pourtant, les propos de Zach lui donnaient envie de faire part de son expérience à quelqu'un. À lui.

Elle s'en abstint, cependant, de peur qu'il se demande pourquoi elle sacrifiait son temps pour des victimes de maltraitances, et pourquoi elle s'en cachait. Mieux valait laisser la situation en l'état, et ne pas risquer de découvrir que seul son côté léger, frivole, l'intéressait.

Se rendant compte que le silence s'étirait, Meg se contraignit à reprendre son masque souriant.

— Si je vous comprends bien, nous sommes ce que nous mangeons.

— En quelque sorte, oui.

— Donc, si je restreins mon régime au vin et au chocolat, je serai tout à fait savoureuse à ma mort.

— Votre logique est imparable, dit-il avec un éclat de rire.

Meg manqua s'étrangler. Ne venait-il pas de répéter la phrase qu'elle avait prononcée juste avant leur baiser ? Les battements de son cœur redoublèrent. Les jambes flageolantes, elle s'astreignit à respirer profondément.

Sans doute ne se rendait-il pas compte de ce qu'il avait dit, car il se tourna aussitôt pour reprendre sa marche. À moins que ce baiser ne l'ait pas ému autant qu'elle. Très bien ! Excellent, même. Elle soupira.

Comme le groupe s'égrenait en file indienne sur le chemin, Meg, juste derrière Zach, regardait sa démarche souple, ses épaules larges, ses cheveux dont les boucles flottaient sur son cou nerveux. Elle trébucha et se raccrocha au sac à dos de Zach. Il posa vivement la main sur la hanche de la jeune femme.

— Ça va, derrière ?

Elle ferma les yeux, défaillante.

— À peu près, oui.

— Accrochez-vous à mes épaules.

— Pourquoi ?

Il leva vers elle ses yeux dissimulés par la visière de sa casquette.

— Parce qu'à partir d'ici le sentier devient difficile.

— Ça ira.

— Meg…

— Allons, je ne suis pas tout à fait stupide. Je n'arrive sans doute pas à lire une carte, mais je sais encore poser un pied devant l'autre.

Sans tenir compte de ses protestations, Zach la prit par la taille et la souleva de terre pour la reposer de l'autre côté du ruisseau.

— Détendez-vous, Meg. Je ne vous propose rien d'autre que mon aide pour descendre le chemin.

Elle déglutit en grimaçant, la gorge sèche. Il baissa les yeux vers ses lèvres et resserra la main sur son bras. À ce contact, elle comprit qu'il éprouvait le même désir contenu qui la faisait frémir. Donc, ce baiser ne l'avait pas laissé indifférent. Un sentiment triomphal gonfla le cœur de la jeune femme. Mais aussitôt, l'exaltation le céda à l'incertitude. Certes, il voulait plus que l'aider à descendre, et elle désirait davantage de lui, mais, sachant cela, que faire ?

Meg se rendit alors compte que le reste du groupe s'était éloigné suffisamment pour que, tout autour d'eux, les oiseaux recommencent à chanter, mêlant leurs gazouillis au murmure mélodieux du ruisseau. Ils étaient seuls, et tout pouvait arriver. Par exemple, des photos de Meg Kelly en bonne compagnie étalées dans l'heure sur tout l'internet. Ce qu'il ne lui pardonnerait jamais.

Elle prit les mains de Zach et les repoussa.

— Merci, mais j'ai simplement glissé sur un peu de mousse. Je ferai plus attention la prochaine fois.

Les yeux de Zach se posèrent sur sa bouche, puis sur ses yeux.

— Faites attention, pour mon propre bien, dit-il enfin en ajustant son sac à dos. Je n'ai pas besoin que vous vous cassiez une jambe.

— Je ne vous le fais pas dire. La presse accourrait à l'instant, et c'est bien la dernière chose que nous désirons, vous et moi.

— Comment cela ?

— Eh bien, oui. Dans l'intérêt de Ruby.

Il la considéra avec gravité avant d'opiner, puis reprit son chemin.

— Ne vous laissez pas distancer, dit-il sans se retourner. Je n'ai pas envie d'envoyer de nouveau des secours à votre recherche.

— Des secours ? Soyez sérieux.

Elle se figea soudain. Ne venait-il pas de dire « de nouveau » ?

Après cinq minutes d'une marche exténuante, la pente s'atténua et déboucha sur de grandes marches taillées dans une roche grise. Le groupe s'égailla tandis que la végétation s'éclaircissait. La musique du ruisseau, plus insistante, couvrait à présent la rumeur de la forêt — chants d'oiseaux, frôlements et battements d'ailes, murmure du vent dans les arbres. Devant, un promontoire abrupt s'élevait si haut que Meg dut hausser les pieds pour apercevoir, tout en haut, une fine ligne de ciel bleu.

— Tenez-vous bien aux rambardes, faites attention et préparez-vous à quelque chose de fabuleux, déclara le guide d'une voix forte.

Meg s'engagea à la suite de Zach dans une anfractuosité de la roche. À la chaleur étouffante succéda une obscurité fraîche. En sueur, la jeune femme frissonna. Petit à petit, ses yeux s'habituèrent à la pénombre et discernèrent, loin devant, par-dessus les têtes des autres randonneurs, une lumière verte, surnaturelle. Elle pénétra alors dans une caverne haute où bruissait un doux murmure. À ses pieds s'étalait un bassin empli d'une eau turquoise limpide qui laissait voir un fond sablonneux parsemé de galets de toutes tailles et formes. Du plafond de la caverne dégringolait une cascade resplendissante qui tombait au centre du bassin.

— Les cascades de Juniper, dit Zach à sa droite.

Saisie, la jeune femme contemplait en silence le spectacle, d'une beauté pure, violente.

— Vous regrettez toujours de vous être levée tôt ?

— Non, évidemment. Quelle question !

Elle s'arracha à sa contemplation pour lui sourire brièvement. Non loin, quelques flashs crépitèrent. Aussitôt, Meg rechercha le photographe du regard, mais les randonneurs n'avaient d'yeux que pour la chute d'eau.

— Ça ne donne rien en photo, dit Zach en regardant droit devant lui. Il faut se contenter de regarder, d'écouter, d'emmagasiner les bruits, les couleurs, les sensations. Ce sont des instants qu'on n'oublie pas.

Pourtant, malgré la splendeur sauvage qui s'étalait devant elle, Meg regardait maintenant Zach, hypnotisée. Devinant son regard, celui-ci se tourna vers elle, les sourcils froncés, un sourire interrogateur aux lèvres. Elle secoua la tête avec un haussement d'épaules. Qu'aurait-elle pu dire ? Lentement, les yeux de Zach parcoururent son visage, comme pour en mémoriser chaque centimètre. Il avait raison : jamais elle n'oublierait cet instant.

Les randonneurs, cependant, s'étaient dispersés sur les bords du bassin, autour des trouées de lumière, pour s'asseoir et discuter, certains allant jusqu'à ôter leurs chaussures et patauger dans l'eau.

— Vous venez ? demanda-t-il en lui tendant la main.

— Vous pourriez simplement m'indiquer le meilleur point de vue et repartir au travail.

Les yeux plissés, Zach prit conscience des flashs. Il recula lentement, enfonça sa vieille casquette sur sa tête et lui jeta un long regard.

— Il s'avère justement que j'ai très peu de temps à consacrer au reste du groupe. Si vous voulez bien me suivre.

Elle accepta d'un signe de tête rapide et l'accompagna jusqu'à un rocher tacheté de lumière, sur lequel elle s'assit avec un soupir de contentement.

— L'eau est-elle bonne ?

— Voyez vous-même.

Elle se pencha pour plonger la main dans le bassin. Quel bonheur ! Rafraîchissante, l'eau était néanmoins assez chaude pour donner envie de s'y ébrouer. Zach remplit sa gourde et la vida en lentes lampées. Remarquant le regard avide de la jeune femme, il la lui tendit. Elle porta les lèvres à l'endroit où il avait posé les siennes et savoura une longue gorgée. Délicieusement fraîche, l'eau, comme du velours, caressa sa gorge sèche.

— Le bassin est alimenté par les cascades et donne naissance à une source souterraine qui coule au sud pour se jeter ensuite dans une rivière, en direction du parc national, dit-il d'une voix suffisamment forte pour être audible des randonneurs les plus proches. Grâce à l'érosion due au courant, le fond du bassin est constitué d'un sable incroyablement doux.

Meg reboucha la gourde et la lui rendit. Troublée par le frôlement de leurs doigts, elle glissa ses mains tremblantes entre ses genoux et regarda le bassin.

— Vous êtes déjà venu nager ici ?

— Une fois ou deux.

— Comment trouvez-vous le temps, avec votre travail et vos responsabilités envers « vous savez qui » ?

Zach se rembrunit, et le fil imperceptible qui venait de se nouer entre eux se brisa. Elle se mordit la lèvre. Certes, ils étaient d'accord tous les deux sur la nécessité de protéger Ruby, mais ce qui n'était qu'un souhait pour Meg était pour Zach un devoir. Contrite, elle posa son sac à dos sur le rocher qui les séparait.

— Je suis désolée. Je n'évoquerai plus ce sujet.

— Meg, je voulais vous…

Elle lui fit signe de se taire d'un léger geste de la main.

— C'est bon, je comprends.

— Je ne pense pas, non. Je voulais simplement vous dire… Elle m'a préparé des crêpes.

Meg, les yeux étrécis, le regarda avec un mélange de joie et d'envie.

— Ah bon ? Mais quand ?

— Ce matin. Juste avant de partir à l'école.

— Eh bien, en voilà une qui se lève tôt ! Tel père, telle fille, je suppose.

Il la regarda avec une expression étrange, comme s'il n'osait croire à ses propos. Profondément émue, la jeune femme s'éclaircit la gorge.

— Étaient-elles bonnes ? Les crêpes, je veux dire.

Zach fut secoué d'un rire léger.

— Abominables.

— Et pourtant, vous les avez toutes mangées.

— Évidemment.

Une flèche se ficha profondément dans le cœur de Meg. Jamais son père à elle ne lui aurait fait cette faveur. Si la fantaisie lui était venue de lui préparer des crêpes, il y avait fort à parier qu'il les aurait données aux chiens, et ne se serait pas privé de le lui faire savoir.

Zach lui jeta un bref regard.

— Elle m'a demandé comment vous alliez.

Meg battit des paupières pour repousser les larmes qu'elle sentait monter.

— Ah bon ? Qu'a-t-elle dit ?

— Je ne sais pas si je suis autorisé à vous le répéter. Voyez-vous, on m'a dit que les jeunes filles ont besoin de mystère.

— Eh, ce n'est pas juste ! Je suis gentille, je vous donne toutes les clés pour comprendre les filles, et vous les utilisez contre moi.

— Vous avez raison. En fait, je tenais à vous remercier. Ce matin, elle était pressée de repartir à l'école, grâce à quelque chose que vous lui avez raconté hier.

Meg le regarda fixement, incapable de se rappeler ces paroles prétendument magiques, et se contenta d'opiner brièvement.

— Monsieur Jones, intervint une femme à l'accent étranger.

Meg se retourna brusquement et découvrit une superbe rousse vêtue de l'uniforme du Domaine de Juniper. Involontairement, elle passa une main rapide sur ses tresses informes.

— Claudia, fit-il avec une distance polie. Que puis-je faire pour vous ?

Meg le regarda avec étonnement, surprise de retrouver le ton froidement professionnel qu'il avait employé avec elle à leur première rencontre.

— Désolée de vous interrompre, mais le groupe de Saint-Barthélemy voudrait profiter de la pause pour vous poser quelques questions à propos de l'excursion de ce matin.

— Mais bien sûr. Claudia, permettez-moi de vous présenter Meg. Meg, voici Claudia, ma nouvelle responsable pour l'équipe de Saint-Barthélemy.

— Saint-Barthélemy ? Vous en avez, de la chance, fit Meg avec ce sourire impersonnel dont elle avait tellement l'habitude. Et merci, Zach, pour ce petit cours très instructif.

Claudia opina poliment avant de rejoindre le reste de

l'équipe. Zach regarda Meg avec ce sourire auquel elle résistait de moins en moins.

— Donc, mes explications sont instructives ?

— Eh bien, oui. Allez-y, insista-t-elle comme il s'attardait. Je vous promets de ne pas me noyer dans le bassin. Ce n'est pas moi qui vous causerai des problèmes.

Zach marqua un silence, le front strié de rides profondes.

— Non, c'est juste que… Enfin, j'allais vous demander si je pourrais vous voir ce soir.

Le cœur de Meg battit la chamade.

— Ce soir ?

— Eh bien, vous venez au luau, n'est-ce pas ?

— Le quoi ?

— Sur la rive ouest du lac, nous avons aménagé une plage que nous utilisons une fois par semaine pour faire un grand feu. C'est indiqué sur la brochure, si vous aviez pris la peine de la lire.

— Mais je l'ai lue… enfin, en diagonale. Écoutez, je ne sais pas quels sont vos projets pour ce soir, mais…

— Comme l'équipe de Saint-Barthélemy sera présente, j'envisageais d'y faire une apparition. Pour eux, précisa-t-il. Il y aura des Chamallows.

Meg ne put s'empêcher de se mordre la lèvre inférieure avec convoitise.

— De vrais Chamallows ? Pas des ersatz à base de soja, sans gluten ni sucre ?

Il éclata d'un rire retentissant.

— Des vrais. Roses et blancs, par sacs entiers. Avec des bâtonnets, si vous aimez les rôtir.

— Et comment ! Vous aussi, j'espère ?

— Bien sûr. D'ici là, si vous avez besoin de recharger la batterie…

Il lui lança un sachet en plastique aux couleurs du Domaine

de Juniper avant de rejoindre ses collaborateurs. Aussitôt, Meg déchira le petit paquet : il contenait un tube de M & M's. La jeune femme éclata de rire, puis pressa la main contre ses lèvres de peur d'attirer l'attention.

8

Pieds nus sur le sable, un collier de fleurs rouges au cou, Zach se tenait à l'écart de la vive lumière que jetait le brasier allumé sur la plage.

Quel idiot ! Certes, elle l'avait aidé avec Ruby, et peut-être qu'il n'arrivait pas à oublier ce baiser. Il n'en restait pas moins qu'il avait tort de s'exposer ainsi juste pour l'apercevoir de nouveau.

Sa main se crispa sur le collier, dont il écrasa quelques fleurs, et se figea en entendant des rires féminins. Non loin, des danseuses scintillèrent dans la nuit, et le timbre de trois voix animées flotta jusqu'à lui. Des silhouettes gracieuses qui entrèrent dans la lumière, Zach ne vit que Meg.

Ses cheveux, noués en une queue-de-cheval légère, dégageaient ses oreilles ornées de créoles rutilantes de poudre de diamants. Mais c'était sa robe qui lui coupait le souffle : une robe d'un rouge intense, dont le tissu brillant épousait comme une deuxième peau ses formes galbées. La coupe, cintrée, dégageait les épaules, et sa poitrine était mise en valeur par un décolleté profond.

Comme un employé lui rappelait qu'il était interdit de porter des chaussures sur la plage le soir du luau, elle appuya sans l'ombre d'une hésitation le coude sur l'épaule de quelqu'un, releva jusqu'aux genoux sa robe et entreprit de défaire les longues lanières de cuir rouge qui ceignaient ses mollets. Zach ferma les yeux et respira profondément.

Lorsqu'il les rouvrit, Meg, les pieds nus, bondissait sur le sable avec l'exubérance d'un chaton. Elle virevolta, lui laissant entrapercevoir son dos : abstraction faite d'une bride au niveau de la nuque, il était nu jusqu'à la taille, pas assez bas toutefois pour révéler le fameux tatouage.

Zach passa une main nerveuse sur ses lèvres. Il savait bien ce qui l'incitait à tenter le diable. Toute sa vie, il avait consacré tous ses efforts à dépasser ses origines modestes et à bâtir un empire à faire pâlir d'envie ses concurrents. Ces derniers mois, l'arrivée inattendue de Ruby l'avait dérouté de ces objectifs. Pour elle, il avait mis toute son énergie à devenir un père.

Avec Meg Kelly, il était un homme, tout simplement. Et l'exaltation de sa masculinité lui procurait un sentiment enivrant, et dangereux. *Regarde-la*, se dit-il. *Les diamants, les amis mondains, tout ce clinquant… Elle ne vit que pour les projecteurs. Tout le contraire de toi, qui tiens à rester dans l'ombre pour Ruby.*

Il recula loin de la lumière, mais l'orchestre entama alors, sur un air de reggae, *How deep is your love*, des Bee Gees. Zach se figea et chercha Meg du regard. Elle battait des mains avec un enthousiasme qui faisait plaisir à voir. À la voir promener le regard sur la foule, il comprit qu'elle le cherchait. Immobile, il attendit, le cœur battant.

Lorsqu'elle le vit enfin, elle lui sourit avec ses lèvres grenat, ses yeux d'un bleu étincelant, et se dirigea droit vers lui, suivie de ses deux amies. Aussitôt, Zach se sentit happé par une chaleur dévorante.

— Zach, lui dit-elle dans un souffle.

— Bonsoir, mesdemoiselles. Vous êtes absolument ravissantes.

— N'est-ce pas ? dit une jeune femme blonde tout sourire en donnant une bourrade amicale à Meg — laquelle la fusilla du regard.

Zach fit mine de ne pas remarquer l'échange.

— Alors, prêtes pour le grand soir ?

— J'ai entendu parler d'un barbecue de Chamallows, dit une jeune femme brune en qui Zach reconnut Tabitha.

— C'est ça, votre idée d'un grand soir ? fit la blonde avec un sourire lourd de sous-entendus.

Elle regardait Zach d'un œil perçant qui le mit mal à l'aise. Ce devait être la journaliste. À son air entendu, il soupçonna qu'elle avait compris, pour Meg et lui. Méfiance. Il n'aurait pas été étonné d'apprendre qu'elle dissimulait une microcaméra dans son tube de rouge à lèvres.

Meg, cependant, réprimanda son amie d'une tape sur le bras.

— Ne faites pas attention à Rylie. Elle est incapable de comprendre que les sucreries représentent pour certains, dont je fais partie, un groupe alimentaire à part entière.

D'un bref signe de tête, elle lui fit comprendre qu'il n'avait pas à s'inquiéter, ni pour Ruby, ni pour lui-même. Puis la jeune femme esquissa un sourire. « Merci pour les M & M's », semblait-elle dire du regard. « Je vous en prie », répondit-il en clignant de l'œil.

— Eh, mais on dirait bien qu'ils servent des cocktails dans des noix de coco, remarqua Tabitha avant de s'éclipser sans plus de façons.

Rylie, accrochée au bras de Meg, l'entraîna à l'écart.

— J'aime beaucoup la musique, dit cette dernière par-dessus son épaule avec un sourire d'excuse. C'est vous qui l'avez choisie ?

— Oui. Je me suis récemment découvert une passion secrète pour le disco.

Elle lui envoya un sourire qui éclaira la nuit.

Zach glissa les mains dans les poches de son pantalon. Maintenant qu'il s'était montré, rien ne le retenait ici. Ruby dormait chez une amie, il pouvait donc travailler jusqu'à être trop fatigué pour penser à autre chose qu'à dormir.

Il décida pourtant de rester un peu plus longtemps, pour

écouter quelques reprises des Bee Gees, boire un verre de punch ou deux… et voir où la nuit allait le mener.

Assise sur une natte à côté de Rylie, un cocktail sans alcool à la main, Meg faisait mine d'observer Tabitha, qui s'était lancée dans une ronde folle autour du feu. En réalité, dès qu'elle le pouvait, elle observait Zach à la dérobée. Les pieds nus et le dos au feu, il la regardait avec une intensité plus dévorante qu'un brasier.

Même un collier de fleurs autour du cou, il dégageait une telle masculinité, assurée et puissante. Ses cheveux sombres peignés en arrière, vêtu d'un élégant costume gris pâle, il ressemblait au genre d'hommes que son père daignait appeler par leur nom, et peut-être serait-elle restée sur ses gardes si elle l'avait rencontré ainsi. Rien de cette aventure ridicule ne serait alors arrivé. Mais non. En jean et T-shirt, ou en costume, il faisait tourner les têtes.

La voix de Rylie la tira de sa rêverie.

— Tu t'amuses, jusqu'ici ?

— Pardon ? fit-elle en se tournant vers son amie, la paille de son cocktail entre les dents.

— Nous te voyons à peine depuis quelques jours. Est-ce que tu profites de ton séjour ?

Meg haussa un sourcil.

— Si tu prenais la peine de participer aux activités plutôt que de me laisser y aller seule, tu ne te poserais pas cette question.

— Ce soir, justement, je t'accompagne.

— C'est vrai et j'en suis ravie, sourit Meg en lui donnant une légère bourrade de l'épaule. Je passe une très bonne soirée. Et Tabitha aussi : elle s'en donne à cœur joie. Heureusement qu'elle ne nous entraîne pas dans ses extravagances.

— À présent que nous sommes seules, n'aurais-tu rien à me dire ? Sur la météo, par exemple ?

Meg ne s'offusqua pas de ces sous-entendus. Après tout, Rylie et elle étaient amies depuis l'enfance. Peut-être pourrait-elle lui donner un os à ronger sans rien lâcher sur Zach ni sur Ruby. Mais, même ainsi, elle serait amenée à en dire trop sur elle. Les innombrables raisons qui l'empêchaient de se jeter pour de bon au cou de Zach puisaient leurs racines dans des secrets si profonds que même Rylie ne les connaissait pas.

Elle soupira et renversa la tête en arrière.

— Si. Quel ciel ! As-tu jamais vu autant d'étoiles ?

Rylie l'observa avec acuité.

— Oui, il est absolument superbe. Le ciel, bien sûr.

Meg hocha la tête avec un soupir. Un homme superbe, doublé d'un excellent père. C'était d'ailleurs ce deuxième aspect de lui qui l'attirait le plus. Paradoxalement, c'était aussi pour cette raison qu'elle ne pouvait rien espérer de cette aventure.

Elle n'avait jamais éprouvé le sentiment de deuil contre lequel les médecins l'avaient mise en garde lorsqu'elle les avait convaincus de consentir à l'opération qui la rendrait définitivement stérile. À cette époque-là, son seul souci avait été d'épargner à ses propres enfants la tyrannie de son père.

À présent, toutefois, elle craignait que le pincement qu'elle ressentait constamment au cœur ne soit une réminiscence de cette période qu'elle aurait préféré oublier. Des fissures lézardaient dangereusement la façade gaie de son personnage public, d'autant qu'elle avait maintenant pleinement conscience de son sacrifice.

— Peux-tu me rendre un service ? demanda-t-elle.

— Bien sûr. Lequel ?

— Je ne veux plus qu'on pense que j'ai disparu des radars. Dylan m'a envoyé un texto aujourd'hui. Apparemment, l'entrefilet dans *Chic Magazine* a éveillé les soupçons. Je n'ai pas envie d'être importunée cette semaine.

— Je vais passer le mot à mon contact à *Chic Magazine*. Où dois-je dire que tu te trouves ?

Ici, songea Meg.

— N'importe où, sauf ici.

— Pourquoi, si tu m'autorises cette question ?

Le menton sur son épaule, Meg regarda son amie d'un air songeur.

— J'aimerais pouvoir te le dire, mais c'est compliqué.

— Bon. Ça ira pour cette fois. Mais tu ne me feras jamais croire que c'est ton cocktail de fruits qui te donne cet air béat. Dis à ton homme qu'il peut agir à sa guise, je ferai celle qui ne voit rien.

Meg lui donna une brève accolade. Juste à cet instant, Tabitha se laissa tomber à leur côté, essoufflée de rire.

— Tu es intenable, ce soir, dit Meg.

— À l'avenir, toutes nos fêtes devraient ressembler à celle-ci.

— Sans alcool ni personne que nous connaissons ?

— Pourquoi pas ? fit Tabitha avec un haussement d'épaules. Dans tous ces cours de bien-être, le prof parle de maîtrise de soi, mais je crois que parfois il faut aussi savoir se relâcher. C'est une question de *yin* et de *yang*, d'harmonie des contraires.

L'harmonie des contraires... Jolie formule pour sa relation avec Zach. Il était jaloux de sa vie privée alors qu'elle étalait la sienne dans les journaux. Pour lui, la famille était une entité à protéger, en aucun cas à exhiber. À y réfléchir, leurs mondes étaient si éloignés l'un de l'autre qu'ils semblaient appartenir à des pays différents. Lui qui avait tellement à cœur d'être digne de sa fille, comprendrait-il les raisons qui l'avaient poussée à prendre des mesures aussi radicales ? Ou, au contraire, la trouverait-il ridicule, lâche ? Aurait-il sur elle le même avis que son père ?

Cet homme lui avait fourni du chocolat lorsqu'elle avait eu une fringale. Il lui avait fourni de la musique disco lorsqu'elle en avait eu besoin. Pourrait-il être celui qui, enfin, l'accepterait telle qu'elle était ?

Au terme de la soirée, Meg sirotait seule un cocktail, accoudée au bar telle une fleur rouge sous la lumière crue des lampions.

— J'espère que vous êtes rassasiée de Chamallows, dit-il en s'asseyant à côté d'elle.

Elle se tourna vers lui, une noix de coco à la main et une paille entre les lèvres. Ces lèvres… Elles étaient pour lui la preuve simultanée de l'existence du paradis et de l'enfer.

— Plus que rassasiée. Et vous, avez-vous passé une bonne soirée ?

— J'ai mal au bras à force de serrer des mains.

— Votre opération de relations publiques a-t-elle porté ses fruits ?

— Plus ou moins. Un homme et sa femme ont passé une demi-heure à tenter de me convaincre de participer à un système pyramidal.

Secouée de rire, Meg posa son verre sur le comptoir pour ne pas le renverser.

— Si vous le désirez, je peux vous donner un conseil ou deux sur la manière de se sortir poliment d'une situation délicate en laissant le sentiment qu'il vaut mieux ne pas se frotter de trop près à vous.

— Vous avez des talents insoupçonnés, mademoiselle Kelly.

— Je ne vous le fais pas dire. Mais dites-moi, vous avez forcément dû faire des rencontres plus agréables.

— C'est vrai. Par exemple, une femme d'affaires de la région m'a proposé des idées formidables pour commercialiser des produits locaux sous la marque du Domaine de Juniper. J'ai l'intention d'y réfléchir les jours prochains.

— Je vous avais bien dit qu'on a souvent tout intérêt à entretenir son réseau social.

— Et vous aviez tout à fait raison. Au fait, où sont vos deux chaperons ? ajouta-t-il en regardant autour de lui.

— Rylie avait sommeil. Quant à Tabitha, elle était si fatiguée d'avoir dansé qu'il a pratiquement fallu la porter jusqu'à sa chambre.

Elle sourit, et de nouveau Zach fut le jeune homme conquérant qu'il avait été à seize ans, lorsque le monde s'ouvrait à lui, infini, pavé de promesses. D'un signe, il lui proposa de l'accompagner sur la plage. Ils marchèrent ensemble en silence jusqu'à un endroit isolé. Elle avançait en glissant sensuellement dans le sable ses orteils aux ongles rouges… rouges comme sa robe, comme ses lèvres. Il émanait d'elle un parfum de jasmin, doux comme la brise qui faisait voleter de légères mèches autour de son visage. La lueur de la lune jetait des reflets pâles sur sa peau lisse.

Zach rompit le silence d'une voix sourde.

— En fait, je voulais vous poser une question.

La jeune femme baissa les yeux et serra sa coupe de noix de coco.

— Oui ? Laquelle ?

— Comment avez-vous eu l'idée d'emporter cette robe dans vos bagages ?

Meg éclata de rire.

— Une robe de soirée est toujours utile : la preuve. Et puis ce sont les filles qui se sont occupées de mes valises. D'ailleurs, vous serez sans doute étonné d'apprendre que ce sont elles qui ont eu l'idée de ce séjour.

Elle lui lança un bref regard.

— Vous-même, vous n'êtes pas mal du tout.

— Comme d'habitude, dit-il dans un sourire en se rengorgeant.

— Mmmh. Ce soir, vous avez un je-ne-sais-quoi de spécial que je n'arrive pas à cerner.

Elle posa un doigt songeur sur sa lèvre inférieure.
— C'est vous qui avez choisi ce joli collier ?
Il baissa les yeux vers sa chemise décorée de fleurs.
— Eh bien ? Tout le monde en a reçu un en arrivant.
— Pas moi.
— Ils ne devaient plus en avoir pour vous.
Elle retira la paille de sa bouche et sourit.
— Bien sûr.
Ils s'approchèrent du feu mourant et s'assirent sur une natte.
— Quel silence, tout à coup, dit-elle.
— Il ne reste que nous. Et quelques employés, bien entendu.
— Ouf ! L'honneur est sauf.
Au bref éclat de son regard, il comprit à quoi elle voulait en venir : ils étaient, en quelque sorte, sous la surveillance de témoins.

Meg croisa les jambes, posa son cocktail à côté d'elle, et enfouit ses mains dans les amples plis de sa robe. Dans le silence qui s'installa, Zach se demanda si elle ressentait également l'électricité qu'il sentait vibrer dans tout son corps. Il en eut la certitude lorsqu'elle lança, à brûle-pourpoint :
— Au fait, qu'avez-vous fait de Ruby, ce soir ?

9

Rappelé à ses devoirs de père, Zach revint brutalement à la réalité. Instinctivement, il serra les lèvres, mais Meg, d'une main légère, glissa une mèche derrière son oreille et l'encouragea d'un sourire à parler.

Or, indéniablement, les remarques de Meg lui avaient été d'un grand secours, plus grand même que celles de Felicia, des professeurs de Ruby ou des assistantes sociales qui lui rendaient visite une fois par semaine. D'une certaine manière, elle semblait comprendre Ruby mieux que lui. Ou alors peut-être aimait-il tout simplement discuter avec elle.

— Elle passe la nuit chez une amie. Sa première nuit depuis qu'elle est venue vivre ici. Elle était tellement ravie de l'invitation que je n'ai pas eu le cœur de lui dire non.

— Vous en a-t-elle parlé avant ou après avoir préparé les crêpes ?

Zach réfléchit un court instant.

— Après, je crois.

Un léger rire secoua les épaules de la jeune femme.

— Excellente approche, tout en séduction. Votre fille est vraiment adorable.

Sans le surprendre, l'affection qui perçait dans ces paroles émut profondément Zach. De manière mystérieuse, Meg éveillait en lui des sentiments qu'il avait cru disparus depuis longtemps.

Il porta la main à la poche de sa veste, dans laquelle

était glissée une carte confectionnée par Ruby à l'adresse de Meg. Sur le point de la lui transmettre, ses doigts se recroquevillèrent nerveusement. Dans l'intérêt de Ruby, mieux valait qu'elle ne s'attache pas à Meg. En tant que père, il était de son devoir de la protéger d'amitiés qu'il devinait sans lendemain. Mais comme la jeune femme se tournait vers lui avec un sourire désarmant de spontanéité, il se demanda si ce n'était pas lui-même qu'il cherchait à protéger. Lentement, sa main retomba, vide.

— Si je ne vous connaissais pas mieux, je penserais vraiment que vous avez lu le livre, remarqua Meg en levant l'index.

— Quel livre ?

— Le Manuel d'éducation des filles à l'usage des pères. Un ouvrage très difficile à dénicher, et plus encore à comprendre. Mais je dois dire que vous avez l'air de l'avoir bien assimilé.

— Ce n'est pas l'avis de Felicia.

Meg haussa un sourcil.

— Ah bon ?

— Oui, elle avait l'air de penser que Ruby aurait dû rester à la maison ce soir, à cause de son mal de gorge.

— Vous êtes allé à l'encontre de votre nounou ? Bravo !

— Je ne me voyais pas lui interdire ce petit plaisir, expliqua-t-il avec un léger rire.

Il ramassa pensivement une poignée de sable qu'il laissa filer entre ses doigts.

— Après lui avoir donné ma permission, je lui ai fait un clin d'œil. Et devinez ce qu'elle a fait, cette petite crapule.

— Quoi ?

— Elle a éclaté de rire.

Meg replia les genoux sur sa poitrine et les entoura de ses bras.

— Je le savais. Décidément, ce livre n'a aucun secret pour vous.

Zach épousseta ses mains et la regarda du coin de l'œil.

La lumière mourante du foyer soulignait d'un halo doré son profil pur et jetait des reflets rougeoyants sur sa robe. Il inspira profondément et toussota, étranglé par la fumée de bois.

— Je vous fais bonne impression, et il se peut même que je trompe aussi Felicia et Ruby, mais la triste vérité n'en reste pas moins que je ne connais rien aux enfants, et encore moins aux petites filles.

— Et pourtant, vous-même, vous avez eu sept ans.

— Dans un passé lointain, oui. Mais j'espère vraiment que Ruby n'aura pas la même vie que moi.

— Ah bon ? Et pourquoi donc ?

Il hésitait à répondre. La douceur veloutée de la nuit, la tiédeur de la brise, la voix chaude et harmonieuse de Meg, tout l'incitait à s'épancher. Il se refréna pourtant. De son enfance, il ne parlait jamais. À vrai dire, il évitait même d'y penser. Au cours de ses nombreuses pérégrinations autour du globe, c'était le seul bagage qu'il s'était arrangé pour perdre.

— Eh bien, pour commencer, c'est une fille.

Comme la jeune femme éclatait de rire, il détourna le regard, embarrassé. Pourquoi lui accordait-elle sa confiance aussi facilement alors qu'il refusait de lui répondre franchement ? Mais il était trop tard pour tout lui raconter. Le moment était passé.

— Vous savez, les filles, quel que soit leur âge, aiment ou attendent toutes plus ou moins la même chose de la vie.

— Vous croyez ?

Elle opina en souriant.

— Cela dit, l'autre grande règle, c'est que plus on pense en savoir sur les femmes, plus on se trompe sur elles. J'ai peur de ne pas vous être d'une grande aide.

— Si, au contraire.

— Ah bon ? fit-elle avec un accent de surprise.

Il hocha la tête. Elle l'observa un long moment avant de se plonger dans la contemplation de ses ongles vernis.

— Peut-être. Après tout, j'ai eu sept ans plus récemment que vous.

— Cela explique sans doute tout.

Elle sourit. La lumière du feu, découpant son profil pur, faisait danser des éclats dans ses grands yeux. En cet instant, il aurait pu l'embrasser, sans se soucier des employés encore présents pour la fermeture.

— Avez-vous toujours eu envie d'avoir des enfants ? demanda-t-elle alors.

Cette question eut sur Zach l'effet d'une douche froide.

— Non, jamais, dit-il carrément, comme pour rattraper la timidité dont il avait fait preuve précédemment. Jusqu'à l'arrivée de Ruby, mon métier était difficilement compatible avec une vie de famille. Je passais le plus clair de mon temps en déplacements, d'avions en hôtels. Il n'y avait pas de place dans ma vie pour une femme et des enfants.

— Pourtant, quand vous avez appris l'existence de Ruby…

— Pour tout vous dire, lorsque mon avocat m'a téléphoné, j'ai d'abord pensé à une plaisanterie de mauvais goût, mais, après avoir raccroché, je me suis demandé au contraire si je n'avais pas attendu cet appel depuis toujours.

— Vous avez changé d'avis aussi vite ?

— Oui, aussi incroyable que cela puisse paraître. À présent, je n'arrive pas à concevoir ma vie sans ma fille.

Au cœur du foyer, une bûche craqua dans un grésillement. La tête inclinée, Meg observait d'un air absent les étincelles voltigeantes.

— Et vous ? s'enhardit-il à demander.

Elle humecta ses lèvres et fronça les sourcils avant de se tourner vers lui avec un sourire enjoué.

— Des enfants, moi ? Mon Dieu, non. Comment voudriez-vous que je trouve le temps ?

— Vous dites cela pour me dédouaner de mon ancien comportement.

— Pas du tout, je vous le jure. J'adore mes nièces, mais je n'envisage pas de devenir mère un jour.

— Pourquoi ?

Dans la pénombre, il discernait à peine son visage, mais devinait qu'elle le dévisageait avec une fixité mystérieuse. À quoi pensait-elle donc ?

— Eh bien, disons que la vie d'une Kelly n'est pas une sinécure, même abstraction faite de la présence envahissante des médias. Il y a une exigence continuelle de perfection, de dépassement de soi qui peut être très fatigante, à la longue.

— Vos nièces y sont-elles également exposées ?

Pensive, Meg se garda de répondre tout de suite.

— Oui, mais je sabote ces tentatives aussi souvent que possible. Je les invite au fast-food dès que leur père a le dos tourné. Je leur apprends des gros mots en français. Si je les garde, je leur permets de rester en pyjama toute la journée. En d'autres termes, d'être des enfants.

— C'est l'instinct maternel qui parle, je suppose.

Meg le considéra fixement, comme s'il venait de dire une énormité, posa la main sur son ventre et ferma nerveusement le poing. Puis elle détourna le regard et étendit les bras vers ses orteils.

— Instinct ou pas, moi, je ne risque pas d'avoir une fille cachée, dit-elle d'un ton définitif.

Son corps tout entier fut parcouru d'un long frisson, comme pour évacuer la question.

— Bon, passons, reprit-elle après un court silence. Où en étions-nous ? Oui : au Petit Guide de Meg sur l'éducation des filles. Ouvrez bien vos oreilles. Vous êtes prêt ?

— Toujours.

— Bien. Leçon numéro un : Ruby se fera des amis que vous n'aimerez pas, elle ira voir des films que vous trouverez d'une stupidité insigne, elle suivra des régimes inutiles et mangera de la glace au petit déjeuner, elle fréquentera des garçons dont vous souhaiterez qu'ils n'aient jamais vu le jour. Chaque fois, il vous faudra encaisser stoïquement, dans votre propre intérêt. Et n'oubliez jamais de lui faire savoir qu'en toutes circonstances, vous resterez son port d'attache.

Zach opina lentement tout en s'efforçant d'absorber la portée de ces paroles.

— C'est bien pour cela que je suis venu vivre ici. Pour qu'elle construise ses repères.

— Mais non, monsieur Jones. Le seul repère qui vaille, c'est vous, et vous seul. Mettez-vous bien cela dans la tête : quoi qu'il arrive et quoi qu'elle fasse, Ruby devra toujours, toujours savoir qu'elle peut compter sur vous et que vous l'aimez.

Zach s'aperçut qu'il retenait son souffle. Les poumons brûlants, il expira lentement. Aimer Ruby. Plus il faisait tourner ces mots dans son esprit, moins ils avaient de sens. Jamais il ne s'était posé la question de savoir s'il aimait sa fille. Il lui avait donné un toit, il l'avait nourrie, vêtue, il avait encombré sa chambre de jouets et de babioles, il lui avait passé maintes petites révoltes pour compenser l'absence de sa mère. Mais l'aimer ?

De son enfance à lui, s'il avait retenu une chose, c'était que l'amour n'était qu'une illusion, un conte de fées capricieux, plein de risques et rarement payé de retour. Il respira profondément et enfouit son visage dans ses mains. Quel hypocrite ! Il avait passé ces derniers mois à se convaincre qu'il remplissait ses devoirs paternels. En réalité, inconsciemment, il soumettait Ruby à la même négligence dont il avait souffert étant enfant. Pauvre gamine. Elle lui avait préparé des crêpes, cueilli des fleurs, et lui, en récompense de ces attentions, ne lui avait jamais témoigné la moindre preuve d'amour. Et pourtant, il l'aimait, c'était l'évidence même. Autrement, comment aurait-il pu changer aussi radicalement de vie ?

Le regard perdu dans les flammes, il cligna les paupières, abasourdi, puis tourna la tête vers Meg. Leurs regards s'accrochèrent plus longtemps que ne l'aurait voulu la stricte amitié. La jeune femme haussa les sourcils.

— Ça va ?

Il secoua la tête.

— Je suis terrifié.

Elle eut un léger rire triste.

— Alors vous avez conscience que vous n'êtes pas parfait, que vous avez des insuffisances. C'est très bien, croyez-moi. Mais dites-moi, qu'est-il arrivé à la mère de Ruby ?

— Un cancer foudroyant. Lorsque Ruby l'a su, tout était déjà fini.

— Oh, non ! La pauvre chérie. Mais Isabel ne vous avait vraiment jamais parlé de Ruby ?

Il secoua la tête.

— Non, jamais. Vous savez, Isabel n'a été qu'une aventure. Et pourtant, elle a toujours eu l'intention de me confier la garde de Ruby. Rien que pour cela, je lui pardonne tout le reste.

Un éclat sombre s'alluma dans les yeux de Meg.

— Aussi simplement ? À votre place, j'aurais été moins indulgente, et pourtant, je n'ai pas connu cette femme.

— Vu la gravité de la situation, j'avais le choix entre passer l'éponge ou ruminer ma rancœur pour le restant de mes jours. Qu'auriez-vous fait, à ma place ?

Silencieuse, Meg entoura ses genoux de ses mains. Un long silence s'installa.

— Mon père est très malade, reprit-elle enfin. Vous le savez sans doute.

En effet. Les problèmes cardiaques de Quinn Kelly étaient de notoriété publique.

— Comment va-t-il ?

— Il tient remarquablement le coup, pour autant que je sache. C'est un dur à cuire. Maintenant qu'il est en retraite, il joue beaucoup au golf. Son régime alimentaire lui vaudrait l'admiration de votre chef.

— Vous devriez vous en réjouir.

Elle opina sans enthousiasme, l'air absent.

— Du coup, j'ai beaucoup réfléchi.

— À propos de quoi ?

Elle plissa le nez et secoua la tête.

— Oh, rien d'important. Où en étions-nous ? Oui, Ruby.

Ruby, toujours Ruby. Elle s'abritait sans cesse derrière cette petite. Pourquoi ?

— Meg…

— Oui, Zach, fit-elle en imitant son ton tourmenté.

— Dites-moi ce que vous avez sur le cœur.

Elle regarda d'un air grave les fleurs qui pendaient à son cou.

— Ce n'est rien, j'ai repensé à des souvenirs que j'avais relégués dans un coin de ma mémoire depuis des années. En vous voyant parler de pardon avec autant de noblesse, j'ai pensé…

— Oui ?

Elle cligna les paupières.

— Je ne crois pas pouvoir un jour… Seigneur, par où commencer ?

— Prenez votre temps, dit-il d'une voix encourageante.

Elle lâcha un profond soupir.

— Bien. Un souvenir, alors. Il y a des années, mon père a reçu à titre honorifique un doctorat en commerce de l'université de Melbourne. Pour lui qui n'avait jamais fait d'études supérieures, qui n'avait même pas fini le lycée, c'était une consécration. Comme l'un de mes frères s'était écorché le genou ou quelque chose du genre, ma mère était restée à l'hôtel avec eux et avait insisté pour que j'accompagne papa. À cette époque, le GPS n'existait pas encore, bien sûr.

Elle s'interrompit et le regarda en fronçant les sourcils comme pour le supplier de ne pas la pousser à l'introspection, mais d'un signe du menton il l'encouragea à poursuivre son récit.

— Quoi qu'il en soit, lorsque mon père a fini par admettre qu'il s'était perdu, il m'a donné un plan et m'a demandé de le guider. À cet âge-là, je n'avais encore jamais eu de carte entre les mains, j'étais incapable de déchiffrer la moitié des noms de rue. Résultat : nous sommes arrivés en retard. De cinq minutes seulement, mais un retard est un retard.

Elle s'arrêta encore et humecta ses lèvres. Ses mains tremblaient.

— Et alors ?

— Avant même d'éteindre le moteur, il s'en est violemment pris à moi. À ses yeux, j'étais stupide, négligente, bonne à rien, et pour me punir il m'a obligée à rentrer par mes propres moyens. Lorsque je suis finalement arrivée à l'hôtel, il faisait nuit, ma mère se consumait d'angoisse et mon père était claquemuré dans sa chambre. Il avait laissé traîner son diplôme sur une table, comme s'il s'était agi d'un vulgaire prospectus.

Des reflets tremblants dansèrent dans ses yeux. Profondément ému, Zach serrait les poings.

— Quel âge aviez-vous ?

— Celui de Ruby. Peut-être même un peu moins.

Il s'en était douté, à écouter son récit, mais il n'en restait pas moins qu'il mourait d'envie de donner du poing sur quelque chose. Ou plutôt, sur quelqu'un.

— Ce n'était pas la première fois, dit-il d'une voix égale.

Elle haussa les épaules et sembla se recroqueviller dans sa vaste robe.

— D'aussi loin que je me souvienne il a toujours été distant, accaparé par son travail. Mais sa première grosse colère contre moi remonte à la fois où j'ai raconté à ma nounou qu'on m'avait adoptée. Je ne supportais plus ma famille.

— Et maintenant ?

Meg lâcha un long soupir tremblant.

— Maintenant, je me demande si je n'avais pas vu juste. Des rumeurs couraient…

Elle avala sa salive et lui lança un regard implorant.

— Votre père avait des liaisons, vous voulez dire ?

— Les journaux en faisaient leurs gorges chaudes. Toujours est-il que je me suis souvent demandé si mes parents m'avaient vraiment désirée ou s'ils m'avaient conçue pour sauver leur mariage. Ma mère n'a jamais fait la moindre allusion à ce sujet, mais je ne peux m'expliquer le comportement de mon père autrement qu'en supposant que je lui rappelais une erreur.

— Quand bien même ce serait la vérité, ce ne serait pas votre faute.

— Je le sais bien, répondit-elle avec un haussement d'épaules. Et, au fond, cela ne m'intéresse plus. Du moins, je le pensais. J'ignore pourquoi je vous raconte tout cela.

Zach hocha la tête.

— Vous venez de m'expliquer mieux que personne n'aurait pu le faire pourquoi Ruby doit être ma priorité.

— C'est vrai ? Alors c'est parfait. Ne l'oubliez jamais.

Un doux sourire flotta de nouveau sur les lèvres de la jeune femme. Les yeux dans les yeux, ils se turent, unis par un silence plus éloquent que la parole. Zach ne s'était jamais senti aussi proche d'elle. De nouveau, les doigts lui démangeaient de lui tendre la carte de Ruby.

Mais elle bâilla.

— Sur ce, il est grand temps d'aller dormir.

Comme elle se levait en époussetant sa robe, il se mit debout et l'attira à lui. Un discret parfum de fleurs le caressa comme un voile délicat. Il lui aurait été si facile de glisser la main derrière son cou et d'unir ses lèvres aux siennes ; il en avait tellement envie. Mais Meg ne pouvait être une aventure d'une nuit. La confession éprouvante qu'elle venait de faire l'avait fragilisée, et il aurait été indigne d'en abuser.

— J'aimerais juste vous poser une dernière question. À propos de Ruby, encore, précisa-t-il comme elle haussait un sourcil.

La jeune femme l'observa avec un demi-sourire amusé.

— Allez-y.

— Pensez-vous que je devrais lui offrir un animal de compagnie ? Un lapin, par exemple ?

Elle se dégagea et commença à s'éloigner.

— Non, pas un lapin. Ce sont des animaux nuisibles, dans la région où nous sommes. Commencez par un poisson rouge. Laissez-la le choisir, lui donner le nom qu'elle voudra. Elle sera ravie.

Il la rattrapa en trois grandes enjambées.

— Vous-même, vous aviez un poisson ?

— Oh ! plusieurs, même, mais je m'en suis toujours très mal occupée. J'oubliais sans cesse de les nourrir, les pauvres. Maman les remplaçait les uns à la suite des autres. J'en ai fait mourir une bonne douzaine sans qu'elle m'en dise rien.

— Quel nom leur aviez-vous donné ?

La jeune femme réprima un sourire.

— Luke Skywalker. C'était mon idole quand j'étais petite. Je rêvais de lui ressembler.

— Et maintenant ?

— Maintenant, je suis une grande fille : la vraie bombe, c'est Han Solo.

10

Silencieuse aux côtés de Zach, Meg regagnait à pas lents les bâtiments du domaine. Elle était complètement ébranlée. Ces choses qu'elle avait dites… Ces choses qu'elle avait avouées ! Pendant des années, elle les avait refoulées au plus profond d'elle-même. Mais Zach était entré dans sa vie et tous ces souvenirs avaient resurgi, comme mus par un ressort.

Une conclusion s'imposait : elle tombait amoureuse. Dangereusement amoureuse. Ce n'était qu'une question de temps avant qu'elle ne se fasse vraiment mal.

Perdue dans ses pensées, elle suivait machinalement Zach sans aucune idée de l'heure ou de l'endroit où elle se trouvait. L'herbe humide était douce à ses pieds, de gros nuages cotonneux noyaient le chemin d'une brume féerique. Elle aurait certainement été sensible à cette magie si elle n'avait pas été aussi tendue. Mais l'homme qui marchait à son côté occupait toutes ses pensées.

Cette confession désordonnée avait au moins servi à une chose : faire comprendre à Zach que sa relation avec Ruby se vivait au présent. Meg ne s'en sentait pas moins terriblement désemparée.

— Zach ? fit-elle d'une voix si enrouée qu'elle dut s'éclaircir la gorge. Vous savez, tout ce que je vous ai dit…

Il posa un doigt sur les lèvres de la jeune femme en secouant la tête. La bouche sèche, elle le dévisagea en silence.

— J'avais cinq ans quand mes parents sont morts, dit-il lentement. Seul au monde, j'ai été placé dans diverses familles d'accueil, certaines convenables, la plupart épouvantables. Pendant dix ans, je n'ai jamais vécu plus de quelques mois sous le même toit. Sans cesse, j'étais transféré de foyer en foyer sans le moindre avertissement ni aucune explication. Et puis, le jour de mes seize ans, j'ai pris un bus pour Sydney et ma vie a enfin commencé.

Meg se rendit compte qu'elle respirait avec difficulté.

— Seigneur, vous devez me prendre pour une vraie idiote. Moi qui me plains de mon père alors que le vôtre n'était même…

— Arrêtez, lui intima-t-il en posant une main sur son épaule. Les comparaisons sont inutiles. Il faut nous approprier les événements de notre vie, faute de quoi il est impossible d'avancer.

Elle hocha la tête avec un léger rire qui sonnait faux.

— Vous me feriez presque regretter de ne pas avoir suivi les cours de bien-être.

Elle secoua la tête, exaspérée de sa propre désinvolture, et leva la tête vers la silhouette sombre et imposante de Zach.

— Et vous, avez-vous accepté votre passé ?

Elle l'entendit claquer la langue avec impatience.

— À votre avis, qu'est-ce qui me motive pour développer des centres de bien-être, si ce n'est le désir de prouver que je me suis enfin affranchi de mon passé ? Pourtant, ces derniers jours, j'ai fini par comprendre un peu mieux dans quel état d'esprit étaient mes familles d'accueil. Leur froideur n'était pas dirigée contre moi. Il aurait été masochiste de leur part de s'attacher à un jeune voué, tôt ou tard, à les quitter. Ils évitaient de s'exposer à une souffrance émotionnelle.

Il se tut, songeur.

— Mais Ruby…

— Elle non plus n'est pas assurée de rester avec moi.

— Quoi ? dit-elle dans un souffle. Mais pourquoi ?

— Le juge s'est donné un an pour déterminer si j'étais en mesure de lui servir de tuteur.

Le cœur de la jeune femme se serra violemment.

— Combien de temps a-t-elle vécu à vos côtés ?

— Sept mois, huit jours.

Meg saisit sa robe à pleines mains pour s'empêcher de le prendre dans ses bras. Pauvre, pauvre Zach ! À quelle torture de tous les instants devait-il être soumis.

— Si je peux faire quelque chose, n'importe quoi... Écrire une lettre de recommandation, parler au juge. Ma famille possède un réseau de relations incroyable. Je sais que vous n'aimez pas procéder de la sorte, mais dans l'intérêt de Ruby, n'hésitez pas à faire appel à moi. Il faut bien que ma célébrité serve à quelque chose, n'est-ce pas ?

Il prit sa main et entremêla ses doigts aux siens.

— Merci.

— Oh, il n'y a pas de quoi.

Elle jeta un bref regard à sa silhouette sombre. Décidément, les choses étaient encore plus compliquées qu'elle ne l'avait imaginé. Une petite fille... Une procédure pour le droit de garde... Comment s'en sortait-il, sans l'appui de quiconque ?

— Est-ce pour cela que vous évitez la presse ? demanda-t-elle après un silence. Vous n'aimez pas parler de votre histoire personnelle ?

— Je n'ai jamais aimé être jugé pour des aspects de ma vie sur lesquels je n'avais aucune emprise.

— Pourquoi ?

Lorsqu'elle le regarda de nouveau, elle ne s'aperçut pas de la tension qui crispait sa mâchoire.

— À force d'être sans cesse méprisé, on en arrive à se détester soi-même.

— Vous pensez que j'ignore de quoi vous parlez ?

— J'évite autant que possible les occasions de souffrir.

— Mais votre histoire est impressionnante, Zach. Pour

n'importe quel enfant placé, votre parcours est un message d'espoir.

— Non. Je dois d'abord penser à Ruby.

— Justement. Allez-vous lui parler de votre passé ? Et si vous le faites, allez-vous lui faire jurer de garder le silence ? Ou allez-vous la tenir cloîtrée, de peur que des personnes malintentionnées la fassent souffrir ?

— Et votre père, alors ?

— Eh bien, mon père ?

Il l'attira à lui, et ils s'arrêtèrent de marcher.

— C'est un tyran domestique, Meg. Il vous a fait du mal, et pourtant vous n'en laissez jamais rien paraître. Pourquoi ? Pourquoi ne pas montrer à d'autres jeunes filles que seule compte l'idée qu'elles se font d'elles-mêmes, et pas celle des autres ?

Elle essaya de libérer ses mains, mais il la retint.

— Oubliez Ruby un instant et songez à toutes ces lectrices de magazines qui vous considèrent comme un modèle.

Mais justement, c'était pour cela qu'elle faisait du bénévolat ! Quelle importance si ces fillettes dont elle tressait les cheveux et ces garçons avec qui elle jouait aux voitures ignoraient qui elle était ? L'essentiel était bien qu'elle soit là pour eux.

Elle brûlait de lui confier ces pensées, de lui dire que son engagement humanitaire lui apportait infiniment plus de gratifications que parader devant les caméras pour permettre à son père de faire main basse sur le bien d'autrui. Mais Zach la croirait-il ? Ne penserait-il pas qu'elle jouait un simple rôle de composition ?

— Non, je ne les oublie pas, répondit-elle d'une voix tremblante. J'agis autant que je le peux, avec mes moyens limités.

Zach ferma les yeux et lâcha un long soupir, puis la dévisagea calmement.

— Donc, vous ne recherchez pas l'amour de vos fans pour remplacer celui que votre père n'a jamais eu pour vous ?

Meg émit un rire incrédule et dégagea ses mains pour les poser sur ses hanches.

— Et vous, alors ? Consacrer votre vie à Ruby, n'est-ce pas une manière de gagner l'amour de quelqu'un ?

Un silence tendu s'étira.

— Vous avez peut-être raison, finit-il par dire. Mais j'aime vraiment ma fille. D'ailleurs, je le lui dirai dès qu'elle rentrera à la maison. Une petite fille doit savoir que son père l'aime. Du moins, je l'ai entendu dire par une personne de confiance.

Meg secoua la tête, les larmes aux yeux, et s'éloigna d'un pas vif.

— Meg.

D'une main, elle lui fit signe de partir. Il la rattrapa en quelques enjambées et lui prit le coude pour la faire doucement pivoter vers lui.

— Je vous remercie de m'avoir raccompagnée, mais je saurai trouver mon chemin.

Promenant les yeux autour d'elle, elle s'aperçut qu'ils avaient dépassé le Pavillon de Waratah et qu'ils se trouvaient en face de l'un des charmants bungalows qui bordaient le chemin menant chez Zach.

— J'aurais bien envie d'un café, dit-il. Pas vous ?

Elle se tourna brusquement vers lui.

— De quoi parlez-vous, au juste ?

Zach leva le bras vers l'un des bungalows.

— Mon bureau se trouve ici. Comme j'y passe souvent la nuit, les armoires à provisions sont bien garnies.

— Oh !, fit-elle, prise au dépourvu.

L'air de rien, depuis tout à l'heure, il la guidait jusqu'à chez lui ! L'esprit tourbillonnant, elle humecta ses lèvres.

— Et c'est seulement maintenant que vous m'en parlez ? Du café, je veux dire.

Il s'approcha d'elle et glissa la main dans la masse de ses longs cheveux.

— Disons que beaucoup de choses ont changé ces derniers jours. Mes yeux se sont ouverts, en grande partie grâce à vous. Un café est un bien maigre remerciement.

Meg avala sa salive avec difficulté. Le sang battait à ses oreilles avec une violence qui lui donnait le tournis.

— Zach…

— Non. Assez parlé.

Il se pencha vers elle et l'embrassa. Les yeux fermés, elle se haussa sur la pointe des pieds et lui rendit son baiser avant même qu'il ne la prenne dans ses bras. La chaleur sauvage de son étreinte l'emporta, un univers infini s'ouvrit à elle. Elle oublia jusqu'à son nom, et pourquoi ils avaient retardé cet instant aussi longtemps.

Etendue dans le lit de Zach, enroulée dans des draps frais de coton blanc, Meg jeta un coup d'œil à la pendule murale : il restait encore une ou deux heures avant le lever du jour. Rylie et Tabitha n'allaient pas tarder à s'apercevoir de son absence. Nul doute qu'elles n'auraient aucun mal à deviner où elle avait passé la nuit. De toute évidence, elles avaient prévu ce scénario. Tout comme Zach, d'ailleurs. À croire que les autres la comprenaient mieux qu'elle-même.

Elle redressa légèrement la tête pour contempler le visage endormi de Zach. Dans le repos du sommeil, les petits plis de ses yeux avaient disparu. La blancheur de l'oreiller donnait à sa peau hâlée un éclat brillant. Une fine ride de rire parcourait sa joue droite. Meg tendit le bras pour repousser une boucle tombée sur son front. Il ne bougea pas. Comme il respirait doucement… Apaisée par le rythme régulier de son souffle tranquille, elle reposa la tête sur l'oreiller. Jamais dans sa vie elle n'avait éprouvé une telle paix.

Les paroles s'échappèrent alors de ses lèvres sans qu'elle en eût conscience.

— Je travaille bénévolement dans un centre d'aide pour femmes victimes de maltraitances. La plupart arrivent avec des enfants, n'ont nulle part où aller et n'ont comme bagage que les habits qu'elles portent. Souvent, elles sont si mal en point qu'elles ne peuvent même pas parler.

Elle s'interrompit et retint son souffle. Zach avait remué dans son sommeil. Il enroula une jambe autour d'elle et la serra contre lui dans une étreinte qui la fit frémir tout entière. Mais ses yeux restèrent fermés. Meg attendit que ses frissons s'apaisent pour reprendre son récit.

— Je porte une perruque blonde, des lentilles de contact, un maquillage comme on en verrait dans un mauvais film des années quatre-vingt, des habits dégottés dans une braderie. Ainsi déguisée, je peux marcher au milieu de paparazzi sans attirer le moindre regard. Au Refuge pour femmes battues, tout le monde m'appelle Daisy. Personne ne m'a jamais posé de questions sur qui j'étais. Je joue avec les enfants pendant que les mères reçoivent des soins, je tiens la main des femmes lors des séances chez le psychologue. On m'apprécie pour ma présence, pour l'aide que j'apporte, et pas pour mon nom. De cette manière, je me sens vraiment utile.

Son regard s'attarda sur le nez de Zach, sur sa mâchoire carrée, sur le duvet sombre sur son torse.

— Voilà, tu sais tout. C'est ma façon d'apporter ma petite pierre au monde. Et si je n'ai pas envie de le crier sur les toits, ce n'est pas par orgueil, mais parce que c'est un aspect de ma vie privée que je tiens à garder pour moi seule et pour les personnes que j'aide. Pas pour les caméras.

— Merci, chuchota Zach.

Meg aurait bondi hors du lit s'il ne l'avait pas tenue entre ses bras. Elle posa la main sur son cœur battant.

— Tu ne dormais pas ?

— Je me suis réveillé avant toi.

— Alors… tu as tout entendu ?

— Tout.

Il se blottit contre elle et effleura sa joue d'un baiser.

— Et je te remercie d'en avoir parlé.

Elle se tourna vers lui. Il la couvait d'un regard sombre, sans la moindre trace de moquerie.

— Merci de m'avoir écoutée.

Leurs lèvres s'unirent en un baiser profond et passionné. Ils firent l'amour de nouveau, lentement, avec une douceur consommée, sans se quitter des yeux.

Plus tard, dans la paix d'après l'étreinte, Meg s'endormit avec la certitude d'être amoureuse. Elle savait qu'il la considérait pour ce qu'elle était vraiment et qu'il la respectait. Mais elle savait aussi qu'il rêvait d'une famille et qu'il aspirait à un bonheur qu'elle ne pourrait jamais lui donner.

Tandis que le soleil se déversait par les fenêtres de la chambre, Zach regardait Meg s'habiller. Debout près du lit en bataille, elle arrangeait ses cheveux en mordillant sa lèvre inférieure d'un air concentré. À la voir ainsi naturelle, elle correspondait si peu à ce personnage de la jet-set auquel il l'avait, un temps, identifiée… Les diamants, les amis mondains, tout ce clinquant, c'était pour la galerie.

De toute façon, ce n'était pas pour cela qu'elle était aimée, mais à cause de sa générosité, de sa joie de vivre, de sa vulnérabilité. Elle donnait sans compter aux autres, quels qu'ils soient : sa famille compliquée, une femme aux prises avec un mari violent, Ruby, un inconnu qui l'abordait dans la rue pour la prendre en photo… À tous, elle donnait du temps, un sourire, son attention ; elle s'employait à les rendre heureux.

Il brûlait de la prendre de nouveau dans ses bras pour s'imprégner de sa vitalité débordante. Mais il ne pouvait s'attarder davantage. Il fallait qu'il soit rentré pour le retour de Ruby.

Pourtant, il s'approcha d'elle et glissa la main le long de son dos, cherchant du doigt le tracé du bouquet de pâquerettes tatoué au creux de ses reins. À cette caresse, la jeune femme renversa la tête en arrière et ses cheveux se répandirent sur sa peau nue.

— Raconte-moi l'histoire de ton tatouage, murmura-t-il contre son oreille en caressant la guirlande de pâquerettes.

Elle frissonna.

— Je l'ai eu quand j'avais quinze ans. Les pâquerettes étaient mes fleurs préférées à l'époque. Elles le sont restées, d'ailleurs.

— Attends, à quinze ans ? Il t'a fallu l'autorisation de ton père, non ?

Elle sourit par-dessus son épaule.

— Je m'en suis passée.

— Tu as eu mal ?

— Horriblement. Pendant deux heures, j'ai eu l'impression qu'on me plantait des aiguilles dans les os.

Il posa un baiser à la naissance du cou.

— Tu as vraiment fait les quatre cents coups.

— Si je te racontais tout…

— Vas-y.

Mais elle s'écarta avec une froideur soudaine, et ses cheveux recouvrirent l'endroit où il avait posé ses lèvres.

— Une autre fois, peut-être.

Il recula, interdit, et se pencha pour ramasser sa chemise. Les lendemains d'amour sont souvent difficiles, se raisonna-t-il. Avec le temps, ces moments de malaise finiraient par disparaître.

— Donne-moi une minute pour m'habiller et je te raccompagne chez toi.

Elle se laissa tomber sur un coin du lit pour attacher à son aise les lanières de ses chaussures.

— Non merci. La forêt a des yeux et des oreilles, rappelle-toi.

Ruby. Zach s'aperçut avec un choc que, de nouveau, Meg avait pensé à sa fille avant lui. Mais, depuis la veille, il n'en était plus à sa première surprise, la moindre n'étant pas qu'il ne soit plus autant effrayé d'une possible indiscrétion.

Meg avait eu raison de lui reprocher d'enfermer Ruby pour ne pas l'exposer aux démons de son passé. Tout en ayant à cœur de protéger sa fille, il ne souhaitait pas qu'elle soit confinée dans une existence solitaire comme la sienne l'avait été jusqu'à récemment.

Meg, cependant, se leva et lissa sa robe, puis noua ses cheveux en queue-de-cheval avant de regarder autour d'elle pour s'assurer qu'elle n'oubliait rien.

— Reviens tout à l'heure pour boire le thé, dit-il sans réfléchir.

Meg leva brusquement les yeux, étonnée, et s'humecta les lèvres.

— Tu veux me faire rater le cours de méditation transcendantale ?

Il éclata de rire.

— À 11 heures, ça t'irait ?

Elle le regarda un long moment en silence. Zach retenait son souffle. À contre-jour, le visage de la jeune femme était plongé dans l'ombre, comme nimbé de mystère. De nouveau, il éprouva cette étrange et désagréable sensation de vide.

— Mais pourquoi ? demanda-t-elle enfin.

Bonne question, songea-t-il.

— Hier soir, je t'ai promis un café que je ne t'ai jamais offert.

— Tu ne m'as rien promis, Zach, répondit-elle doucement.

— Viens. S'il te plaît.

Un long silence se fit, alourdi par le regard grave de Meg.

— Que dois-je apporter ?

Aussitôt, l'étau autour du cœur de Zach se desserra.

— Ta présence, rien de plus.

Elle hocha la tête et passa les mains sur sa robe.

— D'accord.

— Bien. Nous t'attendons.

À ce « nous », Meg se figea et lui jeta un regard indéchiffrable.

— Seulement toi, chez moi. Je t'invite à un déjeuner familial avec ma fille et moi.

Elle opina.

— Très bien.

Puis elle s'approcha pour poser un baiser sur sa joue, respira le parfum discret mais entêtant du collier de fleurs qu'il avait porté la veille, recula pour le regarder une dernière fois, et s'en alla.

11

Les mains crispées autour d'un bouquet de fleurs sauvages ramassées le long du chemin, Meg hésitait à franchir l'anfractuosité qu'elle avait empruntée quelques jours plus tôt pour entrer chez Zach.

— Qu'est-ce que tu fabriques ici ? se demanda-t-elle à voix haute.

Bonne question, de même qu'elle aurait aimé deviner où Zach souhaitait mener cette histoire. Elle lui avait pourtant dit clairement qu'elle n'envisageait pas d'avoir des enfants. La nuit dernière, elle lui avait même montré qu'elle comprenait qu'il donne la priorité à sa fille.

Elle soupira. La nuit qu'ils venaient de passer ensemble aurait pu être un magnifique chant du cygne, si seulement il n'avait pas eu cette idée folle et incompréhensible de l'inviter chez lui. Et si elle n'était pas tombée désespérément amoureuse.

Le vibreur de son portable la fit sursauter. À croire que ses nerfs n'étaient pas suffisamment à vif ! Elle ignora l'appel, comme les dix autres de ce matin. À peine arrivée à sa chambre, elle avait été assaillie par sa famille au complet. Ils n'avaient même pas attendu le milieu de ses vacances pour venir perturber sa tranquillité…

Dylan avait ouvert la danse, en l'appelant alors qu'elle se relaxait sous une longue douche bien chaude : « Eh ! gamine, Tabby m'a enfin dit où elle t'avait emmenée. Ma pauvre, tu ne t'ennuies pas trop, j'espère ? Tiens, juste une idée pour t'occuper : trouve un ordinateur et réponds au Shyler Trust au nom de KInG. » C'était tout. Pas de « Au revoir », encore moins de « si tu en as le temps ». Meg n'avait même pas pris la peine de répondre. Ensuite, pendant le petit déjeuner, Cameron lui avait envoyé son premier texto : « Urgent : recherche *L'Iliade* de papa. Rosie voudrait le lire. Ses désirs sont des ordres, comme toujours. » Puis, de sa mère : « Tu me manques, ma chérie. » De son père, silence radio. Rien d'étonnant, somme toute. Et pourtant, Meg en avait été blessée. Un peu plus tard, le numéro de Brendan avait clignoté sur l'écran : « Maman doit sortir samedi soir, justement le jour de repos de la nounou. J'ai besoin de toi pour les filles. Confirme auprès de ma secrétaire le plus vite possible. » Le deuxième message de Dylan était arrivé dans la foulée : « Tu veux bien présenter le gala de mode du Queensland ? Rappelle-moi tout de suite pour que j'envoie une confirmation à la presse. »

Assez ! Elle n'en pouvait plus, de toutes ces irruptions intempestives. En pleines vacances, ils trouvaient encore le moyen de la harceler, comme pour la punir de les avoir oubliés quelques jours. Elle n'en pouvait plus, de cette agitation perpétuelle, de cette constante obligation de se montrer gaie, serviable. Surtout après la nuit qu'elle venait de passer avec l'homme le plus merveilleux, tendre, généreux, magique qu'elle ait jamais connu.

Elle jeta un coup d'œil à la maison dissimulée par les buissons et respira profondément, le cœur battant comme après une course. Tandis qu'elle pénétrait dans le jardin, un couple de perroquets rose et gris se posèrent sur un arbre proche. Une corde à sauter gisait par terre, non loin de la balançoire, à côté d'un vélo rose muni d'un panier blanc, le guidon orné de serpentins. Dire qu'elle était arrivée ici quelques jours auparavant seulement… Elle avait l'impression de connaître cet endroit depuis des semaines. Et la raison qui aurait dû la dissuader d'accepter l'invitation était précisément celle qui la poussait vers la maison : elle tenait à s'assurer que Zach était le père parfait et adoré qu'elle pressentait en lui. Celui qu'elle n'avait pas eu la chance d'avoir. Et tant pis pour la souffrance qu'elle risquait d'éprouver.

De nouveau, son téléphone sonna. Exaspérée, elle le sortit brusquement de sa poche et l'éteignit avant de le ranger, puis se dirigea d'un pas décidé vers le pont de corde menant au plus grand des bâtiments mitoyens qui composaient la maison.

Une dame aux cheveux grisonnants sortit sous la véranda et sursauta à sa vue.

— Seigneur ! Vous êtes aussi discrète qu'une souris.

Et aussi timide, songea la jeune femme, qui se contraignit à afficher son sourire professionnel.

— Bonjour, je m'appelle Meg. Je suis attendue.

Rosissante, son interlocutrice lui fit une légère révérence.

— Bien sûr, bien sûr. Je suis Felicia, la nounou de Ruby. Entrez donc, faites comme chez vous. Zach ne va pas tarder.

Comme Meg lui tendait son bouquet multicolore, elle la dévisagea avec surprise, manifestement ravie.

— Quelle charmante attention ! Je vais vite les mettre dans un vase.

Elle se dirigea le long du balcon, vers un autre pont, et disparut.

Seule et plus nerveuse que jamais, Meg ajusta son chemisier à fleurs et passa les mains sur son jean. Elle perçut un léger bruit de pas et se retourna si vivement qu'elle dut s'accrocher à la rambarde du pont : Zach, dans le hall de la grande maison, arrivait à sa rencontre. Pieds nus, ses longues jambes habillées d'un jean délavé et son large torse recouvert d'un T-shirt marron qui mettait sa peau brune en valeur, il était superbe. Éperdue, Meg pensa un instant que son cœur allait tout à la fois s'emballer, s'arrêter et bondir de sa poitrine.

Comme il entrait dans la lumière, elle remarqua Ruby,

dissimulée derrière les longues jambes de son père. Meg ne put s'empêcher d'être frappée de leur ressemblance sidérante : même silhouette longiligne, même beauté sombre et mélancolique. Mais ce qui l'impressionnait surtout, c'était leur mimétisme incroyable. Si Zach avait marqué légèrement le pas, tous deux se seraient cognés. Or, ils avançaient en parfaite synchronisation. C'était tout à la fois stupéfiant et déchirant.

— Merci d'être venue.

La jeune femme haussa les épaules avec une nonchalance feinte.

— Je n'avais rien de mieux à faire.

— Voilà une phrase qui n'a aucune chance de figurer sur mes brochures, remarqua-t-il avec un éclat de rire.

Ils échangèrent un sourire, puis Zach décrocha la fillette de sa jambe et la poussa devant lui, les mains sur ses épaules.

— Allez, Ruby. Tu te souviens de Meg, n'est-ce pas ?

Sans répondre, la fillette la considéra de ses yeux sombres scrutateurs. Elle avait le regard de Zach. Profondément émue, la jeune femme se pencha vers elle.

— Tu ne m'as pas gardé un muffin de l'autre jour ?

Ruby secoua la tête. Un doigt sur les lèvres, Meg fronça les sourcils.

— Ne me dis pas que ton père les a tous mangés.

La fillette leva de grands yeux vers celui-ci.

— Ah, les hommes !, soupira Meg. Promets-moi de ne jamais penser qu'ils sont compliqués.

— Promis, répondit l'enfant avec sérieux.

Zach lui ébouriffa les cheveux.

— Bien. Puisqu'il est question de gâteaux, j'apporte le plateau. Attendez-moi sagement, ajouta-t-il avec un clin d'œil.

Comme Meg lui souriait, il lui jeta un regard brûlant avant de disparaître dans la maison. La jeune femme respira profondément et alla s'asseoir à une table de jardin, à l'ombre d'un énorme parasol crème. Du doigt, elle fit signe à la fillette de venir la rejoindre, et celle-ci obtempéra d'un pas tranquille.

— Donc, mademoiselle Ruby, quels sont vos projets pour ce matin ?

— Puisque c'est papa qui t'a invitée, moi, j'ai eu le droit de choisir le repas.

— Très bien. Alors, quel est le menu ?

— Des sandwichs au beurre de cacahuète.

— Vraiment ? Sais-tu que ce sont justement mes sandwichs préférés ?

— Bien sûr. L'autre jour, j'ai adoré ta robe rose, donc c'est normal que toi tu aimes les choses que j'aime. Oh, au fait, j'oubliais ! Reste ici.

Elle partit en courant vers la maison. Restée seule, Meg enfouit son visage dans ses mains. Pourquoi était-elle venue ? Elle ne devait pas s'attacher à cette petite, et encore moins à son père. À moins que cette histoire ne soit appelée à se poursuivre… Se pouvait-il que Zach partage les sentiments qu'elle éprouvait pour lui ?

Ruby revint presque aussitôt, les mains derrière le dos. Meg se redressa en veillant à effacer toute trace d'espoir de son visage.

— Eh ! mais que caches-tu ?

— Hier, j'ai demandé à papa de te donner ça, mais je l'ai trouvé sur la table de l'entrée ce matin. Il a dû oublier, expliqua Ruby en s'asseyant à côté d'elle.

Un bras autour de la fillette, Meg ouvrit le petit paquet. Il renfermait une carte rose décorée de petits morceaux de Cellophane et de papier coloré. À l'intérieur, Ruby avait dessiné une femme aux boucles brunes en robe rose, entourée de muffins au chocolat. En bas, se détachait une inscription en lettres colorées :

« Pour Meg, bises, Ruby. »

La gorge de la jeune femme se serra. Zach n'avait pas du tout oublié de lui transmettre cette carte : il aimait trop sa fille pour risquer de la décevoir. Non. Il avait voulu couper court à l'attachement qu'elle suscitait en eux. Bouleversée, Meg s'astreignit à respirer profondément. Au fond, pouvait-elle lui en vouloir ? Il avait à cœur l'intérêt et la sécurité de sa fille.

— Vous êtes décidément inséparables, dit Zach en les rejoignant.

Meg glissa la carte derrière son dos et, un doigt sur les lèvres, intima le silence à Ruby, qui répondit par un petit rire complice. Comme le regard de Zach allait de l'une à l'autre, souriant, interrogateur, la jeune femme se composa un masque de gaieté.

Et le déjeuner proprement dit n'avait pas encore commencé... Telle que la situation s'annonçait, il allait lui falloir jouer le meilleur rôle de composition de sa vie.

Zach déposa un plateau sur lequel des fruits rebondis, des fromages et des biscuits apéritifs voisinaient avec le bouquet de Meg, dans un délicat vase de cristal. Ruby attrapa une fleur blanche et la coinça derrière son oreille, puis en fit de même avec Meg et avec son père, qui se pencha en avant pour lui faciliter la tâche.

— Ce sont les fleurs préférées de Ruby, dit-il, une main dans les cheveux de sa fille.

Meg cligna ses paupières brûlantes et sourit.

— Attends, dit la fillette. Je ne t'ai pas tout montré.

Elle fila de nouveau à la maison. Zach alla s'asseoir et prit une grappe de raisin dont il avala quelques grains. Meg fixa son regard sur la fleur qui ornait son oreille. Tout plutôt que ses yeux.

— Tu as l'air ridicule.

Il sourit de sa remarque.

— Donc, qu'étiez-vous en train de conspirer, toutes les deux ?

Elle croisa son regard aux prunelles sombres, hypnotiques.

— Je ne vois pas de quoi tu parles.

— Menteuse, lui dit-il en souriant.

Elle cligna des yeux et, la tête détournée, prit quelques fraises.

— Ruby a vraiment l'air heureuse.

— C'est vrai. Nous sommes sur la bonne voie, elle et moi.

Meg opina, tête baissée.

— À ton retour, tu devrais parler à ton père, ajouta-t-il.

— À quel sujet ? fit-elle en serrant les poings.

— Meg. C'est à moi que tu le demandes ?

La jeune femme avala sa salive avec difficulté. Oui, c'était à lui : à l'homme qui avait gagné son cœur. Lentement, elle ouvrit la main et la lui tendit par-dessus la table.

Un bruit de pas pressés résonna sous la véranda. C'était Felicia, qui s'approchait avec un téléphone sans fil.

— Désolée de vous interrompre, mais j'ai un appel de la réception pour Meg.

Non sans maudire cette interruption, Meg saisit vivement l'appareil. Elle se rappela alors qu'elle n'avait informé personne du lieu où elle se trouvait. Bah, il en fallait plus pour décourager sa famille. Si jamais c'était Dylan qui l'appelait pour lui confier une de ces innombrables missions de relations publiques, elle allait l'étrangler.

— Meg à l'appareil.

— Oh, Dieu merci.

— Rylie, c'est toi ?

— Chérie, il faut que tu rentres immédiatement.

— Pourquoi ? Que s'est-il passé ?

— Il s'agit de Quinn.

Meg ferma les yeux, submergée par la colère. De tous les moments, c'était justement celui-ci qu'il… que… Les mots s'entrechoquèrent dans son esprit, emportés par un tourbillon de fureur et de honte. Elle respira profondément pour se maîtriser.

— Dis-moi tout, dit-elle d'une voix étonnamment calme. Est-ce qu'il est… ?

— Il vient d'avoir une nouvelle crise cardiaque.

— Mais il est vivant.

— Oui, Dieu merci. Brendan m'a appelée sur mon portable parce qu'il n'arrivait pas à te joindre. Tabby est en train de faire ta valise. Nous pouvons nous retrouver à ta voiture dans quinze minutes.

— Entendu. J'arrive tout de suite.

Comme elle regardait le téléphone avec hébétude, Zach lui prit doucement l'appareil des mains et glissa un bras ferme autour de sa taille. Ses paroles parvinrent à l'oreille de la jeune femme comme au travers d'un brouillard.

— Dis-moi ce que je peux faire pour toi.

Je veux que tu m'aimes. Je veux que tu restes auprès de moi.

— Je dois rentrer chez moi.

Chez elle. De retour à sa vie, à son père. Seigneur, la trêve était-elle déjà vraiment finie ? Elle se rendit soudain compte qu'elle tremblait comme une feuille.

— Allons-y…

— Mais Ruby…

— Felicia s'occupe d'elle. Je lui expliquerai que tu as été obligée de partir pour une urgence.

— Mais ses sandwichs au beurre de cacahuète ? Elle s'en faisait une fête.

Autour de sa taille, le bras de Zach la soutenait dans une étreinte réconfortante et forte.

— Ruby n'est certainement pas en manque de sandwichs. Felicia lui passe tous ses caprices et je ne serais pas étonné si elle lui en préparait derrière mon dos. Cesse de te faire du souci pour nous. Allez, viens.

Elle se leva et marcha comme dans un rêve. Sans force, elle se laissa guider par Zach. Comme elle trébuchait pour la troisième fois, il la prit dans ses bras. Ils prolongeaient leur étreinte sans plus se soucier qu'on les vît ensemble.

Il ne la relâcha qu'une fois arrivé devant le Pavillon de Waratah, où les attendait la Jaguar. Flageolante, elle fut reçue dans les bras de Rylie, qui l'aida à s'installer à l'arrière de la voiture.

— Prenez bien soin d'elle, crut-elle entendre Zach dire au travers du grondement du moteur.

— Ne vous inquiétez pas, monsieur Jones, répondit Rylie. Nous en avons l'habitude.

Des portières claquèrent, la voiture exécuta une marche arrière… Lorsque Meg redressa la tête, Zach n'était déjà plus qu'une silhouette lointaine. Il était trop tard pour le remercier. Pour lui dire… tout.

Au bout d'une heure qui lui sembla n'avoir duré que quelques minutes, les gratte-ciel de Brisbane pointèrent à l'horizon. Bientôt, la tour Kelly, siège du Kelly INvestment Group, apparut, majestueuse, comme pour lui souhaiter bon retour à la vie trépidante de sa famille.

Sans la fleur de porcelaine qui se fanait entre ses mains, elle aurait pensé que ces derniers jours n'avaient été qu'un rêve.

12

Une semaine s'était écoulée lorsque Zach arrêta sa voiture devant la grille en fer forgé de l'imposante demeure familiale des Kelly.

Une semaine sans aucune autre nouvelle de Meg que celles qu'il avait pu lire dans les journaux, pour peu qu'elles soient véridiques. Une semaine peuplée du souvenir de son corps tiède blotti contre le sien. Une semaine passée à se souvenir que, malgré la situation, Meg avait eu des scrupules à faire faux bond à Ruby.

Comme le portail s'ouvrait pour laisser passer la camionnette d'un fleuriste, une meute de journalistes s'agglutina devant le grillage, sans toutefois tenter de s'aventurer dans le parc. Zach, surpris de ce respect, les observa un instant et se figea en s'apercevant qu'il avait été repéré. Ils allaient filmer sa petite fille ! Il frotta ses mains moites contre son pantalon, puis regarda la fillette dans le rétroviseur.

— Chérie.

— Oui, papa ?

— Tu vois tous ces gens ? Ils travaillent pour la presse et pour la télévision. Certains voudront s'approcher très près de la voiture. Si tu ne veux pas être photographiée, pose ta tête sur tes genoux.

— Ça m'est égal.

Zach se retourna, abasourdi d'un tel détachement.

— D'accord, fit-il avec un clin d'œil. Dans ce cas, allons-y.

Leur voiture se dirigea vers le portail au milieu des crépitements des flashs. Aveuglé, Zach porta la main à ses yeux.

— Ça va, ma chérie ? demanda-t-il une fois la foule traversée.

Elle opina, les yeux grands ouverts, avant de se retourner vers la vitre arrière.

— Pourquoi voulaient-ils me prendre en photo ?

— Quelle question, voyons ! Parce que tu es adorable.

Ruby porta la main au bandeau rose qui retenait ses longs cheveux noirs.

— Est-ce que tu pourras leur demander une copie de la photo pour que je puisse la montrer à l'école ? Autrement, Clarissa refusera de me croire.

Zach ne put s'empêcher de rire. Demander un service à un paparazzo ? Pourquoi pas, après tout ? Après les événements des quinze derniers jours, il n'en était plus à une folie près.

— Comme tu voudras, ma chérie.

Il se gara derrière la Jaguar rouge qui, une semaine auparavant, avait emporté Meg. Ses mains se crispèrent sur le volant au souvenir de son regard éperdu lorsqu'il l'avait quittée. Il aurait dû venir plus tôt.

Étouffant un soupir, il aida la fillette à sortir de voiture et lui donna la main dans l'allée qui menait au manoir. Comme ils gravissaient une volée de marches encadrée de deux gigantesques statues de lévriers irlandais, Zach inclina la tête vers les chiens avec une grimace qui fit rire Ruby.

Au coup d'un heurtoir en bronze, la porte s'ouvrit sur une femme qui ne pouvait être que la mère de Meg : elle avait ses grands yeux, le même menton décidé, cette incapacité à dissimuler ses sentiments derrière un sourire étudié.

— Madame Kelly, je suppose ?

La femme opina d'un air fatigué.

— Je suis désolé de vous déranger. Je suis Zach Jones, le propriétaire du Domaine de Juniper où se trouvait Meg lorsqu'elle a appris la nouvelle concernant votre mari. Je suis venu m'informer de l'état de celui-ci, et prendre des nouvelles de Meg.

— Bien sûr, Zach. Entrez donc, je vous prie.

Remarquant alors Ruby, accrochée au pantalon de son père, Mary Kelly se pencha vers l'enfant avec une lumière gaie dans les yeux.

— Qui est cette ravissante petite fée ?

— Ruby, ma fille.

— Ravie de te rencontrer, Ruby, fit-elle en lui serrant la main. Mes petites-filles seront très contentes de faire ta connaissance. Violet et Olivia jouent dans le jardin du fond, avec leur oncle Dylan. Que dirais-tu d'aller leur dire bonjour ?

Zach s'accroupit à la hauteur de Ruby et prit ses doigts menus.

— Veux-tu sortir jouer ? À toi de décider. Je ne t'impose rien.

Le regard de la fillette passa de son père à Mary avant d'accepter la main que celle-ci lui tendait.

— James, dit Mary à un domestique en livrée que Zach n'avait pas remarqué, veuillez conduire M. Jones jusqu'à Meg. Je crois qu'elle se trouve dans la salle de cinéma.

— Si Monsieur veut bien me suivre.

Il accompagna James dans un vaste escalier tendu de rouge et décoré de dizaines de photos de famille prises au long des générations, qu'il contempla avec un respect intimidé. Au fur et à mesure qu'il montait, les visages devenaient plus familiers. Il reconnut Quinn et sa femme, sur un voilier, avec deux jeunes garçons. Plus loin, les trois frères de Meg à l'adolescence, en plein match de cricket… Ici, Meg à l'âge de Ruby, contemplant avec une moue dépitée un cornet de glace renversé à ses pieds. Son regard s'arrêta sur un cliché beaucoup plus récent sur lequel Meg, resplendissante dans une robe de soirée argentée, juchée sur des talons aiguilles roses, descendait une rue d'un air conquérant, ses cheveux flottant autour de son visage. Lui seul savait les efforts que lui avait coûtés ce sourire assuré.

Du haut de l'escalier, James tourna discrètement la tête.

— Par ici, Monsieur.

Zach plongea les mains dans ses poches et grimpa les dernières marches d'un pas alerte.

— Mlle Meg se trouve dans la pièce au bout du couloir. Dois-je vous annoncer ?

Zach secoua négativement la tête et l'homme fit demi-tour. Les doubles portes, entrebâillées, donnaient sur une vaste salle encombrée de rangées de chaises rembourrées dont le tissu à fleurs, démodé, jurait avec les étagères garnies de DVD et l'installation de cinéma dernier cri. Blottie dans un fauteuil de cuir, devant une grande fenêtre donnant sur un petit balcon, Meg contemplait le jardin, un doigt sur la lèvre inférieure, tandis que derrière elle les images d'un film défilaient silencieusement sur le grand écran.

Le cœur de Zach se serra. Comme elle était belle, sans apprêt ni maquillage, vêtue avec simplicité d'un jean large, de chaussettes rouges et d'un T-shirt qui épousait sa poitrine, les cheveux ramassés en un chignon bas. Comment avait-il pu supporter son absence pendant toute une semaine ?

Campé sur ses pieds, il s'éclaircit la gorge. Meg leva la tête et fixa sur lui des yeux cernés de fatigue qui ne le reconnurent pas tout de suite. Enfin, elle fronça les sourcils.

— Zach ?

Il hocha la tête, la gorge soudain coincée. La jeune femme se leva péniblement et avança lentement jusqu'à lui. Les poings serrés, Zach se retint de marcher à sa rencontre et de la prendre dans ses bras pour l'embrasser.

— Comment va ton père ?

La jeune femme secoua la tête, puis opina.

— Il a fait deux rechutes cette semaine. Il est lucide, sa tension est stable, mais il est très diminué et il refuse d'aller à l'hôpital, malgré tous nos efforts pour le convaincre.

Ses yeux papillotèrent, brillants de larmes, et elle agita une main devant son visage, comme pour chasser une mouche.

— Qu'est-ce que tu fais ici ?

— Tu es partie si vite, dans un tel état. Je ne pouvais pas rester davantage sans te faire savoir…

Il s'interrompit, avant de reprendre.

— Sans te faire savoir que je ne cesse de penser à toi.

Nuit et jour, jour et nuit, il ne cessait d'être hanté par son rire cristallin, son regard mutin, son doux parfum de jasmin.

Des rires d'enfants leur arrivèrent de la fenêtre. Meg se redressa et se dirigea vers le balcon, suivie de Zach. Elle agrippa nerveusement la balustrade. Assise sur les genoux de Mary, Ruby battait des mains en voyant virevolter les nièces de Meg, en robe de fée et coiffées de tiares. Dans un coin du jardin, d'autres membres de la famille Kelly contemplaient la scène, attablés autour d'un thé glacé dans un salon en rotin blanc, tels des personnages de *Gatsby le Magnifique*.

— Tu as amené Ruby ici ?

Zach sourit avec tendresse devant son instinct de protection. Les mains crispées sur le rebord du balcon, elle semblait prête à bondir pour arracher Ruby des griffes de sa famille. Il comprenait ses réticences à avoir des enfants, mais elle était faite pour être mère. Il suffisait juste qu'elle accepte de croire en elle.

— Oui. Elle m'a entendu expliquer à Felicia que ton père était malade et elle n'a pas voulu me laisser venir tout seul. C'est d'ailleurs pour cela que j'ai tant tardé à venir te voir. Elle tenait absolument à s'assurer que tout allait bien pour toi.

— Pour moi ? Mais elle, est-ce qu'elle va bien ? Je m'en voudrais tellement de lui rappeler la maladie de sa mère.

— Ne t'inquiète pas de cela, elle est curieuse, c'est tout. Elle ne cesse de m'étonner. Sous ses airs fragiles, elle cache une force insoupçonnée.

« Comme toi », eut-il envie d'ajouter.

Meg se tourna vivement vers lui, le regard luisant, et pointa un doigt sur son torse, le forçant à reculer.

— Tu es complètement fou ! As-tu idée du nombre de journalistes postés devant le portail ?

— Oui, puisque je l'ai passé en voiture, répondit-il d'une voix calme.

— Ils ne sont pas aussi bêtes que tu le penses, Zach. Ils t'auront vu, ils auront vu Ruby. Ils sauront qui vous êtes. Si jolie, si drôle, ils vont n'en faire qu'une bouchée. N'as-tu rien retenu de ce que je t'ai dit, ces derniers jours ?

Zach lui prit les bras. Aussitôt, elle se tut et cligna les paupières comme si elle le voyait pour la première fois. Les sens embrasés, il dut faire appel à toutes ses forces pour se retenir de l'embrasser.

— J'en suis tout à fait conscient, mais je ne veux plus me cacher et faire croire à ma fille qu'une existence recluse est la meilleure pour elle. Nous avons décidé d'affronter la vie ensemble, comme elle nous arrive.

« Et avec toi, si tu veux de nous », aurait-il voulu ajouter.

Meg le regarda fixement. Qu'elle était menue entre ses mains, qu'elle était fragile… Pourtant, il la sentait animée d'un feu intérieur irrésistible. Elle était son âme, sa source d'inspiration, celle qui lui donnait envie d'ajouter de nouveaux chapitres à sa vie.

Du dos de la main, il effleura sa joue veloutée et repoussa une boucle tombée sur ses yeux. Un éclat sombre s'alluma dans le regard de la jeune femme. Il prit son visage en coupe, savourant en pensée la douceur de ses lèvres.

Mais elle se dégagea vivement et lui tourna le dos pour revenir dans la pièce.

— Je ne t'ai rien offert à boire. Veux-tu une limonade ? Elle est délicieuse, c'est James qui l'a préparée. S'il lui prenait l'idée de la commercialiser, il pourrait prendre sa retraite aux Bahamas.

Il tendit un bras vers elle, mais elle se glissa derrière une ottomane.

— Meg…

Le souffle court, elle recula encore et leva la main, paume dressée. Zach s'immobilisa aussitôt.

— La semaine dernière, ma famille a essayé de me joindre pendant une demi-heure, mais j'avais éteint mon portable. J'avais besoin de croire qu'ils n'existaient pas afin d'envisager ce que tu appelles un nouveau départ dans la vie.

Elle leva les yeux vers lui.

— En quoi je me trompais. Ma place est ici.

— Quoi ? Mais c'est absurde.

— Pardon ? Moi, absurde ?

— Non, ce n'est pas ce que je veux dire. Au contraire, tu es un miracle dans ma vie. Seulement, à force de te soucier des autres, tu ne penses plus assez à toi. Pourquoi t'obliges-tu à souffrir aux côtés de ton père ? Tu te flagelles pour ses fautes.

Meg, les lèvres étrécies, le fusillait du regard. Mais du moins l'écoutait-elle.

— Tu m'as donné d'excellents conseils, poursuivit-il. Maintenant, c'est mon tour. Tout d'abord, sache que les liens du sang ne sont pas sacrés, ni pour moi, ni pour personne. Que tu le veuilles ou non, on choisit sa famille, parce qu'on choisit de partager son existence avec certaines personnes et pas d'autres. Aussi forte soit-elle, l'influence de tes parents et de tes frères ne devrait pas t'empêcher de mener ta propre vie.

— Zach, tout n'est pas aussi simple.

Il fit un pas prudent vers elle.

— Je n'ai laissé personne d'autre que moi imposer des freins dans ma vie. Personne à part Ruby, mais j'ai choisi de vivre avec elle. Ton seul obstacle, c'est toi-même.

Il s'accroupit en face d'elle, si près qu'il aurait pu la

toucher en tendant la main. Il se retint, pourtant, malgré tout ce qu'il lui en coûtait.

— Meg, ma chérie. Si je suis venu aujourd'hui, c'est parce que j'ai enfin compris que tu fais partie des miens, de ces personnes avec qui je veux partager ma vie.

Les yeux de la jeune femme s'adoucirent... Mais elle secoua la tête.

— Non, c'est impossible. Tu veux toujours me tenir à l'écart de ta fille.

— Mais nous n'en sommes plus là, Meg. En grande partie grâce à toi, d'ailleurs. Ruby t'adore.

— Arrête, Zach. Si elle me ressemble lorsqu'elle aura seize ans, elle te donnera des cheveux blancs.

— Ça, c'est mon problème.

Elle redressa la tête avec fureur.

— Ah ! tu crois vraiment ? Alors, écoute-moi. J'ai arrêté l'école à seize ans. Je sortais faire la fête tous les soirs et descendais les daïquiris comme de la limonade. J'étais mineure, mais on me laissait entrer ; on ne refuse rien à une Kelly, n'est-ce pas ? Lorsque j'ai cassé ma dent avec une flûte de champagne, j'en étais à mon deuxième magnum à trois cents dollars. À seize ans ! Cette nuit-là, j'ai fini au poste pour conduite sans permis et en état d'ivresse. On a même retrouvé de l'herbe dans la boîte à gants. J'avais des amis avec moi. Des amis que j'aurais pu tuer si je n'avais pas été arrêtée. Des amis qui, pour des raisons qui m'échappent, me sont malgré tout restés fidèles. J'aurais pu ne jamais me relever de cette aventure si une personne haut placée n'était pas intervenue en ma faveur. Grâce à elle, j'en ai été quitte pour un avertissement.

— Et cette personne était ton père.

La respiration saccadée, Meg se mit à trembler. Zach couvrit ses mains de la sienne, mais elle semblait avoir oublié sa présence.

— Mon père m'a accordé une majorité anticipée...

Façon pour lui de se laver les mains de ce que je devenais. Le jour où les papiers ont été signés, j'ai consulté mon premier médecin. Pourtant, malgré mon nom et mon argent, il m'a fallu subir six mois de thérapie intensive avant qu'un chirurgien consente enfin à… à…

— Consente à quoi ?

— À me ligaturer les trompes.

Elle leva les yeux.

— C'est irréversible, Zach. Je ne pourrai jamais avoir d'enfants.

Un silence de plomb tomba. Frémissante, égarée, Meg le regardait fixement, comme dans l'attente qu'il la secoue violemment ou qu'il parte en courant. Pourtant, il ne désirait que la serrer dans ses bras, fort, jusqu'à ce qu'elle se pardonne.

— Tu ne trouves rien à dire ?

Il passa une main sur son visage. Parler ? Mais pour dire quoi ?

— Zach ?

Il se releva lentement et se mit à faire les cent pas.

— Je n'aurais jamais dû t'en parler, soupira-t-elle en secouant la tête avec véhémence.

— Je t'en prie, Meg. Laisse-moi le temps d'accuser le coup.

Meg se leva et le rejoignit.

— Tu n'avais pas besoin de connaître cette histoire. Personne ne sait, personne ! Seulement, tu étais différent des autres : je ne t'impressionnais pas, d'abord, et puis, il y avait Ruby… Tu n'as pas arrêté de me combler de gentillesses, d'attentions, et j'ai fini par baisser la garde. Donc, si tu ne sais pas quoi faire de ce que je t'ai dit, tu n'as qu'à t'en prendre à toi-même !

— Je ne me dérobe pas, Meg.

— C'est faux, dit-elle avec un calme soudain. Tu n'en es pas conscient, c'est tout.

— Je te demande pardon ?

— Le matin de ma visite, Ruby m'a donné la carte qu'elle avait confectionnée pour moi.

— La carte ?

Bon sang ! La carte.

— Oui, la carte rose avec le dessin et les paillettes. Celle que tu as refusé de me donner toi-même, ajouta-t-elle après un silence.

Pétrifié, la langue paralysée, Zach la considérait avec une fixité douloureuse.

— La semaine dernière, j'ai vécu les plus beaux jours de ma vie, une parenthèse merveilleuse que je n'oublierai jamais. Mais cette carte m'a prouvé ce que je soupçonnais déjà : tu n'es pas prêt pour une femme dans mon genre.

Zach secoua la tête, consterné par la tournure des événements.

— Meg, regarde-moi.

D'un pied, il écarta le fauteuil et étreignit la jeune femme, qui s'affaissa contre lui, soudain sans force. Il posa un baiser sur ses cheveux, sur son oreille, à la commissure de sa bouche. Avec un soupir, elle inclina la tête et lui tendit ses lèvres, puis s'écarta brusquement, les yeux baissés, la poitrine convulsée, éperdue.

— Qu'est-ce qui t'arrive ? Tu devrais me détester pour ce que j'ai fait.

— Pas en connaissant tes motifs.

— Quels motifs, dis-moi ?

— Tu ne voulais pas que tes enfants te rejettent comme tu te rejettes toi-même.

Elle le dévisagea, silencieuse. Une grosse larme roula lentement sur sa joue.

— Dix-huit ans…, soupira Zach. Tu n'étais qu'une gamine. Ces docteurs mériteraient un procès. Mais moi, te détester ? Tu es la lumière de ma vie.

Les yeux de Meg brillèrent, et le cœur de Zach s'emplit d'un espoir fou. Maintenant, elle savait.

Mais elle joignit les mains en une supplication muette. Aussitôt, il s'écarta comme si ses doigts avaient été brûlés. Le regard noyé de souffrance, Meg enroula les bras autour d'elle et se tourna vers la porte-fenêtre, d'où continuaient à jaillir les cris joyeux des enfants.

— Reste aussi longtemps que tu veux, du moment que Ruby s'amuse, dit-elle au bout d'un silence. James te montrera le chemin.

Conscient de l'inutilité d'insister, Zach opina brièvement et partit.

13

À la tombée de la nuit, seule dans le salon de jardin, Meg s'efforçait de ne plus penser à rien. Faire le vide. Oublier qu'elle avait repoussé le meilleur homme sur terre. Un homme qui, pour la revoir, n'avait pas hésité à s'exposer et à exposer sa fille à la presse… Un homme qui, après avoir écouté ses secrets les plus terribles, lui avait répété qu'il l'aimait.

Encore une fois, elle s'était punie pour une décision prise des années plus tôt. Pourrait-elle un jour s'accepter ? Zach, lui, n'avait pas hésité.

Une main se posa sur son épaule.

— Tu ne descends pas dîner, ma chérie ?

La jeune femme s'étira en souriant.

— Si. J'arrive dans une minute.

Mary Kelly la dévisagea avec une hésitation.

— Ton père est à présent seul. Si jamais tu voulais discuter un moment avec lui… J'ai bien remarqué que tu ne l'avais pas revu depuis ton retour.

Meg se figea, puis rangea ses pieds sous la chaise et entoura ses genoux de ses bras. Sa mère avait au moins raison sur un point : rien ne valait le présent.

— Maman, peux-tu t'asseoir un instant ?

Celle-ci s'installa au bord d'un fauteuil, comme redoutant cette discussion.

— Je n'ai pas vraiment envie de lui parler, reprit Meg. Et je crois que tu sais pourquoi.

Mary joignit les mains et les serra à s'en faire blanchir les phalanges.

— Il est si malade, ma chérie. Essaie de comprendre que…

— Maman, l'interrompit-elle d'une voix douce.

Meg se pencha et lui prit les mains.

— Tu sais bien comment il s'est comporté avec moi quand j'étais petite. D'ailleurs, j'ai toujours eu du mal à l'appeler « papa ».

— Il est très exigeant, avec lui-même comme avec vous tous. À l'époque dont tu parles, son entreprise démarrait à peine, il était soumis à un stress et à une pression incroyables. Son père ne lui passait rien, à lui non plus. Rappelle-toi qu'il a toujours agi dans l'intérêt de la famille.

Meg hocha la tête d'un air blasé. Elle avait si souvent entendu ces paroles !

— Et c'est pour cela que vous avez décidé de me concevoir ? Pour maintenir la famille ensemble, vaille que vaille, alors que papa avait une liaison ?

Mary ouvrit la bouche pour nier en bloc, puis, soudainement, son expression s'adoucit, comme si toute velléité de dénégation s'était d'un coup évanouie en elle.

— Mon cœur, tu as toujours eu une sensibilité à fleur de peau. À une période où nous avions tellement besoin de toi, tu as été notre petit miracle. Ne sois pas trop dure avec ton père. Moi aussi, j'ai des torts à me reprocher.

Meg se redressa brusquement, effarée.

— Quoi ? Toi aussi, tu avais une liaison ?

Mary opina, les larmes aux yeux.

— Brièvement, oui. Une aventure ridicule, mais qui nous a prouvé à tous les deux que nous tenions suffisamment à notre couple pour lui donner une seconde chance. Cette chance, c'était toi, dit-elle en ramenant délicatement une boucle derrière l'oreille de Meg. Tu es le meilleur choix de ma vie.

Un choix, elle ? Elle qui s'était toujours figuré avoir servi de remède pour leur couple… Le bourdonnement de ses oreilles l'empêchait de réfléchir.

— Est-ce que je suis sa fille ?

Mary écarquilla les yeux.

— Qu'est-ce que tu racontes ? Évidemment ! Regarde-toi : tu as ses yeux, son tempérament. Par contre, ta gentillesse et ta capacité à pardonner te viennent de moi.

Mary posa un baiser sur sa joue et se leva pour s'en aller.

— Je ne veux plus t'entendre dire de pareilles énormités. Sur ce, ne tarde pas, nous t'attendons pour dîner. Et ton père est encore seul.

Meg opina, l'esprit absent.

Pardonner…

Sa mère avait pardonné à son père ses infidélités dans l'intérêt de leur couple et de leurs enfants. Zach avait pardonné à ses familles d'accueil afin de tourner la page et de devenir un père. Quinn, en revanche, ne s'était jamais rien pardonné et n'avait récolté, comme fruit de son exigence, qu'amertume et acrimonie.

Elle-même devait se pardonner ses erreurs de jeunesse, les choix désespérés qu'elle avait faits à dix-huit ans. C'était à ce prix seulement qu'elle pourrait enfin profiter des décisions exceptionnelles qu'elle avait prises depuis lors, des amis d'enfance qui lui avaient gardé leur confiance, de la réussite de sa famille, à laquelle elle aussi avait sa part, du bonheur qu'elle apportait à des femmes dans le besoin… De Zach.

Zach, la plus grande chance de sa vie. Le seul homme qui l'ait jamais connue, comprise. Aimée. À maintes reprises, il avait voulu l'aider à prendre conscience d'elle-même et à s'accepter. Mais pourrait-il lui pardonner de lui avoir tourné le dos ?

Dans la soirée, au terme d'un repas animé et bruyant,

Meg, percluse de fatigue, se faufila dans la chambre de son père. Collée contre le mur, elle écouta un instant son souffle irrégulier. Puis, prenant une inspiration, elle se dirigea vers le lit, au bord duquel elle s'assit précautionneusement.

Il avait l'air si vieux, si fragile, avec sa peau fine comme du papier de riz.

Mais il ouvrit ses yeux d'acier et sursauta.

— Bon sang, tu ne pourrais pas arriver encore plus discrètement ?

— Oh, bon, je m'en vais, si tu préfères, rétorqua-t-elle en reculant avec vivacité. Mais dans ce cas, ne m'appelle pas si tu as besoin de moi.

Quinn se redressa avec effort et retomba sur l'oreiller avec un juron.

— Qu'est-ce que tu fabriques ici ? On m'avait dit que tu étais partie en congés.

— Je suis revenue il y a quelques jours.

— Pas pour moi, j'espère.

— Non. Bien sûr que non, fit-elle d'une voix étrange. Les filles voulaient absolument m'enrôler dans un tournoi de cricket de plage.

— Tu n'as jamais su jouer au cricket.

— Je sais. Tu as eu plaisir à me le répéter souvent.

— Eh bien, quoi ? Tu aurais sans doute préféré que je te passe de la pommade ? Les lauriers n'ont jamais profité à personne.

— Ta sollicitude me va droit au cœur.

Un silence glacial tomba, pendant lequel ils se regardèrent en chiens de faïence. Meg s'apprêtait déjà à partir lorsqu'elle se rendit compte qu'ils en étaient restés au même point. Or, à moins de s'affranchir de son passé, jamais elle ne parviendrait à se débarrasser de cette image de chérie des paparazzi, obligée de s'affubler d'une perruque blonde pour s'acquitter du seul rôle qui lui tenait vraiment à cœur. Elle devrait continuer à sortir avec des hommes insipides qui ne lui faisaient courir aucun risque. Faire comme si Zach Jones n'avait jamais existé. Se convaincre que cette liaison dans laquelle elle avait mis à nu son cœur, son âme, n'avait été qu'une aventure sans lendemain.

Avec un soupir, elle saisit la main froide de son père et la retint dans la sienne.

— Tu vas me manquer, tu sais, papa.

— Tu as encore un voyage de prévu ?

Meg réprima un rire triste. Autant le prendre au pied de la lettre.

— Oui. Je vais devoir vous abandonner quelque temps.

Il lui adressa un regard noir. Le menton dressé, elle le considéra avec calme.

— Si tu veux tout savoir, papa, depuis quelques années déjà je consacre bénévolement une journée par semaine à une association pour femmes victimes de maltraitances. C'est un travail stressant, éprouvant, mais je ne m'en passerais pour rien au monde. À tel point que mes activités pour la famille vont passer à l'arrière-plan. D'ailleurs, j'ai même l'intention de m'inscrire à un cursus d'assistante sociale, ce qui réduira encore plus le temps que je peux vous accorder.

Comme il ouvrait la bouche pour l'interrompre, elle haussa la main.

— Inutile, ma décision est prise. Et ce n'est pas tout. Je suis amoureuse, papa, d'un homme merveilleux. Il sait tout de moi, tout, et il m'aime quand même. Tu ne trouves pas cela incroyable ?

— Je suis fatigué, Meg. C'est à ta mère que tu devrais raconter tout cela.

— Je le ferai, ne t'inquiète pas. Mais je tenais à te parler. À te dire que, pour la première fois dans ma vie, je suis vraiment heureuse.

— Pourquoi maintenant ? Tu avais si peur que je ne me réveille pas ?

— Non. Pour que tu saches que ta fille va bien.

Il la dévisagea longtemps, plus longtemps qu'il ne l'avait jamais fait, puis s'affaissa sur l'oreiller, le regard fixé sur les tentures du baldaquin.

— Très bien. Maintenant, je le sais.

On frappa légèrement à la porte et James apparut, porteur d'une assiette de beignets à la crème. Sur le point de le gronder, Meg se ravisa. Après tout, elle n'était pas plus responsable de son père que lui ne l'était d'elle. Sans un mot, elle sauta du lit et sortit en faisant semblant de n'avoir rien vu. Dans sa chambre, elle attrapa son sac, se coiffa en vitesse, appliqua une touche de gloss sur ses lèvres et se parfuma légèrement avant de descendre l'escalier.

— Eh ! gamine, appela Dylan comme elle traversait la bibliothèque où la famille s'était réunie. Tu as une minute pour l'emploi du temps de la semaine prochaine ? J'ai une dizaine de choses à te confier.

Pas maintenant ! Il lui faudrait toute la nuit pour le convaincre de s'adresser à quelqu'un d'autre. Elle rencontra alors le regard de James, qui entrait silencieusement dans la pièce par une autre porte. Formidable ! Elle la tenait, son excuse.

— Désolée, souffla-t-elle à l'adresse de Dylan. Au fait, vous saviez que James donne des beignets à papa ?

Brendan leva des yeux furieux tandis que Cameron se renversait de rire sur son siège. Meg s'éclipsa dans le brouhaha qui s'ensuivit et dévala les marches du château, les cheveux voltigeant dans la brise tiède du soir, enfin libre !

L'instant d'après, la Jaguar rouge démarrait en trombe dans un crissement de gravier.

Ce fut seulement devant le portail du Domaine de Juniper que Meg se rendit compte qu'elle n'avait absolument pas songé à la suite. Résolue à improviser, elle appuya sur le bouton de l'Interphone avec assurance. Une voix ensommeillée ne tarda pas à résonner.

— Domaine de Juniper, puis-je vous aider ?

— Bonjour. Je suis Meg Kelly. Pourriez-vous... comment dire... réveiller Zach Jones et lui dire que je suis ici ?

Il y eut un silence.

— J'aimerais sincèrement le faire, mademoiselle Kelly, mais votre nom n'apparaît pas sur ma liste de personnes attendues.

— Je sais, il s'agit d'une visite surprise. Enfin, presque. Il m'attend, d'une certaine manière. Voyez-vous, je suis venue...

Elle s'interrompit, hésitante. Mais pourquoi tergiverser ? Zach n'avait pas hésité à lui dévoiler son passé, à s'exposer devant sa famille, devant la presse, devant sa petite fille.

— Je suis venue lui dire que je l'aime.

Le portail s'ouvrit instantanément. Dans une cabine, deux hommes lui adressèrent un large sourire. L'un enleva sa casquette tandis que l'autre rougissait comme une jeune fille.

— Prenez le chemin du Pavillon de Waratah et longez la barrière. C'est tout droit. Bonne chance !

Meg les remercia d'un geste enthousiaste et s'engouffra dans l'allée nocturne, vibrant de peur et d'excitation. Mais plus moyen de reculer, à présent : son père, le personnel de Zach étaient au courant. Rien, plus rien ne pouvait désormais l'arrêter, à part elle-même.

Elle appuya sur l'accélérateur.

Zach l'attendait devant chez lui, vêtu en tout et pour tout d'un pantalon de pyjama. Il se précipita vers la voiture sans attendre qu'elle soit garée.

— Meg, ne me dis pas que ton père...

Elle sortit d'un pas mal assuré.

— Tout va bien, Zach. C'est juste que nous avons parlé, lui et moi... Enfin, moi, essentiellement. Lui a préféré ne pas écouter. Mais c'était libérateur. Après cette conversation, je me suis sentie si légère, si heureuse… Grâce à toi. Jamais je n'aurais consenti à discuter si tu ne m'y avais pas encouragée. Je te dois un grand merci.

Zach ouvrit la bouche, mais la jeune femme, lancée, était intarissable.

— J'ai aussi eu un entretien avec ma mère, et j'ai enfin compris tellement de choses. Tu n'en reviendras pas ! Enfin, peut-être que si. Peut-être que j'étais simplement aveugle devant l'évidence et que j'avais besoin d'un peu de soleil et d'air frais. Pour cela aussi, merci.

Les bras ouverts, elle renversa la tête en arrière et respira profondément. Interloqué par cette exaltation, Zach lui saisit le coude et la dirigea vers une causeuse en bambou, dans un petit pavillon de la piscine. Elle se laissa guider, avec un petit rire nerveux.

— Sans vouloir t'offenser, Meg… Est-ce que tu as bu ?

Allongée dans le fauteuil, elle leva vers lui ses grands yeux bleus, les joues roses et les lèvres rouges.

— Oui. Du café. Des litres et des litres de café tout au long de la route. Je n'ai pas beaucoup dormi ces derniers jours et j'avais besoin de me tenir éveillée. Et comme je ne savais pas si tu en avais vraiment chez toi, ou si tu m'en avais promis uniquement pour m'attirer dans tes filets…

Elle s'interrompit, comme pour reprendre son souffle, et secoua la tête puis le fit asseoir à côté d'elle. Les doigts mêlés aux siens, Zach se sentit parcouru d'une joie comme il n'en avait pas ressenti depuis longtemps. À croire que, même après les heures éprouvantes qu'elle lui avait fait subir, son cœur avait toujours pour elle des faiblesses que sa raison réprouvait.

— Meg, il est minuit passé.

— Ah bon ? répondit-elle en jetant autour d'elle un regard stupéfait.

— Je suis souvent réveillé à cette heure-ci, mais tu dois te rendre compte que cette journée a été éprouvante pour moi.

— Et pour moi donc.

Elle releva vivement ses yeux d'un bleu calme, rasséréné, chaleureux, et un timide rayon d'espoir traversa la nuit.

— Avais-tu un motif particulier pour venir jusqu'ici ?

Elle retourna la main de Zach et posa sur la sienne sa paume, une paume légère, menue, qu'il brûla de porter à ses lèvres.

— Je ne sais pas par où commencer, dit-elle. Il y a une heure à peine, tout était si clair…

Zach respira profondément.

— Quoi donc ?

— Eh bien, j'ai commis une erreur monumentale. Tout à l'heure, lorsque tu es venu me dire que tu m'aimais, je me suis échinée, pour une raison qui m'échappe, à te convaincre que je n'avais aucune raison de m'en réjouir.

Le cœur de Zach s'ébranla.

— Tu m'aimes, poursuivit-elle en lui serrant la main. Tu m'aimes suffisamment pour m'avoir accordé la liberté dont j'avais besoin pour me confronter à mon passé.

Il glissa une main derrière le cou de la jeune femme.

— Je dois être fou pour t'aimer autant.

Elle eut un sourire incertain, presque timide. Le cœur gonflé d'un bonheur insensé, Zach serra sa main dans la sienne.

— Si tu as quelque sentiment pour moi, dis-le-moi tout de suite, je t'en supplie.

Elle cligna lentement les yeux et le dévisagea fixement.

— Toute ma vie, j'ai été paralysée par la peur d'être rejetée. Je l'ai combattue en m'efforçant par tous les moyens d'attirer l'affection du plus grand nombre possible de personnes. Mais lorsque je t'ai rencontré, il m'a semblé que je devais mériter ton respect. Pour toutes ces raisons et un million d'autres encore, je t'adore.

Elle s'interrompit pour reprendre haleine.

— Je t'aime parce que, tout homme d'affaires sérieux

que tu sois, tu as un faible pour les muffins au chocolat. Je t'aime parce que tu sais mieux que personne me mettre dans tous mes états. J'aime tes yeux, tes bras, tes pieds nus, et ce petit pli qui creuse ta joue chaque fois que tu ris. Mais, plus que tout, j'aime ton ambition, ta détermination, ta ténacité et le fait que tu aies malgré tout changé radicalement ta vie pour le bonheur d'une petite fille. Tu es un spécimen unique parmi les hommes. Je t'aime plus que tout au monde.

Zach, silencieux, buvait ses paroles avec ravissement.

— Tu n'imagines pas ce que je ressens en t'écoutant.

Il effleura sa joue d'une caresse.

— Après tant d'années à croire que je ne trouverais jamais l'amour, je suis abasourdi de ce qui m'arrive.

Elle hocha la tête en humectant ses lèvres, puis se redressa et étendit ses jambes sur celles de Zach.

— Comment vois-tu la suite ?

— C'est-à-dire ? Je ne te comprends pas.

Elle s'écarta avec un regard appuyé.

— Je voulais dire que nous ne sommes pas les seuls concernés.

— C'est vrai. Il faudrait peut-être oublier le communiqué de presse encore quelques jours au fond d'un tiroir.

— N'essaie pas de jouer au malin. Je parlais de Ruby et tu le sais très bien.

— Ruby m'a préparé des crêpes, mais jamais de carte. J'ai le pressentiment qu'elle va adorer la nouvelle. Et puis, n'oublie pas qu'elle vient d'une famille de durs à cuire.

— Et tu crois que les Kelly sont des angelots ? Malheur à toi si tu tombes dans leurs rets. Regarde-moi : il m'a suffi d'un regard pour t'accrocher. Ma famille est terriblement envahissante…

— Ruby ira très bien, ne t'inquiète pas. Et si un problème devait jamais arriver, nous saurions le résoudre, n'est-ce pas ?

Elle réfléchit un instant, puis finit par opiner.

— Pourtant, il y aurait bien un moyen de contrer l'influence que ta famille pourrait avoir sur notre fille.

— Ah bon ? Lequel ?

L'air rêveur, il saisit une mèche de cheveux qu'il entortilla entre ses doigts.

— Ce serait de ne plus être une Kelly.

Elle secoua la tête avec véhémence.

— Ma famille est sans doute complètement folle, mais je l'adore quand même.

— Bien sûr. Il suffit de vous voir tous ensemble pour comprendre à quel point vous êtes proches les uns des autres. Vous formez un véritable clan. Mais tu as mal compris mes propos. Je voulais dire que tu pourrais abandonner le nom de Kelly et prendre celui de Jones.

— Très drôle, s'esclaffa-t-elle en lui donnant une tape sur la poitrine.

Il saisit sa main et la serra contre sa peau. Aussitôt, elle se figea.

— Je ne sais pas si le moment est bien choisi pour te dire que tu n'es pas le premier à qui j'ai annoncé la nouvelle.

— Quelle nouvelle ? Que tu aimes ta famille ?

— Non : que je t'aime, toi.

— Vraiment ? Tu l'as dit autour de toi ? À qui ?

— Aux deux agents de sécurité qui m'ont laissée rentrer.

Zach éclata d'un rire tonitruant.

— Bah, à quoi bon garder le secret, dit-il une fois son hilarité apaisée. Tout le monde finira bien par le savoir.

— Tu crois ?

— Épouse-moi et notre relation ne sera plus un mystère pour personne.

Meg écarquilla les yeux.

— Zach, ce n'est pas le genre de choses qu'on raconte à une fille sous l'emprise de la caféine.

— Ah bon ?

— Tu veux vraiment m'épouser ? Même en sachant tout

ce qui m'est arrivé ? Même si je ne pourrai jamais te donner d'autres enfants ?

Elle se trompait. À son retour au domaine, sitôt Ruby couchée, Zach s'était rué sur son ordinateur pour effectuer une recherche sur internet. En effet, l'opération qu'elle avait subie était irréversible, mais Meg pourrait quand même concevoir par insémination artificielle. Toutefois, mieux valait attendre le moment opportun pour en discuter.

Il fit tendrement glisser son pouce sur sa joue.

— Meg, c'est toi que je veux épouser, et personne d'autre.

Les lèvres de la jeune femme se mirent à trembler.

— Quel grand romantique, dit-elle d'une voix chancelante.

Pour toute réponse, il porta sa main à ses lèvres et la mangea de baisers. Meg ferma les yeux, abandonnée à une ivresse bienheureuse, et entrouvrit la bouche. Aussitôt, Zach l'attira contre lui et l'embrassa avec avidité.

Enfin, ils s'écartèrent, haletants. Les mains crispées sur les avant-bras de Zach, elle le contemplait avec une ferveur quasi religieuse.

— Alors, c'est oui ?

Elle entoura sa poitrine de ses bras et le serra fort contre elle, le menton sur son épaule.

— Oui.

Transporté d'exaltation, il fendit l'air d'un poing vainqueur.

— Te rends-tu bien compte de ce que ta décision représente ?

— Eh bien ?

— Eh bien, Meg Kelly, héritière et seule fille des Ascot Kelly, mariée à un fils de rien.

— Une telle magnanimité t'étonne-t-elle de ma part ?

Il éclata d'un rire chaud, qui la fit frémir de bonheur. Elle se coula contre lui dans une étreinte lente et sensuelle.

— Mais avant tout, murmura-t-elle en lui caressant le torse, il faut nous entendre sur certains points.

Du bout du doigt, il parcourut le contour du col de son T-shirt.

— Je t'écoute.

— Je ne veux plus jamais faire de jogging, ni toucher à un autre verre de cocktail sans alcool. Et il est hors de question que je me lève aux aurores tous les jours. Toi aussi, d'ailleurs.

— Et le chocolat, le café…

— … garderont impérativement une place de choix dans mon régime alimentaire. Si tu m'aimes, tu dois accepter mes goûts.

— Tout ce que tu voudras, mon amour.

Il déposa sur son cou pâle un baiser brûlant qui la fit frissonner.

— Et tu dois bien comprendre qu'en m'épousant, tu épouses également ma famille. Mes parents et mes frères n'auront aucun scrupule à nous rendre visite sans prévenir.

— Ta famille m'a plu, du moins pour ce que j'en ai vu. Ta mère a été merveilleuse avec Ruby. Et tes frères adorent le sport, si je ne m'abuse ?

— Tu seras un don du ciel pour eux. Ne les laisse surtout pas abuser de ton hospitalité. Heureusement, mes belles-sœurs sont des femmes d'intérieur, elles sauront les modérer.

— Grâces soient rendues à toutes les femmes d'intérieur, renchérit-il en se penchant pour éteindre la lumière.

— Eh ! qu'est-ce qui se passe ?

Zach effleura sa bouche d'un baiser.

— Simple précaution. Vois-tu, il arrive que des clients se fourvoient jusqu'ici.

— Non ? Quelle impolitesse.

— Je ne te le fais pas dire.

La lune jetait une lumière douce sur la silhouette alanguie de la jeune femme. Dans l'obscurité, il la voyait sourire dans une attente bienheureuse et insouciante. Il se pencha et posa un baiser sur son nez, à la commissure de ses lèvres, à la naissance d'une oreille. Abandonnée, elle inclina la tête pour lui offrir son cou.

Peu lui importait l'obscurité : la jeune femme autrefois avide de lumière avait enfin trouvé sa vérité.

Épilogue

Six semaines après avoir élu domicile au Domaine de Juniper, et un mois après les funérailles monumentales et émouvantes de Quinn Kelly, auxquelles avaient assisté pas moins de trois chefs d'État étrangers, Meg, postée devant le portail d'entrée, guettait la route avec impatience. Portant à ses yeux sa main gauche, à laquelle brillait un diamant solitaire rose, elle s'émerveilla pour la millième fois des bouleversements magnifiques qu'avait connus sa vie en à peine deux mois. Elle continuait à travailler pour sa famille, mais d'autres activités prenaient le pas sur une participation de plus en plus sporadique. Elle se rendait ainsi au moins deux fois par semaine au Refuge pour femmes, mais à présent sans le moindre déguisement.

Et aujourd'hui, c'était à l'entreprise de sa nouvelle famille qu'elle se consacrait.

Enfin, un grand bus blanc franchit le portail du domaine. L'instant d'après, un flot de gamins bruyants en descendit. Meg battit des mains suffisamment fort pour commander le silence.

— Les enfants, vous allez tous vous ranger en file, par ordre alphabétique.

— Et si nous sommes plusieurs avec le même nom ? demanda un grand gaillard auquel manquait une dent de devant.

— Excellente question. Dans ce cas, celui qui a le gros orteil le plus long passe devant. C'est compris ?

Elle sourit comme deux ou trois enfants ôtaient déjà leurs chaussures et leurs chaussettes trouées.

— Si vous êtes prêts dans cinq minutes, de la glace vous attend au restaurant.

Ses paroles furent accueillies par un immense cri qui l'obligea à se boucher les oreilles.

Cependant, le conducteur du bus était descendu, suivi de Zach. Ce dernier avait l'air complètement épuisé, mais quoi d'étonnant après une heure de randonnée avec ces gamins survoltés. Elle s'approcha de lui et glissa un bras autour de sa taille.

— Alors, tu vois bien que tu as survécu.

— La semaine n'est pas encore terminée. Jamais je n'aurais envisagé de dire une chose pareille, mais je remercie le ciel que Ruby soit du genre à lire plutôt qu'à courir.

Meg réprima un petit sourire malicieux. Cette petite cachottière de Ruby était vraiment loin de le tenir au courant de toutes ses aventures…

— Crois-moi, ils vont tous bien dormir ce soir.

— Je l'espère vraiment.

Ils contemplèrent en silence le groupe qui se dirigeait en file indienne vers le restaurant, encadré par Felicia (à présent « coordinatrice officielle des activités pour enfants ») et par les employés du Domaine de Juniper.

— C'est incroyable de les voir tous ici, dit enfin Meg.

Zach opina. Une idée qu'il avait lancée au hasard d'un repas était devenue l'obsession de Meg. Le projet avait pris rapidement forme et le Domaine avait été réservé pour la semaine entière au bénéfice d'une centaine de préadolescents issus de milieux défavorisés. À la demande de Zach, plusieurs athlètes célèbres avaient accepté d'encadrer des activités sportives. Les employés du domaine devaient leur apprendre à résoudre les conflits avec des mots plutôt qu'avec les poings. Des stars de pop-musique avec qui Meg était amie allaient donner quelques concerts gratuits, des chefs cuisiniers réputés leur préparer des repas sains et savoureux…

Mais surtout, en leur présentant la réussite de Zach, Meg espérait les amener à avoir plus d'ambitions pour leurs vies, leur ouvrir des horizons qu'ils n'auraient jamais envisagés.

Comme un immense cri de joie s'élevait du restaurant, la jeune femme posa la tête sur l'épaule de Zach.

— C'est tellement dommage que Ruby ne soit pas ici pour en profiter.

— Elle reviendra dans quelques jours. D'ailleurs, je me répète, mais laisse-moi encore une fois te remercier de l'avoir confiée à maman. Ruby a une excellente influence sur les filles de Brendan. D'autant plus qu'elle leur a permis d'échapper aux leçons de croquet et aux cours sur l'art baroque ou la commedia dell'arte.

Zach opina en silence.

— Tu t'étais habitué à sa présence pendant les vacances, n'est-ce pas ?

Pour toute réponse, il glissa la main dans les cheveux de la jeune femme et hocha la tête.

— Moi aussi, admit-elle. Après tout, crois-tu qu'elle ait vraiment besoin de retourner à l'école ?

Il embrassa son front.

— C'est toi qui viens d'une bonne famille. Tu devrais exercer une influence positive sur elle.

— Tu oublies que je suis Balance : capable de tout pour être aimée.

— Tiens donc. Moi qui pensais qu'on t'appréciait pour tes qualités personnelles plus que pour ta bonne étoile…

Comme elle allait lui pincer le bras, il saisit sa main et la coinça derrière son dos, puis s'empara de ses lèvres avec cette passion dévorante et douce à laquelle Meg n'imaginait pas s'habituer un jour.

Un crissement de gravier déchira le silence. Dans l'un

des quatre derniers bus, le visage défait de Dylan et de sa fiancée Wynnie apparut à une vitre, offrant un contraste comique avec la présence pétulante de Tabitha à leurs côtés.

Meg attrapa la main de Zach et l'entraîna dans un bus vide. Ils se faufilèrent jusqu'aux sièges du fond et s'assirent de manière à observer en toute discrétion les efforts du trio pour rassembler leur groupe. Meg, les jambes sur les genoux de Zach et les bras à son cou, se pencha vers lui.

— Tu aurais dû laisser Rylie tourner un reportage pour son journal, tu sais. Elle nous aurait fait une publicité énorme.

— C'est vrai, mais nous n'en avons pas besoin.

— Pourtant, pense à toutes les possibilités de financement…

— Tu sais bien que je ne manque pas d'argent.

— Oui, mais je voudrais que le monde sache quel homme merveilleux tu es.

— Du moment que, toi, tu le sais, que Ruby en est vaguement consciente et que ta famille le soupçonne, je laisse le monde libre de ses opinions.

— Tant mieux, fit-elle en se blottissant contre lui. De cette manière, je te garde pour moi toute seule. À propos, combien de nuits nous reste-t-il avant notre départ pour la grande régate des Antilles ?

— Douze. Ce qui nous laisse le temps de transformer ce voyage en lune de miel.

— Une lune de miel d'une semaine seulement ? Parfois, je me dis que tu ne me connais pas du tout.

Il parcourut le contour de sa joue d'une caresse légère qui la fit frémir.

— Comme tu voudras. Mais, à notre retour, pourrons-nous poursuivre notre petite conversation de l'autre nuit ?

Elle opina en souriant.

— Mieux que cela. J'ai pris un rendez-vous chez un gynécologue spécialiste de la fertilité, peu après notre retour. Il officie dans une clinique de Melbourne qui vient de mettre en place un protocole inédit. J'espère qu'il saura nous renseigner sur nos chances d'avoir un autre enfant.

Zach se pencha pour l'embrasser sur les lèvres.

— Quoi qu'il arrive, je veux que tu saches que je t'aimerai toujours.

— Et toi non plus, n'oublie pas que je t'aime, dit-elle en lui rendant son baiser.

Puis elle se redressa avec un demi-sourire et posa un doigt sur les lèvres de Zach.

— Je viens d'avoir une pensée horrible. Et si Ruby demandait à suivre des cours de commedia dell'arte ?

— Ce ne sera pas moi qui les lui refuserai.

— Moi non plus. D'ailleurs, je les trouvais intéressants. Oh ! regarde.

Le dernier bus venait de se garer. Debout à l'avant, Cameron et sa femme Rosie battaient des mains avec enthousiasme sur l'air d'une chanson de voyage.

— Veux-tu que je te montre autre chose d'intéressant ? murmura Zach contre son oreille.

— Dois-je vraiment savoir ?

Lentement, il la renversa sur les sièges en cuir tandis que, d'une main, il agitait les clés du bus.

— Oui, tu dois savoir.

Harlequin® est une marque déposée du groupe HarperCollins France – 83/85, Bd Vincent Auriol – 75646 Paris cedex 13. SA au capital de 1 149 680€ – R.C. Paris. Siret 31867159100069/APE5811Z.